ARTURO PÉREZ-REVERTE

El club Dumas

o La sombra de Richelieu

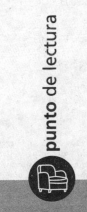

punto de lectura

© 1999, de la edición
de Grupo Santillana de Ediciones, S.A.
© 1993, Arturo Pérez-Reverte
© De esta edición:
mayo 2000, Suma de letras, S.L.

ISBN: 84-95501-00-7
Depósito legal: B-46401-2000
Impreso en España – Printed in Spain

Portada: MGD
Diseño de colección: Ignacio Ballesteros

Impreso por Litografía Rosés, S. A.

Primera edición: mayo 2000
Segunda edición: septiembre 2000
Tercera edición: noviembre 2000

ARTURO PÉREZ-REVERTE

El club Dumas

A Cala, que me puso en el campo de batalla.

Índice

El fogonazo de luz proyectó la silueta del ahorcado en la pared. Colgaba inmóvil de una lámpara en el centro del salón, y a medida que el fotógrafo se movía a su alrededor, accionando la cámara, la sombra provocada por el flash se recortaba sucesivamente sobre cuadros, vitrinas con porcelanas, estanterías con libros, cortinas abiertas sobre grandes ventanales tras los que caía la lluvia.

El juez instructor era joven. Tenía el pelo escaso, revuelto y aún mojado, como la gabardina que conservaba sobre los hombros mientras dictaba las diligencias al secretario que escribía sentado en el sofá, con la máquina portátil sobre una silla. El tecleo punteaba la voz monótona del juez y los comentarios en voz baja de los policías moviéndose por la habitación:

—...En pijama, con un batín por encima. El cordón de esa prenda causó la muerte por ahorcamiento. El cadáver tiene las manos atadas en la parte anterior del cuerpo con una corbata. Su pie izquierdo conserva puesta una zapatilla y el otro se encuentra desnudo...

El juez tocó el pie calzado del muerto y el cuerpo giró un poco, despacio, al extremo del tenso cordón de seda que unía su cuello con el anclaje de la lámpara en el techo. El movimiento fue de izquierda a derecha, y después en sentido inverso y con más corto recorrido hasta centrarse de nuevo en la postura original, como una aguja imantada que recobrase el norte tras breve oscilación. Al apartarse, el juez se ladeó para esquivar a un policía uniformado que, bajo el cadáver, buscaba huellas digitales. Había un jarrón roto en el suelo y un libro abierto por una página subrayada con lápiz rojo. El libro era un viejo ejemplar de El vizconde de Bragelonne, *una edición barata encuadernada en tela.* Inclinándose sobre el hombro del agente, el juez le echó un vistazo al texto marcado:

> "—Me han vendido —murmuró—. ¡Todo se sabe!
> —Todo se sabe al fin —repuso Porthos, que nada sabía."

Hizo que el secretario tomase nota de aquello, ordenó incluir el libro en el sumario, y fue a reunirse con un hombre alto que fumaba junto al alféizar de una ventana abierta.

—¿Qué le parece? —preguntó al llegar a su lado.

El hombre alto llevaba la placa de policía colgada en un bolsillo de su chaqueta de cuero. Tardó en responder el tiempo necesario para apurar la colilla que tenía entre los dedos, antes de arrojarla por la ventana sin mirar atrás.

—Cuando es blanca y viene embotellada, suele tratarse de leche —respondió por fin, críptico, mas no tanto como para que el juez no apuntara una sonrisa;

a diferencia del policía, él sí miraba la calle, donde seguía lloviendo con fuerza. Alguien abrió una puerta al otro lado de la habitación, y la ráfaga de aire le trajo gotas de agua contra el rostro.

—Cierren esa puerta —ordenó sin volverse. Después le habló al policía—: Hay homicidios que se disfrazan de suicidios.

—Y viceversa —matizó tranquilo el otro.

—¿Qué opina de las manos y la corbata?

—A veces temen arrepentirse a última hora... De otro modo las tendría atadas a la espalda.

—Eso no cambia las cosas —opuso el juez—. El cordón es fino y resistente. Una vez perdido pie, ni con las manos libres tenía la menor oportunidad.

—Todo es posible. Con la autopsia sabremos más.

El juez volvió a echarle otra ojeada al cadáver. El agente de las huellas digitales se levantaba con el libro en las manos.

—Es curioso lo de esa página.

El policía alto se encogió de hombros.

—Yo leo poco —dijo—. Pero el tal Porthos era uno de esos personajes, ¿no?... Athos, Porthos, Aramis y d'Artagnan —contaba con el pulgar sobre los dedos de una mano y al concluir se detuvo, pensativo—. Tiene gracia. Siempre me he preguntado por qué se les llama los tres mosqueteros, si en realidad eran cuatro.

El vino de Anjou

El lector debe prepararse para asistir a las más siniestras escenas.

(E. Sue. *Los misterios de París*)

Me llamo Boris Balkan y una vez traduje *La Cartuja de Parma*. Por lo demás, las críticas y recensiones que escribo salen en suplementos y revistas de media Europa, organizo cursos sobre escritores contemporáneos en las universidades de verano, y tengo algunos libros editados sobre novela popular del XIX. Nada espectacular, me temo; sobre todo en estos tiempos donde los suicidios se disfrazan de homicidios, las novelas son escritas por el médico de Rogelio Ackroyd, y demasiada gente se empeña en publicar doscientas páginas sobre las apasionantes vivencias que experimenta mirándose al espejo.

Pero ciñámonos a la historia.

Conocí a Lucas Corso cuando vino a verme con *El vino de Anjou* bajo el brazo. Corso era un mercenario de la bibliofilia; un cazador de libros por cuenta ajena. Eso incluye los dedos sucios y el verbo fácil, buenos reflejos, paciencia y mucha suerte. También una memoria prodigiosa, capaz de recordar en qué rincón polvoriento de una tienda de viejo duerme ese ejemplar por el que pagan una fortuna. Su clientela era selecta y reducida: una veintena de libreros de Milán,

15

París, Londres, Barcelona o Lausana, de los que sólo venden por catálogo, invierten sobre seguro y nunca manejan más de medio centenar de títulos a la vez; aristócratas del incunable para quienes pergamino en lugar de vitela, o tres centímetros más en el margen de página, suponen miles de dólares. Chacales de Gutenberg, pirañas de las ferias de anticuario, sanguijuelas de almoneda, son capaces de vender a su madre por una edición príncipe; pero reciben a los clientes en salones con sofá de cuero, vistas al Duomo o al lago Constanza, y nunca se manchan las manos, ni la conciencia. Para eso están los tipos como Corso.

Se descolgó del hombro una bolsa de lona y la puso en el suelo, junto a sus zapatos Oxford sin lustrar, antes de quedarse mirando el retrato enmarcado de Rafael Sabatini que tengo sobre la mesa de despacho, junto a la estilográfica que utilizo para corregir artículos y pruebas de imprenta. Eso me gustó, pues las visitas suelen dedicarle poca atención; lo toman por un viejo pariente. Yo acechaba su reacción y observé que sonreía a medias al sentarse: una mueca juvenil, de conejo al cabo de la calle; de esas que captan de inmediato la benevolencia incondicional del público en cualquier película de dibujos animados. Con el tiempo supe que también era capaz de sonreír como un lobo despiadado y flaco, y que podía componer uno u otro gesto según lo exigieran las circunstancias; pero eso fue mucho más tarde. En aquel momento resultaba convincente, así que resolví arriesgar un santo y seña:

—*Nació con el don de la risa* —cité, señalando el retrato—... *y con la sensación de que el mundo estaba loco*...

Lo vi mover despacio la cabeza, con gesto lento y afirmativo, y experimenté por él una simpatía cómplice que, a pesar de todo cuanto ocurrió después, aún conservo. Había sacado de alguna parte, escamoteando el paquete, un cigarrillo sin filtro tan arrugado como su viejo gabán y sus pantalones de pana. Le daba vueltas entre los dedos, observándome a través de las gafas de montura de acero torcidas sobre la nariz; con el pelo, que le encanecía un poco, despeinado sobre la frente. La otra mano la mantenía, del mismo modo que si empuñase una pistola oculta, en uno de los bolsillos: fosos enormes deformados por libros, catálogos, papeles y —también lo supe más tarde— una petaca llena de ginebra Bols.

—...*Y ese fue todo su patrimonio* —completó sin dificultad la cita, antes de arrellanarse en la butaca y sonreír de nuevo—. Aunque, si he de serle sincero, me gusta más *El capitán Blood*.

Levanté la estilográfica en el aire para amonestarlo, severo.

—Hace mal. *Scaramouche* es a Sabatini lo que *Los tres mosqueteros* a Dumas —hice un breve gesto de homenaje en dirección al retrato—. Nació con el don de la risa... No hay en la historia del folletín de aventuras dos primeras líneas comparables a esas.

—Quizá sea cierto —concedió tras aparente reflexión, y entonces puso el manuscrito sobre la mesa, en su carpeta protectora con fundas de plástico, una por página—. Y es una coincidencia que haya mencionado a Dumas.

Empujó la carpeta hasta mí, volviéndola de modo que yo pudiese leer su contenido. Todas las hojas estaban escritas en francés por una sola cara y había dos clases de papel: uno blanco, ya amarillento por el tiempo, y otro azul pálido con fina cuadrícula, envejecido también por los años. A cada color correspondía una escritura distinta, aunque la del papel azul —trazada con tinta negra— figuraba en las hojas blancas a modo de anotaciones posteriores a la redacción original, cuya caligrafía era más pequeña y picuda. Había quince hojas en total, y once eran azules.

—Curioso —levanté la vista hacia Corso; me observaba con tranquilas ojeadas que iban de la carpeta a mí y de mí a la carpeta—. ¿Dónde ha encontrado esto?

Se rascó una ceja, calculando sin duda hasta qué punto la información que iba a pedirme lo obligaba a corresponder con ese tipo de detalles. El resultado fue una tercera mueca, esta vez de conejo inocente. Corso era un profesional.

—Por ahí. Un cliente de un cliente.

—Comprendo.

Hizo una corta pausa, cauto. Además de precaución y reserva, cautela significa astucia. Y eso lo sabíamos ambos.

—Claro que —añadió— le diré nombres si usted me los pide.

Respondí que no era necesario y eso pareció tranquilizarlo. Se ajustó las gafas con un dedo antes de pedir mi opinión sobre lo que tenía en las manos. Sin responder en seguida, pasé las páginas del manuscrito hasta llegar a la primera. El encabezamiento estaba en mayúsculas, con trazos más gruesos: *LE VIN D'ANJOU*.

Leí en voz alta las primeras líneas:

> *Après de nouvelles presque déscspérées du roi, le bruit de su convalescence commençait à se répandre dans le camp...*

No pude evitar una sonrisa. Corso hizo un gesto de asentimiento, invitándome a pronunciar veredicto.

—Sin la menor duda —dije— esto es de Alejandro Dumas, padre. *El vino de Anjou:* capítulo cuarenta y tantos, creo recordar, de *Los tres mosqueteros.*

—Cuarenta y dos —confirmó Corso—. Capítulo cuarenta y dos.

—¿Es el original?... ¿El auténtico manuscrito de Dumas?

—Para eso estoy aquí. Para que me lo diga.

19

Encogí un poco los hombros, a fin de eludir una responsabilidad que sonaba excesiva.

—¿Por qué yo?

Era una pregunta estúpida, de las que sólo sirven para ganar tiempo. A Corso debió de parecerle falsa modestia, porque reprimió una mueca de impaciencia.

—Usted es un experto —repuso, algo seco—. Y además de ser el crítico literario más influyente de este país, lo sabe todo sobre novela popular del XIX.

—Olvida a Stendhal.

—No lo olvido. Leí su traducción de *La Cartuja de Parma*.

—Vaya. Me halaga usted.

—No crea. Prefiero la de Consuelo Berges.

Sonreímos ambos. Seguía cayéndome bien, y yo empezaba a perfilar su estilo.

—¿Conoce mis libros? —aventuré.

—Algunos. *Lupin*, *Raffles*, *Rocambole*, *Holmes*, por ejemplo. O los estudios sobre Valle-Inclán, Baroja y Galdós. También *Dumas: la huella de un gigante*. Y su ensayo sobre *El conde de Montecristo*.

—¿Ha leído todos esos títulos?

—No. Que yo trabaje con libros no significa que esté obligado a leerlos.

Mentía. O exageraba, al menos, el aspecto negativo de la cuestión. Aquel individuo pertenecía al género concienzudo; antes de ir a verme le echó un vistazo a cuanto sobre mí pudo encontrar. Era uno de esos lectores compulsivos que devoran papel impreso desde la más tierna infancia; en el caso —poco probable— de que en algún momento la infancia de Corso mereciera calificarse de tierna.

—Comprendo —respondí, por decir cualquier cosa.

Frunció un momento el ceño, comprobando si olvidaba algo, y después se quitó las gafas, echó aliento a los cristales y se puso a limpiarlos con un pañuelo muy arrugado que extrajo de los insondables bolsillos del gabán. Bajo la falsa apariencia de fragilidad que le daba aquella prenda demasiado grande, con sus incisivos de roedor y el aire tranquilo, Corso era sólido como un ladrillo obstinado. Tenía unas facciones afiladas y precisas, llenas de ángulos, enmarcando unos ojos atentos, siempre dispuestos a expresar una ingenuidad peligrosa para quien se dejara seducir por ella. A veces, sobre todo cuando estaba quieto, daba la impresión de ser más desmañado y lento de lo que era en realidad. Pertenecía a esa clase de tipos desamparados a quienes los hombres ofrecen tabaco, los camareros invitan a una copa extra y las mujeres sienten deseos de adoptar en el acto. Después, cuando caías en la cuenta de lo que estaba ocurriendo, era demasiado tarde para echarle el guante. Galopaba en la distancia añadiendo muescas a su navaja.

—Volvamos a Dumas —sugirió mientras señalaba con las gafas el manuscrito—. Alguien capaz de escribir quinientas páginas sobre él, debería reconocer un aire familiar ante sus originales... ¿No le parece?

Puse una mano sobre las páginas protegidas en fundas de plástico, con la unción que un sacerdote emplearía respecto a los ornamentos del oficio.

—Temo decepcionarlo, mas no siento nada.

Nos echamos a reír los dos. Corso tenía una risa peculiar, casi entre dientes: la de quien no está seguro de que su interlocutor y él rían de lo mismo. Una risa atravesada y distante, con algo de insolencia por medio; de esas que quedan flotando en el aire mucho tiempo, hasta cuando se desvanecen. Incluso cuando su propietario hace rato que se ha ido.

—Vamos por partes —precisé—... ¿Es suyo el manuscrito?

—Ya le dije que no. Un cliente acaba de adquirirlo, y le sorprende que hasta ahora nadie haya oído hablar de este capítulo original e íntegro de *Los tres mosqueteros*... Desea una autentificación en regla, y trabajo en eso.

—Me extraña que se ocupe con asuntos menores —era cierto; también yo había oído hablar de Corso, antes—. A fin de cuentas Dumas, hoy en día...

Lo dejé en el aire, sonriendo del modo apropiado, con amargura cómplice; mas Corso no aceptó la oferta y se mantuvo a la defensiva:

—Mi cliente es amigo —puntualizó, neutro—. Se trata de un servicio personal.

—Comprendo, pero no sé si voy a serle útil. He visto algunos originales, y éste podría ser auténtico; aunque certificarlo es otra cosa. Para eso necesita un buen grafólogo... Conozco uno excelente en París: Achille Replinger. Tiene una librería especializada en autógrafos y documentos históricos cerca de Saint Germain des Près... Experto en autores franceses del XIX, hombre encantador y buen amigo mío —señalé uno de los marcos colgados en la pared—. Esa carta de Balzac me la vendió él hace años. Carísima, por cierto.

Saqué la agenda a fin de copiar la dirección, y añadí una tarjeta para Corso. La guardó en una gastada billetera llena de notas y papeles, antes de extraer del gabán un bloc y un lápiz de los que tienen una goma de borrar en el extremo. La goma estaba mordisqueada, igual que la de un escolar.

—¿Puedo hacerle unas preguntas?

—Claro que sí.

—¿Conocía la existencia de algún capítulo autógrafo completo de *Los tres mosqueteros*?

Negué con la cabeza antes de responder, mientras volvía a ponerle el capuchón a la Montblanc.

—No. Esa obra apareció por entregas en *Le Siècle*, entre marzo y julio de 1844... Una vez compuesto el texto por un tipógrafo, el original manuscrito iba a la papelera. Sin embargo, quedaron algunos fragmentos; puede consultarlos en un apéndice de la edición Garnier de 1968.

—Cuatro meses es poco —Corso mordía el extremo del lápiz, pensativo—. Dumas escribió rápido.

—En esa época todos lo hacían. Stendhal compuso su *Cartuja* en siete semanas. De todas formas, Dumas utilizaba colaboradores: *negros*, en jerga del oficio. El de *Los mosqueteros* se llamó Augusto Maquet... Trabajaron juntos en la continuación, *Veinte años después*, y en *El vizconde de Bragelonne*, que cierra el ciclo. También en *El conde de Montecristo* y en algunas novelas más... Ésas sí las habrá leído usted, supongo.

—Claro. Como todo el mundo.

—Como todo el mundo en otros tiempos, querrá decir —hojeé con respeto las páginas del manuscrito—... Está lejos la época en que una firma de Dumas multiplicaba tiradas y enriquecía editores. Casi todas sus novelas aparecieron así, por entregas, con el *continuará en el próximo número* a pie de página, y el público se quedaba con el alma en vilo hasta el siguiente capítulo... Aunque usted ya sabe todo eso.

—No se preocupe. Continúe.

—¿Qué más quiere que le diga? En el folletín canónico, la clave del éxito es simple: el héroe, la heroína, tienen virtudes o rasgos que obligan al lector a identificarse con él... Si eso ocurre hoy con las telenovelas, imagínese el efecto, en aquella época sin radio ni televisión, sobre una burguesía ávida de sorpresas y entretenimiento, poco exigente en cuanto a calidad formal o buen gusto... Así lo comprendió el genio de Dumas, y con sabia alquimia fabricó un producto de laboratorio: unas gotas de esto, un poco de aquello, y su talento. Resultado: una droga que creaba adictos —me señalé el pecho, no sin orgullo—. Que aún los crea.

Corso tomaba notas. Puntilloso, desaprensivo y letal como una mamba negra, lo definiría después uno de sus conocidos, cuando salió el nombre a colación. Tenía un modo singular de situarse frente a otros, de mirar a través de las gafas torcidas y asentir despacio con cierta duda razonable y bienintencionada; igual que una furcia al encajar, tolerante, un soneto sobre Cupido. Como dándote oportunidad de rectificar antes de que todo aquello fuera definitivo.

Al cabo de un momento se detuvo y levantó la cabeza.

—Pero usted no limita su trabajo a la novela popular. Es un crítico conocido por otras actividades... —pareció dudar, buscando el término—. Más serias. Y el propio Dumas definía sus obras como literatura fácil... Eso suena a desdén hacia el público.

Aquella finta situaba bien a mi interlocutor; era una de sus firmas, como la sota de Rocambole en el lugar de autos. Planteaba las cosas desde lejos, en apariencia sin tomar partido, pero incomodando con pequeños golpes de guerrilla.

Alguien que se irrita habla, esgrime argumentos y justificaciones, lo que equivale a más información para el adversario. Aún así, o tal vez por eso, porque no nací ayer y comprendía la táctica de Corso, me sentí irritado:

—No caiga en lugares comunes —respondí, impaciente—. El folletín produjo mucho papel deleznable, pero Dumas estaba por encima de eso... En literatura, el tiempo es un naufragio en el que Dios reconoce a los suyos; lo desafío a que cite héroes de ficción que sobrevivan con la salud de d'Artagnan y sus compañeros, salvo, quizás, el Sherlock Holmes de Conan Doyle... El ciclo de *Los mosqueteros* constituye una novela de capa y espada indudablemente folletinesca; encontrará ahí todos los pecados propios de su clase. Pero es también un folletín ilustre, más allá de los niveles habituales del género. Una historia de amistad y aventuras que permanece fresca a pesar del cambio de gustos y del estúpido descrédito en que ha caído la acción. Parece que, desde Joyce, debamos resignarnos a Molly Bloom y renunciar a Nausicaa tras el naufragio, en una playa... ¿Nunca leyó mi opúsculo *Viernes o la aguja de marear*?... Si de un *Ulises* se trata, me quedo con el de Homero.

Alcé un punto el tono al llegar ahí, acechando la reacción de Corso. Sonreía a medias sin soltar prenda, pero yo recordaba la expresión de sus ojos cuando cité a Scaramouche, y me sentía en buen camino.

—Sé a qué se refiere —dijo por fin—. Sus opiniones son conocidas y polémicas, señor Balkan.

—Mis opiniones son conocidas porque he procurado que lo sean. Y en cuanto a despreciar al público, como aseguraba usted hace un momento, quizá no sepa que el autor de *Los tres mosqueteros* se batió en la calle durante las revoluciones de 1830 y 1848 y proporcionó armas, pagándolas de su bolsillo, a Garibaldi... No olvide que el padre de Dumas era un conocido general republicano... Aquel hombre rezumaba amor al pueblo y a la libertad.

—Aunque su respeto por el rigor de los hechos fuese relativo.

—Eso es lo de menos. ¿Sabe qué respondía a quienes le acusaban de violar la Historia?... *"La violo, es cierto. Pero le hago bellas criaturas"*.

Puse la estilográfica sobre la mesa y me levanté, acercándome a las vitrinas llenas de libros que cubren las paredes de mi despacho. Abrí una para elegir un tomo encuadernado en piel oscura.

—Como todos los grandes fabuladores —añadí—, Dumas era un embustero... La condesa Dash, que lo conoció bien, dice en sus memorias que le bastaba contar una anécdota apócrifa para que esa mentira se diese por histórica... Fíjese en el cardenal Richelieu: fue el hombre más grande de su tiempo; pero después de pasar por las tramposas manos de Dumas, su imagen llega hasta nosotros deformada y siniestra, con la catadura de un villano... —me volví hacia Corso, el libro en las manos—. ¿Conoce esto?... Lo escribió Gatien de Courtilz de Sandras, un mosquetero que vivió a finales del siglo XVII. Son las memorias de Artagnan, el auténtico: Carlos de Batz-Castelmore, conde de Artagnan. Un gascón nacido en 1615 que, en efecto, fue mosquetero; aunque no vivió en la época de Richelieu, sino en la de Mazarino. Murió en 1673 durante el sitio de Maestrich cuando, igual que su homónimo de ficción, iba a recibir el bastón de mariscal... Como ve, las violaciones de Alejandro Dumas engendraron hermosas criaturas... Al oscuro gascón de carne y hueso, cuyo nombre había olvidado la Historia, el genio del novelista lo convirtió en gigante de leyenda.

Corso permanecía en su asiento, escuchando. Le puse en las manos el libro y lo hojeó con interés y cuidado. Pasaba despacio las páginas, rozándolas apenas con las yemas de los dedos, sin tocar más que el borde en cada hoja. De vez en cuando se detenía en un nombre, o un capítulo. Tras los cristales de sus gafas los ojos actuaban seguros y rápidos. En cierto momento se detuvo para anotar los datos en el bloc: *"Memoires de M. d'Artagnan*, G. de Courtilz, 1704, P. Rouge, 4 volúmenes in-12, 4ª. edición". Después cerró el libro para dedicarme una larga mirada.

—Usted lo ha dicho: era un tramposo.

—Sí —concedí mientras me sentaba de nuevo—. Pero genial. Donde otros se hubieran limitado a plagiar, él construyó un mundo novelesco que aún se sostiene hoy... *"El hombre no roba, conquista"*, repetía a menudo... *"Hace de cada provincia que toma un anexo de su imperio: le impone sus leyes, la puebla de temas y personajes, extiende su espectro sobre ella..."*. ¿Qué otra cosa es la creación literaria?... En su caso, la historia de Francia suministró el filón. El truco era extraordinario: respetar el marco y alterar el cuadro, saquear sin escrúpulos el tesoro que se le ofrecía... Dumas convierte a los personajes principales en secundarios, los que fueron humildes segundones se vuelven protagonistas, y llena páginas con incidentes que en la crónica real ocupan dos líneas... Jamás existió el pacto de amistad entre d'Artagnan y sus compañeros, entre otras cosas porque algunos ni se conocieron entre ellos... Tampoco hubo ningún conde de la Fère, o más bien hubo muchos, aunque ninguno se llamó Athos. Pero Athos existió; se llamaba Armando de Sillegue, señor de Athos, y murió de una estocada en un duelo antes de que d'Artagnan ingresara en los mosqueteros del rey... Aramis fue Henri de Aramitz, escudero, abate laico en la senescalía de Oloron, enrolado en 1640 en los mosqueteros que mandaba su tío. Terminó retirado en sus tierras, con mujer y cuatro hijos. En cuanto a Porthos...

—No me diga que también hubo un Porthos.

—Lo hubo. Se llamó Isaac de Portau y tuvo que conocer a Aramis, o Aramitz, porque ingresó en los mosqueteros tres años después que él, en 1643. Según la crónica murió prematuramente: enfermedad, la guerra, o un duelo como Athos.

Corso tamborileó con los dedos sobre las *Memorias* de d'Artagnan y movió un poco la cabeza. Sonreía.

—De un momento a otro va a decirme que también existió una Milady...

—Exacto. Mas no se llamaba Ana de Brieul, ni fue duquesa de Winter. Tampoco llevaba una flor de lis marcada en el hombro, aunque sí era agente de Richelieu. Se llamaba condesa de Carlille, y le robó, en efecto, dos herretes de diamantes en un baile al duque de Buckhingam... No me mire con esa cara. Lo cuenta La Rochefoucauld en sus memorias. Y La Rochefoucauld era un hombre muy serio.

Corso me observaba con fijeza. No parecía de los que se admiran con facilidad, y mucho menos en cuestión de libros; pero se mostraba impresionado. Después, cuando lo conocí mejor, llegué a preguntarme si la admiración era sincera, o una de sus retorcidas argucias profesionales. Ahora que todo ha terminado, creo estar seguro: yo era una fuente más de información, y Corso le daba hilo a la cometa.

—Todo esto es muy interesante —dijo.

—Si va a París, Replinger podrá contarle mucho más que yo —miré el original sobre la mesa—... Aunque ignoro si compensa el gasto de un viaje... ¿Qué puede valer ese capítulo en el mercado?

Mordió de nuevo el extremo del lápiz, componiendo un gesto escéptico:

—No mucho. En realidad voy por otro asunto.

Sonreí con tristeza cómplice. Entre mis escasas posesiones se cuentan un *Quijote* de Ibarra y un Volkswagen. Por supuesto, el automóvil me costó más que el libro.

—Sé a qué se refiere —dije, en tono solidario.

Corso hizo un gesto que podía interpretarse como de resignación. Sus incisivos de roedor asomaban en ácida mueca:

—Hasta que los japoneses se harten de Van Gogh y Picasso —sugirió— y lo inviertan todo en libros raros.

Me eché hacia atrás en el asiento, escandalizado.

—Que Dios nos ampare cuando eso ocurra.

—Eso dígalo por usted —me miraba con sorna a través de sus lentes torcidas—. Yo pienso forrarme, señor Balkan.

Guardó el bloc en el bolsillo del gabán mientras se levantaba, colgándose al hombro la bolsa de lona. No pude menos que detenerme a considerar su aspecto equívocamente apacible, con aquellas gafas metálicas nunca estables sobre la nariz. Más tarde supe que vivía solo, entre libros propios y ajenos, y además de cazador a sueldo era experto en juegos de simulación napoleónicos, capaz de reproducir sobre un tablero, de memoria, el orden de batalla exacto en la víspera de Waterloo: una historia familiar, algo extraña, que hasta mucho después no llegué a conocer del todo. He de admitir que, evocado así, Corso parece desprovisto del menor atractivo. Y sin embargo, ateniéndonos al rigor con que narro esta historia, debo precisar que en su desmañada apariencia, justo en aquella torpeza que podía ser —ignoro cómo lo conseguía— cáustica y desamparada, ingenua y agresiva al mismo tiempo, acechaba eso que las mujeres llaman *gancho* y los hombres *simpatía*. Positivo sentimiento que se esfuma cuando nos palpamos el bolsillo para comprobar que acaban de quitarnos la cartera.

Corso recuperó el manuscrito y lo acompañé hasta la puerta. Se detuvo a estrecharme la mano en el vestíbulo, donde los retratos de Stendhal, Conrad y Valle-Inclán otean adustos la atroz litografía que la comunidad de vecinos, con mi voto en contra, decidió colgar hace unos meses en el rellano de la escalera.

Sólo entonces me animé a formular la pregunta:

—Le confieso que siento curiosidad por saber dónde encontraron eso.

Se detuvo, indeciso, antes de responder. Sin duda analizaba los pros y los contras. Pero yo lo había recibido amablemente y estaba en deuda conmigo. También podía volver a necesitarme, así que no le quedaba opción.

—Tal vez usted lo conociera —respondió por fin—. El manuscrito se lo compró mi cliente a un tal Taillefer.

Me permití una mueca de sorpresa, sin exageraciones.

—¿Enrique Taillefer?... ¿El editor?

Su mirada vagaba por el vestíbulo. Al cabo movió la cabeza una vez, de arriba abajo.

—El mismo.

Nos quedamos en silencio los dos. Corso encogió los hombros, y yo sabía muy bien por qué. La causa podía encontrarse en las páginas de sucesos de cualquier diario; Enrique Taillefer llevaba muerto una semana. Lo habían encontrado ahorcado en el salón de su casa: el cordón del batín de seda en torno al cuello y los pies girando en el vacío, sobre un libro abierto y un jarrón de porcelana hecho pedazos.

Algún tiempo después, cuando todo hubo terminado, Corso accedió a contarme el resto de la historia. Puedo así reconstruir ahora con razonable fidelidad ciertos hechos que no presencié: el encadenamiento de circunstancias que condujeron al fatal desenlace y la resolución del enigma en torno a *El club Dumas*. Gracias a las confidencias del cazador de libros puedo oficiar de doctor Watson en esta historia, y contarles que el siguiente acto se inició una hora después de nuestra entrevista, en el bar de Makarova. Flavio La Ponte, sacudiéndose el agua de encima, fue a acodarse en la barra, junto a Corso, y pidió una caña mientras recobraba el aliento. Después miró hacia la calle, rencoroso y satisfecho, cual si acabase de cruzar bajo fuego de francotiradores. Llovía con saña bíblica.

—La razón comercial *Armengol e Hijos, Libros Antiguos y Curiosidades Bibliográficas* piensa querellarse contigo —dijo, la barba rubia y rizada con espuma de cerveza en torno a la boca—. Acaba de telefonear su abogado.

—¿De qué me acusan? — preguntó Corso.

—De engañar a una viejecita y saquear su biblioteca. Juran que esa operación la tenían ellos comprometida.

—Pues que hubieran madrugado, como hice yo.

—Eso dije, pero están furiosos. Cuando fueron por el lote, habían volado el *Persiles* y el *Fuero Real de Castilla.* Además, hiciste una tasación del resto muy por encima de su valor. Ahora la propietaria se niega a vender. Pide el doble de lo que ofrecen... —bebió un trago de cerveza mientras guiñaba un ojo, risueño y cómplice—. Clavar una biblioteca, se llama esa bonita maniobra.

—Sé cómo se llama —Corso descubría el colmillo en una sonrisa malévola—. Y Armengol e Hijos lo saben también.

—Una crueldad innecesaria —precisó La Ponte, objetivo—. Pero lo que más les duele es

34

el *Fuero Real*. Dicen que llevártelo fue un golpe bajo.

—Allí lo iba a dejar: glosa latina de Díaz de Montalvo, sin indicaciones tipográficas pero impreso en Sevilla, Alonso del Puerto, posiblemente 1482... —se ajustó las gafas con el índice para mirar a su amigo—. ¿Qué te parece?

—A mí, de perlas. Pero están muy nerviosos.

—Que tomen tila.

Era la hora del aperitivo. Había poco sitio libre en la barra y se apretaban hombro con hombro, entre humo de cigarrillos y rumor de conversaciones, procurando que sus codos evitaran los charquitos de espuma sobre el mostrador.

—Y por lo visto —añadió La Ponte— el *Persiles* es la edición príncipe. Encuadernación firmada por Trautz-Bauzonnet.

Corso negó con la cabeza.

—Por Hardy. En tafilete.

—Mejor me lo pones. De todas formas garanticé que yo no tenía nada que ver. Ya sabes que soy alérgico a los pleitos.

—Pero no a tu treinta por ciento.

El otro alzó una mano, digno.

—Alto ahí. No mezcles las churras con las merinas, Corso. Una cosa es la hermosa amistad que nos profesamos. Otra muy distinta, el pan de mis hijos.

—No tienes hijos.

La Ponte hizo una mueca guasona.

—Dame tiempo. Aún soy joven.

Era bajito, guapo, coqueto y pulcro, con el pelo escaso en la coronilla; se lo arregló un poco con la palma de la mano, estudiando su efecto en el espejo del bar. Después atisbó en torno con ojos profesionales, al acecho de eventual presencia femenina. Siempre estaba atento a ese tipo de cosas, como a construir frases breves en la conversación. Su padre, un librero muy instruido, le había enseñado a escribir dictándole textos de Azorín. Pocos recordaban ya a Azorín, pero La Ponte seguía construyendo como él. Con mucho punto y seguido. Aquello le daba cierto aplomo dialéctico a la hora de seducir a las clientes en la trastienda de su librería de la calle Mayor, donde guardaba los clásicos eróticos.

—Además —añadió, retomando el hilo— con Armengol e Hijos tengo asuntos pendientes. Delicados. Rentables a corto plazo.

—También conmigo —puntualizó Corso por encima de su cerveza—. Eres el único librero pobre con el que trabajo. Y esos ejemplares los vas a vender tú.

—Bueno —La Ponte se excusaba, ecuánime—. Ya sabes que soy un tipo práctico. Pragmático. Rastrero.

—Lo sé.

—Imagínate una película del Oeste. A título de amigo yo aceptaría, como mucho, un tiro en el hombro.

—Como mucho —admitió Corso.

—De todas formas, da igual —La Ponte miraba alrededor, distraído—. Ya tengo comprador para el *Persiles*.

—Pues págame otra caña. A cuenta de tu comisión.

Eran viejos amigos. Amaban la cerveza con mucha espuma y la ginebra Bols en su caneco marino de barro oscuro; pero sobre todo, los libros antiguos y las viejas almonedas del Madrid castizo. Se habían conocido muchos años atrás, cuando Corso husmeaba en librerías especializadas en autores españoles por encargo de un cliente, interesado en una *Celestina* fantasma que alguien citaba como anterior a la edición conocida de 1499. La Ponte no tenía ese libro; ni siquiera había oído hablar de él. Pero sí contaba con una edición del *Diccionario de rarezas e inverosimilitudes bibliográficas* de Julio Ollero, donde se aludía al tema. De la charla sobre libros derivó cierta afinidad, rubricada cuando La Ponte echó el cierre a su tienda y ambos vaciaron todo lo vaciable en el bar de Makarova mientras intercambiaban cromos de Melville, a bordo de cuyo *Pequod*, y en las escapadas de Azorín, La Ponte se crió de pequeñito. "*Llamadme Ismael*", dijo al rebasar la línea de sombra de la tercera Bols a palo seco. Y Corso lo llamó Ismael citando además, de memoria y en su honor, el episodio de la forja del arpón de Achab:

*Tres cortes se dieron en la carne pagana,
y el filo para la ballena blanca adquirió su
temple...*

Aquello fue remojado en debida forma,
hasta el punto de que La Ponte dejó de mirar a las
chicas que entraban y salían del bar para jurarle a
Corso amistad eterna. En el fondo era un tipo
algo ingenuo —a pesar de su cinismo militante y
la carroñera profesión de librero de viejo que
ejercía— e ignoraba que su nuevo amigo de las
gafas torcidas ejecutaba una sutil maniobra de
flanqueo: al ojear sus anaqueles había localizado
un par de títulos sobre los que pensaba negociar.
Pero lo cierto fue que La Ponte, con su barbita
rubia y rizada, los ojos dulces de gaviero Billy
Budd y sus ensueños de cazador frustrado de ba-
llenas, llegó a despertar la simpatía de Corso. Era
capaz, incluso, de recitar la lista completa de tri-
pulantes del *Pequod* —Achab, Stubb, Starbuck,
Flask, Perth, Parsi, Queequeg, Tasthego, Dag-
goo...—, los nombres de todos los barcos citados
en *Moby Dick* —*Goney, Town-Ho, Jeroboam, Jung-
frau, Bouton de Rose, Soltero, Deleite, Raquel...*—, y
además sabía perfectamente, prueba suprema,
qué era el ámbar gris. Hablaron de libros y balle-
nas. Y así quedó fundada aquella noche la Hermandad de Arponeros de Nantucket, con Flavio
La Ponte secretario general, Lucas Corso tesore-
ro, y ambos únicos miembros bajo el madrinazgo
tolerante de Makarova, quien se negó a cobrar la

38

última ronda para terminar compartiendo con ellos una botella extra de ginebra.

—Me voy a París —dijo Corso, mirando por el espejo a una mujer gorda que introducía monedas cada quince segundos por la ranura de la máquina tragaperras, cual si la musiquilla y el movimiento de los reclamos de colores, frutas y campanas, la fuesen a tener allí, hipnotizada e inmóvil excepto la mano que oprimía los pulsadores del juego, hasta la consumación de los siglos—. A ocuparme de tu *Vino de Anjou*.

Vio a su amigo arrugar la nariz y observarlo de reojo. París equivalía a gastos extra, complicaciones. La Ponte era un librero modesto y tacaño.

—Sabes que no puedo permitirme eso.

Corso apuraba despacio su vaso.

—Sí puedes —sacó unas monedas para pagar la ronda—. Voy por otro asunto.

—Otro asunto —repitió La Ponte, mirándolo con interés.

Makarova puso dos cervezas más en el mostrador. Era grande, rubia y cuarentona, con el pelo corto y un aro en una oreja, recuerdo de cuando navegaba a bordo de un pesquero ruso. Llevaba pantalones estrechos y camisa remangada hasta los hombros, y sus bíceps excesivamente fuertes no eran lo único masculino que podía olfatearse en ella. Siempre tenía un cigarrillo encendido en el extremo de la boca, dejándolo consumirse allí. Con su aire báltico y su forma de moverse, parecía un oficial ajustador en una fábrica de cojinetes de Leningrado.

—Leí el libro —le dijo a Corso desguazando las erres. Al hablar, la ceniza del cigarrillo se desplomaba sobre su camisa húmeda—. Esa fulana, Bovary. Pobre idiota.

—Celebro que captaras el fondo del asunto.

Makarova enjugó el mostrador con un paño. Desde el otro extremo de la barra, Zizi la vigilaba mientras hacía sonar la caja registradora. Era el polo opuesto de Makarova: mucho más joven, menuda y muy celosa. A veces, a punto de cerrar, se peleaban a golpes, borrachas, ante los últimos parroquianos de confianza. En cierta ocasión, tras una de esas broncas y con un ojo morado, Zizi había puesto tierra de por medio, vengativa y furiosa. Hasta que volvió, tres días más tarde, las lágrimas de Makarova estuvieron haciendo *clup-clup* al caer dentro de los vasos de cerveza. Aquella noche cerraron pronto y las vieron irse cogidas de la cintura, besándose en los portales como dos jovencitas enamoradas.

—Se va a París —La Ponte señaló a Corso con un movimiento de cabeza—. A sacarse ases de la manga.

Recogió Makarova los vasos vacíos mientras miraba a Corso a través del humo de su cigarrillo.

—Siempre tiene algo escondido —dijo, gutural y desapasionadamente—. En alguna parte.

Luego puso los vasos en el fregadero y se fue a atender a otros clientes, balanceando los hombros cuadrados. Corso era el único ejemplar masculino que escapaba a su desdén por el sexo opuesto, y solía pregonarlo cuando se negaba a cobrarle una copa. Incluso Zizi lo miraba con cierta neutralidad. En una ocasión en que Makarova fue detenida por romperle la cara a un guardia en una manifestación de gays y lesbianas, Zizi había esperado toda la noche sentada en un banco de la comisaría. Corso la acompañó con bocadillos y una botella de ginebra, tras recurrir a sus contactos en la policía para suavizar las cosas. Todo aquello ponía a La Ponte absurdamente celoso.

—¿Por qué París? —preguntó, aunque tenía la atención puesta en otra parte. Su codo izquierdo acababa de hundirse en algo deliciosamente blando. Parecía encantado al descubrir que su vecina de barra era una joven rubia, con unas tetas enormes.

Corso bebió otro sorbo de cerveza.

—También voy a Sintra, en Portugal —seguía mirando a la gorda de la tragaperras. Desplumada por la máquina, le daba un billete a Zizi para que se lo cambiara en monedas—. Es cosa de Varo Borja.

Oyó a su amigo silbar entre dientes: Varo Borja, el más importante librero del país. Su catálogo era escueto y selecto, y además poseía una sólida reputación como bibliófilo que no reparaba en gastos. Impresionado, La Ponte pidió más

cerveza y más datos, con aquel aire suyo de cer-
nícalo rapaz que se le disparaba de modo automático al oír la palabra *libro*. Su carácter, aunque
tacaño y cobarde confeso, no incluía la envidia
salvo en lo tocante a propiedad de mujeres guapas y arponeables. En lo profesional, aparte la
satisfacción de hacerse con buenas piezas cobra-
das con poco riesgo, sentía un sincero respeto
por el trabajo y la clientela de su amigo.

—¿Has oído hablar de *Las Nueve Puertas?*

El librero, que se hurgaba sin prisa en los
bolsillos para que Corso pagara también aquella
ronda, y estaba a punto de volverse a estudiar con
más detenimiento a su opulenta vecina, pareció
olvidarlo todo en el acto. Tenía la boca abierta.

—No me digas que Varo Borja quiere ese
libro...

Corso puso sus últimas monedas sobre el
mostrador. Makarova traía otras dos cañas.

—Lo tiene hace tiempo. Y pagó por él una
fortuna.

—Seguro que la pagó. Sólo hay tres o cuatro ejemplares conocidos.

—Tres —precisó Corso. Uno estaba en
Sintra, en la colección Fargas. Otro en la fundación Ungern, de París. Y el tercero, procedente de
la subasta de la biblioteca Terral-Coy, de Madrid,
era el adquirido por Varo Borja. Interesadísimo,
La Ponte se acariciaba los rizos de la barba. Por
supuesto que había oído hablar de Fargas, el bibliófilo portugués. En cuanto a la baronesa Un-

gern, aquella vieja loca se había hecho millonaria escribiendo libros sobre ocultismo y demonología. Su último éxito, *Isis desnuda*, pulverizaba las cifras de ventas en los grandes almacenes.

—Lo que no entiendo —concluyó La Ponte— es qué tienes tú que ver en eso.

—¿Conoces la historia del libro?

—Muy por encima —admitió el otro. Corso mojó un dedo en espuma de cerveza y se puso a hacer dibujos sobre el mármol del mostrador:

—Época, mediados del XVII. Escenario, Venecia. Protagonista, un impresor llamado Aristide Torchia, a quien se le ocurre editar el llamado *Libro de las Nueve Puertas del Reino de las Sombras*, una especie de manual para invocar al diablo... Los tiempos no están para esa literatura: el Santo Oficio consigue, sin mucho esfuerzo, que le entreguen a Torchia. Cargos: artes diabólicas y los anexos correspondientes, agravados por el hecho, dicen, de haber reproducido nueve grabados del famoso *Delomelanicon*, el clásico de los libros negros, que la tradición atribuye a la mano del mismísimo Lucifer...

Makarova se había acercado por el otro lado de la barra y escuchaba, interesada, secándose las manos en la camisa. La Ponte, a medio levantar el vaso, detuvo el gesto mientras hacía una mueca instintiva de avidez profesional.

—¿Qué fue de la edición?

—Te lo puedes figurar: hicieron con ella una hermosa hoguera —Corso compuso una mueca esquinada y cruel; parecía lamentar de veras no haber visto el asunto—. También cuentan que al arder se oyó gritar al diablo.

De codos sobre los garabatos húmedos, junto a las palancas de la cerveza a presión, Makarova emitió un gruñido escéptico. Su aplomo rubio, nórdico y viril, era incompatible con supersticiones y nieblas meridionales. La Ponte, más sugestionable, hundió la nariz en su cerveza, acometido por repentina sed:

—A quien tuvo que oírse gritar fue al impresor. Supongo.

—Imagínate.

La Ponte se estremeció imaginándolo.

—Torturado —proseguía Corso— con ese pundonor profesional que la Inquisición desplegaba frente a las artes del Maligno, el impresor terminó por confesar, entre alarido y alarido, que todavía quedaba un libro, uno solo, a salvo. En cierto lugar escondido. Después cerró la boca y no volvió a abrirla hasta que lo quemaron vivo. Incluso entonces fue sólo para decir *ay*.

Makarova dedicó una sonrisa despectiva a la memoria del impresor Torchia, o tal vez a los verdugos incapaces de arrancarle el último secreto. La Ponte fruncía el entrecejo.

—Dices que sólo se salvó un libro —objetó—. Pero antes hablaste de tres ejemplares conocidos.

Corso se había quitado las gafas, y las miraba al trasluz para comprobar la limpieza de los cristales.

—Ahí está el problema —dijo—. Los libros han ido apareciendo y desapareciendo entre guerras, robos e incendios. Se ignora cuál es el auténtico.

—Quizá todos sean falsos —sugirió el sentido común de Makarova.

—Quizá. Y yo tengo que despejar la incógnita, averiguando si Varo Borja tiene el original o le dieron gato por liebre. Por eso voy a Sintra y a París —se ajustó las gafas para mirar a La Ponte—. De paso me ocuparé de tu manuscrito.

El librero asentía, pensativo, vigilando por el rabillo del ojo a la chica de las tetas grandes reflejada en el espejo del bar.

—Comparado con eso, parece ridículo hacerte perder el tiempo con *Los tres mosqueteros*...

—¿Ridículo? —Makarova abandonaba su papel neutral para mostrarse ahora realmente ofendida—. ¡Es la mejor novela que leí nunca!

Subrayó aquello con una palmada sobre el mostrador de la barra, moldeándose con rudeza los músculos en sus antebrazos desnudos. A Boris Balkan le habría gustado oír eso, pensó Corso. En la particular lista de *best-sellers* de Makarova, de la que él mismo oficiaba como asesor literario, la novela de Dumas compartía honores estelares con *Guerra y Paz*, *La colina de Watership*, o *Carol*, de la Highsmith. Por ejemplo.

—Tranquilo —dijo a La Ponte—. Pienso cargar los gastos a Varo Borja. Aunque yo diría

45

que tu *Vino de Anjou* es auténtico... ¿Quién iba a falsificar una cosa así?

—Hay gente para todo —apuntó Makarova, con sabiduría infinita.

La Ponte compartía la opinión de Corso; en aquel caso, una manipulación resultaba absurda. El difunto Taillefer le había garantizado la autenticidad: puño y letra de don Alejandro. Y Taillefer era de confianza.

—Solía llevarle antiguos folletines; los compraba todos —bebió un trago, dejando escapar una risita por el borde del vaso—. Buen pretexto para verle las piernas a su mujer. Una rubia tremenda. Espectacular. El caso es que un día lo veo abrir un cajón. Pone *El vino de Anjou* sobre la mesa. "Es suyo", me dice a bocajarro, "si se encarga usted de un peritaje formal y lo saca en el acto a la venta...".

Un cliente reclamó la atención de Makarova en demanda de un bitter sin alcohol y esta lo mandó a paseo. Seguía inmóvil en la barra, el pitillo consumiéndose en su boca y los ojos entornados por el humo; pendiente de la historia.

—¿Eso es todo? —preguntó Corso.

La Ponte hizo un gesto vago.

—Prácticamente todo. Intenté disuadirlo, pues conocía su afición. Era de esos fulanos capaces de dar el alma a cambio de una rareza. Pero estaba resuelto. "Si no es usted, será otro", dijo. Ahí, por supuesto, me tocó la fibra. Me refiero a la fibra comercial.

—Aclaración ociosa —precisó Corso—. Es la única fibra que te conozco.

En demanda de calor humano, La Ponte se volvió hacia los ojos color de plomo de Makarova; mas desistió al primer vistazo. Allí había la misma calidez que en un fiordo noruego a las tres de la madrugada.

—Qué bonito es sentirse querido —dijo por fin, despechado y mordaz.

Sin duda el individuo aficionado al bitter tenía sed, observó Corso, porque volvía a insistir. Makarova, mirándolo de soslayo y sin cambiar de postura, sugirió que buscase otro bar antes de que le partieran una ceja. Tras meditarlo un poco, el otro pareció comprender la esencia del mensaje y se quitó de en medio.

—Enrique Taillefer era un tipo raro —La Ponte se alisaba una vez más el pelo sobre la calva incipiente de su coronilla, sin perder nunca de vista a la rubia opulenta en el espejo—. Quería que yo vendiese el manuscrito dándole publicidad al asunto —bajó el tono para ahorrarle inquietudes a la rubia—... "Alguien se llevará una sorpresa", me dijo, muy misterioso. Guiñándome un ojo igual que quien se dispone a correr una juerga. Y cuatro días después estaba muerto.

—Muerto —repitió gutural Makarova, paladeando el término y cada vez más interesada.

—Suicidio —aclaró Corso; pero ella encogió los hombros como si entre el suicidio y el asesinato no mediaran grandes diferencias. Había un manuscrito dudoso y un muerto seguro: suficiente para justificar la trama.

Al oír lo del suicidio, La Ponte hizo un lúgubre gesto afirmativo:

—Eso dicen.

—No pareces muy seguro.

—Es que no lo estoy. Todo es muy raro —arrugó otra vez la frente, ensombrecido, olvidando el espejo—. Me huele mal.

—¿Nunca te contó Taillefer cómo obtuvo el manuscrito?

—Al principio no le pregunté. Después era tarde.

—¿Hablaste con la viuda?

La alusión despejó el ceño del librero. Ahora sonreía de oreja a oreja.

—Te reservo ese episodio —su tono era el de quien recuerda un truco estupendo olvidado en la chistera—. Así cobras en especies. Yo no puedo ofrecer ni la décima parte de lo que sacarás de Varo Borja por su Libro de los Nueve Camelos.

—Lo mismo haré contigo, cuando descubras un *Audubon* y te conviertas en librero millonario. Me limito a aplazar los cobros.

La Ponte volvió a mostrarse dolido. Para un cínico de su envergadura, observó Corso, parecía muy sensible a la hora del aperitivo.

—Creí que me ayudabas por amistad —protestó el librero—. Ya sabes. El Club de Arponeros de Nantucket. Por allí resopla y todo eso.

—Amistad —Corso miró alrededor, esperando que alguien le explicara la palabra—. Los bares y los cementerios están llenos de amigos imprescindibles.

—¿De qué parte estás, maldito?

—De la suya —suspiró Makarova—. Corso siempre está de la suya.

Desolado, La Ponte comprobó que la chica de las tetas grandes se iba del brazo de un tipo elegante, con andares de figurín. Corso seguía mirando a la gorda de la tragaperras. Desaparecida su última moneda, permanecía junto a la máquina, desconcertada y vacía, caídas las manos a lo largo del cuerpo. La relevaba ante las palancas y los botones un individuo alto y moreno; tenía un bigote negro, poblado, y una cicatriz en la cara. Su aspecto avivó en Corso un recuerdo familiar, fugaz, esfumado sin concretarse. Para desesperación de la mujer gorda, la máquina escupía ahora una ruidosa sucesión de monedas.

Makarova invitó a Corso a una última cerveza. Esta vez La Ponte tuvo que pagar la suya.

La mano del muerto

Milady sonreía, y d'Artagnan sentía
que se condenaría por aquella sonrisa.
(A. Dumas. *Los tres mosqueteros*)

Hay viudas inconsolables, y viudas a las que cualquier varón adulto brindaría con gusto el consuelo oportuno. Liana Taillefer figuraba, sin duda, en la segunda categoría. Era alta y rubia, de piel blanca y movimientos lánguidos. El tipo de mujer que emplea una eternidad entre extraer un cigarrillo y expulsar la primera bocanada de humo, y lo hace mirando a los ojos del interlocutor masculino con el tranquilo aplomo que proporcionan cierto parecido con Kim Novak, unas medidas anatómicas generosas, casi excesivas, y una cuenta bancaria —heredera universal del finado Taillefer Editor S. A.— respecto a la que el término *solvente* resulta un tímido eufemismo. Es asombrosa la cantidad de dinero que se puede amasar, valga el estúpido juego de palabras, publicando libros de cocina. *Los mil mejores postres manchegos*, por ejemplo. O las quince ediciones, agotadas, de un clásico: *Los secretos de la barbacoa*.

La casa estaba en un antiguo palacio, el del marqués de los Alumbres, reconvertido en apartamentos de gran lujo. En cuanto a la decoración, el gusto de sus propietarios parecía de los que se fraguan a base de poco tiempo y mucho dinero. Sólo así se justificaba la coexistencia de una porcelana de Lladró —una niña con un pato, pudo apreciar desapasionadamente Lucas Corso— en la misma vitrina que unos pastorcillos de Sajonia por los que, sin duda, algún avispado anticuario había sangrado en debida forma al finado Enrique Taillefer o a la señora de. Había un secreter Biedermeier, por supuesto, y un piano Steinwood cerca de una alfombra oriental y carísima. También un inmenso sofá tapizado en piel blanca y de aspecto confortable sobre el que Liana Taillefer cruzaba, en aquel momento, dos piernas extraordinariamente bien torneadas que la falda negra, adecuada para el luto, justo un palmo por encima de la rodilla en posición sedente, pero dejando adivinar voluptuosas líneas camino arriba, hacia la sombra y el misterio —diría Lucas Corso más tarde, al recordar la escena—, situaba y enmarcaba de modo apropiado. Conviene precisar que el comentario de Corso no debe ser pasado por alto, porque, en apariencia, era uno de esos tipos equívocos que uno imagina fácilmente viviendo con una madre anciana que teje calceta y los domingos le lleva al hijo la taza de chocolate caliente a la cama; hijo al que en las películas se ve a veces caminando solo tras un féretro, bajo la lluvia, con los ojos enrojecidos y musitando *mamá* con desconsuelo de huérfano desvalido. Pero Corso no había estado desvalido en su vida. Tampoco tenía madre. Y cuando uno llegaba a conocerlo un poco, terminaba preguntándose si la había tenido alguna vez.

—Lamento molestarla en estas circunstancias—, dijo Corso. Estaba sentado frente a la viuda, con el gabán puesto y la bolsa de lona sobre las rodillas. Se mantenía rígido en el borde del asiento mientras los ojos de Liana Taillefer —azul acero, grandes y fríos— lo estudiaban de arriba abajo, empeñados en catalogarlo dentro de alguna especie conocida de ejemplar masculino. Consciente de las dificultades que entrañaba aquello, se sometió al examen sin esforzarse en causar una impresión determinada. Conocía el procedimiento, y en ese instante sus acciones se cotizaban a la baja en la bolsa de valores de Taillefer S. A. viuda de. Eso limitaba la cuestión a una especie de desdeñosa curiosidad, tras hacerle esperar diez minutos en el salón previa escaramuza con una doncella que, tomándolo por un vendedor, estuvo a punto de darle con la puerta en las narices. Pero ahora la viuda observaba de vez en cuando la carpeta que Corso había sacado de la bolsa, y las cosas comenzaban a cambiar. En cuanto a él, procuró sostener a través de sus gafas torcidas la mirada de Liana Taillefer, evitando los rugientes escollos —Scylla y Caribdis: Corso era de Letras— constituidos por las piernas, a meridión, y el busto —exuberante era la palabra, se dijo; llevaba un rato dándole vueltas— que el suéter de angora negra moldeaba de forma devastadora, a septentrión.

—Sería de mucha ayuda —precisó por fin— saber si usted conocía la existencia de este documento.

Puso la carpeta en sus manos, y al hacerlo rozó de modo involuntario los dedos de uñas largas, lacadas en rojo sangre. O quizá los dedos lo rozaron a él. De un modo u otro, el levísimo contacto indicó que las acciones Corso estaban en alza; así que aparentó el apropiado embarazo rascándose el pelo sobre la frente, con la torpeza justa para que ella comprobara que incomodar a viudas hermosas no era su especialidad. Ahora los ojos azul acero no miraban la carpeta, sino a él, y lo hacían con un destello de interés.

—¿Por qué había de conocerlo? —preguntó la viuda. Tenía la voz grave, un poco ronca. El eco de una mala noche. Aún no había separado las tapas de plástico y continuaba atenta a Corso, como si aguardase algo más antes de satisfacer su curiosidad abriendo la carpeta. Éste se ajustó las gafas sobre el puente de la nariz y compuso un gesto grave, de circunstancias. Estaban en la fase protocolaria, así que reservó la eficaz sonrisa de conejo honesto para el momento oportuno.

—Hasta hace poco, era de su marido —dudó un segundo antes de redondear la frase—. Que en paz descanse.

Ella asintió lentamente, cual si eso lo explicara todo, y abrió la carpeta. Corso miraba sobre su hombro, hacia la pared. Allí, entre un Tapies correcto y otro óleo de firma ilegible, había enmarcada una labor infantil con florecitas de colores, nombre y fecha: *Liana Lasauca. Curso 1970-71.* Corso habría calificado aquello de enternecedor si las flores, los pajaritos bordados y las niñas con calcetines y trenzas rubias le produjesen humedades sensibles, del género que fueran. Pero no era su caso. Así que desplazó la mirada hacia otro marco, más pequeño y de plata, donde el extinto Enrique Taillefer Editor S. A., con catavinos de oro al cuello y mandil que le daba un aire vagamente masónico, sonreía a la cámara en el momento de disponerse, con uno de sus éxitos editoriales abierto en la mano diestra, a cortar un cochinillo al estilo segoviano con un plato alzado en la siniestra. Tenía un aspecto plácido, rechoncho y tripón, feliz ante la perspectiva del animalito espatarrado en la fuente; y Corso se dijo que, al menos, su prematuro mutis le habría ahorrado innumerables problemas de colesterol y ácido úrico. También se preguntó, con fría curiosidad técnica, cómo se las arreglaba Liana Taillefer en vida de su esposo cuando necesitaba un orgasmo. Sólo con ese pensamiento dirigió otra breve ojeada al busto y las piernas de la viuda, antes de concluir de acuerdo consigo mismo. Parecía demasiada mujer para resignarse al cochinillo.

—Esto es lo de Dumas —dijo ella, y Corso se irguió un poco, alerta y lúcido. Liana Taillefer golpeaba con una de sus uñas rojas las fundas de plástico que protegían las páginas—. El capítulo famoso. Claro que lo conozco —al inclinar el rostro, el cabello se le había deslizado sobre la cara; tras la cortina rubia observaba a su visitante con suspicacia— ...¿Por qué lo tiene usted?

—Su marido lo vendió. Intento autentificarlo.

La viuda encogía los hombros.

—Que yo sepa, es auténtico —suspiró largamente, devolviendo la carpeta—. ¿Vendido, dice?... Qué raro —pareció reflexionar—. Enrique tenía estos papeles en mucho aprecio.

—Tal vez recuerde dónde pudo adquirirlos.

—No sabría decirle. Creo que alguien se los regaló.

—¿Era coleccionista de documentos autógrafos?

—El único que le conocí fue ése.

—¿Nunca comentó su intención de venderlo?

—No. Usted trae la primera noticia. ¿Quién es el comprador?

—Un librero cliente mío. Lo sacará a subasta cuando entregue el informe.

Liana Taillefer decidió concederle algo más de interés; las acciones Corso experimentaban una nueva subida, moderada, en la bolsa local. Se quitó las gafas para limpiarlas con el pañuelo arrugado. Sin ellas su aspecto era más vulnerable, y lo sabía de sobra. Todo el mundo experimentaba la necesidad de ayudarle a cruzar la calle cuando entornaba los ojos como un conejito miope.

—¿Ése es su trabajo? —preguntó ella—. ¿Autentificar manuscritos?

Hizo un vago gesto afirmativo. La viuda estaba un poco desenfocada ante sus ojos, insólitamente más próxima.

—A veces. También busco libros raros, grabados y cosas por el estilo. Cobro por ello.

—¿Cuánto cobra?

—Depende —se puso las gafas, y los contornos de la mujer se perfilaron de nuevo, nítidos, en su retina—. A veces mucho y otras poco; el mercado tiene sus altibajos.

—Una especie de detective, ¿no? —aventuró ella, en tono divertido—. Un detective de libros.

Era el momento de sonreír. Lo hizo mostrando los incisivos, con una modestia calculada al milímetro. Adóptenme en el acto, decía su sonrisa.

—Sí. Supongo que podríamos llamarlo así.

—Y me visita por encargo de su cliente...

—Eso es —ya podía permitirse aparentar mayor seguridad, así que golpeó el manuscrito con los nudillos—. A fin de cuentas, esto vino de aquí. De su casa.

Ella asintió despacio, observando la carpeta. Parecía reflexionar.

—Es raro —dijo al cabo de un momento—. No imagino a Enrique vendiendo ese original de Dumas. Aunque en los últimos días se comportaba de forma extraña... ¿Cómo ha dicho que se llama el librero? El nuevo propietario.

—No lo he dicho.

Lo miró de arriba abajo, con tranquila sorpresa. No parecía acostumbrada a conceder a los hombres más de tres segundos antes de verse complacida en sus deseos.

—Dígamelo, entonces.

Corso esperó un poco, lo necesario para que las uñas de Liana Taillefer iniciasen un tamborileo impaciente en el brazo del sofá.

—Se llama La Ponte —declaró por fin. Era otro de sus trucos: hacer que los demás se atribuyeran triunfos que, en realidad, no eran sino concesiones triviales por su parte—... ¿Lo conoce?

—Claro que lo conozco; fue proveedor de mi marido —frunció el ceño con desagrado—. Venía por aquí de vez en cuando a traerle esos estúpidos folletines. Supongo que tendrá un recibo... Quisiera una copia, si no le importa.

Corso asintió vagamente mientras se inclinaba un poco hacia ella.

—¿Era su marido muy aficionado a Alejandro Dumas?

—¿A Dumas, dice? —Liana Taillefer sonrió. Se había echado el cabello hacia atrás y ahora sus ojos brillaban, burlones—. Venga conmigo.

Se puso en pie con uno de esos gestos en los que invertía una eternidad, y se alisó la falda mirando alrededor como si de pronto hubiera olvidado el objeto de su movimiento. Era bastante más alta que Corso, a pesar de que calzaba tacón bajo. Lo precedió hasta un gabinete contiguo. Mientras la seguía, él observó su espalda ancha lo mismo que la de una nadadora, y la cintura ceñida, y justo en el límite. Le calculó treinta años. Parecía camino de convertirse en una de aquellas matronas nórdicas, con caderas en las que nunca se pone el sol, hechas para parir sin esfuerzo rubios Eriks y Sigfridos.

—Ojalá sólo fuera Dumas —dijo ella, indicando el interior del gabinete—. Mire esto.

Obedeció Corso. Las paredes estaban cubiertas de estantes de madera que se curvaban bajo el peso de gruesos volúmenes encuadernados. Sintió que sus glándulas segregaban saliva, por reflejo profesional. Dio unos pasos hacia los estantes mientras se tocaba las gafas: *La condesa de Charny*, A. Dumas, ocho tomos, ediciones La Novela Ilustrada, director literario Vicente Blasco Ibáñez. *Las dos Dianas*, A. Dumas, tres tomos. *Los Mosqueteros*, A. Dumas, ediciones Miguel Guijarro, grabados de Ortega, cuatro tomos. *El conde de Montecristo*, A. Dumas, cuatro tomos de Juan Ros editor, grabados de A. Gil... También cuarenta tomos de *Rocambole*, por Ponson du Terrail. Los *Pardellanes* de Zevaco, completos. Y más Dumas, junto a nueve tomos de Victor Hugo y otros tantos de Paul Feval, cuyo *Jorobado* figuraba en encuadernación de lujo, tafilete rojo y cantos dorados. Y el *Pickwick* de Dickens, en traducción de Benito Pérez Galdós, flanqueado por varios Barbey d'Aurevilly y por *Los misterios de París*, de Eugenio Sue. Todavía más Dumas —*Los Cuarenta y Cinco*, *El collar de la reina*, *Los compañeros de Jehú*— y *Venganza corsa*, de Merimée. Quince tomos de Sabatini, varios de Ortega y Frías, Conan Doyle, Manuel Fernández y González, Mayne Reid, Patricio de la Escosura...

—Impresionante —comentó Corso—. ¿Cuantos títulos hay aquí?

—No lo sé. Dos mil y pico. Tres mil. Casi todos folletines en primeras ediciones, tal como fueron encuadernados después de publicarse por entregas... Otros son tomos ilustrados. Mi marido los coleccionaba con frenesí, pagando lo que pidieran por ellos.

—Un verdadero aficionado, por lo que veo.

—¿Aficionado? —Liana Taillefer esbozó una sonrisa indefinible—. Lo suyo fue auténtica pasión.

—Yo pensaba que la gastronomía...

—Los libros de cocina eran su forma de ganar dinero. Enrique tenía algo de rey Midas: cualquier recetario barato se convertía en éxito editorial en sus manos. Pero lo suyo era esto. Le gustaba encerrarse aquí y manosear esos viejos folletines. Suelen estar impresos en mal papel, y su obsesión era conservarlos. ¿Ve el termómetro y el indicador de humedad?... Podía recitar páginas enteras de sus obras favoritas. Incluso se le escapaban exclamaciones como voto a tal, diantre y cosas así. Los últimos meses los pasó escribiendo.

—¿Una novela histórica?

—Un folletín. Ateniéndose a todos los lugares comunes del género, por supuesto —fue hacia un estante y cogió un pesado manuscrito, folios cosidos a mano. Estaban escritos con letra redonda y grande, por una cara—. ¿Qué le parece el título?

—*La mano del muerto o el paje de Ana de Austria* —leyó Corso en voz alta—. Sin duda es, bueno... —se pasó un dedo por el arco de una ceja, en busca del término apropiado a las circunstancias—. Sugerente.

—Y plúmbeo —añadió ella, devolviendo el manuscrito a su lugar—. Y lleno de anacronismos. Y absolutamente estúpido, se lo aseguro. Crea que sé de qué le hablo: al final de cada sesión de escritura me leía folio a folio, de principio a fin —dio unos golpecitos rencorosos sobre el título, caligrafiado con mayúsculas—. Dios mío. Le aseguro que llegué a odiar a ese paje y a la zorra de su reina.

—¿Tenía intención de publicarlo?

—Claro que sí. Y con seudónimo. Supongo que habría elegido Tristán de Longueville, Paulo Florentini o algo por el estilo. Era muy propio de él hacer una cosa así.

—¿Y ahorcarse? ¿También era propio de él?

Con la mirada fija en las paredes cubiertas de libros, Liana Taillefer guardó silencio. Un silencio incómodo, se dijo Corso; tal vez algo for-

61

zado, con el aire absorto como recurso. Igual que una actriz a la espera de proseguir su diálogo de modo convincente.

—Nunca sabré lo que pasó —respondió por fin, y de nuevo su aplomo era perfecto—. La última semana estuvo huraño y deprimido; apenas salía de este gabinete. Luego, una tarde, dio un portazo y se fue a la calle. Regresó de madrugada; yo estaba en la cama y oí cerrar la puerta. Por la mañana me despertaron los gritos de la doncella: Enrique se había colgado de la lámpara.

Ahora miraba a Corso, atenta al efecto. No parecía apesadumbrada en exceso, meditó el cazador de libros recordando la foto del mandil y el cochinillo. En algún momento pudo sorprender en sus ojos un parpadeo, cual si estos se resistiesen a verter una lágrima, pero siguieron irreprochablemente secos. Eso no significaba nada. Generaciones de maquillaje deleble a las emociones han enseñado a las mujeres a controlar sus sentimientos. Y el maquillaje de Liana Taillefer, una sombra clara que acentuaba el tono de su mirada, era perfecto.

—¿Dejó alguna carta? —preguntó Corso—. Los suicidas suelen hacerlo.

—Decidió ahorrarse el trabajo. Ni una explicación, ni unas letras. Nada. Esa desconsideración me ha costado muchas preguntas de un juez y unos policías. Desagradable, se lo aseguro.

—Me hago cargo.

—Sí. Supongo que se lo hace.

Liana Taillefer había dado por terminada la entrevista. Fueron hasta la puerta y allí le tendió la mano. Con la carpeta bajo el brazo y la bolsa al hombro, Corso alargó la suya, sintiendo entre los dedos y la palma aquel contacto firme. Para sus adentros le atribuía buena calificación. Ni viuda alegre, ni estragada por el dolor, ni frialdad del tipo se fue un imbécil o al fin solos o ya puedes salir del armario, cariño. Que dentro del armario había alguien, eso era probable, pero no incumbía a Corso. Como tampoco el suicidio de Enrique Taillefer S. A., por extraño —y lo era mucho, pardiez, con el paje de la reina de por medio y el manuscrito volador— que pareciera. Pero, igual que la hermosa viuda, esos no eran asuntos suyos. De momento.

Miró a Liana Taillefer. Me encantaría saber quién se te está beneficiando, pensó con tranquila curiosidad técnica. Mentalmente trazó un retrato robot: maduro, apuesto, culto, con dinero. Un ochenta y cinco por ciento de probabilidades a favor de que fuera amigo del finado. Después se preguntó si el suicidio del editor tendría algo que ver con aquello, antes de interrumpirse con disgusto. Deformación profesional o lo que fuera, a veces se abandonaba a la absurda costumbre de razonar como un policía. El pensamiento lo estremeció hasta la médula. Uno nunca sabe qué tenebrosos pozos de perversidad, o de estupidez, esconde en el fondo de su alma.

—Quiero agradecerle —dijo mientras extraía de su repertorio la más enternecedora sonrisa de conejo simpático que fue capaz de componer— el tiempo que me ha dedicado.

La sonrisa se perdió en el vacío; ella miraba el manuscrito Dumas.

—No tiene que agradecerme nada. Sólo un interés lógico por ver en qué termina todo esto.

—La mantendré al corriente... Otra cosa. ¿Tiene intención de conservar la colección de su marido, o piensa desprenderse de ella?

Lo miró, desconcertada. Corso sabía por experiencia que, tras el fallecimiento de un bibliófilo, a las venticuatro horas de salir el féretro salía la biblioteca por la misma puerta. Le extrañaba que no hubiese caído por allí ninguno de los cuervos de la competencia. Después de todo, Liana Taillefer, según confesión propia, no compartía los gustos literarios de su marido.

—La verdad es que no he tenido tiempo de pensar en ello... ¿Quiere decir que le interesan esos folletines?

—Podría ser.

Ella dudó un momento. Quizás un par de segundos más de lo necesario.

—Es todo demasiado reciente —dijo por fin, con el suspiro adecuado—. Tal vez dentro de unos días.

Corso apoyó la mano en la barandilla y empezó a bajar la escalera. Arrastraba los pies, demorándose en los primeros peldaños con cierta desazón, igual que cuando uno abandona el lugar donde olvida algo sin saber muy bien de qué se trata. Pero él poseía la certeza de no olvidar nada. Cuando llegó al primer rellano levantó los ojos y vio que Liana Taillefer aún estaba en el umbral, observándolo. Tenía, o al menos así le pareció, un aire entre preocupado y curioso. Corso descendió unos escalones más y, como en un lento plano cinematográfico, el rectángulo de visión se desplazó hacia abajo. Tras perder de vista la inquisitiva mirada de los ojos azul acero, su última imagen se deslizó por el cuerpo de Liana Taillefer, busto y caderas, hasta las piernas de carne firme y blanca que asentaba un poco separadas, sugerentes y fuertes como las columnas de un templo.

Todavía le daba Corso vueltas a la cabeza cuando cruzó el portal y salió a la calle. Imaginaba al menos cinco preguntas que requerían respuesta, así que iba siendo necesario situarlas por orden de importancia. Se detuvo en la acera, frente a la verja del Retiro, y miró casualmente a su izquierda, en espera de un taxi. Había un enorme Jaguar aparcado a pocos metros. El chófer, de uniforme gris oscuro, casi negro, leía un periódico apoyado en el capó. En ese momento alzaba la vista del diario, y sus ojos encontraron los de Corso. Fue sólo un segundo en que las miradas se cruzaron, y luego el chófer volvió a su lectura. Era moreno, con bigote, y una cicatriz pálida le surcaba una mejilla de arriba abajo. Su aspecto produjo en Corso una sensación familiar: se parecía á alguien. Tal vez, recordó, al hombre alto que jugaba con la tragaperras en el bar de Makarova. Aunque había algo más. Su aspecto removía en Corso un recuerdo remoto, impreciso; pero antes de tener tiempo para analizarlo apareció un taxi libre, al que un individuo con abrigo loden y maletín de ejecutivo hacía señas desde el otro lado de la calle. Aprovechó que el taxista miraba en su dirección, bajó del bordillo con rapidez y se hizo con el coche en las narices del otro.

Pidió al conductor que bajase el volumen de la radio mientras se acomodaba en el asiento trasero, mirando sin ver el tráfico a su alrededor. Le complacía la paz conseguida cada vez que cerraba la portezuela de un taxi. Era lo más parecido a una tregua con el mundo exterior: todo en suspenso, al otro lado de la ventanilla, durante el trayecto. Apoyó la cabeza en el respaldo, encantado con la perspectiva.

Era hora de pensar en cosas serias; como el *Libro de las Nueve Puertas* y el viaje a Portugal, primera etapa del trabajo. Pero Corso no podía concentrarse. La entrevista con la viuda de Enrique Taillefer dejaba demasiadas cuestiones en el aire, y eso le produjo una extraña inquietud. Algo se le iba de las manos en todo aquello, parecido a contemplar un paisaje desde la perspectiva errónea. Y aún más: tardó varios semáforos en rojo en caer en la cuenta de que la imagen del chófer del Jaguar se interponía en sus reflexiones. Eso le hizo sentirse molesto. Tenía la certeza de no haberlo visto en su vida, antes del bar de Makarova. Pero un recuerdo irracional percutía en su interior. Te conozco, se dijo. Estoy seguro. Cierta vez, hace mucho tiempo, tropecé con un fulano como tú. Y sé que estás ahí, en alguna parte. En el lado oscuro de mi memoria.

Grouchy no apareció por ninguna parte, pero aquello había dejado de tener importancia. Los prusianos de Bulow se retiraban desde las alturas de Chapelle St. Lambert, con la caballería ligera de Sumont y Subervie pegada a las botas. Hacia el flanco izquierdo, ningún problema: las formaciones rojas de la infantería escocesa estaban rebasadas y deshechas tras la carga de los coraceros franceses. En el centro, la división Jerome había tomado, por fin, Hougoumont. Y al norte de Mont St. Jean, los cuadros azules de la buena y vieja Guardia se agrupaban lenta pero implacablemente, con Wellington replegándose en delicioso desorden sobre aquel pueblecito, Waterloo. Sólo quedaba asestar el golpe de gracia.

Lucas Corso observó el terreno. La solución era Ney, por supuesto. El bravo entre los bravos. Lo colocó al frente, con Erlon y la división Jerome, o lo que quedaba de ella, y los hizo avanzar *au pas de charge* por la carretera de Bruselas. Cuando establecieron contacto con las formaciones británicas, Corso se recostó un poco en la silla y contuvo el aliento, seguro de las implicaciones de su acto: acababa de decidir, en apenas medio minuto, sobre la vida o la muerte de 22.000 hombres. Saboreando aquella sensación se recreó en las compactas filas azules y rojas, en el verde suave del bosque de Soignes, en las manchas pardas de las colinas. Por Dios que era una hermosa batalla.

El choque fue duro, pobres diablos. El cuerpo de ejército de Erlon se deshizo como la choza de paja del cerdito perezoso, pero Ney y la gente de Jerome sostuvieron su línea. La Vieja Guardia avanzaba barriéndolo todo al paso, y los cuadros ingleses desaparecieron uno tras otro del mapa. Wellington no tenía más opción que retirarse, y Corso le cerró el paso hacia Bruselas con la reserva de caballería francesa. Después, lenta y deliberadamente, asestó el golpe final. Sosteniendo a Ney entre el pulgar y el índice, lo hizo avanzar tres hexágonos. Sumó factores de potencia, consultando las tablas: la relación era de 8 a 3. Wellington estaba acabado. Quedaba el pequeño resquicio dejado al azar. Consultó la tabla de equivalencias, comprobando que bastaría con un 3. Todavía tuvo una punzada de inquietud mientras recurría a los dados para decidir el pequeño factor de azar correspondiente. Incluso con la batalla ganada, perder a Ney en el último minuto era de aficionados. El caso es que obtuvo un factor cinco. Sonreía con el extremo de la boca al dar un afectuoso golpecito con la uña sobre la ficha azul de Napoleón. Imagino cómo te sientes, compañero. Wellington y sus últimos cinco mil desdichados estaban muertos o prisioneros, y el Emperador acababa de ganar la batalla de Waterloo. Alonsanfán. Todos los libros de Historia podían irse al diablo.

Se abandonó a un largo bostezo. Sobre la mesa, junto al tablero que representaba a escala 1:5.000 el campo de batalla, entre libros de consulta, gráficos, una taza de café y el cenicero lleno de colillas, el reloj de pulsera marcaba las tres de la madrugada. A un lado, sobre el mueble bar, desde su etiqueta roja igual que una casaca británica, Johnnie Walker hacía un gesto malicioso a mitad de su zancada. Rubicundo sinvergüenza, pensó Corso. Le traía sin cuidado que varios miles de compatriotas acabasen de morder el polvo en Flandes.

Dio la espalda al inglés para dedicar su atención a una botella intacta de Bols encajada en un estante de la pared, entre el *Memorial de Santa Helena* en dos tomos y una edición francesa de *El rojo y el negro*. Desprecintó la botella con este último abierto sobre la mesa, hojeándolo al azar mientras vertía ginebra en un vaso:

> ...*Las* Confesiones *de Rousseau era el único libro a través del que su imaginación se representaba el mundo. La recopilación de boletines de la Grande Armée y el* Memorial de Santa Helena *completaban su Corán. Se habría hecho matar por esos tres libros. Jamás creyó en ningún otro.*

Bebió en pie, a sorbos, mientras estiraba las articulaciones entumecidas. Aún tuvo un último vistazo para el campo de batalla donde, tras la carnicería, cesaba el ruido de las armas. Apuró el resto de ginebra, sintiéndose como el sueño de un dios ebrio que manejara vidas del mismo modo que soldaditos de plomo. Imaginó a lord Arturo Wellesley, duque de Wellington, al entregar su espada a Ney. Había jóvenes muertos en el barro, caballos sin jinete, y un oficial de los Escoceses Grises agonizante bajo la cureña destrozada de un cañón, con un dije de oro —retrato de mujer y mechón de cabello rubio— entre los dedos ensangrentados. Al otro extremo de las sombras en que se hundía sonaban los compases del último vals. Y la bailarina lo contemplaba desde la repisa, con su lentejuela en la frente reflejando las llamas de la chimenea, dispuesta a caer en manos del duende de la tabaquera. O del tendero de la esquina.

Waterloo. Podían descansar tranquilos los huesos del viejo granadero, su tatarabuelo. Lo imaginó en el interior de cualquier pequeño cuadro azul sobre el tablero, en la línea parda que representaba la carretera de Bruselas, tiznado el rostro, chamuscado el mostacho por los fogonazos de pólvora. Avanzaba ronco, febril después de tres días peleando a la bayoneta. Tenía la mirada ausente que Corso imaginó mil veces en todos los hombres, en todas las guerras. Y levantaba, exhausto, su agujereado chacó de piel de oso en la punta del fusil, con sus camaradas. Viva el

Emperador. El solitario, rechoncho y canceroso fantasma de Bonaparte estaba vengado. Descanse en paz. Hip, hip. Hurra.

Llenó otro vaso de Bols e hizo un silencioso brindis en dirección al sable colgado en la pared, a la salud de la sombra fiel del granadero Jean-Pax Corso, 1770-1851, Legión de Honor, caballero de la Orden de Santa Helena, bonapartista irreductible hasta su muerte, cónsul de Francia en la misma ciudad mediterránea donde un siglo más tarde nacería su tataranieto. Y con el sabor de la ginebra en la boca recitó entre dientes el único patrimonio transmitido del uno al otro, a través de aquel siglo y de los Corsos que ahora desaparecían con él:

> *...Y el Emperador, al frente
> de su ejército impaciente
> cabalgará en un clamor.
> Y armado saldré de tierra,
> y otra vez iré a la guerra
> detrás del Emperador.*

Se reía a solas cuando descolgó el teléfono, marcando el número de La Ponte. El ruido del disco al girar sonaba en el silencio del cuarto. Había libros en las paredes, tejados húmedos de lluvia al otro lado del mirador oscuro. La vista no era gran cosa desde allí, excepto en los atardeceres de invierno, cuando el sol poniente se filtraba entre el humo de las calefacciones y la contaminación de la calle, y el aire parecía inflamarse de rojos y ocres a modo de cortina espesa. La mesa de trabajo, el ordenador y el tablero de Waterloo estaban situados ante ese panorama, junto al mirador acristalado sobre el que esa noche resbalaban gotas de lluvia. En las paredes no había recuerdos, cuadros ni fotos. Sólo el antiguo sable de la Vieja Guardia en su funda de latón y cuero. Cuando recibía visitantes, estos se extrañaban de no encontrar allí, salvo los libros y el sable, ningún rastro de vida personal, cualquiera de esos anclajes que todo ser humano establece, por instinto, con su memoria o su pasado. Igual que los objetos ausentes de aquella casa, el mundo del que procedía Lucas Corso llevaba extinguido mucho tiempo. Ninguno de los rostros graves que a veces se perfilaban en su memoria lo habría reconocido, de volver a la vida; y tal vez fuese mejor así. Era como si el dueño de aquel recinto jamás hubiera tenido, o dejado, nada atrás. Como si se hubiese bastado siempre a sí mismo, con lo puesto, igual que un vagabundo erudito y urbano que llevara su hatillo en el forro del gabán. Y sin embargo, los escasos privilegiados que lo vieron en alguno de esos rojizos atardeceres, sentado en el mirador con los ojos deslumbrados hacia poniente, turbios de ginebra holandesa, dicen que su mueca de torpe conejo desvalido parecía sincera.

La voz soñolienta de La Ponte sonó en el teléfono.

—Acabo de machacar a Wellington —informó Corso.

Tras un silencio desconcertado, La Ponte respondió que se alegraba mucho. La pérfida Albión, el pastel de riñones y la calefacción de monedas en los miserables hoteles. Aquel cipayo, Kipling, y toda esa murga de Balaclava, Trafalgar y Las Malvinas. En cuanto a Corso, le recordaba que eran —el teléfono quedó silencioso, mientras La Ponte buscaba a tientas su reloj— las tres de la madrugada. Después farfulló algo incoherente, donde sólo se oyeron con claridad las palabras maldito y cabrón, por ese orden.

Corso aún reía para sí mismo cuando colgó el auricular. Una vez llamó a La Ponte a cobro revertido desde una subasta, en Buenos Aires, sólo para contarle un chiste: la puta tan fea que murió virgen. Ja, ja. Muy bueno. Pero te haré comer la factura del teléfono cuando vuelvas, maldito imbécil. Y aquella vez, años atrás, el día que amaneció abrazado a Nikon, su primer gesto fue descolgar el teléfono para decirle a La Ponte que había conocido a una mujer hermosa y que todo se parecía mucho a estar enamorado. Cada vez que lo deseaba, Corso era capaz de cerrar los ojos y ver a Nikon despertar despacio, el cabello desbordando la almohada. Con el auricular pegado a la oreja se la había descrito a La Ponte, sintiendo una extraña emoción, una ternura inexplicable y desconocida mientras hablaba por teléfono y ella escuchaba mirándolo en silencio; y sabía que la voz que sonaba al otro lado de la línea —me alegro, Corso, amigo, bendito seas, ya era hora, me alegro por ti— era sincera al compartir su despertar, su triunfo, su felicidad. Esa mañana quiso a La Ponte tanto como a ella. O tal vez a ella tanto como a él.

Desde entonces había transcurrido mucho tiempo. Corso apagó la lámpara. La lluvia seguía cayendo en la noche. En el dormitorio, sentado al borde de la cama vacía, encendió un último cigarrillo inmóvil en la penumbra, acechando el eco de la respiración ausente, entre las sábanas. Después alargó una mano para rozar el cabello que ya no estaba allí, sobre la almohada. Nikon era su único remordimiento. Ahora la lluvia arreciaba afuera, y las gotas de agua, en la ventana, descomponían en pequeños reflejos la escasa luz exterior, cribando las sábanas de puntos móviles, regueros negros, sombras minúsculas que se desplomaban sin rumbo, como los jirones de una vida.

—Lucas.

Pronunció su propio nombre en voz alta igual que solía hacerlo ella, la única que siempre lo llamó así. Esas cinco letras eran un símbolo de la destrozada patria común que, en otro tiempo, ambos desearon compartir. Centró Corso su atención en la brasa del cigarrillo, roja en la oscuridad. Había creído amar mucho a Nikon, antes. Cuando la encontraba bella e inteligente, infalible como una encíclica pontificia, apasionada igual que sus fotografías en blanco y negro: niños de ojos grandes, ancianos, chuchos de mirada fiel. Cuando la veía defender la libertad de los pueblos y firmar manifiestos a favor de los intelectuales encarcelados, las etnias oprimidas y cosas así. También de las focas. Una vez había logrado que él firmase algo sobre las focas.

Se levantó despacio de la cama para no despertar al fantasma que dormía a su lado, acechando el ritmo de una respiración que a veces imaginaba escuchar de veras. Estás muerto como tus libros. Jamás quisiste a nadie, Corso. Esa fue la primera y última vez que ella pronunció sólo su apellido; la primera y última vez que le negó su cuerpo, antes de marcharse para siempre. En busca de aquel hijo que él nunca quiso tener.

Abrió la ventana, sintiendo el frío húmedo de la noche mientras las gotas de agua le mojaban el rostro. Dio una última chupada al cigarrillo y después lo dejó caer, punto rojo extinguiéndose en la oscuridad, arco de trayectoria interrumpida, o invisible, hacia las sombras.

Llovería esa noche también sobre otros paisajes. Sobre las últimas huellas de Nikon. Sobre los campos de Waterloo, el tatarabuelo Corso y sus camaradas. Sobre la tumba roja y negra de Julián Sorel, guillotinado por creer que, desaparecido Bonaparte, agonizaban las estatuas de bronce en los viejos caminos olvidados. Estúpido error. Lucas Corso sabía, mejor que nadie, que aún era posible elegir campo de batalla y cobrar el estipendio como soldado perdido y lúcido, montando guardia entre fantasmas de papel y cuero, entre la resaca de millares de naufragios.

Gente de toga y gente de espada

—Los que están en la tumba no hablan.
—Hablan cuando Dios quiere —replicó Lagardère.

(P. Feval. *El jorobado*)

El taconeo de la secretaria redoblaba en el suelo de madera barnizada. Lucas Corso la siguió por el largo pasillo —paredes color crema suave, luces indirectas, música ambiental— hasta llegar a una pesada puerta de roble. Obedeció la indicación de aguardar un instante y después, cuando la secretaria se hizo a un lado dedicándole una sonrisa breve e impersonal, entró en el despacho. Varo Borja estaba sentado en un sillón reclinable de cuero negro, entre media tonelada de caoba y la ventana con una espléndida panorámica de Toledo: viejos tejados ocres, la aguja gótica de la catedral recortada sobre un limpio cielo azul y, al fondo, la mole gris del Alcázar.

—Siéntese, Corso. ¿Cómo está?

—Bien.

—Ha tenido que esperar.

No era una disculpa, sino la constatación de un hecho. Corso torció la boca.

—No se preocupe. Esta vez sólo han sido cuarenta y cinco minutos.

Varo Borja ni siquiera se tomó el trabajo de sonreír un poco mientras Corso ocupaba un sillón destinado a los visitantes. En la mesa no había nada, excepto un complicado sistema de teléfono e interfono, de moderno diseño, sobre la superficie donde se reflejaba, invertida, la imagen del librero con el paisaje de la ventana como decorado de fondo. Varo Borja rondaba los cincuenta años; lucía una calva bronceada por rayos uva y un aire respetable que distaba mucho de ser cierto. Los ojos eran pequeños, móviles y astutos; disimulaba su excesiva cintura con ajustados chalecos de fantasía, bajo americanas hechas a medida, y era marqués de algo, con un pasado juvenil tormentoso y calavera que incluía una ficha policial, cierto escándalo por estafa y cuatro prudentes años de autoexilio en Brasil y Paraguay.

—Voy a enseñarle una cosa.

Tenía maneras bruscas, a menudo rayanas en una grosería calculada que cultivaba con esmero. Corso lo vio levantarse camino de una pequeña vitrina, que abrió con la llavecita que extrajo del bolsillo, al extremo de una cadena de oro. Sin establecimiento comercial cara al público —salvo un expositor reservado en las más importantes ferias internacionales— el catálogo de Varo Borja nunca incluía más de medio centenar de títulos selectos. Seguía la pista a libros raros en cualquier rincón del mundo, combatiendo con dureza y malas artes para hacerse con ellos, y después especulaba según las oscilaciones del mercado. Su nómina eventual incluía coleccionistas, conservadores, grabadores, impresores y proveedores, como Lucas Corso.

—¿Qué le parece?

Corso alargó las manos para recibir el libro, con el cuidado que cualquiera mostraría al recibir en brazos a un niño de pocos meses. Estaba encuadernado en piel marrón, con ornamentos dorados, de época, y su estado de conservación era excelente.

—*La Hypnerotomachia di Poliphilo*, de Colonna —dijo—. Lo consiguió por fin.

—Hace tres días. Venecia, 1545. *In casa di figlivoli di Aldo.* Ciento setenta grabados en madera... ¿Aún sigue interesado ese suizo del que me habló?

—Supongo que sí. ¿Está completo?

—Claro. Todas las xilografías de esta edición, menos cuatro, son reimpresiones de las de 1499.

—Mi cliente hubiera preferido una primera edición, pero intentaré convencerlo con la segunda... Hace cinco años se le escapó un ejemplar en la subasta de Mónaco.

—Pues suya es la opción.

—Déme un par de semanas para ponerme en contacto con él.

—Prefiero tratar directamente —Varo Borja sonreía como un tiburón en busca de bañista—. Respetando, claro, su comisión con el porcentaje habitual.

—Ni hablar. El suizo es *mi* cliente.

El otro sonrió, irónico.

—No se fía de nadie, ¿verdad?... Le imagino de niño, analizando la leche de su madre antes de ponerse a mamar.

—Usted revendería la de la suya, supongo.

Varo Borja observó fijamente al cazador de libros, que ahora no tenía nada de conejil, ni de simpático; más bien recordaba a un lobo que enseñara el colmillo de través.

—¿Sabe lo que me gusta de su carácter, Corso?... La naturalidad con que asume el papel de sicario a sueldo, entre tanto demagogo y cantamañanas que anda por ahí... Parece uno de esos individuos flacos y peligrosos de los que recelaba Julio César... ¿Qué tal duerme?

—A pierna suelta.

—Seguro que no. Apostaría un par de góticos a que es de los que pasan mucho rato con los ojos abiertos en la oscuridad... ¿Quiere que le diga una cosa? Yo recelo por instinto de los hombres flacos voluntariosos y entusiastas. Sólo me sirvo de ellos cuando se trata de mercenarios bien pagados, gente desarraigada y sin complejos. Desconfío de quien alardea de una patria, una familia o una causa.

El librero introdujo de nuevo el *Poliphilo* en la vitrina. Después soltó una risa seca, desprovista de humor:

—¿Tiene amigos, Corso?... A veces me pregunto si alguien como usted puede tenerlos.

—Váyase a la mierda.

La sugerencia había sido formulada con impecable frialdad. Varo Borja sonrió lenta y deliberadamente. No parecía ofendido.

—Tiene razón. Su amistad no me interesa lo más mínimo, pues le compro lealtad mercenaria, sólida y duradera. ¿No es cierto?... El pundonor profesional de quien cumple su contrato aunque el rey que le empleó haya huido, aunque la batalla esté perdida y aunque no haya salvación posible...

Miraba a Corso con aire de guasa, provocador, atento a su reacción. Pero éste se limitó a un gesto de impaciencia, tocando, sin mirarlo, el reloj que llevaba en la muñeca izquierda.

—El resto puede escribírmelo —dijo—. Por carta. Yo no cobro por reírle a usted las gracias.

Varo Borja pareció meditar aquello. Luego asintió, aún burlón.

—Otra vez tiene razón, Corso. Volvamos a los negocios... —miró alrededor antes de centrarse en el tema—. ¿Recuerda el *Tratado del Arte de la Esgrima*, de Astarloa?

—Sí. Una edición de 1870, muy rara. Le proporcioné un ejemplar hace un par de meses.

—El mismo cliente pide ahora *Académie de l'espée*. ¿Le conoce?

—No sé si se refiere al cliente o al libro... Usted abusa tanto de los leísmos que a veces me armo un lío.

La mirada hosca de Varo Borja reveló escaso aprecio por el comentario:

—No todos poseemos su limpia y breve prosa, Corso. Hablaba del libro.

—Es un Elzevir del XVII. Gran infolio con grabados. Se le considera el más bello tratado de esgrima. Y el más caro.

—El comprador está dispuesto a pagar lo que sea.

—Habrá que encontrarlo, entonces.

Varo Borja había ocupado de nuevo su sillón ante la ventana que enmarcaba la panorámica de la ciudad antigua y cruzaba las piernas, satisfecho, colgados los pulgares en los bolsillos del chaleco. Era obvio que le iban bien los negocios. Sólo unos cuantos, entre sus más cualificados colegas europeos, podían permitirse aquella vista tras la mesa de trabajo. Pero Corso no estaba impresionado. Los tipos así dependían de gente como él, y eso era algo que nadie tenía que explicar a ninguno de los dos.

Se ajustó las gafas torcidas y miró al librero.

—¿Qué hacemos con el *Poliphilo*?

Varo Borja dudaba entre la antipatía y el interés, lanzando ojeadas a la vitrina y luego a él.

—De acuerdo —dijo a regañadientes—. Negocie con el suizo.

Asintió Corso sin delatar satisfacción por la pequeña victoria. El suizo no existía, pero ese era asunto suyo. No faltaban compradores para un libro como aquél.

—Hablemos de sus *Nueve Puertas* —propuso, y vio animarse la expresión del librero.

—Hablemos. ¿Acepta el trabajo?

Corso se mordía la piel de un pulgar, junto a la uña. La escupió suavemente sobre la mesa impoluta.

—Imagine por un momento que su ejemplar resulta falso. Y que el auténtico es cualquiera de los otros dos. O ninguno.

Varo Borja, molesto, parecía buscar con la mirada la minúscula piel del pulgar de Corso. Por fin renunció a ello.

—En tal caso —dijo— tomará buena nota y seguirá mis instrucciones.

—Cuéntemelas.

—Cada cosa a su tiempo.

—Insisto. Cuéntemelas —comprobó que el librero dudaba un instante. En el rincón de su cerebro donde residía el instinto de cazador, algo empezó a latir fuera de lugar. *Tic, tac*. El sonido casi imperceptible de una máquina desajustada.

—Eso —respondió el otro, por fin— lo decidiremos sobre la marcha.

—¿Qué hemos de decidir? —Corso empezaba a mostrarse irritado—. Uno de los libros se encuentra en una colección privada y el otro en una fundación pública; ninguno está en venta. Eso significa que ahí termina todo: mi gestión y sus pretensiones. Yo le digo: éste o aquél son falsos, o no lo son. En cualquier caso, cuando termine cobro y adiós.

Demasiado simple, decía la media sonrisa del librero.

—Eso depende.

—Es lo que temo... Tiene alguna idea entre ceja y ceja, ¿verdad?

Varo Borja levantó un poco una mano, observando el reflejo de ésta en la superficie pulida de la mesa. Después la hizo descender despacio, hasta unir la mano al reflejo. Corso miró aquella mano ancha y velluda, con un enorme sello de oro en el meñique. La conocía demasiado bien. La había visto firmar cheques sobre cuentas inexistentes, apoyar rotundas falsedades, estrechar manos que iba a traicionar. Siguió escuchando el sospechoso *tic tac*. De pronto sentía una extraña fatiga. Ya no estaba seguro de desear el trabajo.

—No estoy seguro —dijo en voz alta— de que desee este trabajo.

Varo Borja tuvo que captar el tono en su voz, pues modificó su actitud. Entrelazaba ahora los dedos bajo el mentón, inmóvil, con la luz de la ventana bruñéndole la calva bronceada y perfecta. Parecía reflexionar, y sus ojos no se apartaban de Corso.

—¿Nunca le he contado por qué me hice librero?

—No. Y maldito lo que me importa.

El otro soltó una carcajada teatral. Aquello anunciaba su disposición a encajar, benévolo. El malhumor de Corso podía discurrir sin consecuencias, hasta nueva orden.

—Le pago para que escuche lo que me dé la gana.

—Aún no ha pagado, esta vez.

El otro abrió un cajón, extrajo un talonario de cheques y lo puso sobre la mesa, mientras Corso miraba alrededor con resignado desamparo. Era el momento de decir adiós muy buenas o quedarse en el despacho, esperando. También era momento para que le ofreciesen un trago de algo, pero su interlocutor no era esa clase de anfitrión. Así que encogió los hombros, tocando con un codo la petaca de ginebra que abultaba en uno de sus bolsillos. Era absurdo. Sabía perfectamente que no se iba a ir, le gustase o no lo que estaban a punto de proponerle. Y Varo Borja también lo sabía. Escribió una cifra, puso la firma y cortó el cheque, empujándolo hacia su interlocutor.

Sin tocarlo, Corso le echó un vistazo.

—Acaba de convencerme —suspiró—. Soy todo oídos.

El librero ni siquiera necesitaba permitirse un ademán triunfal. Sólo una breve señal de asentimiento segura y fría, cual si acabara de resolver un desdeñable trámite.

—Entré en esto por casualidad —empezó a contar—. Un día me vi sin un céntimo en el bolsillo y con la biblioteca de un tío-abuelo fallecido como única herencia.... Dos mil títulos, más o menos, de los que sólo un centenar valía la pena. Pero entre ellos había una primera edición del *Quijote*, un par de salterios del siglo XIII y uno de los cuatro únicos ejemplares conocidos del *Champfleury* de Geoffroy Tory... ¿Qué le parece?

—Que tuvo demasiada suerte.

—Y que lo diga —asintió Varo Borja, neutro y seguro. Narraba sin la autocomplacencia que suelen ostentar muchos triunfadores al hablar de sí mismos—... Por aquella época yo lo ignoraba todo sobre los coleccionistas de libros raros, aunque capté lo esencial: gente dispuesta a pagar mucho dinero por productos escasos. Y yo poseía algunos de esos productos... Así aprendí palabras de las que no tenía ni idea, como colofón, diente de perro, proporción áurea o encuadernación en abanico... Y mientras le cobraba afición al negocio, descubrí algo: hay libros para vender y libros para guardar. En cuanto a estos últimos, se ingresa en bibliofilia como en religión: para toda la vida.

—Muy emotivo. Y ahora dígame qué tenemos que ver *Las Nueve Puertas* y yo con sus votos perpetuos.

—Antes ha preguntado qué pasará si descubre que mi ejemplar es falso... Eso puedo aclarárselo ahora mismo: es falso.

—¿Cómo lo sabe?

—Lo sé con absoluta certeza.

Corso torció la boca. El gesto traslucía su opinión sobre las certezas absolutas en bibliofilia:

—Pues en la *Bibliografía Universal* de Mateu y en el catálogo Terral-Coy figura como auténtico...

—Sí —concedió Varo Borja—. Aunque el Mateu contiene un pequeño error: cita ocho láminas en vez de las nueve que tiene el ejemplar...

Pero su autenticidad *formal* no significa gran cosa. Según las bibliografías, los ejemplares Fargas y Ungern también son buenos.

—Tal vez lo sean. Los tres.

El librero hizo un gesto negativo.

—Eso es imposible. Las actas del proceso del impresor Torchia no dejan lugar a dudas: sólo se salvó un ejemplar —sonrió a medias, misterioso—. Además, tengo otros elementos de juicio.

—¿Por ejemplo?

—Eso no es de su incumbencia.

—Entonces, ¿para qué me necesita a mí?

Varo Borja echó hacia atrás su asiento y se puso en pie.

—Venga conmigo.

—Ya le he dicho —Corso movía la cabeza— que no siento curiosidad por esta historia.

—Miente. Se muere de ganas, y a estas alturas lo haría gratis.

Cogió el cheque entre los dedos pulgar e índice y se lo metió en un bolsillo del chaleco. Después condujo a Corso por una escalera de caracol hasta el piso superior. El librero tenía la oficina en la parte de atrás de su misma vivienda, un caserón medieval en el casco antiguo de la ciudad por cuya adquisición y reforma había pagado una fortuna. A través de un pasillo que comunicaba con el vestíbulo y la entrada principal, guió a Corso hasta una puerta que se abría mediante un moderno teclado de seguridad. La habitación era grande, con suelo de mármol negro, vigas en el techo y ventanas protegidas por rejas de época. Había también una mesa de trabajo, sillones de cuero y una gran chimenea de piedra. Todas las paredes estaban cubiertas por vitrinas con libros, y grabados en bellos marcos: Holbein y Durero, apreció Corso.

—Bonito lugar —reconoció; nunca había estado allí antes—. Pero siempre creí que guardaba sus libros en el almacén del sótano...

Varo Borja se detuvo a su lado.

—Estos son los míos; ninguno está en venta. Hay quien colecciona de caballerías, o novelas galantes. Quien busca *Quijotes* o intonsos... Todos los que ve tienen un protagonista: el diablo.

—¿Puedo echar un vistazo?

—Para eso le traje aquí.

Dio Corso unos pasos. Los volúmenes tenían encuadernaciones antiguas, desde la piel sobre tabla de los incunables hasta el marroquí decorado con placas y florones. El suelo de mármol rechinaba bajo la suela de sus zapatos sin lustrar cuando se detuvo ante una de las vitrinas, inclinándose para observar su contenido: *De spectris et apparitionibus*, de Juan Rivio. *Summa diabolica*, de Benedicto Casiano. *La haine de Satan*, de Pierre Crespet. La *Steganografía* del abad Tritemio. *De Consummatione saeculi*, del Pontiano... Títulos valiosos y rarísimos que Corso conocía, en su mayor parte, sólo por referencias bibliográficas.

—No hay nada más bello, ¿verdad? —dijo Varo Borja, que seguía con atención sus movimientos—... Nada como ese brillo suave: los dorados sobre el cuero, tras el cristal... Por no hablar de los tesoros que encierran: siglos de estudios, de sabiduría. De respuestas a los secretos del universo y el corazón del hombre —alzó un poco los brazos para dejarlos caer a los costados, renunciando a expresar con palabras su orgullo de propietario—. Conozco gente capaz de matar por una colección así.

Corso asentía sin apartar la vista de los libros.

—Usted, por ejemplo —apuntó—. Aunque no personalmente. Se las compondría para que otros mataran en su lugar.

Sonó la risa despectiva de Varo Borja.

—Esa es una de las ventajas del dinero: permite contratar esbirros para el trabajo sucio. Y uno se mantiene virgen.

Corso miró al librero.

—Es un punto de vista —concedió tras quedar un segundo absorto; parecía que de verdad meditara sobre ello—. Pero yo desprecio más a quienes no se manchan las manos. A los vírgenes.

—No me importa lo que usted desprecie; así que ocupémonos de cosas serias.

Dio Varo Borja unos pasos ante las vitrinas. En cada una habría un centenar de volúmenes.

—*Ars Diavoli...* —abrió la más cercana para pasar los dedos por el lomo de los libros, casi en una caricia—. Nunca les verá reunidos en otro sitio. Son los más raros, los más selectos.

Me ha llevado años reunir esta colección, pero faltaba la pieza maestra.

Extrajo uno de los volúmenes, infolio encuadernado en piel negra, a la veneciana, sin título exterior pero con cinco nervios en el lomo y un pentáculo dorado sobre la tapa anterior. Corso lo tomó en sus manos, abriéndolo con mucho cuidado. La primera página impresa, la portada original, estaba en latín: *DE UMBRARUM REGNI NOVEM PORTIS:* Libro de las nueve puertas del reino de las sombras. Seguía la marca de impresor, lugar, nombre y fecha: *Venetiae, apud Aristidem Torchiam. M.DC.LX.VI. Cum superiorum privilegio veniaque.* Con privilegio y licencia de los superiores.

Varo Borja acechaba el efecto, interesado.

—Se reconoce a un bibliófilo —dijo— por la forma de tocar un libro.

—Yo no soy un bibliófilo.

—Cierto. Aunque a veces hace perdonar sus trazas de lansquenete a sueldo... Y cuando de libros se trata, ciertos gestos tranquilizan. Hay contactos de manos que son criminales.

Corso pasó más páginas. Todo el texto estaba en latín, impreso en bella tipografía sobre papel grueso, de gran calidad, que resistía bien el paso de los años. Había nueve espléndidos grabados a toda página, con escenas de apariencia medieval. Se detuvo en uno de ellos, al azar. Estaba numerado con un V latino, acompañado por una letra o numeral hebreo y otro griego. Al pie, una palabra incompleta o en clave: *FR.ST.A.* Ante una puerta cerrada, un individuo con aspecto de mercader contaba un saco de oro, ignorante del esqueleto que, a su espalda, sostenía en una mano un reloj de arena y en la otra una horca de campesino.

—¿Qué opina? —preguntó el librero.

—Dijo que es falso, pero no lo parece. ¿Lo ha estudiado bien?

—Con lupa y hasta la última coma. He tenido tiempo desde que le adquirí hace seis meses, cuando los herederos de Gualterio Terral se decidieron a vender su biblioteca.

El cazador de libros pasó más páginas. Las láminas eran bellísimas, de una elegancia sencilla y enigmática. En otra de ellas, una joven estaba a punto de ser decapitada por un verdugo vestido de armadura, espada en alto.

—Dudo que los herederos sacaran a la venta una falsificación —concluyó Corso al terminar su examen—. Tienen demasiado dinero, y los libros les dan igual. Incluso el catálogo de la biblioteca tuvo que hacerlo la misma casa de subastas Claymore... Además, yo conocí al viejo Terral. Nunca hubiera admitido un libro falso, o manipulado.

—Estoy de acuerdo —convino Varo Borja—. Además, Terral heredó *Las Nueve Puertas* de su suegro, don Lisardo Coy, impecable bibliófilo.

—Que a su vez —Corso dejó el libro sobre la mesa y extrajo su bloc de notas de un bolsillo del gabán— se lo compró al italiano Domenico Chiara, cuya familia, según el catálogo Weiss, lo poseía desde 1817...

El librero asintió, complacido.

—Veo que se ha ocupado del tema a fondo.

—Claro que me he ocupado —Corso lo miró como si acabara de oír una estupidez—. Es mi trabajo.

Varo Borja hizo un gesto conciliador.

—Yo no dudo de la buena fe de Terral y sus herederos —aclaró—. Tampoco he afirmado que ese ejemplar no sea antiguo.

—Dijo que es falso.

—Tal vez falso no sea la palabra adecuada.

—Pues ya me contará. Todo corresponde a la época —Corso sostuvo de nuevo el libro, sujetó el corte de sus páginas con el pulgar y las hizo correr aguzando el oído, atento al sonido que producían—. Hasta el papel suena como debe.

—Hay algo en él que no suena como debe; y no me refiero al papel.

—Quizá las xilografías.

—¿Qué pasa con ellas?

—Desentonan. Uno esperaría grabados en cobre. En 1666 nadie utilizaba ya el grabado en madera.

—No olvide que se trata de una edición singular. Las láminas reproducen otras más antiguas, supuestamente descubiertas o vistas por el impresor.

—El *Delomelanicon*... ¿De veras cree eso?

—A usted no le importa lo que yo crea. Pero las nueve láminas originales del libro no se atribuyen a la mano de un cualquiera... Según la leyenda, Lucifer, tras su derrota y expulsión del cielo, compuso un formulario mágico para uso de sus adeptos: el recetario magistral de las sombras. El terrible libro guardado en secreto, quemado varias veces, vendido a precio de oro por los escasos privilegiados que le poseyeron... Esas ilustraciones son en realidad jeroglíficos infernales. Interpretadas con ayuda del texto y los conocimientos adecuados, permitirían convocar al príncipe de las tinieblas.

Corso asintió con exagerada gravedad.

—Conozco mejores formas de vender el alma.

—No se lo tome a broma, porque es más serio de lo que parece... ¿Sabe lo que significa *Delomelanicon?*

—Supongo que sí. Procede del griego: *Delo*, convocar, Y *Melas:* negro, oscuro.

Varo Borja emitió una risita chirriante, de humorística aprobación.

—Olvidaba que es un mercenario culto. Y tiene razón: convocar las tinieblas, o iluminarlas... El profeta Daniel, Hipócrates, Flavio Josefo, Alberto Magno y León III aludieron a ese libro maravilloso. Aunque los hombres sólo escriben desde hace seis mil años, al *Delomelanicon* se le atribuye tres veces esa antigüedad... La primera mención directa consta en el papiro de Turis, escrito hace treinta y tres siglos. Después, entre el I antes de Cristo y el II de nuestra era, aparece citado varias veces en el *Corpus Hermeticum*. Según el *Asclemandres*, ese libro permite *mirar la Luz cara a cara*... Y en un inventario parcial de la biblioteca de Alejandría, antes de su tercera y definitiva destrucción en el año 646, figura con referencia expresa a los nueve enigmas mágicos que encierra... Se ignora si hubo un ejemplar o varios, y si alguno sobrevivió al incendio de la biblioteca... Desde entonces su pista aparece y desaparece en la Historia, entre incendios, guerras y catástrofes.

Corso adelantó los incisivos en una mueca incrédula.

—Como siempre. Todos los libros maravillosos tienen la misma leyenda: desde Thot a Nicolás Flamel... Una vez, un cliente aficionado a la química hermética me encargó la bibliografía citada por Fulcanelli y sus adeptos. No hubo forma de convencerlo de que la mitad de esos títulos no se había escrito nunca.

—Este sí se escribió. Y algo de cierto tendría su existencia cuando el Santo Oficio le incluyó en el Índice... ¿Qué opina?

—Lo que yo opine da igual. Hay abogados que no creen en la inocencia de sus defendidos y consiguen que los absuelvan.

—De eso se trata. Porque yo no alquilo su fe, sino su eficacia.

Corso pasó más páginas del libro. Otro de los grabados, el número I, tenía una ciudad amurallada en lo alto de una colina. Hacia ella cabalgaba un extraño caballero sin armas, el dedo sobre los labios reclamando complicidad o silencio. La leyenda que acompañaba el grabado era: *NEM. PERV.T QUI N.N LEG. CERT.RIT.*

—Está en clave abreviada, pero descifrable —aclaró Varo Borja, atento a sus gestos—: *Nemo pervenit qui non legitime certaverit...*

—¿*Nadie que no haya combatido según las reglas lo consigue...?*

—Más o menos. De momento es la única de las nueve leyendas que podemos establecer con certeza. Figura casi idéntica en las obras de Roger Bacon, especialista en demonología, criptografía y magia... Bacon afirmaba poseer un *Delomelanicon* que habría pertenecido al rey Salomón, con la clave de terribles misterios. Ese libro, compuesto de rollos de pergamino con ilustraciones, fue quemado en 1350 por orden personal del papa Inocencio VI que declaró: "*Contiene un método para invocar a los demonios*"... Tres siglos después, Aristide Torchia decidió imprimirlo en Venecia con las ilustraciones originales.

—Demasiado perfectas —objetó Corso—. No pueden ser las originales: el estilo sería más arcaico.

—Estamos de acuerdo. Sin duda Torchia actualizó el asunto.

En otra lámina, numerada III, un puente guarnecido por puertas fortificadas cruzaba un río. Al levantar la mirada, Corso observó que

Varo Borja sonreía enigmático, igual que un alquimista seguro de lo que su atanor cuece.

—Todavía una última conexión —dijo el librero—: Giordano Bruno, mártir del racionalismo, matemático y paladín de la rotación de la Tierra alrededor del Sol... —hizo un gesto desdeñoso con la mano, como si todo aquello fuese secundario—. Pero esa sólo es una parte de su obra, compuesta de sesenta y un libros en los que la magia ocupa un lugar importante. Y fíjese: Bruno hace una referencia expresa al *Delomelanicon* utilizando, incluso, las palabras griegas *Delo* y *Melas*, y añade: *"En el camino de los hombres que quieren saber, hay nueve puertas secretas"*, antes de referirse a los métodos para hacer que de nuevo luzca la Luz... *"Sic luceat Lux"* escribe; casualmente el mismo lema —le mostró a Corso la marca de impresor del libro: un árbol desgajado por el rayo, una serpiente y una divisa— que utiliza Aristide Torchia en el frontispicio de *Las Nueve Puertas*... ¿Qué le parece?

—Me parece bien. Pero eso y nada viene a ser lo mismo. Resulta fácil hacerle decir cualquier cosa a un texto, sobre todo si es antiguo y está escrito con ambigüedad.

—O con ciertas precauciones. Aunque Giordano Bruno olvidó la regla de oro de la supervivencia: *Scire, tacere*. Saber y callar. Por lo visto supo como es debido, pero habló más de la cuenta. Y seguimos con las coincidencias: a Giordano Bruno le apresan en Venecia, le declaran hereje contumaz y le queman vivo en Roma, Campo dei Fiori, en febrero de 1600. El mismo itinerario, los mismos lugares y las mismas fechas que, sesenta y siete años después, jalonarán la ejecución del impresor Aristide Torchia: apresado en Venecia, torturado en Roma, quemado en Campo dei Fiori en febrero de 1667. Para entonces ya se quemaba a poca gente, y fíjese: a éste lo quemaron.

—Estoy impresionado —dijo Corso, que no lo estaba en absoluto.

Varo Borja emitió un chasquido de reprobación.

—A veces me pregunto si es usted capaz de creer en algo.

Corso puso cara de reflexionar un momento antes de encogerse de hombros.

—Hace tiempo creía en cosas... Pero entonces era joven y cruel. Ahora tengo cuarenta y cinco años: soy viejo y cruel.

—Yo también lo soy. Pero hay cosas en las que creo. Cosas que me hacen latir el pulso.

—¿Como el dinero?

—No se burle. El dinero es la llave que abre la puerta oscura de los hombres. Que le compra a usted, por ejemplo. O me concede lo único que respeto en el mundo: estos libros —dio unos pasos por la habitación, junto a las vitrinas repletas—. Son espejos a imagen y semejanza de quienes escribieron sus páginas. Reflejan preocupaciones, misterios, deseos, vidas, muertes... Son materia viva: hay que saber darles alimento, protección...

—Y utilizarlos.

—A veces.

—Y éste no funciona.

—No funciona.

—Lo ha intentado usted.

La de Corso fue una afirmación, no una pregunta. Varo Borja le dirigió una mirada hostil.

—No sea estúpido. Digamos que tengo la certeza de que es falso, y basta. Por eso quiero compararle con los otros ejemplares.

—Insisto en que no tiene por qué ser falso. Aunque pertenezcan a la misma edición, muchos libros resultan diferentes... En realidad no hay dos iguales, porque ya el nacimiento los distingue con detalles. Después, cada volumen vive una vida distinta: le faltan páginas, se añaden o sustituyen otras, se encuaderna... Al cabo de los años, dos libros que se imprimieron en la misma prensa pueden no parecerse en casi nada. Eso pudo ocurrirle a éste.

—Averígüelo. Investigue *Las Nueve Puertas* como si de un crimen se tratara. Rastree pistas, compruebe cada página, cada grabado, el papel, la encuadernación... Remonte hacia atrás esa pesquisa para descubrir de dónde procede mi ejemplar. Después, en Sintra y París, haga lo mismo con los otros dos.

—Me ayudaría mucho saber cómo averigüó que el suyo es falso.

—No puedo decírselo. Confíe en mi intuición.

98

—Su intuición va a costarle mucho dinero.

—Limítese a gastarlo.

Extrajo el cheque del bolsillo y lo puso en manos de Corso. Este le dio vueltas entre los dedos, indeciso.

—¿Por qué me paga por adelantado?... Nunca lo había hecho antes.

—Tendrá muchos gastos que cubrir. Eso es para que empiece a moverse —le entregó un grueso dossier encuadernado—. Aquí va todo cuanto he averiguado sobre el libro; puede serle útil.

Corso seguía mirando el cheque.

—Es demasiado para un anticipo.

—Tal vez se enfrente a ciertas complicaciones...

—No me diga.

Tras el sarcasmo, oyó al librero aclararse la garganta. Por fin llegaban al nudo de la cuestión.

—Si los tres ejemplares son falsos o están incompletos —continuó Varo Borja— habrá terminado su trabajo y liquidaremos la cuestión... —hizo una pausa para pasarse una mano por la calva bronceada y le sonrió, incómodo, a Corso—. Pero un libro puede resultar auténtico, y entonces dispondrá de más dinero. Porque en ese caso quiero tenerle como sea, sin reparar en medios ni en gastos.

—Bromea, ¿verdad?

—No tengo cara de bromear, Corso.

—Eso es ilegal.

—Usted ya ha hecho cosas ilegales antes.

—No de ese tamaño.

—Nadie le pagó lo que yo pagaré.

—¿Cuál es su garantía?

—Dejo que se lleve el libro, pues necesita el original para su trabajo... ¿Le parece poca garantía?

Tic, tac. Corso, que conservaba *Las Nueve Puertas* en sus manos, puso el cheque entre las páginas como una señal y sopló del libro un polvo imaginario antes de devolvérselo a Varo Borja.

—Hace un rato dijo que el dinero lo compra todo, así que puede comprobarlo en persona. Vaya a ver a los propietarios y mójese el culo.

Dio media vuelta, encaminándose hacia la puerta mientras se preguntaba cuántos pasos daría antes de escuchar la voz del librero. Fueron tres.

—Éste no es asunto para gente de toga —dijo Varo Borja—. Sino para gente de espada.

El tono había cambiado. Ya no estaba allí el aplomo arrogante, ni el desdén hacia el mercenario cuyos servicios alquilaba. Un ángel —xilografiado por Durero—batió con suavidad sus alas tras el cristal de un marco, en la pared, mientras los zapatos de Corso giraban despacio sobre el mármol negro del suelo. Junto a las vitrinas atestadas de libros y la ventana enrejada con la catedral al fondo, junto a todo lo que podía comprar con dinero, Varo Borja parpadeaba, desconcertado. Aún mantenía la mueca de arro-

gancia; incluso una mano golpeaba con mecánico desdén las tapas del libro. Pero mucho antes
de aquel momento glorioso, Lucas Corso había
aprendido a leer la derrota en los ojos de los
hombres. Y también el miedo.

Su pulso latía con tranquila satisfacción
cuando, sin decir palabra, desanduvo el camino
hasta Varo Borja. Al llegar ante él extrajo el cheque
que asomaba entre las páginas de *Las Nueve Puertas*, y tras doblarlo cuidadosamente se lo metió en
el bolsillo. Después cogió el dossier y el libro.

—Ya tendrá noticias mías —dijo.

Supo que había tirado el dado; que avanzaba la primera casilla en un peligroso juego de
la oca y que era tarde para echarse atrás. Pero le
apetecía jugar. Bajó por la escalera dejando a la
espalda el eco de su propia risa seca, entre dientes. Varo Borja estaba equivocado. Ciertas cosas
no podían pagarse con dinero

La escalera de la puerta principal daba a un
patio interior, con brocal de pozo y dos leones
venecianos de mármol, que una verja separaba de la calle. Del Tajo subía una humedad desagradable que detuvo a Corso bajo el arco mudéjar de la entrada para subirse el cuello del
gabán. Caminó por las callejas estrechas y silenciosas, de irregular empedrado, hasta una pequeña plaza donde había un bar con mesas de hierro
y algunos castaños de ramas desnudas bajo el

campanario de una iglesia. Escogió un rectángulo de sol tibio y se instaló en la terraza mientras sus miembros, entumecidos, recobraban un poco de calor. Dos vasos de ginebra a palo seco, sin hielo, contribuyeron a normalizar la situación. Sólo entonces abrió el dossier sobre *Las Nueve Puertas* y le dedicó el primer vistazo serio.

Había un informe de cuarenta y dos páginas mecanografiadas, con todos los antecedentes históricos del libro, tanto en la supuesta versión original, el *Delomelanicon* o *Evocación de la Oscuridad,* como en la de Torchia, *Las Nueve Puertas del Reino de las Sombras,* impresa en Venecia en 1666. Varios apéndices aportaban bibliografía, fotocopias de citas en textos clásicos y datos sobre los otros dos ejemplares conocidos: propietarios, restauraciones, fechas de adquisición, direcciones actuales. Se incluía también una transcripción de las actas del proceso de Aristide Torchia, con la narración de un testigo ocular, un tal Gennaro Galeazzo, consignando los últimos momentos del infortunado impresor:

> *...Subió al cadalso sin aceptar reconciliarse con Dios y guardaba silencio obstinado. Cuando prendieron fuego el humo empezó a sofocarlo. Desorbitó los ojos con grito terrible, encomendándose al Padre. Muchos presentes santiguábanse porque pedía clemencia a Dios en la muerte. Otros dicen que gritó al suelo, o sea a las entrañas de la tierra...*

Un coche pasó al otro lado de la plaza, perdiéndose en una de las esquinas que conducían a la catedral. El motor sonó un poco tras la esquina, igual que si el conductor se hubiera detenido un momento, antes de alejarse calle abajo. Corso apenas prestó atención, ocupado como estaba en las páginas del libro. La primera contenía la portada y la segunda estaba en blanco. La tercera, iniciada con una bella *N* capitular, era la primera del texto propiamente dicho y empezaba con una críptica introducción:

Nos p.tens L.f.r, juv.te Stn. Blz.b, Lvtn, Elm, atq Ast.rot. ali.q, h.die ha.ems ace.t pct fo.de.is c.m t. qui no.st; et h.ic pol.icem am.rem mul. flo.em virg.num de.us mon. hon v.lup el op. for.icab tr.d.o, eb.iet i.li c.ra er. No.is of.ret se.el in ano sag. sig. s.b ped. cocul.ab sa Ecl.e et no.s r.gat i.sius er.t, p.ti v.v.t an v.q fe.ix in t.a hom. et ven .os.ta int. nos ma.et D:

    Fa.t in inf int co.s daem.

    Satanas. Belzebub, Lcfr, Elimi, Leviathan, Astaroth

    Siq pos mag. diab. et daem. pri.cp dom.

Tras la introducción, cuya supuesta autoría era evidente, comenzaba el texto. Corso leyó las primeras líneas:

D.mine mag.que L.fr, te D.um m. et.pr
ag.sco. et pol.c.or t ser.ire. a.ob.re quam.d p.
vvre; et rn.io al.rum d. et js.ch.st. et a.s sn.ts tq.e
s.ctas e. ec.les. apstl. et rom. et om. i sc.am. et
o.nia ips. s.cramen. et o.nes .atio et r.g. q.ib fid.
pos.nt int.rcd. p.o me; et t.bi po.lceor q. fac.
qu.tqu.t m.lum pot., et atra. ad mala p. omn.
Et ab.rncio chrsm. et b.ptm et omn...

Levantó la vista hacia el pórtico de la iglesia, cuyas arquivoltas ocupaban imágenes del Juicio Final gastadas por la lluvia y la intemperie.
Bajo éstas, partiendo la puerta en dos, un nicho
sobre una columna cobijaba un pantócrator de
aspecto airado cuya mano derecha, alzada, suge-
ría más castigo que clemencia. En la siniestra
sostenía un libro abierto, y Corso no pudo sustraerse a la inevitable asociación de ideas. Miró
alrededor, la torre de la iglesia y los edificios cir-
cundantes; las fachadas conservaban escudos de
armas episcopales, y se dijo que también esa plaza vio arder, en otro tiempo, hogueras de la Inquisición. Después de todo, aquello era Toledo.
Crisol de cultos subterráneos, de misterios ini-
ciáticos, de falsos conversos. Y de herejes.
Bebió un largo trago de ginebra antes de
volver al libro. El texto, latín en clave abreviada,
proseguía a lo largo de otras ciento cincuenta y
siete páginas, con la última en blanco. Las nueve
restantes eran las famosas láminas inspiradas, según la leyenda, por el propio Lucifer. Cada xilo-

grafía estaba encabezada por un numeral latino, hebreo y griego, incluyendo una frase en latín, abreviada de forma críptica igual que el resto. Corso pidió una tercera ginebra mientras les pasaba revista. Recordaban las figuras del Tarot o los viejos grabados medievales: el rey y el mendigo, el ermitaño, el ahorcado, la muerte, el verdugo. En la última lámina, un dragón cabalgado por una hermosa mujer. Demasiado hermosa, apreció, para la moral eclesiástica de la época.

Encontró idéntica ilustración en una página fotocopiada de la *Bibliografía Universal* de Mateu; aunque en realidad no era la misma. Corso tenía en las manos el ejemplar Terral-Coy, mientras que el grabado reproducido pertenecía, según el viejo erudito mallorquín consignó en 1929, a otro de los libros:

Torchia (Aristide). De Umbrarum Regni Novem Portis. Venetiae, apud Aristidem Torchiam. MDCLXVI. In folio. 160 pags. incl. portada. 9 viñetas madera fuera de texto. De excepcional rareza. Sólo 3 ejempls. conocidos. Biblioteca Fargas, Sintra, port. (ver ilustración). Biblioteca Coy, Madrid, esp. (falto de lámina 9). Biblioteca Morel, Paris, fr.

por ti solo ser causada
siente agora el gran dolor
que me das en tu partida
agradesce el gran amor
que te puse con sauor
reparando tu venida.

S. l. ni a. *(hácia* 1525*).* 4.° let.
gót. 4 *hojas sin foliacion con la sign.* a.

HOMERO. La Vlyxea de Ho-
mero. Repartida en XIII. Libros.
Tradvzida de Griego en Romance
castellano por el Señor Gonçal Perez. Venetia, en casa de Gabriel Gio-
lito de Ferrariis, y svs hermanos,
MDLIII. 12.° let. curs. 209 *hojas fo-*
liadas, inclusos los prels. y una al
fin, en cuyo reverso se repiten las se-
ñas de la impresion.

He visto la primera edicion, con el siguiente título: *De la Ulyxea de Homero.*
XIII. libros, traduzidos de Griego en Roman-
ce Castellano por Gonçalo Perez. Anvers, en
casa de Iuan Stelsio, 1550. 8.° let. cursiva. 4
hojas prels. y 293 fols.
Nic. Antonio menciona otra tambien de
Anvers, 1553. 12.°

Poema en ciento treinta y cinco octavas.
Hai al fin una disertacion en prosa, intitula-
da: *Prueba, que huuo Gigantes, y que oy los*
ay, y por cierto para mi solo prueba que el
autor era sumamente cándido ó tenia mui
grandes tragaderas : sea esto dicho con per-
don de los varios testos bíblicos y de Santos
Padres que aduce en confirmacion de sus
ideas gigantescas.

OVIDIO NASON. Metamor-
phoseos del excelente poeta Ouidio
Nasson. Traduzidos en verso suelto y
octaua rima: con sus allegorias al fin
de cada libro. Por el Doctor Antonio
Perez Sigler. Nueuamente agora en-
mēdados, y añadido por el mismo autor
vn Diccionario Poetico copiosissimo.
Bvrgos, Iuan Baptista Varesio, 1609.
12.° let. curs. 21 *hojas prels.* y 584 *fols.*

Este tomito por ser tan grueso suele ha-
llarse dividido en dos volúmenes. No estoi
cierto si mi ejemplar está perfectamente
completo con las 21 hojas de preliminares.

N.NC SCO TEN.BR. LVX

Sedano, en el tom. VII. del *Autores* llama
á esta primera edicion ; sin embargo me
pone en duda el ver lleva la Aprobacion, la
Censura, el Privilegio, la Fe de erratas y la
Tasa fechadas en 1666. Por otra parte tambien puede ser cierto lo sentado por dicho
Sedano, pues D. José Pellicer, al principio
de su introduccion biográfico-literaria, ob-
serva que *salen ya á luz pública, despues de*

Encontró identica ilustración en una página de la
Bibliografía Universal de Mateu...

Falto de lámina 9. Aquello era incorrecto, comprobó Corso. La xilografía número nueve estaba intacta en el ejemplar que tenía en las manos, antes biblioteca Coy, después Terral-Coy, y ahora propiedad de Varo Borja. Sin duda se trataba de un error de tipografía, o del propio Mateu. En 1929, cuando se editó la *Bibliografía Universal*, las técnicas de impresión y difusión no estaban tan extendidas; buena parte de los eruditos mencionaban libros que sólo conocían a través de terceros. Tal vez el ejemplar falto fuese uno de los otros. Corso hizo una anotación al margen. Era preciso comprobarlo.

Un reloj dio tres campanadas y las palomas levantaron el vuelo desde la torre y los tejados. Corso tuvo un ligero sobresalto, cual si volviera lentamente en sí. Se palpó la ropa, extrajo un billete del bolsillo y se puso en pie tras dejarlo sobre la mesa. La ginebra le daba una grata sensación de distanciamiento, acolchaba sonidos e imágenes del exterior. Metió libro y dossier en la bolsa de lona, se la colgó al hombro y permaneció unos instantes mirando el airado pantócrator del pórtico. No tenía prisa y deseaba despejarse, por lo que decidió ir andando a la estación de ferrocarril.

Al llegar a la catedral fue por el claustro, a fin de acortar camino. Pasó junto al quiosco de recuerdos para turistas, cerrado, y se entretuvo un momento observando los andamios vacíos ante las pinturas murales en restauración. El lugar se veía desierto, y sus pasos resonaban bajo la bóveda. Una vez creyó escuchar algo a su espalda. Algún cura llegaba tarde al confesionario.

Salió por la verja de hierro que comunicaba con una calle angosta y oscura, de paredes desconchadas por el roce de los vehículos. Entonces oyó un motor en marcha fuera de su vista, a la izquierda, al torcer en dirección contraria. Había una señal de tráfico, un triángulo que avisaba del estrechamiento de la calle, y cuando estaba ante él hubo un inesperado acelerón del motor. Luego el sonido fue acercándosele por la espalda. Demasiado rápido, pensó, mientras iniciaba el gesto de volver el rostro; mas sólo pudo hacerlo a medias, con tiempo de percibir una masa oscura que se le vino encima. Tenía los reflejos entumecidos por la ginebra, pero su atención aún estaba, casualmente, en la señal de tráfico. El instinto lo empujó hacia ella, buscando la estrecha protección entre el poste metálico y la pared. Adosó el cuerpo a los pocos centímetros de aquel improvisado burladero, de forma que el automóvil, al pasar, sólo le golpeó una mano. El impacto fue seco y doloroso, haciéndole doblar las rodillas. Cayó sobre los irregulares adoquines, y pudo ver que el automóvil se perdía calle abajo entre rechinar de neumáticos.

Frotándose la mano magullada, Corso siguió camino a la estación. Pero ahora se volvía de vez en cuando a mirar atrás, y la bolsa con *Las Nueve Puertas* le quemaba el hombro. Habían sido tres segundos de visión fugaz, aunque suficiente: esta vez no llevaba un Jaguar sino un Mercedes negro, pero quien estuvo a punto de atropellarlo era un individuo moreno, con bigote y una cicatriz en la cara. El tipo del bar de Makarova. El mismo al que había visto, con uniforme de chófer, leyendo el periódico ante la casa de Liana Taillefer.

El hombre de la cicatriz

> De dónde viene, no lo sé. Pero a dón-
> de va, puedo decíroslo: va al infierno.
> (A. Dumas. *El conde de Montecristo)*

Anochecía cuando Corso llegó a su casa, sintiendo el doloroso latido de la mano magullada en el bolsillo del gabán. Fue al cuarto de baño, recogió del suelo el pijama arrugado y una toalla, y mantuvo la muñeca cinco minutos bajo un chorro de agua fría. Después abrió un par de latas en conserva para cenar de pie, en la cocina. Había sido un día extraño, y peligroso. Reflexionaba sobre ello, confuso por la sucesión de acontecimientos, aunque con menos inquietud que curiosidad. Desde tiempo atrás, su actitud ante lo inesperado se reducía al desapasionado fatalismo de quien espera que la vida dé el siguiente paso. Esa ausencia de compromiso, esa neutralidad ante los acontecimientos, excluía todo protagonismo. Hasta aquella mañana en la callejuela de Toledo, su papel había sido siempre de ejecutor. Las víctimas eran otros. Cada vez que mentía o negociaba con alguien, el hecho se producía de modo objetivo, sin nexo moral con las personas o cosas que eran sólo materia de su trabajo. Lucas Corso quedaba al margen, mercenario no comprometido salvo en el beneficio formal; tercer hombre indiferente. Quizás esa actitud le permitió sentirse siempre a salvo, del mismo modo que, cuando se quitaba las gafas, las personas y objetos lejanos se diluían en contornos imprecisos, desenfocados, cuya existencia podía ignorar al privarlos de su envoltura formal. Ahora, sin embargo, el dolor concreto en la mano lastimada, la sensación de amenaza, dispuesta a irrumpir en su vida con violencia específica de la que él, y no otros, era objeto, sugerían inquietantes cambios en el panorama. Lucas Corso, que tantas veces ofició como verdugo, no tenía el hábito de considerarse víctima de nadie. Y eso lo desconcertaba.

Además del dolor en la mano, sentía los músculos crispados por la tensión y la boca seca. Así que destapó una botella de Bols y buscó aspirinas en su bolsa de lona. Siempre llevaba una buena provisión encima, con los libros, lápices y bolígrafos, libretas de apuntes a medio llenar, navaja suiza de múltiples usos, pasaporte y dinero, una abultada agenda telefónica y libros propios y ajenos. Con eso podía, en todo momento, desaparecer sin dejar nada tras de sí, igual que un caracol con su concha. Aquella bolsa le ayudaba a improvisar una casa, un lugar de residencia en cualquier sitio a donde lo condujesen el azar o sus clientes: aeropuertos, estaciones de ferrocarril, polvorientas librerías europeas, habitaciones de hotel fundidas en su recuerdo cual una sola estancia de límites cambiantes, con despertares desprovistos de referencia, sobresaltado en la oscuridad, buscando el interruptor de la luz para tropezar con el teléfono, desorientado y confuso. Momentos en blanco arrancados a la vida y a la consciencia. Nunca estaba muy seguro de nada, ni de sí mismo, al abrir los ojos, durante los primeros treinta segundos, cuando el cuerpo amanecía con más rapidez que el pensamiento o la memoria.

Se situó frente al ordenador colocando a un lado, sobre la mesa y a la izquierda, sus cuadernos de notas y varios libros de consulta. A la derecha puso *Las Nueve Puertas* y el dossier de Varo Borja. Luego se echó hacia atrás en la silla, con un cigarrillo que durante cinco minutos dejó consumir entre sus dedos, sin apenas llevárselo a los labios. En ese tiempo no hizo nada salvo beber a sorbos el resto de la ginebra, mirando la pantalla vacía del ordenador y el pentáculo que decoraba las tapas del libro. Por fin pareció despertar. Aplastó la colilla en un cenicero y, ajustándose las gafas torcidas sobre la nariz, empezó a trabajar. El dossier de Varo Borja coincidía con la *Enciclopedia de impresores y libros raros y curiosos*, de Crozet:

> *TORCHIA, Aristide. Impresor, grabador y encuadernador veneciano. (1620-1667). Marca tipográfica: una serpiente y un árbol desgajado por el rayo. Se formó como aprendiz en Leyden (Holanda), en el taller de los Elzevir. A su regreso a Venecia realizó una serie de obras de tema filosófico y hermético en pequeño*

formato (in-12, in-16), que fueron muy apre-
ciadas. Destacan Los secretos de la Sabiduría *de Nicolas Tamisso (3 vol, in-12, Venecia*
1650) y una curiosa Llave de los pensamientos cautivos *(1 vol, 132 X 75 mm,*
Venecia 1653). Los tres libros del Arte *de*
Paolo d'Este (6 vol, in-8, Venecia 1658), Explicación curiosa de arcanos y figuras jero-
glíficas *(1 vol, in-8, Venecia 1659), una*
reimpresión de La palabra perdida *de Ber-*
nardo Trevisano (1 vol, in-8, Venecia 1661) y
Las Nueve Puertas del Reino de las Sombras *(1 vol, in-folio, Venecia 1666). La im-*
presión de este último le costó caer en manos de
la Inquisición. Su taller fue destruido con todo
el material impreso o por imprimir que había
en él. Torchia siguió la misma suerte que su
obra. Condenado por magia y brujería, murió
en la hoguera el 17 de febrero de 1667.

Dejó el ordenador para estudiar la primera
página del volumen que le había costado la vida al
veneciano. DE UMBRARUM REGNI NOVEM PORTIS era
el título. Venía debajo la marca tipográfica, el sello
que, simple monograma o complicada ilustración,
representaba la firma del impresor. En el caso de
Aristide Torchia, como citaba Crozet, la marca
consistía en un árbol con rama desgajada por el
rayo. Una serpiente se enroscaba en el tronco, de-
vorando su propia cola. Al grabado lo acompañaba la divisa *Sic luceat Lux:* Así brille la luz.

A pie de página, lugar, nombre y fecha: *Venetiae, apud Aristidem Torchiam*. Impreso en Venecia, en casa de Aristide Torchia. Debajo, separado por un adorno: M.DC.LX.VI. *Cum superiorum privilegio veniaque*. Con licencia y privilegio de los superiores.

Corso tecleó de nuevo:

> *Ejemplar sin ex-libris ni anotaciones manuscritas. Completo según catálogo subasta colección Terral-Coy (Claymore, Madrid). Error en Mateu (8 por 9 láminas para este ejemplar). In folio. 299x215 mm. 2 hojas de guarda en blanco, 160 páginas y 9 xilografías fuera de texto, numeradas de I a VIIII. Páginas: 1 de título con marca de impresor. 157 de texto. Última blanca, sin colofón. Láminas en recto de hoja, todas a página completa. Verso en blanco.*

Estudió las ilustraciones una por una. Según Varo Borja, la leyenda atribuía el dibujo original a la mano del mismo Lucifer. Cada xilografía estaba acompañada por un ordinal romano, su equivalente hebreo y griego, y una frase latina en clave abreviada. Escribió de nuevo:

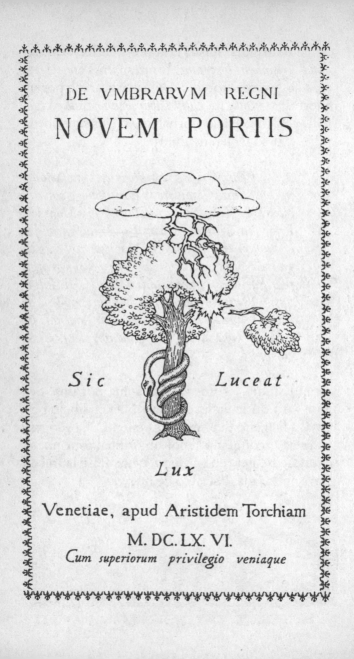

DE VMBRARVM REGNI

NOVEM PORTIS

Sic   *Luceat*

Lux

Venetiae, apud Aristidem Torchiam

M. DC. LX. VI.

Cum superiorum privilegio veniaque

NEM. PERV.T QVI N.N LEG. CERT.RIT

CLAVS. PAT.T

VERB. D.SVM C.S.T ARCAN.

FOR. N.N OMN. A.QVE

FR.ST.A

DIT.SCO M.R.

DIS.S P.TI.R M.

VIC. I.T VIR.

N.NC SC.O TEN.BR. LVX

I. *NEM. PERV.T QUI N.N LEG. CERT.RIT:* *Un caballero cabalga hacia una ciudad amurallada. Un dedo sobre la boca aconseja prudencia o silencio.*

II. *CLAUS. PAT.T: Un ermitaño ante una puerta cerrada. Una linterna en el suelo y dos llaves en la mano. Lo acompaña un perro. A su lado, un signo parecido a la letra hebrea Teth.*

III. *VERB. D.SUM C.S.T ARCAN.: Un vagabundo, o peregrino, se dirige hacia el puente sobre un río. En cada extremo, fortificado, una puerta cierra el acceso. Sobre una nube, un arquero apunta hacia el camino que conduce al puente.*

IIII. *(El numeral latino figura así, no en su forma corriente IV). FOR. N.N OMN. A.QUE: Un bufón ante un laberinto de piedra. La entrada es también una puerta cerrada. Tres dados en el suelo muestran cada uno tres de sus caras, correspondiendo a los números 1, 2 y 3.*

V. *FR.ST.A. Un avaro, o mercader, cuenta un saco de oro. A su espalda, la muerte sostiene en una mano un reloj de arena y en la otra una horca de campesino.*

VI. *DIT.SCO M.R.: Un ahorcado como el del Tarot, colgado por un pie y con las manos atadas a la espalda. Pende de la almena de un castillo, junto a una poterna cerrada. Por la saetera asoma una mano con guantelete que empuña una espada ardiente.*

VII. DIS.S P.TI.R M.: *Un rey y un mendigo juegan al ajedrez sobre un tablero de casillas blancas. A través de la ventana se ve la Luna. Bajo la ventana y junto a una puerta cerrada pelean dos perros.*

VIII. VIC. I.T VIR.: *Junto a la muralla de una ciudad, una mujer arrodillada en el suelo ofrece su cuello desnudo al verdugo. Al fondo hay una rueda de la fortuna con tres figuras humanas: una arriba, otra subiendo y otra en descenso.*

VIIII. (*También así, en vez del numeral común IX*). N.NC SC.O TEN.BR. LUX: *Un dragón de siete cabezas sobre el que cabalga una mujer desnuda. Sostiene un libro abierto, y una media luna le oculta el sexo. Al fondo, sobre una colina, un castillo en llamas cuya puerta, como en las otras ocho láminas, está cerrada.*

Dejó de teclear, estirando los músculos entumecidos, y bostezó. Fuera del cono de luz de su lámpara de trabajo y la pantalla del ordenador, la habitación estaba en sombras; a través de los cristales del mirador ascendía la claridad débil de las farolas de la calle. Fue hasta allí para atisbar el exterior sin estar seguro de qué esperaba encontrar. Tal vez un coche detenido en la acera, las luces apagadas y una silueta oscura dentro. Pero nada llamó su atención. Sólo, un momento, la sirena de una ambulancia alejándose entre las moles sombrías de los edificios. Miró el reloj en la torre de la iglesia próxima: pasaban cinco minutos de la medianoche.

Volvió a sentarse delante del ordenador y el libro. Se entretuvo en la primera ilustración, la marca de impresor en la página de título, con la serpiente ouróbora que Aristide Torchia había elegido como símbolo para sus obras. *Sic Luceat Lux*. Serpientes y diablos, invocaciones y significados ocultos. Levantó el vaso en sarcástico brindis a la memoria del impresor; tenía que haber sido un hombre muy valiente o muy estúpido. Aquel tipo de cosas se pagaban caras en la Italia del XVII, aunque se imprimieran *cum superiorum privilegio veniaque*.

Fue entonces cuando Corso se detuvo, con una imprecación dirigida contra sí mismo. Maldijo en voz alta, mirando los rincones oscuros de la habitación, por haber sido incapaz de darse cuenta antes. *Con privilegio y licencia de los superiores*. Aquello era imposible.

Sin apartar los ojos de la página, se echó hacia atrás en el asiento mientras encendía otro de sus arrugados cigarrillos, con las espirales de humo ascendiendo entre la luz de la lámpara, a modo de cortina traslúcida y gris tras la que ondulaban las líneas impresas.

El *Cum superiorum privilegio veniaque* resultaba absurdo. O magistralmente sutil. Era imposible que esa referencia al *imprimatur* se refiriese a una autoridad convencional. La Iglesia católica jamás pudo autorizar aquel libro en 1666 porque su antecesor directo, el *Delomelanicon*, ya figuraba en el índice de títulos prohibidos desde hacía cincuenta y cinco años. Luego Aristide Torchia no se refería al permiso de los censores eclesiásticos para imprimir. Tampoco al poder civil, el gobierno de la república de Venecia. Sin duda sus superiores eran otros.

El sonido del teléfono interrumpió a Corso. Llamaba Flavio La Ponte para contarle la compra, con cierto lote de libros —paquete forzoso, todo o nada— de una colección de billetes de tranvía europeos. 5.775, para ser exactos. Todos capicúas, clasificados por países en cajas de zapatos. Hablaba en serio. El coleccionista acababa de morirse y la familia pretendía quitárselos de encima. Tal vez Corso conociese a alguien interesado. Naturalmente. El librero sabía que, aparte de reunir 5.775 billetes capicúas, esfuerzo tan denodado como patológico, aquello no servía para nada. ¿Quién iba a comprar semejante gilipollez? Sí, quizá fuese buena idea: el museo del Transporte de Londres. Esos ingleses y sus perversiones... ¿Podía Corso encargarse del asunto?

Respecto al capítulo de Dumas, también La Ponte estaba inquieto. Había recibido dos llamadas telefónicas, hombre y mujer sin identificar, interesándose por *El vino de Anjou*. Y era extraño porque, en espera del informe de su amigo, él no había comentado el asunto con nadie. Corso le refirió la conversación mantenida con Liana Taillefer, a la que él mismo había revelado la identidad del nuevo propietario.

—Ya te conocía, de tus visitas al difunto. Y por cierto —recordó— quiere una copia del recibo.

El librero se carcajeó al otro lado del hilo telefónico. Qué recibo ni qué niño muerto. Taillefer se lo había vendido, y punto. Aunque si la viuda quería discutir la cuestión —añadió con una risita lúbrica— él no tenía el menor inconveniente. Corso apuntó la posibilidad de que, antes de morir, el editor hubiera confiado a alguien la cuestión del manuscrito; pero La Ponte se mantuvo escéptico. Taillefer insistía mucho en que guardara el secreto hasta que él mismo diese la señal. Por fin no dio señal alguna, salvo que se interpretara así haberse colgado de la lámpara.

—Esa —sugirió Corso— es una señal tan buena como otra cualquiera.

La Ponte estuvo de acuerdo con otra risita cínica, y a continuación indagó detalles de la visita de Corso a Liana Taillefer. Despues de un par de nuevos comentarios procaces, el librero se despidió sin que Corso le refiriese la escaramuza de Toledo. Quedaron en verse al día siguiente.

Tras colgar el teléfono, el cazador de libros siguió con *Las Nueve Puertas*. Pero otras imágenes le ocupaban el pensamiento, desviando su atención hacia el manuscrito Dumas. Por fin fue en busca de la carpeta con las hojas azules y blancas, se frotó la mano dolorida y tecleó los ficheros DUMAS. La pantalla del ordenador se puso a parpadear. Se detuvo en el fichero BIO:

> *Dumas y Davy de la Pailleterie, Alejandro. Nació el 24-7-1802. Murió el 5-12-1870. Hijo de Tomás Alejandro Dumas, general de la República. Autor de 257 tomos de novelas, memorias y otros relatos. 25 volúmenes de piezas teatrales. Mulato por herencia paterna. Esa sangre negra le dio ciertos rasgos exóticos. Retrato físico: elevada estatura, cuello poderoso, cabello rizado, labios carnosos, largas piernas, fuerza física. Carácter: vividor, tornadizo, avasallador, embustero, incumplido, popular. Tuvo 27 amantes conocidas, dos hijos legítimos y cuatro ilegítimos. Ganó fortunas y las dilapidó en juergas, viajes, vinos caros y ramos de flores. A medida que ganaba dinero con su producción literaria se arruinó por su liberalidad con amantes, amigos y parásitos que asediaban su castillo-residencia de Montecristo. Cuando se vio forzado a*

huir de París no fue por causas políticas como su amigo Victor Hugo, sino de los acreedores. Amigos: Hugo, Lamartine, Michelet, Gerard de Nerval, Nodier, George Sand, Berlioz, Teófilo Gautier, Alfred de Vigny y otros. Enemigos: Balzac, Badere y otros.

Aquello no llevaba a ninguna parte. Tenía la sensación de avanzar a ciegas, entre innumerables pistas falsas, o inútiles. Y sin embargo existía una relación en algún sitio. Con la mano sana tecleó DUMAS.NOV:

Novelas de Alejandro Dumas aparecidas por entregas:

1831: Escenas históricas (Revue des Deux Mondes). 1834: Jacques I y Jacques II (Journal des Enfants). 1835: Isabel de Baviera (Dumont). 1836: Murat (La Presse). 1837: Pascal Bruno (La Presse). Historia de un tenor (Gazette Musicale). 1838: El conde Horacio (La Presse). Una noche de Nerón (La Presse). La sala de armas (Dumont). El capitán Paul (Le Siècle). 1839: Jacques Ortis (Dumont). Vida y aventuras de John Davis (Revue de Paris). El capitán Pánfilo (Dumont). 1840: Memorias de un maestro de armas (Revue de Paris). 1841: El caballero de Harmental (Le Siècle). 1843: Sylvandire (La Presse). El vestido nupcial (la Mode). Albine (Revue de Paris). Ascanio (Le Siècle). Fernanda (Revue de Paris). Amaury (La Presse).

1844: Los tres mosqueteros (Le Siècle). Gabriel Lambert (La Chronique). Una hija del regente (Le Commerce). Los hermanos corsos (Democratie Pacifique). El conde de Montecristo (Journal des Débats). La condesa Berta (Hetzel). Historia de un cascanueces (Hetzel). La reina Margarita (La Presse). 1845: Nanon de Lartigues (La Patrie). Veinte años después (Le Siècle). El caballero de Casa Roja (Democratie Pacifique). La dama de Monsoreau (Le Constitutionnel). Madame de Condé (La Patrie).1846: La vizcondesa de Cambes (La Patrie). El bastardo de Mauleon (Le Commerce). Jose Balsamo (La Presse). La abadía de Pessac (La Patrie). 1847: Los cuarenta y cinco (Le Constitutionnel). El vizconde de Bragelonne (Le Siècle). 1848: El collar de la reina (La Presse). 1849: Las bodas del padre Olifus (Le Constitutionnel). 1850: Dios dispone (Evenement). El tulipán negro (Le Siècle). La paloma (Le Siècle). Angel Pitou (La Presse). 1851: Olimpo de Cleves (Le Siècle). 1852: Dios y diablo (Le Pays). La condesa de Charny (Cadot). Isaac Laquedem (Le Constitutionnel). 1853: El pastor de Ashbourn (Le Pays). Catalina Blum (Le Pays). 1854: Vida y aventuras de Catalina-Carlota (Le Mousquetaire). El salteador (Le Mousquetaire). Los mohicanos de París (Le Mousquetaire). El capitán Richard (Le Siècle). El paje del duque de Saboya (Le Constitutionel). 1856: Los compa-

ñeros de Jehú (Journal pour tous). 1857: El último rey sajón (Le Monte-Cristo). El conductor de lobos (Le Siècle). El cazador de aves (Cadot). Black (Le Constitutionnel). 1858: Las lobas de Machecoul (Journal pour tous). Memorias de un policeman (Le Siècle). La casa de hielo (Le Monte-Cristo). 1859: La fragata (Le Monte-Cristo). Ammalat-Beg (Moniteur Universel). Historia de un calabozo y una casita (Revue Européenne). Una aventura de amor (Le Monte-Cristo). 1860: Memorias de Horacio (Le Siècle). El padre La Ruine (le Siècle). La marquesa de Escoman (Le Constitutionnel). El médico de Java (Le Siècle). Jane (Le Siècle). 1861: Una noche en Florencia (Levy-Hetzel). 1862: El voluntario del 92 (Le Monte-Cristo). 1863: La San Felice (La Presse). 1864: Las dos Dianas (Levy). Ivanhoe (Pub. du Siècle). 1865: Memorias de una favorita (Avenir National). El conde de Moret (Les Nouvelles). 1866: Un caso de conciencia (Le Soleil). Parisienses y provincianos (La Presse). El conde de Mazarra (Le Mousquetaire). 1867: Los blancos y los azules (Le Mousquetaire). El terror prusiano (La Situation). 1869: Hector de Sainte-Hermine (Moniteur Universel). El doctor misterioso (Le Siècle). La hija del marqués (Le Siècle).

Sonrió para sus adentros, preguntándose lo que el extinto Enrique Taillefer habría pagado por reunir todos aquellos títulos. Las gafas estaban empañadas, así que se las quitó, limpiando los cristales con cuidado. Las líneas del ordenador quedaban ahora desenfocadas ante sus ojos, igual que otras extrañas imágenes que no lograba identificar. Una vez limpios, los lentes devolvieron nitidez a la pantalla; pero las imágenes seguían flotando a la deriva, imprecisas, sin una clave que les diera sentido. Y sin embargo Corso se creía en buen camino. El ordenador parpadeaba de nuevo:

> *Baudry, editor de* Le Siècle. *Publica* Los tres mosqueteros *entre el 14 de marzo y el 11 de julio de 1844.*

Echó un vistazo a los otros ficheros. Según sus datos, Dumas había tenido en diversos momentos de su producción literaria cincuenta y dos colaboradores. Con buena parte de ellos sus relaciones habían terminado de modo tormentoso. Pero a Corso sólo le interesaba un nombre:

> *Maquet, Auguste-Jules. 1813-1886. Colabora con Alejandro Dumas en diversas obras teatrales y en 19 novelas, entre ellas las más conocidas* (El conde de Montecristo, El caballero de Casa Roja, El tulipán negro, El collar de la reina) *y, sobre todo, el ciclo de* Los mosqueteros. *Su colaboración con Dumas*

lo hace famoso y adinerado. Mientras Dumas muere en la ruina, él fallece en su castillo de Saint-Mesme, rico. Ninguna de sus obras personales, escritas sin Dumas, le sobrevive.

Pasó a consultar las notas biográficas. Había unos párrafos extraídos de las *Memorias* de Dumas:

> *"Nosotros fuimos los inventores, Hugo, Balzac, Soulié, De Musset y yo, de la literatura fácil. Y conseguimos, bien que mal, crearnos una reputación con ese tipo de literatura, por fácil que fuese...".*

> *"... Mi imaginación, enfrentada a la realidad, se parece a un hombre que, visitando las ruinas de un monumento destruido, tiene que pasar sobre los escombros, seguir los pasadizos, agacharse en las poternas, para reconstruir más o menos el aspecto original del edificio en la época que estaba lleno de vida, cuando la alegría lo llenaba de cantos y risas o cuando el dolor era un eco para los sollozos".*

Corso dejó la pantalla, exasperado. La sensación lo abandonaba, perdiéndose en los rincones de su memoria sin que lograra identificarla. Se puso en pie y dio unos pasos por la habitación en sombras. Después orientó la luz para que iluminara una pila de libros que estaba en el suelo, contra la pared. Se agachó a coger dos gruesos tomos, una edición moderna de las *Memorias* de Alejandro Dumas padre. Fue hasta la mesa y empezó a hojearlas hasta que tres fotografías atrajeron su atención. En una de ellas, sentado, patentes las gotas de sangre africana en su pelo ensortijado y el aire mulato, Dumas miraba con expresión sonriente a Isabel Constant, que —leyó Corso en el pie de fotografía— tenía quince años cuando se convirtió en amante del novelista. La segunda foto mostraba a Dumas maduro, posando con su hija Marie. En la cima del éxito, el patriarca del folletín se situaba ante el fotógrafo con bonhomía y placidez. La tercera foto, decidió Corso, era sin duda la más divertida y significativa. Un Dumas de sesenta y cinco años, canoso el pelo pero aún alto y fuerte, la levita abierta sobre una oronda barriga, abrazaba a Adah Menken, una de sus últimas amantes, a la que, según el texto, *"tras las sesiones de espiritismo y magia negra a que tan aficionada era, le gustaba fotografiarse, ligera de ropa, con los grandes hombres de su vida"*... Piernas, brazos y cuello de la Menken se veían desnudos en la foto, lo que era un escándalo para la época, y la joven, más atenta a la cámara que al objeto de su abrazo, recostaba la cabeza en el poderoso hombro derecho del anciano. En cuanto a éste, su rostro reflejaba las huellas de una larga vida de derroche, placer y juergas por todo lo alto. La boca, entre las mejillas gordezuelas de vividor, tenía una mueca sa-

137

Dumas abrazaba a Adah Menken, una de sus últimas amantes...

tisfecha e irónica. Y los ojos miraban al fotógrafo con guasona retranca, en demanda de complicidad: el anciano gordo con la joven impúdica y ardiente que lo exhibía como un trofeo raro, a él, con cuyos personajes y aventuras tantas mujeres soñaron. Como pidiendo, el viejo Dumas, comprensión por ceder al caprichoso antojo de fotos de la nena, joven y guapa a fin de cuentas, piel suave y boca ardiente que la vida todavía le reservaba en el último recodo del camino, a sólo tres años de su muerte. El viejo sinvergüenza.

Cerró Corso el libro con un bostezo. Su reloj de pulsera, un antiguo cronómetro al que con frecuencia olvidaba dar cuerda, estaba parado en las doce y cuarto. Fue hasta el mirador y abrió una de las correderas, respirando el aire frío de la noche. La calle seguía desierta, en apariencia.

Todo era muy extraño, se dijo mientras regresaba a la mesa para desconectar el ordenador. Sus ojos se posaron en la carpeta del manuscrito. La abrió maquinalmente, observando otra vez las quince hojas con dos tipos distintos de escritura: once azules y cuatro blancas. *"Après de nouvelles presque désespérées du roi..."* Tras las noticias casi desesperadas del rey... Fue al montón de libros en busca de un enorme tomo rojo, una edición anastática —J.C. Lattes 1988—, que incluía todo el ciclo de *Los mosqueteros* y el *Montecristo* en la edición Le Vasseur con grabados, casi contemporánea de Dumas. Encontró el capítulo titulado *El vino de Anjou* en la página 144 y se puso a leer, comparándolo con el original manuscrito. Salvo alguna pequeña errata, ambos textos eran idénticos. En el libro, el capítulo estaba ilustrado por dos dibujos de Maurice Leloir, grabados por Huyot. El rey Luis XIII acude al sitio de la Rochela con diez mil hombres, figurando en primer término de la escolta cuatro jinetes a caballo, mosquete en mano, con chambergo y casaca de la compañía de Treville: sin duda tres de ellos son Athos, Porthos y Aramis. Un momento después se reunirán con su amigo d'Artagnan, todavía simple cadete en la compañía de guardias del señor Des Essarts. En ese momento, el gascón ignora que las botellas de vino de Anjou son un regalo envenenado de su mortal enemiga Milady, quien pretende vengar la injuria inferida por d'Artagnan cuando, suplantando al conde de Wardes, se deslizó en la cama de la agente de Richelieu, disfrutando la noche de amor que correspondía al otro. Además, para agravar las cosas, d'Artagnan ha sorprendido por azar el terrible secreto de Milady: la flor de lis en un hombro, marca infamante impresa por el hierro del verdugo. Con esos preliminares y dado el carácter de Milady, el contenido de la segunda ilustración resulta obvio: ante el estupor de d'Artagnan y sus compañeros, el criado Fourreau expira entre atroces sufrimientos por beber el vino destinado a su amo. Sensible a la magia del texto, que no había vuelto a leer en veinte años, Corso llegó al pasaje en que los mosqueteros y d'Artagnan hablan de Milady:

...—¡Y bien! —dijo d'Artagnan a Athos—. Ya lo veis, querido amigo. Es una guerra a muerte.

Athos movió la cabeza.

—Sí, sí —dijo—. Ya veo; pero ¿creeis que sea ella?

—Estoy seguro.

—Sin embargo, os confieso que todavía dudo.

—¿Y esa flor de lis en el hombro?

—Es una inglesa que habrá cometido alguna fechoría en Francia, y a la que se habría marcado a causa de su crimen.

—Athos, es vuestra mujer, os lo digo yo —repitió d'Artagnan—. ¿No recordáis cómo coinciden ambas marcas?

—Sin embargo habría jurado que la otra estaba muerta, lo ahorqué muy bien.

Fue d'Artagnan quien esta vez movió la cabeza.

—En fin, ¿qué hacemos? —dijo el joven.

—Lo cierto es que no se puede estar así, con una espada eternamente suspendida sobre la cabeza —dijo Athos—. Es preciso salir de esta situación.

—Pero, ¿cómo?

—Escuchad, tratad de encontraros con ella y de tener una explicación; decidle: "¡La paz o la guerra! Palabra de gentilhombre que

nunca diré ni haré nada contra vos. Por vues-
tra parte, juramento solemne de permanecer
neutral respecto a mí. De lo contrario voy en
busca del canciller, del rey, del verdugo, amoti-
no la corte contra vos, os denuncio por marca-
da, os hago meter a juicio, y si os absuelven,
pues entonces os mato, palabra de gentilhom-
bre, en cualquier esquina, como mataría a un
perro rabioso."

   —Me encanta ese sistema —dijo d'Ar-
tagnan...

Los recuerdos arrastran recuerdos. De
pronto Corso quiso retener una imagen fugaz,
familiar, que acababa de cruzarle el pensamiento.
Consiguió fijarla antes de que se desvaneciese, y
resultó ser otra vez el individuo del traje negro,
el chófer del Jaguar frente a la casa de Liana Taillefer, al volante del Mercedes en Toledo... El
hombre de la cicatriz. Y era Milady quien había
removido su memoria.

   Reflexionó sobre aquello, desconcertado.
Y de pronto la imagen apareció con perfecta nitidez. Milady, naturalmente. Milady de Winter
como d'Artagnan la vio por primera vez: asoma-
da a la portezuela de su carroza en el primer capítulo de la novela, ante la posada de Meung.
Milady en conversación con un desconocido...
Corso pasó veloz las páginas, buscando el pasaje.
Dio con él sin dificultad:

...Un hombre de cuarenta a cuarenta y cinco años, de ojos negros y penetrantes, de tez pálida, nariz fuertemente pronunciada, mostacho negro y perfectamente recortado...

Rochefort. El siniestro agente del cardenal, el enemigo de d'Artagnan; quien lo hizo apalear en el primer capítulo, robó la carta de recomendación para el señor de Treville y fue culpable indirecto de que el gascón estuviese a punto de batirse en duelo con Athos, Porthos y Aramis... Tras aquella pirueta de su memoria, con la insólita asociación de ideas y personajes, Corso se rascó la cabeza desconcertado. ¿Qué vinculaba al compañero de Milady con el chófer que quiso atropellarlo en Toledo...? Y luego estaba la cicatriz. En el párrafo no había cicatriz alguna; y sin embargo —eso lo recordaba muy bien— Rochefort siempre tuvo una marca en la cara. Pasó páginas hasta hallar la confirmación en el capítulo tercero, con d'Artagnan narrando su aventura a Treville:

—Decidme —respondió—. ¿No mostraba ese gentilhombre una ligera cicatriz en la sien?
—Sí, como la haría la rozadura de una bala...

Una ligera cicatriz en la sien. La confirmación la tenía allí, pero Corso recordaba aquella cicatriz *más grande*, y no en la sien, sino en la mejilla, como la del chófer vestido de negro. Se puso a analizar aquello hasta que al cabo soltó una carcajada. Ahora la escena estaba completa, y en color: Lana Turner en *Los tres mosqueteros*, tras la ventanilla de su carroza, junto a un Rochefort adecuadamente siniestro: no de tez pálida como en el texto de Dumas sino moreno, con chambergo emplumado y una gran cicatriz —esta vez sí— surcándole de arriba abajo la mejilla derecha. El recuerdo, por tanto, era más cinematográfico que literario, y eso despertó en Corso una exasperación entre divertida e irritada. Maldito Hollywood.

Celuloide aparte, por fin reinaba cierto orden en todo aquello; un canon común, aunque secreto, en una melodía de notas dispersas y enigmáticas. La vaga inquietud que Corso sentía desde su visita a la viuda Taillefer perfilaba ya unos límites, unos rostros, un ambiente y unos personajes entre la carne y la ficción, con extraños y todavía confusos vínculos entre sí. Dumas y un libro del siglo XVII, el diablo y *Los tres mosqueteros*, Milady y las hogueras de la Inquisición... Aunque todo fuese más absurdo que concreto, más novelesco que real.

Apagó la luz y se fue a dormir. Pero tardó un rato en conciliar el sueño porque una imagen no se iba de su mente; con los ojos abiertos la veía flotar ante sí en la oscuridad. Era un paisaje lejano, el de sus lecturas juveniles, poblado de sombras que volvían veinte años después, materializándose en fantasmas próximos y casi tangibles. La cicatriz. Rochefort. El hombre de Meung. El sicario de Su Eminencia.

Remember

Estaba sentado tal y como lo había dejado en
su sillón, colocado delante de la chimenea.
(A.Christie. *El asesinato de R. Ackroyd*)

Es aquí donde entro en escena por segunda
vez, pues fue entonces cuando Corso recurrió a mí
de nuevo. Y lo hizo, creo recordar, unos días antes
de irse a Portugal. Según me confió más tarde, a
esas alturas sospechaba ya que el manuscrito Dumas y *Las Nueve Puertas* de Varo Borja eran sólo
puntas de iceberg, y que para su comprensión era
necesario conocer antes las otras historias que se
anudaban entre sí del mismo modo que aquella
corbata en las manos de Enrique Taillefer. Eso no
era fácil, llegué a decirle, pues en literatura nunca
hay lindes nítidos; todo se apoya en algo, las cosas
se superponen unas a otras, y terminan siendo un
complicado juego intertextual a base de espejos y
muñecas rusas, donde establecer un hecho preciso, una paternidad concreta, implica riesgos que
sólo ciertos colegas muy estúpidos o muy seguros
de sí mismos se atreven a correr. Es como decir
que a Robert Graves se le nota *Quo Vadis* y no
Suetonio, o Apolonio de Rodas. En cuanto a mí,
sólo sé que no sé nada. Y cuando quiero saber busco en los libros, a los que nunca falla la memoria.

—El conde de Rochefort es uno de los más
importantes personajes secundarios de *Los tres*

Mosqueteros —expliqué a Corso cuando vino otra vez en mi busca—. Es agente del cardenal y amigo de Milady; el primer enemigo que se hace d'Artagnan. Puedo establecer la fecha exacta: primer lunes de abril de 1625, en Meung-sur-Loire... Me refiero al Rochefort de ficción, por supuesto, aunque existió un personaje similar que Gatien de Courtilz, en las supuestas *Memorias* del verdadero d'Artagnan, describe bajo el nombre de Rosnas... Pero el Rochefort de la cicatriz no tuvo existencia real. Dumas tomó ese personaje de otro libro, las *Memoires de MLCDR (Monsieur le comte de Rochefort)*, posiblemente apócrifas y atribuidas, también, a Courtilz... Hay quien dice que podrían referirse a Henri Louis de Aloigny, marqués de Rochefort, nacido hacia 1625; pero eso ya es hilar muy fino.

Miré hacia las luces del tráfico vespertino que discurría por los bulevares al otro lado de la ventana del café donde tengo mi tertulia. Nos acompañaban algunos amigos en torno a la mesa cubierta de periódicos, tazas y ceniceros humeantes: un par de escritores, un pintor en baja, una periodista en alza, un actor de teatro y cuatro o cinco estudiantes de los que se sientan en un rincón y mantienen la boca cerrada todo el tiempo, mirándote como quien mira a Dios. Entre ellos, con el gabán puesto y el hombro apoyado en el cristal de la ventana, Corso bebía ginebra y tomaba notas de vez en cuando.

—Por cierto —añadí—. El lector que pasa los sesenta y siete capítulos de *Los tres mosqueteros* esperando el duelo que enfrente a Rochefort con d'Artagnan, queda decepcionado. Dumas zanja la cuestión en tres líneas y escamotea el lance, o los lances; porque cuando reencontramos al personaje en *Veinte años después*, d'Artagnan y él se han batido tres veces y Rochefort lleva otras tantas cicatrices de estocadas en el cuerpo. Sin embargo ya no queda entre ellos odio, sino ese retorcido respeto que sólo es posible entre dos viejos enemigos. De nuevo los azares de la aventura hacen que ambos militen en bandos distintos; mas en la complicidad amistosa de dos gentilhombres que se conocen desde hace veinte años... Rochefort cae en desgracia con Mazarino, escapa de la Bastilla, participa en la evasión del duque de Beaufort, conspira en la Fronda y fallece en brazos de d'Artagnan, que lo atraviesa con su espada sin reconocerlo en un tumulto... *"Era mi estrella"*, le dice al gascón, más o menos. *"Sané de tres estocadas vuestras, pero no sanaré de la cuarta"*. Y se muere. *"Acabo de matar a un antiguo amigo"*, le contará d'Artagnan a Porthos... Ése es todo el epitafio por el viejo agente de Richelieu.

Aquello inició una animada discusión a varias bandas. El actor, un viejo galán que interpretó el *Montecristo* en un serial televisivo y que esa tarde no le quitaba ojo a la periodista, se lanzó a exponer con brillantez sus recuerdos sobre los personajes, jaleado por el pintor y los dos escritores. Así pasamos de Dumas a Zevaco y Paul Fèval, y terminamos situando una vez más el indiscutible magisterio de Sabatini frente a Salgari. Recuerdo que alguien mencionó tímidamente a Julio Verne, pero fue objeto de abucheo general. En aquel contexto apasionado de capa y espada, Verne y sus héroes fríos, desprovistos de alma, no eran de recibo.

En cuanto a la periodista, una de esas chicas de moda con columna en el dominical de un diario importante, su memoria literaria empezaba en Milan Kundera. Así que se mantuvo casi todo el rato en prudente expectativa, asintiendo con alivio cada vez que algún título, anécdota o personaje —el Cisne Negro, Yáñez, la estocada de Nevers— le removía el recuerdo de una película entrevista en la tele. Mientras tanto, Corso, paciente como el cazador tranquilo que era, no me quitaba ojo por encima de su vaso de ginebra, atento a la ocasión de centrar otra vez el tema. Así lo hizo, en efecto, aprovechando el silencio embarazoso que se instaló en torno a la mesa cuando la periodista estableció que, de todos modos, ella encontraba los relatos de aventuras demasiado ligeros, ¿no? Superficiales, no sé si me explico. O sea.

Corso mordía la gomita de su lápiz Faber:

—¿Cómo interpreta usted, señor Balkan, el papel de Rochefort en la historia?

Me miraron todos y en especial los estudiantes, entre los que dos eran chicas. No sé por qué en determinados ambientes me consideran una especie de bonzo de las bellas letras, y cada vez que abro la boca la gente se queda en suspenso, dispuesta a oír dogmas de fe. Incluso un artículo mío, en la revista literaria adecuada, puede consagrar o hundir a un escritor que empieza. Absurdo, muy cierto; pero es la vida. Fíjense si no en el último premio Nobel, el autor de *Yo, Onán*, *En busca de mí mismo* y la archifamosa *Oui, c'est moi*. Fue mi firma la que lo puso en circulación hace quince años, con folio y medio en *Le Monde* el día de los Inocentes. No me lo perdonaré jamás, pero así funcionan estas cosas.

—Al principio, Rochefort es el enemigo —precisé—. Simboliza las fuerzas ocultas, la trama negra... Es el agente de la conspiración diabólica en torno a d'Artagnan y sus amigos; la intriga del cardenal que se anuda en la sombra, poniendo sus vidas en jaque...

Vi cómo una de las estudiantes sonreía; mas no pude adivinar si el gesto, absorto y algo burlón, era consecuencia de mis palabras o de secretas reflexiones ajenas a la tertulia. Me sorprendió, pues ya he dicho que los estudiantes suelen escucharme con el respeto que mostraría un redactor de *L' Osservatore Romano* al recibir en exclusiva el texto de una encíclica pontificia. Eso hizo que me fijase en ella con interés; aunque al principio, cuando se unió a nosotros con una trenca azul y un montón de libros bajo el brazo, ya había llamado mi atención a causa de sus inquietantes ojos verdes y el cabello castaño muy corto, como el de un chico. Ahora se mantenía sentada un poco aparte, sin integrarse en el grupo. Siempre hay jóvenes alrededor de nuestra mesa, alumnos de literatura a los que suelo invitar a café; pero aquella jovencita no había estado antes. Imposible olvidar sus ojos, cuya tonalidad muy clara, casi transparente, contrastaba con el rostro moreno y atezado de quien pasa mucho tiempo al sol y al aire libre. Era de esas chicas esbeltas y flexibles, con piernas largas que también se adivinaban morenas bajo los tejanos. Aún retuve de ella otro detalle: no llevaba anillos, reloj ni pendientes; los lóbulos de sus orejas estaban intactos, sin agujeros.

—... Rochefort es también el hombre entrevisto y nunca alcanzado —proseguí, no sin dificultad en recobrar el hilo del discurso—. La máscara del misterio marcada con su cicatriz. Resume la paradoja, la impotencia de d'Artagnan, que lo persigue y no lo alcanza, quiere matarlo y no puede hasta veinte años después, por error, cuando ya no es un adversario sino un amigo.

—Tu d'Artagnan es un poco gafe —apreció uno de mis contertulios, el escritor de más edad. De su última novela había vendido quinientos ejemplares, pero ganaba un dineral publicando historias policiacas bajo el perverso pseudónimo de Emilia Forster. Lo miré con reconocimiento, complacido por la oportunidad del comentario.

—No os quepa duda. Al amor de su vida lo envenenan. A pesar de sus hazañas y de los servicios que presta a la Corona de Francia, pasa veinte años como oscuro teniente de mosqueteros. Y cuando en las últimas líneas de *El vizconde de Bra-*

gelonne consigue el bastón de mariscal, que le ha costado cuatro tomos y cuatrocientos veinticinco capítulos conseguir, lo mata una bala holandesa.

—Como al auténtico d'Artagnan —dijo el actor, que había logrado situar una mano en los muslos de la columnista prestigiosa.

Bebí un sorbo de café antes de asentir. Corso no me quitaba ojo de encima.

—Tenemos tres d'Artagnan —aclaré—. Del primero, Carlos de Batz Castlemore, sabemos, porque lo publicó en su momento la *Gaceta de Francia*, que murió el 23 de junio de 1673 de un balazo en la garganta, durante el sitio de Maestrich. La mitad de sus hombres cayó con él... Aparte ese detalle póstumo, en vida resultó sólo un poco más afortunado que su homónimo de ficción.

—¿También era gascón?

—Sí, de Lupiac. Aún existe ese pueblo, y una lápida lo recuerda: *"Aquí nació hacia 1615 d'Artagnan, cuyo verdadero nombre fue Charles de Batz, muerto en el asedio de Maestrich en 1673."*

—Hay un desfase histórico —apuntó Corso consultando sus notas—. Según Dumas, d'Artagnan tenía dieciocho años al empezar la novela, hacia 1625. Pero en ese momento el verdadero d'Artagnan sólo contaba diez —sonrió como un conejo educado y escéptico—. Demasiado joven para manejar la espada.

—Sí —concedí—. Dumas arregló eso para que pudiese vivir la aventura de los herretes de diamantes con Richelieu y Luis XIII. Carlos de

Batz debió de llegar a París muy joven: en 1640 su nombre figura como guardia en la compañía del señor Des Essarts, en documentos relativos al sitio de Arras, y dos años más tarde en la campaña del Rosellón... Mas nunca sirvió como mosquetero bajo Richelieu, pues ingresó en ese cuerpo de élite cuando ya Luis XIII había muerto. Su verdadero protector fue el cardenal Julio Mazarino... Existe, en efecto, ese salto de diez o quince años entre ambos d'Artagnan; aunque Dumas, que tras el éxito de *Los tres mosqueteros* amplió la acción hasta abarcar casi cuarenta años en la historia de Francia, ajusta más en los siguientes tomos su ficción novelesca a los sucesos reales.

—¿Cuáles son los hechos comprobados? Me refiero a las intervenciones históricas del auténtico d'Artagnan.

—Bastantes. Su nombre aparece en la correspondencia de Mazarino y en la del ministerio de la Guerra. Como el héroe de ficción, actuó como agente del cardenal durante la insurrección de la Fronda, con cargos de confianza en la corte de Luis XIV. Incluso le encomendaron la delicada detención y escolta del ministro de Finanzas Fouquet, hecho confirmado por la correspondencia de madame de Sevigné. Y pudo conocer a nuestro pintor Velázquez en la isla de los Faisanes cuando acompañó a Luis XIV en busca de su prometida María Teresa de Austria...

—Todo un cortesano, por lo que veo. Muy diferente al espadachín de Dumas.

Alcé una mano, en defensa del rigor del asunto.

—No deje que lo engañen las apariencias. Carlos de Batz, o d'Artagnan, siguió batiéndose hasta su muerte. Estuvo bajo las órdenes de Turena en Flandes, y en 1657 fue nombrado teniente de los mosqueteros grises; grado que equivalía a jefe efectivo de esa unidad. Diez años más tarde ascendió a capitán de mosqueteros y combatió en Flandes con ese mando, asimilable a general de caballería...

Corso entornaba los ojos tras los cristales de las gafas.

—Perdón —se inclinó hacia mí sobre el mármol del velador con el lápiz en alto, a medio escribir una palabra o una fecha—. ¿En qué año ocurrió eso?

—¿El ascenso a general?... 1667. ¿Por qué le llama la atención?

Mostraba los incisivos mordiéndose el labio inferior; pero fue sólo un instante.

—Por nada —cuando habló, su rostro había recobrado la expresión impasible—. Ese mismo año quemaron en Roma a cierto individuo. Una curiosa coincidencia... —ahora me miraba, neutro— ¿Le dice algo el nombre de Aristide Torchia?

Hice memoria. Ni la más remota idea.

—En absoluto —respondí—. ¿Tiene relación con Dumas?

Aún dudó un momento.

153

—No —dijo por fin, aunque parecía lejos de estar convencido—. Creo que no. Pero continúe. Hablaba del auténtico d'Artagnan en Flandes.

—Murió en Maestrich, como he dicho, a la cabeza de sus hombres. Una muerte heroica: sitiaban la plaza ingleses y franceses, había que cruzar un paso peligroso, y d'Artagnan quiso ir primero por cortesía hacia sus aliados... Una bala de mosquete le partió la yugular.

—Nunca fue mariscal, entonces.

—No. Es exclusivo mérito de Alejandro Dumas conceder al d'Artagnan de ficción lo que el tacaño Luis XIV negó a su antecesor de carne y hueso... Conozco un par de libros interesantes sobre el particular; anote los títulos si quiere. Uno es el de Charles Samaran: *D'Artagnan, capitaine des mousquetaires du roi, histoire veridique d'un héros de roman*, publicado en 1912. El otro es *Le vrai d'Artagnan*. Lo escribió el duque de Montesquieu-Fezensac, descendiente directo del d'Artagnan auténtico. Publicado en 1963, me parece.

Ninguno de esos pormenores tenía aparente relación directa con el manuscrito Dumas, pero Corso los anotaba como si le fuera la vida en ello. De vez en cuando levantaba la vista del bloc y me dirigía inquisitivas miradas a través de los lentes torcidos. Otras inclinaba la cabeza cual si dejase de escuchar, y parecía absorto en secretas meditaciones. En ese momento, aunque yo mismo estaba al corriente de todos los detalles sobre *El vino de Anjou*, incluso de ciertas claves ocultas para el cazador de libros, me veía, en cambio, lejos de imaginar las complejas implicaciones que el asunto de *Las Nueve Puertas* iba a tener en la historia. Pero Corso, a pesar de su mente acostumbrada a la lógica, empezaba ya a establecer siniestras relaciones entre los hechos de cuya información disponía y, por decirlo de algún modo, el carácter literario sobre el que esos hechos se sustentaban. Todo esto puede parecer algo confuso, mas tengamos en cuenta que para Corso, entonces, la situación realmente lo era. Y aunque el momento temporal de esta narración es, sin duda, posterior al desenlace de los graves sucesos que ocurrieron después, el mismo carácter del bucle —recuerden los cuadros de Escher, o al bromista Bach— nos obliga a retornar continuamente al principio, ciñéndonos a los estrechos límites de la mente de Corso. Saber y callar, es la regla. Incluso cuando se hacen trampas, sin reglas no habría juego.

—De acuerdo —dijo el cazador de libros después de anotar los títulos recomendados—. Ese es el primer d'Artagnan, el auténtico. Y el tercero es el ficticio de Dumas. Imagino que el nexo entre ambos será aquel libro de Gatien de Courtilz que usted me mostró el otro día: las *Memoires de M. d'Artagnan*.

—Exacto. Es el que podemos llamar eslabón perdido, el menos famoso de los tres. Un gascón intermedio, literario y real al mismo tiempo; precisamente el que Dumas utiliza para crear su personaje... Gatien de Courtilz de Sandras era un escritor contemporáneo de d'Artagnan, que comprendió lo novelesco del personaje y se puso a la tarea. Siglo y medio más tarde, Dumas se enteró de la existencia del libro durante un viaje a Marsella. El dueño de la casa en que se hospedaba tenía un hermano encargado de la biblioteca municipal. Según parece, el hermano le mostró el libro, editado en Colonia en 1700. Dumas comprendió el partido que podía sacarse de él, lo pidió prestado y no lo devolvió jamás.

—¿Qué sabemos de ese antecesor de Dumas, Gatien de Courtilz?

—Bastante. Entre otras cosas porque tenía una abultada ficha policial. Nació en 1644 o 1647 y fue mosquetero, corneta en el *Royal-Étranger*, una especie de legión extranjera de la época, y capitán del regimiento de caballería de Beaupré-Choiseul. Al terminar la guerra de Holanda, la misma en que murió d'Artagnan, Courtilz se quedó allí para cambiar la espada por la pluma, escribiendo biografías, temas históricos, memorias más o menos apócrifas, chismes y enredos escabrosos de la corte francesa... Eso le trajo problemas. *Las memorias del señor d'Artagnan* tuvieron un éxito asombroso: cinco ediciones en diez años. Mas desagradaron a Luis XIV, poco satisfecho de la irreverencia con que se narraban algunos pormenores de la familia real y sus allegados. Eso le costó a Courtilz ser apresado a su regreso a Francia, y alojarse en la Bastilla por cuenta del Estado hasta poco antes de su muerte.

Sin que viniera a cuento, el actor aprovechó mi pausa para deslizar una cita de *En Flandes se ha puesto el sol*, de Marquina: "*Nos regía* —recitó—*/un capitán que venía/ mal herido en el afán/ de su postrer agonía./ Señores, qué capitán/ el capitán de aquel día...*". O algo así. Se trataba de un descarado intento de lucirse ante la periodista, en cuyo muslo ya afirmaba la mano con ademán de propietario. Los otros, en especial el novelista que firmaba Emilia Forster, le dirigieron miradas de envidia o mal disimulado rencor.

Tras un silencio cortés, Corso decidió devolverme el control de la situación.

—¿Cuánto le debe a Courtilz el d'Artagnan de Dumas?

—Le debe mucho. Aunque en *Veinte años después* y en el *Bragelonne* se manejan otras fuentes, la historia de *Los tres mosqueteros* ya está básicamente en Courtilz. Dumas proyecta sobre ella su genio y le da envergadura; aunque todo se lo encuentra esbozado: la bendición del padre de d'Artagnan, la carta de Treville, el desafío con los mosqueteros, que en el primer texto son hermanos... Milady también aparece. Y d'Artagnan se asemeja a d'Artagnan como dos gotas de agua. Algo más cínico el de Courtilz; más avaro y menos de fiar. Pero es el mismo.

Corso se inclinó un poco sobre la mesa.

—Antes dijo que Rochefort simboliza la trama negra en torno a d'Artagnan y sus amigos... Pero Rochefort no es más que un esbirro.

—En efecto. A sueldo de Su Eminencia Armando Juan du Plessis, cardenal de Richelieu...

—El malvado —dijo Corso.

—El malvado Carabel —apostilló el actor, resuelto a seguir metiendo baza. Impresionados por la incursión folletinesca de aquella tarde, los estudiantes tomaban notas o escuchaban boquiabiertos. Sólo la chica de los ojos verdes se mantenía imperturbable, un poco al margen; igual que si estuviera allí sólo de paso, por casualidad.

—Para Dumas —continué, retomando el asunto—, al menos en la primera parte del ciclo de *Los mosqueteros*, Richelieu suministra el personaje imprescindible en todo folletín romántico de aventuras y misterio: un enemigo poderoso en la sombra, la encarnación del Mal. Para la historia de Francia, Richelieu fue un gran hombre; mas en *Los mosqueteros* no es rehabilitado hasta veinte años después. Así, el astuto Dumas se reconcilió con la realidad sin que perjudicase el interés de su novela; ya había encontrado otro villano: Mazarino. Esa rectificación, puesta incluso en boca de d'Artagnan y sus compañeros cuando elogian, con carácter póstumo, la grandeza de su antiguo enemigo, carece de mérito moral. Para Dumas era un cómodo acto de contrición... Sin embargo, durante el primer tomo del ciclo, cuando el cardenal planea el asesinato de Buckhingam, la perdición de Ana de Austria, o da carta blanca a la siniestra Milady, Richelieu encarna a la perfección el papel de malvado. Su Eminencia es a d'Artagnan lo que el príncipe Gonzaga a Lagardère, o el profesor Moriarty a Sherlock Holmes. Esa presencia oculta y diabólica...

Corso hizo un gesto para interrumpirme. Eso era extraño, pues empezaba a conocer sus maneras, y veía más propio en él no intervenir hasta que su interlocutor agotara los argumentos, exprimido el último indicio de información.

—Ha utilizado dos veces la palabra *diabólico* —dijo mirando sus notas—. Y las dos refiriéndose a Richelieu... ¿Era aficionado el cardenal a las ciencias ocultas?

Aquellas palabras produjeron una situación peculiar. La joven se había vuelto a observar a Corso con curiosidad. Él me miraba a mí, y yo a la chica. Ajeno al extraño triángulo, el cazador de libros aguardaba mi respuesta.

—Richelieu era aficionado a muchas cosas —expliqué—. Además de convertir a Francia en gran potencia, tuvo tiempo para coleccionar cuadros, tapices, porcelanas y estatuas. También fue un bibliófilo importante. Encuadernaba sus libros en piel de becerro y marroquí rojo...

—... Con sus armas en plata y tres ángulos de gules —Corso hizo un gesto impaciente; aquellos detalles eran secundarios y no me necesitaba a mí para hablar de eso—. Hay un catálogo Richelieu muy conocido.

—Ese catálogo es parcial porque la colección no se mantuvo intacta: parte se conserva hoy en la biblioteca nacional de Francia, en la Mazarino y en la Sorbona, mientras que otros libros fueron a manos particulares. Poseía manuscritos hebreos y siríacos, obras notables de matemáticas, medicina, teología, derecho e historia... Y acertó, usted. Lo que más ha sorprendido a los estudiosos es encontrar allí muchos textos antiguos sobre ciencias ocultas, desde la Cábala a la magia negra.

Corso tragó saliva sin apartar sus ojos de los míos. Parecía alerta; la cuerda de un arco a punto de hacer *tump*.

—¿Algún título concreto?

Negué con la cabeza antes de responder; su insistencia me intrigaba. La chica seguía pendiente de nuestras palabras, mas era evidente que ahora no acaparaba yo su atención.

—Mis conocimientos sobre Richelieu como personaje de folletín —me excusé— no llegan a tanto.

—¿Y Dumas?... ¿También era aficionado a las artes ocultas?

Ahí fui tajante:

—No. Dumas era un vividor que lo hacía todo a la luz del día, para regocijo y escándalo de sus conocidos. También algo supersticioso: creía en el mal de ojo, llevaba un amuleto en la cadena del reloj y se hacía decir la buenaventura por madame Desbarolles. Mas no lo imagino haciendo magia negra en la trastienda. Ni siquiera fue masón, como él mismo confiesa en *El siglo de Luis XV...* Tenía deudas, los editores y los acreedores lo acosaban demasiado para andar perdiendo el tiempo. Tal vez en algún momento, documentándose para sus personajes, estudiara esos temas; pero nunca a fondo. Según mis conclusiones, todas las prácticas masónicas que describe en *José Balsamo* y en *Los mohicanos de París* las extrajo directamente de la *Historia pintoresca de la francmasonería* de Clavel.

—¿Y Adah Menken?

Miré a Corso con sincero respeto. Aquélla era una pregunta de especialista.

—Eso fue distinto. Adah-Isaacs Menken, su última amante, era una actriz norteamericana. Durante la Exposición de 1867, cuando asistía a una representación de *Los piratas de la sabana*, Dumas se fijó en una linda joven a la que, en escena, arrebataba un caballo al galope. Al salir del teatro, la muchacha abrazó al novelista y le dijo, a bocajarro, que había leído todos sus libros y que estaba dispuesta a irse con él a la cama en el acto. El viejo Dumas necesitaba menos que eso para encapricharse de una mujer, así que aceptó el homenaje. Pasaba por haber sido esposa de un millonario, querida de un rey, generala de una república... En realidad era una judía portuguesa, nacida en América y amante de un tipo extraño, mezcla de chulo y pugilista. Dumas y ella tuvieron una relación escandalosa, porque a la Menken le gustaba hacerse fotos ligera de ropa y frecuentaba el 107 de la calle Malesherbes, la última casa de Dumas en París... Murió tras una caída del caballo, de peritonitis, a los treinta y un años.

—¿Era aficionada a la magia negra?

—Eso dicen. Le gustaban las ceremonias extrañas, vestirse con una túnica, quemar incienso y ofrendar cosas al señor de las tinieblas... A veces se decía poseída de Satanás, con una variada serie de connotaciones que hoy calificaríamos como pornográficas. Estoy seguro de que el viejo Dumas nunca creyó una palabra, pero tuvo que divertirse mucho con la puesta en escena. Creo que cuando la Menken estaba poseída por el diablo era muy ardiente en la cama.

Sonaron carcajadas en torno a la mesa. Incluso me permití una sonrisa discreta a cuenta del chiste, pero la chica y Corso permanecieron serios. Ella parecía reflexionar, absortos en él sus ojos claros mientras el cazador de libros asentía con la cabeza, lentamente, aunque ahora tenía el aire distraído, lejos. Miraba por la ventana hacia los bulevares y parecía buscar en la noche, en el discurrir silencioso de faros de automóvil que se reflejaban en sus lentes, la palabra perdida, la clave que convertía en una sola todas las historias que flotaban, hojas secas y muertas, en las aguas negras del tiempo.

De nuevo tengo que pasar a segundo plano, como narrador casi omnisciente de las andanzas de Lucas Corso. Así, de acuerdo con ulteriores confidencias del cazador de libros, podrá ordenarse la relación de trágicos sucesos que vinieron después. Llegamos de ese modo al momento en que, de vuelta a casa, comprobó que el portero acababa de barrer el zaguán y estaba a punto de cerrar su garita. Se cruzó con él cuando subía del sótano los cubos de basura.

—Esta tarde vinieron a reparar su televisor.

Corso había leído y visto suficiente cine para saber lo que significaba aquello. Así que no pudo evitar echarse a reír ante el portero estupefacto.

—Hace mucho tiempo que no tengo televisor...

Sobrevino un confuso torrente de excusas, al que apenas prestó atención. Todo empezaba a ser deliciosamente previsible. Pues de libros se trataba, tenía que plantearse el problema más a modo de lector, lúcido y crítico, que como el protagonista de consumo barato en que alguien se empeñaba en convertirlo. Tampoco tenía otra opción. A fin de cuentas, ya que era de naturaleza escéptica y tensión arterial baja, resultaba difícil que el sudor perlase su frente o la palabra *¡fatalidad!* brotara de sus labios.

—No habré hecho mal, señor Corso.

—En absoluto. El técnico era moreno, ¿verdad?... Con bigote y una cicatriz en la cara.

—El mismo.

—Tranquilícese; es amigo mío. Un bromista.

El portero suspiró aliviado:

—Me quita usted un peso de encima.

Corso no sentía inquietud por *Las Nueve Puertas* ni el manuscrito Dumas; cuando no los llevaba consigo, dentro de la bolsa de lona, los dejaba en depósito en el bar de Makarova. Tratándose de objetos relacionados con él, ése era el lugar más seguro del mundo. Así que subió con calma por la escalera mientras intentaba imaginar la siguiente escena. A esas alturas se había convertido ya en lo que algunos llaman lector de segundo nivel, y un arquetipo excesivamente burdo lo habría decepcionado. Pero se tranquilizó al abrir la puerta. No había papeles por el suelo, ni cajones revueltos; ni siquiera sillones destripados a navajazos. Todo estaba en orden, cual lo dejó al salir a primera hora de la tarde.

Fue hasta la mesa de trabajo. Las cajas de disquetes estaban en su sitio, los papeles y documentos sobre sus bandejas igual que los recordaba. El hombre de la cicatriz, Rochefort o quien diablos fuese, era un tipo eficiente; pero todo tenía un límite. Cuando encendió el ordenador, Corso compuso una sonrisa de triunfo.

DAGMAR PC 555 K (S1) ELECTRONIC PLC UTILIZADO POR ÚLTIMA VEZ A LAS 19:35/ THU/3/21

A>ECHO OFF

A>

Utilizado a las 19.35 de aquel mismo día, aseguraba la pantalla. Pero él no había tocado el ordenador en las últimas venticuatro horas. A las 19:35 estaba con nosotros en la tertulia del café, mientras el hombre de la cicatriz le mentía al portero.

Aún encontró algo más, inadvertido al principio, que ahora descubría junto al teléfono. Aquello no era azar, ni imprevisión por parte del misterioso visitante. En un cenicero, entre las colillas del propio Corso, encontró una reciente, que no era suya. Pertenecía a un habano casi consumido, con la vitola intacta. Cogió la punta del cigarro y la sostuvo entre los dedos, incrédulo al principio, hasta que poco a poco, a medida que comprendía su sentido, rió enseñando el colmillo igual que un lobo malicioso y esquinado.

La marca era Montecristo. Naturalmente.

Flavio La Ponte también había tenido visita. En su caso, el fontanero.

—No tiene puñetera gracia —dijo a modo de saludo. Esperó a que Makarova sirviera las ginebras y vació el contenido de una bolsita de celofán en el mostrador. La colilla de cigarro era idéntica, y también la vitola estaba intacta.

—Edmundo Dantés ataca de nuevo —apuntó Corso.

La Ponte sólo compartía a medias el espíritu novelesco del asunto:

—Pues fuma habanos caros, el maldito —le temblaba el pulso; algo de ginebra se le derramó por los rizos de la barba rubia—. Lo encontré en mi mesa de noche.

Corso se burlaba sin tapujos:

—Deberías tomar las cosas con más calma, Flavio. Como un tipo duro —le puso una mano en el hombro—. Recuerda el Club de Arponeros de Nantucket.

El librero se sacudió la mano, ceñudo.

—Fui un tipo duro. Exactamente hasta los ocho años, cuando comprendí las ventajas de la supervivencia. A partir de ahí me ablandé un poco.

Citó Corso a Shakespeare entre trago y trago. El cobarde muere mil veces y el valiente etcétera. Pero La Ponte no era de los que se consuelan con citas. Al menos con ese género de citas.

—En realidad no tengo miedo —dijo, reflexivo y cabizbajo—. Lo que me preocupa es perder cosas... El dinero. Mi increíble potencia sexual. La vida.

Eran argumentos de peso, y Corso hubo de admitirle que, en cuanto a posibilidades, podían resultar molestas. Además, añadió el librero, se daban otros indicios: clientes extraños que deseaban el manuscrito Dumas a cualquier precio, misteriosas llamadas nocturnas...

Se irguió Corso, interesado.

—¿Telefonean a media noche?

—Sí, pero no dicen nada. Están un rato así y luego cuelgan.

Mientras La Ponte narraba sus desdichas, el cazador de libros tocó la bolsa de lona recuperada momentos antes. Makarova la había tenido allí todo el día, bajo el mostrador, entre cajas de botellas y barriles de cerveza.

—No sé qué hacer —concluyó La Ponte, trágico.

—Vende el manuscrito y termina con esto. Las cosas se están saliendo de madre.

El librero movió la cabeza mientras pedía otra ginebra. Doble.

—Le prometí a Enrique Taillefer que ese manuscrito iría a venta pública.

—Taillefer está muerto. Y tú no has cumplido una promesa en la vida.

Asintió La Ponte, fúnebre, como si no hubiera necesidad de que nadie recordase aquello. Pero entonces algo le despejó un poco el ceño; entre la barba le apuntaba una mueca alelada. Con buena voluntad podía considerarse una sonrisa.

—Por cierto. Adivina quién ha telefoneado.

—Milady.

—Casi lo aciertas: Liana Taillefer.

Corso observó a su amigo con infinito cansancio. Después cogió el vaso de ginebra para vaciarlo sin respirar, de un largo trago.

—¿Sabes, Flavio?... —dijo al fin, limpiándose la boca con el dorso de la mano—. A veces tengo la sensación de que ya he leído esta novela, antes.

La Ponte arrugaba otra vez la frente.

—Quiere recuperar *El vino de Anjou* —explicó—. Tal cual, sin autentificación ni nada... —mojó los labios en su bebida antes de sonreírle inseguro a Corso—. Extraño, ¿verdad? Ese interés repentino.

—¿Qué le has dicho?

El librero levantó las cejas.

—Que la cosa escapa a mi control. Que el manuscrito lo tienes tú. Y que te firmé un contrato.

—Es mentira. No hemos firmado nada.

—Claro que es mentira. Pero así te cuelgo a ti el mochuelo si las cosas se complican. Eso no me impide atender ofertas: la viuda y el que suscribe cenaremos juntos una de estas noches. Negocios. Para discutir la cuestión. Soy el arponero audaz.

—Tú no eres arponero ni nada. Eres un sucio bastardo y traidor.

—Sí. Inglaterra me hizo así, que diría ese meapilas de Graham Greene. En el colegio me apodaban *Yo-no-he-sido*... ¿Nunca te he contado cómo aprobé Matemáticas? —alzó otra vez las cejas, evocador, con ternura nostálgica— ... Siempre fui un delator nato.

—Pues ten cuidado con Liana Taillefer.

—¿Por qué? —La Ponte se miraba en el espejo del bar. Hizo una mueca lúbrica—. Desde que le llevaba los folletines al marido me gusta esa tía. Tiene mucha clase.

—Sí —concedió Corso—. Mucha clase media.

—Oye, no sé por qué te cae tan mal. Con lo aparente que es.

—Hay gato encerrado.

—Me encantan los gatos. Sobre todo si sus dueñas son rubias y guapas.

Corso le daba golpecitos con un dedo sobre el nudo de la corbata.

—Escucha, idiota. En las historias de misterio siempre muere el amigo. ¿Captas el silogismo?... Esta es una historia de misterio y tú eres mi amigo —le dedicó un guiño cargado de lógica abrumadora—. Así que llevas todas las papeletas.

Obstinado en el recuerdo de la viuda, La Ponte no se dejaba intimidar.

—Venga ya. No he cantado un bingo en mi vida. Además, ya te dije dónde me pedía el tiro: en el hombro.

—Hablo en serio. Taillefer está muerto.

—Suicidado.

—A saber. Y puede morir más gente.

—Pues muérete tú. Aguafiestas. Cabrón.

El resto de la velada consistió en variaciones sobre el mismo tema. Se despidieron cinco o seis copas más tarde, quedando en telefonearse cuando Corso estuviera en Portugal. La Ponte se fue con paso inseguro y sin pagar, pero le regaló la colilla de Rochefort. Así, le dijo, tienes la parejita.

Sobre apócrifos e infiltrados

¿Azar? Permitid que me ría, pardiez. Ésa es una
explicación que sólo satisface a los imbéciles.
(M. Zevaco. *Los Pardellanes*)

CENIZA HNOS.
ENCUADERNACIÓN
Y RESTAURACION DE LIBROS.

El cartel de madera colgaba de una ventana con cristales opacos de polvo. Era un rótulo
cuarteado, lleno de grietas, descolorido por el
tiempo y la humedad. El taller de los hermanos
Ceniza estaba en el entresuelo de un edificio antiguo de cuatro pisos, apuntalado en su parte
posterior, en una calle umbría del Madrid viejo.
Lucas Corso llamó dos veces al timbre sin
obtener respuesta. Así que miró el reloj y, recostado en la pared, se dispuso a esperar. Conocía bien
las costumbres de Pedro y Pablo Ceniza; en ese
momento se hallaban a un par de calles de distancia, junto al mostrador de mármol del bar *La Tau-
rina*, trasegando medio litro de vino a modo de
desayuno mientras discutían sobre libros y toros.
Solteros, borrachines, gruñones e inseparables.
Los vio llegar diez minutos después, uno
junto al otro, con los guardapolvos grises que flotaban igual que sudarios sobre sus flacas osamen-

tas; encorvados por toda una vida sobre la prensa o los hierros de estampar, cosiendo pliegos y dorando tafiletes. Ninguno de los dos había cumplido los cincuenta, pero era fácil atribuirles diez años más al reparar en sus mejillas hundidas, las manos y ojos gastados por el minucioso trabajo artesano, la piel descolorida como si el pergamino con que trabajaban les hubiese transmitido una cualidad pálida y fría. El parecido físico de los hermanos resultaba extraordinario: la misma nariz grande, idénticas orejas pegadas a los cráneos de pelo ralo peinado hacia atrás, sin raya. Las únicas diferencias notables residían en la estatura y la locuacidad: Pablo, el menor, era más alto y silencioso que Pedro. Éste tosía a menudo con estertor ronco, de fumador empedernido, y las manos con que encendía un cigarrillo tras otro temblaban continuamente.

—Cuánto tiempo, señor Corso. Nos alegra su visita.

Lo precedieron por la escalera con peldaños de madera gastados por el uso. La puerta chirrió al abrirse, y el interruptor de la luz alumbró el abigarrado taller que presidía una antigua prensa de libros junto a una mesa de zinc llena de herramientas, cuadernillos a medio coser o ya enlomados, guillotinas de papel, pieles teñidas, frascos de cola, hierros ornamentales y otros utensilios del oficio. Había libros por todas partes: grandes pilas de encuadernaciones en tafilete, chagrin o vitela, paquetes listos para su envío o a medio proceso, sin cubiertas o con sus tapas aún en rústica. Sobre bancos y estantes, volúmenes antiguos deteriorados por la polilla o la humedad esperaban ser restaurados. Olía a papel, a cola de encuadernar, a piel nueva; Corso dilató las aletas de la nariz, complacido. Después extrajo el libro de la bolsa y lo puso en la mesa.

—Quiero saber qué opinan de esto.

No era la primera vez. Pedro y Pablo Ceniza se acercaron despacio, casi con cautela. Como de costumbre, fue el hermano mayor quien tomó primero la palabra:

—*Las Nueve Puertas...* —tocaba el libro sin moverlo del sitio; sus dedos huesudos, amarillos de nicotina, parecían acariciar una piel viva—. Hermoso libro. Y muy raro.

Tenía los ojos grises, de ratón. Guardapolvo gris, pelo gris, ojos grises igual que su apellido. Torcía la boca en una mueca de codicia.

¿Lo habían visto antes?

—Sí. Hace menos de un año, cuando Claymore nos encargó limpiar veinte libros de la biblioteca de don Gualterio Terral.

—¿En qué estado llegó a sus manos?

—Excelente. El señor Terral sabía cuidar los libros. Casi todos vinieron bien, salvo un Teixeira que nos dio algún trabajo. El resto, incluido éste, sólo hubo que limpiarlos un poco.

—Es falso —dijo Corso a bocajarro—. O eso cuentan.

Se miraron los dos hermanos.

—Falso, falso... —murmuró el mayor, malhumorado—. Todo el mundo habla de libros falsos con demasiada ligereza.

—Demasiada ligereza —repitió el otro, como un eco.

—Incluso usted, señor Corso. Y eso nos sorprende. Falsificar un libro no es rentable: más esfuerzo que beneficio. Me refiero a la verdadera falsificación, no al facsímil para engañar a patanes incautos.

Corso hizo un gesto reclamando indulgencia.

—No he dicho que *todo* el libro sea falso, sino que algo en él lo es. Ciertos ejemplares, faltos de una hoja o de varias, pueden completarse con copias sacadas de otros que sí estén completos...

—Naturalmente: es el Abc del oficio. Pero no da lo mismo añadir una fotocopia, o facsimilar, que completar un libro falto según... —se volvió a medias hacia su hermano, sin apartar los ojos de Corso—. Díselo tú, Pablo.

—... Según todas las reglas del arte —apostilló el menor de los Ceniza.

Esbozó Corso una mueca cómplice: un conejo compartiendo media zanahoria.

—Podría ser el caso de este ejemplar.

—¿Y quién lo dice?

—Su propietario. Que no es, por cierto, un patán incauto.

Pedro Ceniza encogió los estrechos hombros mientras encendía un cigarrillo con la brasa del anterior. Al aspirar la primera bocanada lo sacudió una tos seca; pero siguió fumando, imperturbable.

—¿Ha tenido usted acceso a un ejemplar auténtico, para compararlos?

—No, aunque pronto podré hacerlo. Por eso pido antes su opinión.

—Es un libro valioso, y nosotros no practicamos una ciencia exacta —se volvió otra vez al hermano—. ¿Verdad, Pablo?

—Practicamos un arte —insistió el otro.

—Ya oye. Sería muy incómodo decepcionarlo, señor Corso.

—No lo harán. Alguien como ustedes, capaces de falsificar un *Speculum Vitae* a partir del único ejemplar conocido, y hacerlo aparecer como auténtico en uno de los mejores catálogos de Europa, sabe lo que tiene entre manos.

Sonreían agriamente al mismo tiempo, sincronizados. Si y Am, pensó Corso. Los gatos marrulleros tras recibir una caricia.

—Nunca se probó nuestra autoría —dijo por fin Pedro Ceniza. Se frotaba las manos, mirando el libro de reojo.

—Nunca —repitió el hermano con un toque melancólico. Parecía que lamentaran no haber ido a la cárcel a cambio del reconocimiento público.

—Es cierto —admitió Corso—. Tampoco hubo pruebas en el caso del Chaucer, supuestamente encuadernado en mosaico por Marius

Michel, que figura en el catálogo de la colección Manoukian. Ni con aquella *Biblia Políglota* del barón Bielke, cuyas tres hojas faltas fueron repuestas por ustedes de forma tan perfecta que ni siquiera hoy los expertos se atreven a discutir su autenticidad...

Pedro Ceniza alzó una mano amarillenta, de uñas demasiado largas.

—Deberíamos matizar un par de puntos, señor Corso. Una cosa es falsificar libros con ánimo de lucro, y otra muy distinta trabajar por amor al oficio; crear por la satisfacción que proporciona ese mismo acto de creación o, en la mayoría de los casos, de recreación... —el encuadernador parpadeó un poco antes de sonreír, malicioso. Sus ojillos ratoniles brillaron al posarse de nuevo en *Las Nueve Puertas*—. Aunque no recuerdo, y estoy seguro de que mi hermano tampoco, haber tenido parte en esos trabajos que usted acaba de calificar de admirables.

—Dije perfectos.

—¿Eso dijo?... Da lo mismo —se llevó el pitillo a la boca, hundiendo las mejillas en una larga chupada—. Pero, sea quien sea el autor, o autores, tenga la certeza de que el acto habrá supuesto para él, o ellos, un divertimento personal; una satisfacción moral que no se paga con dinero...

—*Sine pecunia*— apostilló el hermano.

Pedro Ceniza dejaba escapar el humo del cigarrillo por la nariz y la boca entreabierta, evocador.

—Tomemos por ejemplo ese *Speculum* que La Sorbona adquirió como auténtico. Sólo el papel, tipografía, impresión y encuadernación tuvieron que costar, sin duda, cinco veces más que el beneficio obtenido por quienes usted llama falsificadores. Hay quien no comprende eso... ¿Qué satisfará más a un pintor que tenga el talento de Velázquez y sea capaz de emular su obra?... ¿Ganar dinero o ver su cuadro en el Prado, entre *Las Meninas* y *La fragua de Vulcano?*

Corso no tuvo reparo en mostrarse de acuerdo. Durante ocho años, el *Speculum* de los hermanos Ceniza había figurado entre los más preciosos volúmenes de la universidad de París. El descubrimiento de la falsificación no se debió a expertos, sino al azar. Un intermediario largo de lengua.

—¿Aún les molesta la policía?

—Apenas. Tenga en cuenta que el asunto de la Sorbona estalló en Francia entre comprador e intermediarios. Es cierto que circulaba nuestro nombre, pero nunca se probó nada —Pedro Ceniza sonreía torcidamente otra vez, lamentando esa ausencia de pruebas—. Con la policía mantenemos buenas relaciones; hasta acuden a consultarnos cuando necesitan identificar libros robados —señaló a su hermano con el cigarrillo humeante—. Nadie como Pablo a la hora de borrar huellas de sellos de bibliotecas, eliminar ex-libris o marcas de procedencia. A veces le piden que reconstruya el trabajo en sentido inverso. Ya sabe: vive y deja vivir.

—¿Qué opinan de *Las Nueve Puertas?*

El mayor de los hermanos miró al otro, luego el libro, y movió la cabeza.

—Nada nos llamó la atención al ocuparnos de él. Papel y tinta son lo que deben ser. Aunque el vistazo sea superficial, esas cosas se notan.

—Nosotros las notamos —precisó el otro.

—¿Y ahora?

Pedro Ceniza chupó lo que quedaba de su cigarrillo, reducido a una brasa minúscula que sostenía entre las uñas, dejándolo caer después al suelo, entre sus zapatos, donde acabó de consumirse. El linóleo estaba lleno de quemaduras como aquélla.

—Encuadernación veneciana del XVII, en buen estado... —los hermanos se inclinaban sobre el libro, aunque sólo el mayor tocaba las páginas con sus manos frías y pálidas; parecían un par de taxidermistas estudiando el modo de empajar un cadáver—. La piel es marroquí negro, con florones dorados imitando decoración vegetal...

—Algo sobrio para Venecia —estimó Pablo Ceniza.

El hermano mayor mostró su acuerdo con un nuevo ataque de tos.

—El artista se contuvo; sin duda la naturaleza del tema... —miró a Corso. —¿Ha comprobado el alma de las tapas? Las encuadernaciones del XVI o del XVII dan sorpresas cuando se trata de piel o cuero. El cartón interior se hacía con hojas sueltas, montadas con engrudo y prensa-

178

das. A veces usaban pruebas del mismo libro, o impresos más antiguos... Algunos hallazgos son hoy más valiosos que los ejemplares que encuadernan —señaló unos papeles sobre la mesa—. Ahí tiene un ejemplo. Cuéntaselo tú, Pablo.

—Bulas de la Santa Cruzada, de 1483 —el hermano sonreía, equívoco, como si en vez de papeles muertos hablase de excitante material pornográfico—... En las tapas de unos memoriales sin valor del siglo XVI.

Pedro Ceniza seguía atento a *Las Nueve Puertas:*

—La encuadernación parece en orden —dijo—. Todo encaja. Curioso libro, ¿verdad? Con sus cinco nervios en el lomo, sin título, y el misterioso pentáculo en la tapa... Torchia, Venecia 1666. Tal vez lo encuadernase él mismo. Un bello trabajo.

—¿Qué me dice del papel?

—Ahí lo reconozco a usted, señor Corso; buena pregunta —el encuadernador se pasó la lengua por los labios; parecía que intentase transmitirles un poco de calor. Luego hizo sonar las hojas dejándolas correr con el pulgar sobre el corte del libro, el oído atento, igual que había hecho Corso en casa de Varo Borja—. Excelente papel. Nada que ver con las celulosas de hoy en día... ¿Sabe la cifra media de vida para un libro de los que se imprimen ahora?... Díselo, Pablo.

—Setenta años —informó el otro con rencor como si el culpable fuera Corso—. Setenta miserables años.

El hermano mayor rebuscaba entre los utensilios de la mesa. Al fin empuñó una lente especial de gran aumento y la acercó al libro.

—Dentro de un siglo —murmuró mientras levantaba una hoja y la estudiaba al trasluz, guiñando un ojo— casi todo lo que hoy está en las librerías habrá desaparecido. Pero estos volúmenes, impresos hace doscientos o quinientos años seguirán intactos... Tenemos los libros, como el mundo, que merecemos... ¿No es verdad, Pablo?

—Libros de mierda sobre papel de mierda.

Pedro Ceniza movía la cabeza, aprobador, sin dejar de estudiar el libro a través de la lente.

—Ya lo oye. El papel de celulosa se vuelve amarillo y quebradizo como una hostia, y se fragmenta sin remedio. Envejece y muere.

—Ése no es el caso —apuntó Corso señalando el libro.

El encuadernador todavía observaba las hojas al trasluz.

—Papel de hilo, como Dios manda. Buen papel hecho con trapos, resistente al tiempo y la estupidez humana... No, miento. Es lino. Auténtico papel de lino —apartó el ojo de la lente y miró a su hermano—. Qué raro, no se trata de papel veneciano. Grueso, esponjoso, fibroso... ¿Español?

—Valenciano —dijo el otro—. Lino de Játiva.

—Eso es. Uno de los mejores de Europa, en la época. Puede que el impresor se hiciera con una partida de importación... Aquel hombre se propuso hacer bien las cosas.

—Las hizo a conciencia —puntualizó Corso—. Y le costó la vida.

—Eran riesgos del oficio —Pedro Ceniza aceptó el cigarrillo arrugado que Corso le ofrecía, para encenderlo en el acto, tosiendo con indiferencia—... En cuanto al papel, usted sabe que es difícil engañar con eso. La resma utilizada tendría que ser en blanco, de la misma época, y aun así íbamos a encontrar diferencias: las hojas se vuelven marrones, las tintas se oxidan, se alteran con el tiempo... Por supuesto los añadidos se pueden manchar, lavarse con agua de té para oscurecerlos... Una buena restauración, o adición de hojas faltas que parezcan originales, debe dejar el libro uniforme. Los detalles son básicos. ¿Verdad, Pablo?... Siempre los benditos detalles.

—¿Cuál es el diagnóstico?

—Salvando las distancias entre lo imposible, lo probable y lo convincente, hemos establecido que la encuadernación del libro puede ser del XVII... Eso no significa que las hojas que están dentro correspondan a esta encuadernación y no a otra; pero démoslo por supuesto. En cuanto al papel, tiene características similares a otras partidas cuyo origen sí está probado; luego también parece de época.

—De acuerdo. Encuadernación y papel son auténticos. Veamos el texto y las ilustraciones.

—Eso resulta más complejo. Desde el punto de vista tipográfico hay dos posibles puntos de partida. Primero: el libro es auténtico, pero su propietario, que según usted tiene motivos poderosos para saberlo, lo niega. Posible, entonces, pero poco probable. Vamos al segundo punto, el de la falsedad, que nos permite calcular dos posibilidades. Primera: todo el texto es falso, inventado, impreso sobre papel de época y aprovechando unas cubiertas anteriores. Eso, aunque posible, resulta improbable. O, para ser más precisos, poco convincente. El costo del libro sería desproporcionado... Hay una segunda alternativa razonable para la falsificación: que se realizara en fecha muy próxima a la primera edición del libro. Hablamos de una reimpresión con modificaciones, camuflada como si fuese la primera, hecha diez o veinte años después de ese 1666 que figura en el frontispicio... Pero, ¿con qué objeto?

—Se trataba de un libro condenado —apuntó Pablo Ceniza.

—Es posible —asintió Corso—. Alguien con acceso al material usado por Aristide Torchia, planchas y tipos de imprenta, pudo imprimirlo de nuevo...

El mayor de los hermanos había cogido un lápiz y garabateaba en el dorso de una hoja impresa.

—Sería una explicación. Pero las otras alternativas, o hipótesis, parecen más factibles... Imagine, por ejemplo, que la mayor parte de las páginas del libro son auténticas, pero se trata de un ejemplar falto, con hojas arrancadas o perdidas... Y alguien ha completado dichas faltas utilizando papel de época, una buena técnica de impresión y mucha paciencia. En tal caso tendremos dos subposibilidades: una es que las páginas añadidas se reproduzcan de otro ejemplar completo... La segunda hipótesis es que, a falta de páginas originales para reproducir o copiar, el contenido de aquéllas se haya inventado —en ese momento el encuadernador le mostró a Corso lo que había estado dibujando—. Ahí ya tendríamos un caso de auténtica falsificación, según este esquema:

183

Mientras Corso y el hermano menor miraban el papel, Pedro Ceniza hojeó de nuevo *Las Nueve Puertas*.

—Me inclino a pensar —añadió al cabo de un momento, cuando volvieron a prestarle atención— que si hubo infiltración de algunas páginas ésta fue, o coetánea de la impresión auténtica, o bien realizada ahora, en nuestros días. Descartamos la época intermedia, porque reproducir con tanta perfección una pieza antigua no ha sido posible hasta hace muy poco.

Corso le devolvió el esquema.

—Imagine que se enfrentan a esa posibilidad: un volumen falto. Y desean completarlo con técnicas modernas... ¿Qué harían?

Los hermanos Ceniza suspiraron al unísono, profunda y profesionalmente, relamiéndose con la perspectiva. Ambos tenían ahora la mirada fija en *Las Nueve Puertas*.

—Supongamos —decidió el mayor— que tenemos este libro de 168 páginas y que le falta la 100... La 100 y la 99, claro, pues se trata de una hoja con sus dos caras, o páginas. Y queremos completarlo. El truco consiste en localizar un gemelo.

—¿Un gemelo?

—En argot del oficio —aclaró Pablo Ceniza—: otro ejemplar completo.

—O que tenga, al menos, intactas esas dos páginas que necesitamos copiar. Si es posible, conviene comparar también el gemelo con nuestro ejemplar falto, para ver si hay distintas presiones o si los tipos están más gastados en uno que en otro... Usted lo sabe de sobra: en una época en que los tipos eran móviles y se desgastaban y alteraban con facilidad en la impresión manual, el primero y el último ejemplar de una misma tirada podían ser muy diferentes, con letras torcidas, rotas, tonos de tinta y cosas así. Ese estudio permitirá después, en la hoja infiltrada, añadir o quitar imperfecciones que la igualen con el resto... Después recurriríamos a la reproducción fotomecánica: un fotolito plástico. Y de ahí sacaríamos un polímero, o un zinc.

—Una plancha en relieve —dijo Corso—. Hecha de resina o metal.

—Eso mismo. Por muy perfecta que sea la actual técnica de reproducción, nunca nos daría el relieve, la marca sobre el papel característica de la antigua impresión con madera o plomo entintado. Así que debemos obtener la página completa reproducida en material moldeable, resina o metal, muy parecidos a efectos técnicos a la página compuesta con tipos móviles de plomo usados en 1666. Después ponemos esa plancha en la prensa para ejecutar la impresión manual como hace cuatro siglos... Por supuesto sobre papel de época, previa y posteriormente tratado con métodos de envejecimiento artificial... También la tinta, cuya composición estudiaremos a fondo, hay que tratarla con agentes químicos para que se iguale con el resto de páginas. Y ya tenemos perpetrado el delito.

—Pero imagine que la hoja original no existe. Que no hay referencia de la que copiar esas dos páginas faltas.

Los hermanos Ceniza sonrieron a la vez, seguros de sí.

—Entonces —dijo el mayor— es cuando el trabajo se vuelve más atractivo.

—Documentación e imaginación —añadió el otro.

—Y por supuesto audacia, señor Corso. Suponga que Pablo y yo tenemos ese ejemplar falto de *Las Nueve Puertas*. En tal caso también dispondremos, en las restantes 166 páginas, de todo un catálogo de letras y símbolos utilizados por el impresor. Así que tomaríamos muestras hasta obtener un alfabeto entero. De ese alfabeto se obtiene una reproducción sobre papel fotográfico, más fácil de manejar, multiplicando cada letra por las veces necesarias para componer toda la página... Lo ideal, el toque artístico, consistiría en reproducir los tipos en plomo fundido a la manera de los antiguos impresores... Pero eso, por desgracia, es demasiado complejo y caro. Así que nos ajustaríamos a técnicas actuales. Dividiendo con una cuchilla las letras en tipos sueltos, Pablo, que tiene más pulso para el menester, compondría en una plantilla, a mano, las dos páginas línea a línea, igual que un cajista del XVII. De ahí obtendríamos otra prueba en papel para eliminar junturas de letras o imperfecciones, o añadir defectos similares a los que haya en otras letras, líneas y páginas del texto original... Después sólo queda sacar un negativo, y de ahí una reproducción en relieve: la plancha de imprimir.

—¿Y si las páginas faltas corresponden a ilustraciones?

—Da lo mismo. Si accedemos al grabado original, el sistema de reproducción es todavía más fácil. En este caso, el hecho de que las láminas sean xilografías, con líneas más claras que el grabado en cobre o punta seca, facilita la limpieza del trabajo.

—Imagine que ya no existe el grabado original.

—Tampoco es problema. Si lo conocemos por referencias, se imita. Si no, lo inventamos. Previo estudio, claro, de la técnica en las otras láminas conocidas. Cualquier buen dibujante puede hacerlo.

—¿Y la impresión?

—Usted sabe muy bien que la xilografía sólo es un grabado en relieve: un taco de madera cortado en el sentido de la fibra, cubierto con un fondo blanco sobre el que se dibuja la composición. Después hay que tallarlo, y en las crestas o aristas se aplica la tinta para su transferencia al papel... Cuando reproducimos xilografías existen dos posibilidades: una es la copia del dibujo, esta vez mejor en resina. Aunque la alternativa, si se dispone de un buen artista grabador, es hacer otra xilografía auténtica, en madera, con la misma técnica que los originales de la época, y aplicarla directamente a la impresión... En mi caso, disponiendo de un buen grabador como mi hermano, yo recurriría a la impresión artesanal en madera. Siempre que sea posible, el arte debe emular al arte.

—Y es más limpio —matizó Pablo.

Corso le brindó su mueca cómplice.

—Como en el *Speculum* de la Sorbona.

—Quizás. Es posible que su autor, o autores, pensaran del mismo modo... ¿No te parece, Pablo?

—Sin duda eran unos románticos —asintió el otro, con sonrisa que no llegaba a cuajar del todo.

—Sin duda —Corso señalaba el libro—. Y ahora, sentencien.

—Yo diría que es auténtico —respondió Pedro Ceniza sin vacilar—. Nosotros mismos seríamos incapaces de conseguir algo tan perfecto. Fíjese: calidad de papel, manchas de páginas, tonos idénticos, alteraciones de tinta, tipografía... No es imposible que haya en él hojas infiltradas; pero lo considero improbable. Si de una falsificación se trata, la única explicación es que también sea de época... ¿Cuántos ejemplares se conocen?... ¿Tres? Supongo que ha considerado la posibilidad de que los tres sean falsos.

—La he considerado. ¿Qué me dice de las xilografías?

—Que son extrañas, desde luego. Con todos esos símbolos... Pero también son de época. El grado de presión de las planchas es idéntico. La tinta, los tonos del papel... Quizá la clave no esté en cómo y cuándo fueron impresos, sino en lo que hay dentro. Lamentamos no llegar más allá.

—Se equivoca—Corso se dispuso a cerrar el libro—. En realidad hemos ido muy lejos.

Pedro Ceniza lo detuvo con un gesto.

—Todavía una cosa... Aunque imagino que habrá reparado en ello: las marcas de grabador.

Corso lo miró, confuso.

—No sé a qué se refiere.

—A las firmas microscópicas que hay al pie de cada ilustración... Enséñaselas, Pablo.

El hermano menor hizo ademán de frotarse las manos en el guardapolvos, para secar un sudor imposible. Después, acercándose a *Las Nueve Puertas*, le mostró a Corso algunas páginas a través de la lupa.

—Cada grabado —explicó— lleva las abreviaturas habituales: *Inv.* por *invenit*, con la firma del artista original, y *Sculp.* por *sculpsit*, el grabador... Observe. En siete de las nueve xilografías figura la abreviatura A.TORCH. como *sculp.* y como *inv*. Está claro que el mismo impresor dibujó y grabó siete láminas. Pero en las otras dos sólo aparece como *sculp*. Eso quiere decir que se limitó a grabarlas. Y que el creador del dibujo original, el *inv.*, fue otro: alguien que respondía a las iniciales L.F.

Pedro Ceniza, que había seguido la explicación de su hermano con breves movimientos

189

de cabeza aprobando sus palabras, encendió su enésimo cigarrillo.

—¿No está mal, verdad? —se puso a toser entre el humo, con una lucecita maligna en los ojillos de ratón astuto, pendiente de la cara que ponía Corso—. Aunque lo quemaran a él, ese impresor no estaba solo.

—No —rubricó el hermano, soltando una risa lúgubre—. Alguien lo ayudó a encenderse la hoguera bajo los pies.

Aquella misma tarde, Corso recibió la visita de Liana Taillefer. La viuda se presentó en su casa sin avisar, a esa hora incierta en que, junto al mirador que da a poniente, vestido con descolorida camisa de algodón y un viejo pantalón de pana, el cazador de libros veía arder en rojos y ocres los tejados de la ciudad. Tal vez no fuera el momento idóneo, y muchas cosas de las que ocurrieron más tarde se habrían evitado, quizá, de presentarse ella a otra hora del día. Pero eso no se sabrá nunca. Los hechos que sí podemos establecer son éstos: Corso estaba frente al mirador, su mirada empezaba a enturbiarse a medida que el contenido del vaso de ginebra descendía de nivel, en ese momento sonó el timbre de la puerta, y Liana Taillefer —rubia, altísima, impresionante en una gabardina inglesa sobre traje sastre y medias negras—, apareció en el umbral. Se recogía el cabello en un moño bajo el sombrero Borsalino color tabaco y de ala ancha que llevaba un poco ladeado, con una gallardía que le iba muy bien; ese aire de mujer hermosa segura de serlo, dispuesta a que todos tomen nota de ello.

—¿A qué debo el honor? —preguntó Corso. Era una frase estúpida, aunque a esa hora y con la Bols de por medio tampoco era justo exigir brillantez en el diálogo. Liana Taillefer daba ya unos pasos por la habitación y se detenía ante la mesa de trabajo, donde estaba la carpeta del manuscrito Dumas junto al ordenador y las cajas de disquetes.

—¿Sigue trabajando en esto?

—Claro.

Apartó los ojos de *El vino de Anjou* para echar un tranquilo vistazo alrededor, a los libros que cubrían las paredes y se amontonaban por todas partes. Corso comprendió que buscaba fotos, recuerdos, indicios que permitieran calibrar al dueño de la casa. Enarcaba una ceja, incómoda y arrogante, al no conseguir su objetivo. Por fin terminó deteniéndose en el sable de la Vieja Guardia.

—¿Colecciona espadas?

Inferencia lógica, se llamaba esa conclusión. De tipo inductivo. Al menos, pensó Corso con alivio, el ingenio de Liana Taillefer para normalizar situaciones embarazosas no figuraba a la altura de su apariencia. Salvo que estuviese tomándole el pelo. Así que sonrió un poco, esquinado y cauto.

—Colecciono ésa. Se llama sable.

La mujer asintió, inexpresiva. Imposible saber si era simple o buena actriz.

—¿Herencia de familia?

—Adquisición —mintió Corso—. Pensé que estaría bonito en la pared. Tanto libro se hace monótono.

—¿Por qué no tiene cuadros, ni fotos?

—No hay nadie a quien me apetezca recordar —pensó en la foto con marco de plata, el difunto Taillefer con mandil troceando el cochinillo—. Su caso es distinto, naturalmente.

Lo observó con fijeza, quizá para determinar el grado de insolencia de sus palabras; había un toque de acero en los ojos azules, tan helados que daban frío. Anduvo un poco más por la habitación deteniéndose ante algunos libros, el paisaje del mirador y, de nuevo, la mesa de trabajo. Deslizó un dedo con uña lacada en rojo sangre sobre la carpeta del manuscrito Dumas. Tal vez esperaba de Corso algún comentario, pero éste no dijo nada; se limitó a aguardar, paciente. Si ella pretendía algo, y saltaba a la vista que sí, la dejaría hacer su propio trabajo sucio. No estaba dispuesto a facilitar las cosas.

—¿Me puedo sentar?

Aquella voz un poco ronca. El eco de una mala noche, recordaba Corso. Él permaneció de pie en mitad del cuarto, las manos en los bolsillos del pantalón, expectante. Liana Taillefer se quitó el sombrero y la gabardina, y tras mirar en torno con uno de aquellos movimientos lentos e interminables, escogió un viejo sofá. Después fue hasta allí para sentarse despacio —la falda del traje sastre resultaba muy corta en esa posición—, cruzando las piernas con un efecto que cualquiera, incluso el cazador de libros con media ginebra menos en el cuerpo, habría definido como demoledor.

—Vengo a hablar de negocios.

Evidente. Aquel despliegue no era desinteresado bajo ningún concepto. Corso poseía tanta autoestima como el que más, pero distaba de ser un bobo.

—Hablemos —dijo—. ¿Ha cenado ya con Flavio La Ponte?

No hubo reacción. Durante unos segundos siguió mirándolo imperturbable, con el mismo aire de seguridad desdeñosa.

—Aún no —respondió al fin, sin alterarse—. Primero deseaba verlo a usted.

—Pues ya me está viendo.

Liana Taillefer se recostó un poco más en el sofá. Una de sus manos descansaba sobre una grieta en la ajada tapicería de cuero, por donde se veía el relleno de crin.

—Usted trabaja por dinero —dijo.

—En efecto.

—Se vende al mejor postor.

—A veces —Corso mostró un colmillo en el ángulo de la boca; estaba en su territorio y podía desterrar la mueca de conejo simpático—. Por lo general lo que hago es alquilarme. Como Humphrey Bogart en las películas. O como las furcias.

Para una viuda que hacía bordaditos en el colegio cuando niña, Liana Taillefer no pareció escandalizada por el lenguaje:

—Quiero ofrecerle trabajo.

—Qué bien. Todo el mundo me ofrece trabajo últimamente.

—Le pagaré mucho dinero.

—Estupendo. También todo el mundo me paga mucho dinero estos días.

Ella había tirado de un cabo de crin de los que asomaban por el brazo roto del sofá. Lo enrollaba, distraída, en torno al dedo índice.

—¿Qué le cobra a su amigo La Ponte?

—¿A Flavio?... Nada. A ése no hay quien le saque un duro.

—¿Por qué trabaja para él, entonces?

—Usted lo ha dicho. Es mi amigo.

La oyó repetir la palabra, pensativa.

—Suena raro en usted —dijo al cabo; apuntaba una sonrisa casi imperceptible, de curioso desdén—. ¿También tiene amigas?

Corso le miró las piernas sin prisa, desde los tobillos a los muslos. Con descaro.

—Tengo recuerdos. El suyo puede serme útil esta noche.

Soportó estoica la grosería. O tal vez, dudó Corso, no captaba la delicada referencia del asunto.

—Diga una cifra —propuso con frialdad—. Quiero el manuscrito de mi marido.

El negocio tomaba buen aspecto. Corso fue a sentarse en una butaca frente a Liana Taillefer.

Desde allí la panorámica de sus piernas enfundadas en medias negras era mejor: se había quitado los zapatos y apoyaba los pies descalzos en la alfombra.

—La otra vez me pareció poco interesada.

—Lo he pensado más. Ese manuscrito tiene un carácter...

—¿Sentimental? —apuntó Corso, zumbón.

—Algo así —su voz sonaba ahora desafiante—. Pero no en el sentido que supone.

—¿Y qué está dispuesta a hacer por él?

—Ya lo he dicho. Pagarle.

Corso esgrimió una sonrisa desvergonzada.

—Me ofende. Yo soy un profesional.

—Usted es un mercenario profesional, y esos cambian de bando; yo también leo libros.

—Tengo el dinero que necesito.

—Ahora no hablo de dinero.

Se había recostado en el sofá, y uno de sus pies descalzos acariciaba el empeine del otro. Corso adivinó los dedos con uñas pintadas de rojo bajo la malla oscura de las medias. Al moverse, la falda retrocedió insinuando un poco de carne blanca al fondo, tras las ligas negras, allí donde todos los enigmas se reducían a uno, viejo como el Tiempo. El cazador de libros alzó con esfuerzo la mirada. Los ojos azul acero continuaban fijos en él.

Se quitó las gafas antes de ponerse en pie, acercándose al sofá. La mujer siguió su movimiento con la mirada, impasible; incluso cuando quedó frente a ella, tan cerca que sus rodillas se tocaban. Entonces Liana Taillefer alzó una mano y puso los dedos de uñas lacadas en rojo exactamente sobre la bragueta de su pantalón de pana. Sonreía otra vez de modo casi imperceptible, desdeñosa y segura de sí, cuando por fin Corso se inclinó sobre ella y le subió la falda hasta la cintura.

Fue un mutuo asalto, más que un intercambio. Un ajuste de cuentas sobre el sofá: forcejeo crudo y duro de adulto a adulto, con los gemidos apropiados en el momento oportuno, algunas imprecaciones entre dientes y las uñas de la mujer clavadas sin piedad en los riñones de Corso. Ocurrió así, en un palmo de terreno, sin soltarse la ropa, la falda de ella sobre las caderas anchas y fuertes que él sujetaba con las manos crispadas, las presillas del liguero clavándosele en las ingles. Ni siquiera llegó a ver sus tetas, aunque un par de veces pudo acceder a ellas; carne densa, cálida y abundante bajo el sostén, la blusa de seda y la chaqueta del traje sastre que, en el fragor del combate, Liana Taillefer no tuvo tiempo de quitarse. Y ahora estaban allí los dos, todavía enredados uno en otro entre el revoltijo de sus ropas arrugadas, sin aliento, igual que luchadores exhaustos. Y Corso, preguntándose cómo iba a zafarse de aquel lío.

—¿Quién es Rochefort? —preguntó, dispuesto a precipitar la crisis.

Liana Taillefer lo miró desde diez centímetros de distancia. La luz poniente le iluminaba el rostro en tonos rojizos; habían saltado las horquillas del moño, y su cabello rubio cubría en desorden el cuero del sofá. Por primera vez parecía relajada.

—Nadie que importe —repuso—, ahora que recupero el manuscrito.

Corso besó el desordenado escote de la mujer, despidiéndose de él y su contenido. Presentía que iba a tardar en besarlo de nuevo.

—¿Qué manuscrito? —dijo, por decir algo, y al momento comprobó que ella endurecía la mirada; el cuerpo se puso rígido bajo el suyo.

—*El vino de Anjou* —por primera vez su voz encerraba un punto de ansiedad— . Va a devolvérmelo, ¿no es cierto?

A Corso no le gustó cómo sonaba aquella vuelta al *usted*. Recordaba vagamente haberse tuteado en la escaramuza.

—No he dicho nada de eso.

—Creía...

—Creyó mal.

El acero brilló con un relámpago de cólera. Se erguía, furiosa, rechazándolo con un movimiento brusco de las caderas.

—¡Canalla!

Corso, que estaba a punto de echarse a reír esquivando la situación con un par de cínicas bromas, se sintió empujado hacia atrás con violencia, hasta el suelo donde cayó de rodillas. Mientras se incorporaba, ciñéndose el cinturón, comprobó que Liana Taillefer se ponía en pie, pálida y terrible, y sin preocuparse de las ropas en desorden, aún desnudos los magníficos muslos, le asestaba una bofetada tan descomunal que su tímpano izquierdo resonó como el parche de un tambor.

—¡Miserable!

Se tambaleó el cazador de libros; el golpe no era para menos. Aturdido, miró a su alrededor como el boxeador en busca de una referencia para no irse abajo, a la lona. Liana Taillefer cruzó su campo visual sin que pudiera prestarle demasiada atención: el oído le dolía horrores. Miraba estúpidamente el sable de Waterloo cuando oyó ruido de vidrio al romperse. Entonces ella apareció de nuevo en el contraluz rojizo de la ventana. Se había bajado la falda, llevaba la carpeta del manuscrito en una mano, y en la otra el gollete de la botella rota. El filo de vidrio se dirigía a la garganta de Corso.

Levantó un brazo, por simple reflejo, mientras daba un paso atrás. El peligro le devolvía lucidez y adrenalina a chorros, así que apartó la mano armada de la mujer y le asestó un puñetazo en el cuello que la dejó sin aliento, parándola en seco. La siguiente escena fue algo más apacible: Corso recogía del suelo el manuscrito y la botella rota, y Liana Taillefer estaba otra vez sentada en el sofá, ahora con el cabello desordenado sobre la cara, las manos en el cuello dolorido, respirando con dificultad entre sollozos de ira.

—Lo matarán por esto, Corso —la oyó decir por fin. El sol se había puesto definitivamente al otro lado de la ciudad, y los ángulos de la casa se llenaban de sombras. Avergonzado, encendió la luz y le alargó a la mujer gabardina y sombrero antes de descolgar el teléfono para pedir un taxi. Todo el tiempo evitó mirarla a los ojos. Después, cuando oyó desvanecerse sus pasos en la escalera, estuvo un rato inmóvil en la ventana, observando las sombras de los tejados recortarse en la claridad de la luna que ascendía despacio.

"Lo matarán por esto, Corso."

Se sirvió un largo vaso de ginebra. No podía apartar de su cabeza la expresión de Liana Taillefer cuando se supo engañada. Ojos mortales como una daga, rictus de furia vengativa. Y no bromeaba; había querido matarlo de verdad. Una vez más los recuerdos despertaron despacio, invadiéndolo poco a poco, aunque esta vez no fue preciso, para revivirlos, ningún esfuerzo de la memoria. Era una imagen nítida como el lugar exacto del que procedía. Sobre la mesa de trabajo estaba la edición facsímil de *Los tres mosqueteros*. La abrió en busca de la escena: página 129. Allí, entre muebles en desorden, saltando del lecho puñal en mano como un diablo vengador, Milady se abalanza sobre d'Artagnan que retrocede aterrado, en camisa, manteniéndola a raya con la punta de su espada.

... Manteniéndola a raya con la punta de su espada

El número Uno y el número Dos

Sucede que el diablo es muy astuto. Sucede que no siempre es tan feo como dicen.
(J. Cazotte. *El diablo enamorado*)

Faltaban pocos minutos para la salida del expreso de Lisboa cuando vio a la chica. Corso estaba en el andén, al pie de la escalerilla de su vagón —*Companhia Internacional de Carruagems-Camas*— y se cruzó con ella entre un grupo de viajeros, camino de los coches de primera clase. Cargaba una pequeña mochila y tenía puesta la misma trenca azul, pero al principio no la reconoció. Sólo fue capaz de percibir algo familiar en los ojos verdes, tan claros que parecían transparentes, y en su cabello muy corto. Eso le hizo seguirla con la vista un momento, hasta que desapareció dos vagones más abajo. Sonó el silbato de la locomotora y, mientras subía a la plataforma y el encargado cerraba la puerta a su espalda, Corso recompuso la escena: ella sentada a un extremo de la mesa del café, en la tertulia de Boris Balkan.

Avanzó por el pasillo, camino de su compartimento. Las luces de la estación desfilaban cada vez más rápidas al otro lado de las ventanillas mientras el traqueteo del convoy acompasaba la marcha. Moviéndose con dificultad en el estrecho habitáculo, colgó el gabán y la chaqueta antes de sentarse en la cama, junto a su bolsa de lona. Dentro, con *Las Nueve Puertas* y la carpeta con el manuscrito Dumas, tenía un libro, el *Memorial de Santa Helena*, de Les Cases:

Viernes, 14 de julio de 1816. El Emperador ha estado enfermo toda la noche...

Encendió un cigarrillo. De vez en cuando, al pasar el tren junto a lugares iluminados que le recortaban el rostro con la rápida intermitencia de una luz estroboscópica, Corso echaba una ojeada a través de la ventanilla antes de sumirse de nuevo en los pormenores de la lenta agonía de Napoleón y las argucias de su carcelero inglés, sir Hudson Lowe. Leía con el ceño fruncido, ajustándose las gafas sobre el puente de la nariz. En ocasiones se detenía a contemplar un momento su propio reflejo en la ventanilla y modulaba una mueca zumbona dedicada a sí mismo. A esas alturas y con su curriculum, era todavía capaz de sentir indignación por el miserable fin que los vencedores dieron al titán caído, sujeto a su roca en mitad del Atlántico. Curiosa experiencia, revisar aquello —los sucesos históricos y sus propios sentimientos al respecto— desde la lucidez actual. Tan lejos ya el otro Lucas Corso que admiraba con reverencia el sable del veterano de Waterloo; el niño que asumía los mitos familiares con belicoso entusiasmo, bonapartista precoz, devorador ávido de libros ilustrados con grabados de campañas gloriosas, nombres que sonaban como redobles de carga: Wagram, Jena, Smolensko, Marengo. Ojos desmesuradamente abiertos y desaparecidos mucho tiempo atrás, fantasma impreciso que se dibujaba a veces en su memoria, entre las páginas de un libro, en un olor o un sonido, en el cristal oscuro de una ventana cuando la lluvia venida del País Que Ya No Existe golpeaba afuera, en la noche.

El encargado pasó junto a la puerta agitando una campanilla. Media hora para el cierre del vagón restaurante. Corso cerró el libro, se puso la chaqueta y, tras colgarse del hombro la bolsa de lona, salió del compartimento. Al extremo del pasillo, tras la puerta de vaivén, una fría corriente de aire corría entre el pasaje de fuelle que iba del coche-cama al contiguo. Cruzó, oyendo sonar los topes bajo sus pies, para encontrarse en la zona de los asientos de primera clase. Al esquivar a un par de pasajeros en el pasillo se fijó en el interior del departamento más próximo, ocupado sólo a medias. La chica estaba allí, junto a la puerta, vestida con jersey y tejanos, los pies descalzos sobre el asiento de enfrente. Mientras Corso pasaba levantó los ojos del libro que leía, y sus ojos se encontraron. No hubo en los de la joven señal alguna de reconocimiento, así que él interrumpió, apenas iniciado, el breve gesto de saludo que estaba a punto de dirigirle de manera instintiva. Ella tuvo que intuir el ademán, pues lo miró con curiosidad; mas el cazador de libros ya seguía camino, pasillo adelante.

Cenó mecido por el traqueteo del vagón, y hubo tiempo para beber un café y una copa de ginebra antes de que cerraran el servicio. La luna despuntaba con tonos de seda cruda al extremo de la noche, y los postes telefónicos se movían en ella, fugaces, enmarcando fotogramas en contraluz de un proyector mal ajustado sobre la llanura en sombras.

Regresaba a su vagón cuando dio con la chica en el pasillo de primera clase. Había hecho girar la manivela de la ventanilla y se apoyaba en el marco, recibiendo en la cara el aire frío del exterior. Al llegar a su altura, Corso giró de costado para eludirla en el estrecho corredor. Entonces se volvió hacia él.

—Lo conozco —dijo.

Vistos de cerca, sus ojos eran todavía más verdes y claros, como cristal líquido. El efecto resultaba luminoso por contraste con la piel tostada por el sol; a finales de marzo y con aquel pelo con raya a la izquierda como un muchacho, le daba un aspecto singular, deportivo, agradablemente equívoco. Era alta, delgada y flexible. Y muy joven.

—Es cierto —confirmó Corso, deteniéndose un momento—. Hace un par de días. En el café.

Ella sonrió. Nuevo contraste en su rostro, dientes blancos sobre piel atezada. La boca era grande, bien dibujada. Guapa chica, habría dicho Flavio La Ponte acariciándose los rizos de la barba.

—Usted era el que preguntaba por d'Artagnan.

El aire frío de la ventanilla abierta agitaba su pelo corto. Seguía descalza; sus zapatillas de tenis blancas estaban en el suelo junto al asiento vacío. Le echó un vistazo instintivo al título del libro allí abandonado: *Aventuras de Sherlock Holmes*. Una edición barata, observó. En rústica. La mejicana de Editorial Porrúa.

—Va a coger un resfriado —dijo él.

La joven negó con la cabeza, sonriendo aún, pero hizo girar la manivela y subió el cristal. Corso, que se disponía a seguir su camino, se demoró para sacar un cigarrillo. Lo hizo igual que siempre, directamente del bolsillo a los labios, y vio que ella observaba su gesto.

—¿Usted fuma? —preguntó indeciso, deteniendo la mano a mitad de camino.

—A veces.

Se puso el pitillo en la boca y sacó otro. Era negro, sin filtro, tan arrugado como todos los paquetes que solía llevar encima. La joven lo tomó entre los dedos, observando la marca antes de inclinarse para que Corso lo encendiera, después que el suyo, con el último fósforo de la caja.

—Es fuerte —dijo ella expulsando la primera bocanada de humo, aunque no hizo ninguno de los aspavientos que Corso esperaba. Sostenía el cigarrillo de modo insólito: entre el pulgar y el índice, con la brasa hacia afuera—. ¿Viaja en este vagón?

—No. En el contiguo.

—Tiene suerte de ir en coche cama —se palpó el bolsillo trasero de los tejanos, indicando una billetera inexistente—. Ojalá pudiese yo. Menos mal que el compartimento va medio vacío.

—¿Es estudiante?

—Algo así.

El tren vibró con estruendo al entrar en un túnel. La chica se volvió entonces cual si la tiniebla exterior atrajese su atención. Se inclinaba sobre el cristal contra su propio reflejo, tensa y alerta; y parecía acechar algo en el estrépito de aire comprimido entre los muros del angosto pasadizo. Después, cuando el vagón salió a terreno abierto y pequeñas luces volvieron a puntear la noche a modo de trazos breves al paso del convoy, sonrió de nuevo, absorta.

—Me gustan los trenes —dijo.

—A mí también.

La joven seguía vuelta hacia la ventanilla. Una de sus manos tocaba el cristal con la punta de los dedos.

—¿Se imagina?... —comentó. Su sonrisa se había vuelto evocadora; parecía que la suscitaran íntimos recuerdos—. Dejar París de noche para despertarse frente a la laguna de Venecia, camino de Estambul...

Corso hizo una mueca. ¿Qué edad tenía? Quizá dieciocho, veinte como mucho.

—Jugar al póker —sugirió—... entre Calais y Brindisi.

La chica lo estudió con más atención.

—No está mal —meditaba un momento—. ¿Qué le parece desayunar con champaña entre Viena y Niza?

—Interesante. Como espiar a Basil Zaharoff.

—O emborracharse con Nijinsky.

—Robar las perlas de Coco Chanel.

—Flirtear con Paul Morand... O con mister Barnabooth.

Se echaron a reír los dos. Entre dientes Corso, divertido. De un modo abierto ella, apoyando la frente en el cristal frío de la ventanilla. Tenía una risa sonora y franca, de muchacho, a juego con el corte de pelo y los luminosos ojos verdes.

—Ya no hay trenes así —dijo él.

— Lo sé.

Las luces de un poste de señales pasaron como relámpagos. Después fue un andén mal iluminado, desierto, con un rótulo ilegible por la velocidad. La luna ascendía recortando brutal, a intervalos, confusas siluetas de árboles y tejados. Parecía volar paralela al tren, empeñada con él en una carrera alocada y sin objeto.

—¿Cómo se llama?

—Corso. ¿Y usted?

—Irene Adler.

La estudió de arriba abajo y ella sostuvo el examen, impasible.

—Ése no es un nombre.

—Tampoco Corso lo es.

—Se equivoca. Soy Corso. El hombre que corre.

—No parece un hombre que corra. Más bien parece tranquilo.

Inclinó un poco la cabeza, sin responder, observando los pies desnudos de la chica sobre la moqueta del pasillo. Adivinaba la mirada fija en él, estudiando su apariencia, y —hecho singular, tratándose de Corso— eso le hizo sentir alguna turbación. Demasiado joven, se dijo. Demasiado atractiva. Maquinalmente se ajustó las gafas torcidas mientras se disponía a seguir camino.

—Que tenga buen viaje.

—Gracias.

Dio unos pasos, sabiendo que ella lo miraba alejarse.

—Tal vez nos veamos por ahí —la oyó decir a su espalda.

—Tal vez.

Imposible. Era otro Corso de vuelta a casa, incómodo, con la *Grande Armée* a punto de fundirse en la nieve; el incendio de Moscú crepitaba en la huella de sus botas. No iba a largarse de aquel modo, así que se detuvo y giró sobre los talones. Al hacerlo sonreía igual que un lobo flaco.

—Irene Adler —repitió, fingiendo hacer memoria—... ¿*Estudio en escarlata*?

—No —respondió ella, con calma—. *Un escándalo en Bohemia*... —ahora sonreía también, y su mirada era un trazo esmeralda en la penumbra del pasillo—. *La Mujer*, querido Watson.

Corso hizo ademán de darse una palmada en la frente, como si acabara de caer en ello.

—Elemental —dijo. Y tuvo la certeza de que se encontrarían de nuevo.

Corso estuvo en Lisboa menos de cincuenta minutos; el tiempo justo para ir de la estación de Santa Apolonia a la del Rossío. Hora y media más tarde pisaba el andén de Sintra bajo un cielo de nubes bajas que difuminaban, monte arriba, las melancólicas torres grises del castillo Da Pena. No había taxis a la vista, y subió andando hasta el pequeño hotel situado frente a las dos grandes chimeneas del Palacio Nacional. Eran las diez de la mañana de un miércoles y la explanada estaba libre de turistas y autocares; no hubo problema en conseguir una habitación con vistas al paisaje quebrado, espeso y verde, donde despuntaban tejados y torres de las viejas quintas, entre jardines centenarios cubiertos de hiedra.

Después de la ducha y un café preguntó por la Quinta da Soledade, y la encargada del hotel le indicó el camino, carretera arriba. Tampoco había taxis en la explanada, aunque sí un par de coches de caballos; Corso ajustó el precio y minutos después pasaba bajo los encajes de piedra neomanuelinos de la Torre da Regaleira. Los cascos del caballo resonaron en las oquedades de los muros umbríos, en los canalillos y fuentes por donde corría el agua; entre la hiedra espesa cubriendo paredes, rejas, troncos de árbol, escaleras de piedra tapizadas de musgo y antiguos azulejos de las quintas abandonadas.

La Quinta da Soledade era un edificio rectangular del siglo XVIII, con cuatro chimeneas y una fachada cuyo revoque ocre estaba descolorido en regueros y manchas. Corso bajó del coche y estuvo un momento observando el lugar antes de abrir la verja de hierro. A uno y otro lado, rematando el muro sobre columnas de granito, había dos estatuas de piedra verdegris, enmohecida. Una representaba un busto de mujer; la otra parecía idéntica, pero de facciones ocultas bajo la hiedra que trepaba hasta ella, inquietante parásito que se hubiera adueñado del rostro, fundiéndose con los rasgos modelados debajo.

Al caminar hacia la casa escuchó el sonido de sus pasos sobre las hojas muertas. Era un sendero flanqueado por estatuas de mármol, casi todas caídas y rotas junto a los pedestales vacíos. El jardín estaba en completo abandono, invadido por la vegetación que subía por los bancos y miradores, cuyos forjados oxidaban la piedra cubierta de musgo. A la izquierda, junto a un estanque lleno de plantas acuáticas, una fuente de azulejos rotos cobijaba a un angelote mofletudo, de ojos vacíos y manos mutiladas, que dormía con la cabeza sobre un libro y de cuya boca entreabierta manaba un hilillo de agua. Todo llevaba impresa una infinita tristeza, a la que Corso no pudo sustraerse. Quinta de la Soledad, repitió. El nombre era adecuado.

Ascendió por una escalera de piedra hasta la puerta, levantando la vista. Entre su cabeza y el cielo gris, un antiguo reloj de sol no marcaba hora alguna en sus cifras romanas. Lo presidía una leyenda: *Omnes vulnerant, postuma necat.* Todas hieren, leyó. La última mata.

—Llega usted a tiempo —dijo Fargas—. Para la ceremonia.

Corso estrechó su mano, un poco desconcertado. Victor Fargas era alto y flaco como un gentilhombre del Greco; tanto que parecía moverse, dentro del holgado jersey de lana gruesa, igual que una tortuga en su concha. Lucía un bigote recortado con pulcritud geométrica, los pantalones se le abolsaban en las rodillas, y los zapatos eran relucientes, de un modelo antiguo gastado por el uso. Eso fue cuanto Corso abarcó al primer vistazo, antes de que su atención se desplazase a la enorme casa vacía, las paredes desnudas, las pinturas de los techos desmenuzadas en lagunas mohosas, roídas por el yeso y la humedad.

Fargas miró al recién llegado de arriba abajo.

—Supongo que aceptará un coñac —dijo por fin, a modo de conclusión tras íntimo razonamiento, y echó a andar por el pasillo cojeando ligeramente, sin preocuparse en comprobar si Corso lo seguía o no. Pasaron junto a otras habitaciones también vacías, o con restos de muebles inservibles tirados en un rincón. De los techos, al extremo de cables eléctricos, colgaban casquillos desnudos o bombillas polvorientas.

Las únicas estancias con aspecto de estar en uso eran dos salones comunicados por una puerta corredera, con escudos de armas esmerilados en el vidrio, cuyas hojas abiertas mostraban un panorama de paredes vacías y huellas de objetos que antaño las adornaron impresas en su viejo empapelado: marcas rectangulares de cuadros desaparecidos, contornos de muebles, clavos oxidados, puntos de luz para lámparas inexistentes. Sobre aquel triste paisaje gravitaba un techo pintado imitando bóveda de nubes con la figuración, en el centro, del sacrificio de Abraham: un viejo patriarca de cuarteados colores cuya mano, armada de puñal y a punto de abatirse sobre un rubio jovencito, era detenida por un ángel con alas enormes. Bajo la falsa bóveda se abría una puerta-ventana, sucia y con algunos vidrios sustituidos por recortes de cartón, que daba a la terraza y a la parte trasera del jardín.

—Dulce hogar —dijo Fargas.

Era una ironía formulada sin excesiva convicción. Parecía que el dueño de la casa la hubiese utilizado demasiadas veces y ni él mismo confiara ya en su efecto. Hablaba castellano con denso y distinguido acento portugués, y se movía siempre muy despacio, tal vez a causa de su pierna inválida, a la manera de esa gente que posee una eternidad ante sí.

—Coñac —repitió, ensimismado, cual si no recordase bien qué los había llevado hasta allí.

Corso hizo un vago gesto afirmativo que Fargas no vio. El vasto salón se cerraba al otro lado en una enorme chimenea con una pequeña pila de troncos sin encender. Había un par de sillones desparejos, una mesa y un aparador, un quinqué de petróleo, dos candelabros con velas, un violín en su estuche y poco más. Pero en el suelo, sobre antiguas alfombras deshilachadas o tapices deslucidos por el tiempo, lo más lejos posible de las ventanas y de la luz plomiza que éstas dejaban entrar, se alineaban en orden perfecto muchos libros; quinientos o más, calculó Corso. Tal vez casi un millar. Entre ellos, numerosos códices e incunables. Buenos y viejos libros en piel o pergamino, antiguos volúmenes con clavos en las tapas, infolios, elzevires, encuadernaciones con gofrados, bullones, florones, cierres, lomos y cantos con letras doradas o caligrafiados en los scriptorios de monasterios medievales. Observó también por los rincones una docena de ratoneras oxidadas. La mayor parte, sin queso.

Fargas, que hurgaba en el aparador, se volvió con una copa y una botella de Remy Martin, observándola al trasluz para comprobar su contenido.

—Dorada sangre de Dios —dijo, triunfal—. O del diablo —sonreía sólo con la boca, torcido el bigote a la manera de los viejos galanes de cine; mas sus ojos continuaban fijos e inexpresivos, cercados de bolsas como por un insomnio que empezase a durar demasiado. Corso observó sus manos finas, de buena crianza, al tomar de ellas la copa de coñac, cuyo cristal ligero vibraba suavemente al llevárselo a los labios.

—Bonita copa —elogió, por decir algo.

El bibliófilo estaba de acuerdo, e hizo un gesto a medio camino entre la resignación y la burla de sí mismo, sugiriendo una segunda lectura de todo aquello: la copa, los tres dedos de coñac de la botella, la casa despojada. Su misma presencia allí: elegante, pálido y ajado fantasma.

—Sólo me queda otra igual —respondió con tranquila objetividad, a modo de confidencia—. Por eso las conservo.

Corso se hizo cargo con un movimiento de cabeza. Su mirada recorrió un momento las paredes vacías para volver a centrarse en los libros.

—Tuvo que ser una hermosa quinta —dijo.

El otro encogió los hombros bajo el jersey.

—Sí; lo fue. Pero con las viejas familias pasa lo que con las civilizaciones: un día se agostan y mueren —miró alrededor sin ver; parecía que sus ojos reflejaran los objetos ausentes—. Al principio uno recurre a los bárbaros para que vigilen el *limes* del Danubio, después los enriquece y termina convirtiéndolos en acreedores... Hasta que un día se sublevan y lo invaden a uno, y lo saquean —observó a su interlocutor con repentina suspicacia— Espero que sepa de qué estoy hablando.

Asintió Corso. A esas alturas ya dejaba flotar entre ambos su mejor sonrisa de conejo cómplice.

—Lo sé perfectamente —confirmó—: Botas herradas pisando porcelana de Sajonia. ¿Se refiere a eso?... Fregonas con traje de noche. Menestrales advenedizos que se limpian el culo con manuscritos miniados.

Fargas hizo un movimiento de aprobación. Sonreía, satisfecho. Luego cojeó hasta el aparador en busca de la otra copa.

—Creo —dijo— que también tomaré un coñac.

Brindaron en silencio mirándose a los ojos, semejantes a dos miembros de una cofradía secreta tras establecer los signos de reconocimiento. Al cabo, el bibliófilo señaló los libros e hizo un gesto con la mano que sostenía la copa, como si superada la prueba de iniciación invitara a Corso a franquear una barrera invisible, acercándose a ellos.

—Ahí los tiene. Ochocientos treinta y cuatro volúmenes, de los que ya menos de la mitad merece la pena —bebió un poco antes de pasarse el índice por el bigote húmedo, mirando alrededor—. Es una lástima que no los haya conocido en tiempos mejores, alineados en sus estanterías de madera de cedro... Llegué a reunir cinco mil. Éstos son los supervivientes.

Corso, que había dejado la bolsa de lona en el suelo, se acercó a los libros. Sentía cosquillearle la punta de los dedos por puro reflejo. El panorama era magnífico. Se ajustó las gafas para detectar, al primer vistazo, un Vasari en cuarto de 1588, primera edición, y un *Tractatus* de Berengario de Carpi, con encuadernación en pergamino, del XVI.

—Nunca hubiera imaginado que la colección Fargas, que figura en todas las bibliografías, estuviese así. Libros apilados en el suelo, sin muebles, contra la pared, en una casa vacía...

—Es la vida, amigo mío. Pero debo precisar, en mi descargo, que todos se encuentran en impecable estado... Yo mismo los limpio y reviso, procuro airearlos y que estén a salvo de insectos y roedores, la luz, el calor y la humedad. De hecho no hago otra cosa durante el día.

—¿Qué fue del resto?

El bibliófilo miró hacia la ventana, haciéndose también la misma pregunta. Arrugaba el ceño.

—Imagínese —repuso, y se diría un hombre muy infeliz cuando sus ojos volvieron a encontrarse con Corso—. Salvo la quinta, algunos muebles y la biblioteca de mi padre, no heredé más que deudas. Cada vez que obtuve dinero lo invertí en libros, y cuando mi renta tocó fondo liquidé cuanto quedaba: cuadros, muebles y vajilla. Usted sabe, creo, lo que significa ser un bibliófilo apasionado; pero yo soy bibliópata. El sufrimiento era atroz con sólo imaginar dispersa mi biblioteca.

—He conocido gente así.

—¿De veras?... —Fargas lo miró con curiosidad—. A pesar de eso, dudo que se haga una idea exacta. Me levantaba por las noches para vagar como alma en pena frente a mis libros. Les hablaba, acariciaba sus lomos entre juramentos de lealtad... Todo fue inútil. Un día tuve que tomar la decisión: sacrificar la mayor parte, conservando los ejemplares más queridos y valiosos... Ni usted ni nadie comprenderán nunca lo que fue aquello: mis libros pasto de los buitres.

—Me lo figuro —dijo Corso, a quien no le hubiera importado en absoluto oficiar en semejantes funerales.

—¿Se lo figura? No. Aunque viviese un siglo no podría. Separar unos de otros me costó dos meses de trabajo. Sesenta y un días de agonía, y también un acceso de fiebre que casi me mata. Por fin se los llevaron, y creí volverme loco... Lo recuerdo como si fuese ayer, aunque han transcurrido doce años.

—¿Y ahora?

El bibliófilo mostró su copa vacía, cual si aquello simbolizase algo.

—Desde hace tiempo tengo que recurrir otra vez a mis libros. Aunque no necesito gran cosa: vienen un día por semana a hacer limpieza, y la comida la suben desde el pueblo... Casi todo el dinero se lo llevan los impuestos que pago al Estado por conservar la quinta.

Dijo *Estado* como podía haber dicho roedores, o carcoma. Corso hizo una mueca comprensiva, echando otro vistazo a las paredes desnudas de la casa.

—Puede venderla también.

—En efecto —Fargas asintió con indiferencia—. Pero hay cosas que usted no comprende.

Corso se había inclinado para coger un infolio encuadernado en pergamino y lo hojeaba con interés. *De Symmetria* de Durero, París 1557, reimpresión de la primera latina de Nuremberg. En buen estado y con amplios márgenes. Aquello habría vuelto loco a Flavio La Ponte. Habría vuelto loco a cualquiera.

—¿Cada cuánto vende libros?

—Con dos o tres al año me basta. Después de dar muchas vueltas, escojo un volumen y lo vendo. Ésa es la ceremonia a la que me referí antes, al abrir la puerta. Tengo un comprador, compatriota suyo, que viene un par de veces al año.

—¿Lo conozco? —aventuró Corso.

—Ignoro si lo conoce —fue la respuesta del bibliófilo, sin añadir nombre alguno—. Precisamente espero su visita de un día para otro, y cuando usted llegó me disponía a elegir víctima... —movió una de sus delgadas manos en el aire, imitando el movimiento de la guillotina mientras sonreía, desganado—. El que debe morir para que los otros sigan juntos.

Levantó Corso la vista hacia el techo, en busca de la inevitable analogía. Abraham, con una profunda grieta surcándole el rostro, hacía visibles esfuerzos por liberar su diestra, armada de puñal, que el ángel sujetaba con mano firme mientras, con la otra, dirigía una severa admonición al patriarca. Bajo el filo, inclinada la cabeza sobre una piedra, Isaac aguardaba resignado su destino. Era rubio y rosado, cual un efebo de los que nunca dicen no. Más allá había pintada una especie de oveja enredada en la zarza, y Corso votó mentalmente por indultar a la oveja.

—Imagino que no hay otra solución —dijo mirando al bibliófilo.

—Habría dado con ella... —Fargas sonrió con abierto rencor—. Pero el león exige su parte, los tiburones huelen la sangre y la carnaza. Por desgracia ya no queda gente como el conde de Artois, que fue rey de Francia. ¿Conoce la anécdota?... El viejo marqués de Paulmy tenía sesenta mil volúmenes y estaba arruinado. Para escapar de los acreedores vendió su biblioteca al conde de Artois, pero éste exigió que el anciano la conservara hasta su muerte. Así, con el dinero adquirido, Paulmy pudo comprar nuevos ejemplares, enriqueciendo una colección que ya no era suya...

Metía las manos en los bolsillos del pantalón y se paseaba junto a los libros, oscilante sobre la pierna inválida, mirándolos uno a uno. Parecía un enjuto y desastrado Montgomery que revistase sus tropas en El Alamein.

—A veces ni los toco ni los abro —se había detenido, inclinándose para reacomodar un volumen en su fila, sobre la vieja alfombra—. Me limito a quitarles el polvo y a contemplarlos durante horas. Conozco al detalle lo que hay bajo cada encuadernación... Fíjese en éste: *De revolutionis celestium*, Nicolás Copérnico. Segunda edición, Basilea, 1566. Una bagatela, ¿verdad?... Como la *Vulgata Clementina* que tiene a su derecha, entre los seis volúmenes de la *Políglota* de su compatriota Cisneros y el *Cronicarum* de Nuremberg. En ese otro lado, observe aquel curioso infolio: *Praxis criminis persequendi* de Simon de Colines, 1541. O esa encuadernación monástica con cuatro nervios y bullones que está mirando. ¿Sabe lo que hay dentro?... *La leyenda áurea* de Jacobo de la Vorágine, Basilea 1493, impresa por Nicolas Kesler.

Corso hojeó el libro. Era un ejemplar magnífico, también con los márgenes muy amplios. Lo devolvió a su sitio con cuidado antes de incorporarse limpiando las gafas con el pañuelo. Aquello podía arrancarle sudores al más frío.

—Usted no está bien de la cabeza. Si vendiera todo esto no tendría problemas económicos.

—Lo sé —Fargas se inclinaba para rectificar imperceptiblemente la posición del libro—. Pero si vendiera todo esto ya no tendría razón para seguir viviendo; luego me importaría un bledo carecer de problemas.

Corso indicó una fila de libros muy deteriorados. Había varios incunables y manuscritos, y ninguno era, por su encuadernación, posterior al siglo XVII.

—Tiene muchas ediciones antiguas de caballerías...

—Sí. Heredadas de mi padre. Su obsesión era reunir los noventa y cinco libros de la biblioteca de don Quijote, en especial los citados en el expurgo del cura... De él obtuve también ese curioso *Quijote* que ve junto a la primera edición de *Os Lusiadas:* un Ibarra de 1780 en cuatro tomos. Además de las láminas correspondientes, viene enriquecido con otras de impresión inglesa de la primera mitad del XVIII, seis aguadas originales y la partida de nacimiento de Cervantes facsimilada e impresa en vitela... Cada uno tiene sus obsesiones. La de mi padre, que fue diplomático y vivió muchos años en España, era Cervantes. En otros casos se trata de manías. Hay quien no tolera una restauración, aunque sea invisible, o nunca compra ejemplares numerados por encima del 50... Lo mío, ya se habrá dado cuenta, eran los intonsos. Recorría subastas y librerías con una regla de medir en la mano, y me temblaban las piernas si al abrir un volumen lo encontraba virgen o sin desbarbar... ¿Ha leído el cuento burlesco de Nodier sobre el bibliófilo? A mí me sucedía lo mismo. Hubiera apuñalado gustoso a los encuadernadores de guillotina fácil. Y descubrir un ejemplar con dos milímetros más de blanco de página que el descrito en las bibliografías canónicas era el colmo de mi felicidad.

—También de la mía.

—Enhorabuena, entonces. Lo saludo como a un hermano de culto.

—No se precipite. Mi interés no es estético, sino lucrativo.

—Da igual. Usted me cae bien. Soy de los que creen que, en cuestión de libros, la moralidad convencional no existe —estaba en el otro extremo de la habitación pero se inclinó un poco hacia Corso, con aire de confidencia—. ¿Sabe una cosa?... Como en esa leyenda que tienen ustedes, la del librero asesino de Barcelona, yo también sería capaz de matar por un libro.

—No se lo aconsejo. Se empieza por eso, que parece una minucia, y al final termina uno mintiendo, votando en las legislativas y cosas así.

—Incluso vende los propios libros.

—Incluso.

Fargas movía tristemente la cabeza; luego estuvo inmóvil un momento, arrugado el entrecejo por secretas reflexiones. Al volver en sí miró a Corso con detenimiento, largo rato.

—Lo que nos lleva —dijo al fin— a la cuestión que me ocupaba cuando usted llamó a la puerta... Cada vez que encaro el problema siento lo que un cura renegando de su fe... ¿Le sorprende que use la palabra sacrilegio?

—En absoluto. Supongo que se trata exactamente de eso.

Fargas se retorcía las manos con gesto atormentado. Su mirada se deslizó a su alrededor, por la habitación desnuda y los libros en el suelo, hasta detenerse otra vez en Corso. La sonrisa parecía una mueca postiza, que alguien hubiera pintado en su cara.

—Sí. El sacrilegio sólo se justifica en la fe... Un creyente es el único capaz de cometerlo y sentir, al tiempo que incurre en él, la dimensión terrible de su acto. Jamás experimentaríamos horror profanando una religión que nos causara indiferencia; sería blasfemar sin un dios dándose por aludido. Absurdo.

Corso no tuvo problema en mostrarse de acuerdo.

—Sé a qué se refiere. Es el *Me has vencido, Galileo* de Juliano el Apóstata.

—Desconozco esa cita.

—Igual es apócrifa. Cierto hermano marista solía mencionarla cuando yo iba al colegio, alertándonos sobre los riesgos de irse por la tangente. Se terminaba acribillado a flechazos en el campo de batalla, escupiéndole sangre a un cielo sin dios.

Asintió el bibliófilo como si todo aquello le fuese extraordinariamente próximo. Latía algo singular en el extraño rictus de la boca, en la obsesionada fijeza de sus ojos.

—Así me siento yo ahora —dijo—. Me levanto, incapaz de dormir, y me planto aquí, resuelto a cometer una nueva profanación —mientras hablaba se había acercado a Corso, tanto que éste se vio a punto de retroceder un paso—. A pecar contra mí mismo y contra ellos... Toco un libro, me arrepiento, escojo otro y termino devolviéndolo a su sitio... Sacrificar uno para que los otros sigan unidos, desgajar una rama del tronco y seguir disfrutando el resto... —mostró la mano derecha—. Preferiría cortarme uno de estos dedos.

Al hacer el gesto su mano temblaba. Corso movió la cabeza. Era capaz de escuchar; eso formaba parte de su oficio. Incluso podía comprender. Pero no estaba dispuesto a asumir el juego; aquella no era su guerra. Como habría dicho Varo Borja, él era un lansquenete a sueldo y se hallaba de visita. Lo que Fargas requería era un confesor, o un psiquiatra.

—Nadie ofrecerá un escudo —dijo, en tono ligero— por una falange de bibliófilo.

La broma se perdió en el vacío inmenso que llenaba los ojos de su interlocutor. Éste miraba a través de Corso, sin verlo. En sus pupilas dilatadas y ausentes sólo había libros.

—¿Cuál elegir, entonces?... —prosiguió Fargas. Corso había metido la mano en el gabán para sacar un cigarrillo que en ese momento le ofrecía, pero el otro ignoraba el gesto, absorto, obsesionado, sin escuchar más que su propio discurso; ajeno a todo menos a las alucinaciones de su conciencia en suplicio—. Tras darle muchas vueltas he seleccionado dos candidatos —cogió dos libros del suelo y los puso en la mesa—. Diga qué le parecen.

Se inclinó Corso sobre los volúmenes y abrió uno de ellos. Lo hizo por una página con grabado, xilografía con tres hombres y una mujer trabajando en una mina. Era la segunda edición latina del *De re metallica* de Georgius Agricola, hecha por Froben y Episcopius en Basilea sólo cinco años después de la primera impresión de 1556. Emitió un gruñido de aprobación mientras encendía el cigarrillo.

—Ya ve que no es fácil elegir —a Fargas se le veía pendiente de los gestos de Corso. Lo miraba inquieto, con avidez, mientras éste pasaba páginas rozándolas apenas con la punta de los dedos—. He de vender un solo libro cada vez; y no uno cualquiera. El sacrificado debe poner a salvo a los otros por seis meses más... Es mi tributo al Minotauro —se tocó una sien—. Todos tenemos uno en el centro del laberinto... Nuestra razón lo crea, y él impone su propio horror.

—¿Por qué no vende varios libros menos valiosos de una sola vez?... Tal vez reúna la suma que necesita, conservando los más raros. O sus favoritos.

—¿Despreciar unos en beneficio de otros?... —el bibliófilo se estremeció—. Eso es imposible; todos poseen la misma alma inmortal, gozan de idéntico derecho para mí. Puedo tener mis preferidos, sin duda. ¿Cómo evitarlo?... Pero jamás los distingo con un gesto, con una palabra que los enaltezca frente a sus compañeros menos favorecidos. Al contrario. Recuerde que el mismo Dios designó a su hijo para el sacrificio; para la redención de los hombres. Y Abraham... —pareció referirse a la pintura del techo, porque le sonrió tristemente al vacío elevando la mirada, inconclusa la frase.

Corso había abierto el segundo volumen, infolio con encuadernación italiana en pergamino, del setecientos. Era un bellísimo Virgilio, la edición veneciana de Giunta, impresa en 1544. Aquello hizo volver en sí al bibliófilo.

—Hermoso, ¿no es cierto? —se adelantó para arrebatárselo de las manos con impaciencia—. Mire la página de título, la bordura arquitectónica que la contornea... Ciento trece xilografías perfectas salvo la página 345, que tiene una pequeña restauración antigua, casi imperceptible, en el ángulo bajo. Casualmente es mi predilecta, fíjese: Eneas en los infiernos, junto a la Sibila. ¿Cuándo vio cosa igual? Observe las llamas tras el triple muro, la caldera de los condenados, el ave que devora las entrañas... —el pulso del bibliófilo parecía golpearle, casi visible, en las muñecas y en las sienes. Ahuecaba la voz con el volumen cerca de los ojos para leer mejor. Su expresión era radiante—: *"Moenia lata videt, triplici circundata muro, quae rapidus flammis ambit torrentibus amnis..."* —se detuvo, en éxtasis—. El grabador tenía una hermosa, violenta y medieval concepción del Hades virgiliano.

—Magnífico ejemplar —confirmó el cazador de libros, aspirando su cigarrillo.

—Más que eso. Toque el papel. *Esemplare buono e genuino con le figure assai ben impresse,* aseguran los viejos catálogos... —tras el acceso febril, la expresión de Fargas volvía a sumirse en el vacío; de nuevo estaba absorto, abismado en los rincones oscuros de su pesadilla—. Creo que venderé éste.

Corso expulsó el humo con impaciencia.

—No lo entiendo. Salta a la vista que es uno de sus favoritos. Y el Agricola también. Le tiemblan las manos cuando los toca.

—¿Las manos?... Diga mejor que el alma se quema con los tormentos del infierno. Creía habérselo explicado... El libro por sacrificar no puede nunca serme indiferente. ¿Que supondría este doloroso acto, en otro caso?... Una sórdida transacción según las leyes del mercado, varios baratos a cambio de uno caro... —negó con violencia, despectivo. Miraba torvamente en torno, buscando a quien escupir su desdén—. Son los más amados, quienes brillaron entre otros por su belleza, por el amor que supieron inspirar, los que tomo de la mano y acompaño hasta el umbral mismo del sacrificio... La vida puede despojarme, es cierto. Pero no me convertirá en un miserable.

Dio unos pasos sin rumbo por la habitación. El triste escenario, su cojera, el jersey de lana y los viejos pantalones acentuaban su aspecto fatigado y frágil.

—Por eso permanezco en esta casa —prosiguió—. Entre sus muros vagan las sombras de mis libros perdidos —se había parado ante la chimenea, mirando la miserable leña apilada en el hogar—. A veces siento que acuden a exigir reparación a mi conciencia... Entonces, para aplacarlos, cojo ese violín que ve ahí, y me pongo a tocar

227

durante horas; paseándome a oscuras por la casa, como un condenado... —se había vuelto a mirar a Corso, recortado en contraluz sobre el cristal sucio de la ventana—. El bibliófilo errante.

Vino despacio hasta la mesa y puso una mano encima de cada libro, como si hasta ese momento hubiera retrasado el momento de tomar una decisión. Ahora sonreía, inquisitivo.

—¿Cuál designaría, de estar en mi caso?

Corso se agitó, molesto.

—A mí déjeme al margen. Tengo la suerte de no estar en su caso.

—Usted lo ha dicho: la suerte. Fina apreciación. Un estúpido me envidiaría, supongo. Todo este tesoro en casa... Pero no me ha dicho cuál vender. Qué hijo irá al sacrificio —torció súbitamente el gesto, angustiado; parecía que algo le doliese dentro, en la carne y la conciencia—... Caiga sobre mí su sangre —añadió en voz muy baja y crispada— hasta la séptima generación.

Repuso el Agricola en su sitio sobre la alfombra y acarició el pergamino del Virgilio mientras murmuraba "su sangre" entre dientes. Tenía los ojos húmedos y el temblor de sus manos parecía incontrolable.

—Creo que venderé éste —insistió.

Si Fargas no se había vuelto majara, lo estaría pronto. Corso miró las paredes desnudas, la huellas de los cuadros sobre el empapelado con manchas de humedad. A la improbable séptima generación le traía todo sin cuidado. Lo mismo que en su propio caso, el de Lucas Corso, los Fargas morirían allí. O descansarían, por fin. El humo del cigarrillo iba hacia las deterioradas pinturas del techo, recto como el humo de un sacrificio en un amanecer tranquilo. Echó un vistazo por la ventana, al jardín invadido de maleza, buscando la alternativa de un cordero enredado en la zarza, pero sólo había libros. El ángel soltó la mano que sujetaba en alto el cuchillo, y se fue llorando. Con la música a otra parte, el pobre gilipollas.

Corso apuró el cigarrillo para tirarlo a la chimenea. Estaba cansado y sentía frío bajo el gabán. Había oído demasiadas palabras entre aquellas paredes desnudas, y se alegró de no ver espejos que reflejaran la expresión de su rostro. Miró el reloj con gesto mecánico, sin fijarse en la hora. Con una fortuna clavada sobre las viejas alfombras y tapices, Victor Fargas había cobrado con creces su extraño precio en piedad. En lo que a Corso tocaba, ya era tiempo de hablar de negocios.

—¿Y *Las Nueve Puertas?*

—¿Qué pasa con él?

—Es lo que me trae por aquí. Supongo que recibió mi carta.

—¿Su carta?... Sí, claro. Lo recuerdo. Sólo que, con todo esto... Disculpe. *Las Nueve Puertas*, por supuesto.

Miró en torno, aturdido, sonámbulo que acabasen de arrancar al sueño. De pronto parecía infinitamente fatigado, al final de un largo esfuerzo. Levantó un dedo, en demanda de un momento para reflexionar, antes de dirigirse cojeando a una esquina del salón. Allí, sobre un deslucido tapiz francés puesto en el suelo, y en cuyos restos Corso reconoció la victoria de Alejandro sobre Darío, se alineaba medio centenar de volúmenes.

—¿Sabía usted —preguntó Fargas señalando la escena representada en el gobelino— que Alejandro destinó el cofre de los tesoros de su rival a guardar los libros de Homero?... —movió la cabeza complacido, observando el deshilachado perfil del macedonio—. Hermano bibliófilo. Buen chico.

A Corso le importaban un bledo las aficiones literarias de Alejandro Magno. Se había puesto en cuclillas y miraba los títulos impresos en algunos lomos y cantos. Todos eran antiguos tratados de magia, alquimia y demonología: *Les trois livres de l'Art, Destructor omnium rerum, Disertazioni sopra le apparizioni de' spiriti e diavoli, De origine, moribus et rebus gestis Satanae...*

—¿Qué le parecen? —preguntó Fargas.

—No están mal.

Sonó la risa desganada del bibliófilo. Se había arrodillado sobre el tapiz, junto a Corso, y tocaba los libros con gesto mecánico, cerciorándose de que ninguno se había movido un milímetro desde la última vez que les pasó revista.

—Nada mal, es cierto. Al menos diez son ejemplares rarísimos... Toda esta parte de la biblioteca la heredé de mi abuelo, aficionado a las artes herméticas, astrólogo aficionado y masón...

Mire. Éste es un clásico, el *Diccionario infernal* de Collin de Plancy, en la primera edición de 1842. Y ésta es la impresión de 1571 del *Compendi dei secreti*, de Leonardo Fioravanti... Aquel dozavo tan curioso es la segunda edición del *Libro de los prodigios* —abrió otro, mostrándole a Corso un grabado—. Fíjese en Isis... ¿Sabe cuál es éste?

—Claro. El *Oedipus Aegyptiacus* de Athanasius Kircher.

—Exacto. La edición romana de 1652 —Fargas devolvió el libro a su sitio y tomó otro cuya encuadernación veneciana era bien conocida por Corso: piel negra, cinco nervios, sin título y con un pentáculo en la tapa—. Y aquí está el que busca: *De Umbrarum Regni Novem Portis*... Las nueve puertas del reino de las sombras.

Muy a su pesar, Corso se estremeció. Al menos en el aspecto exterior, aquel volumen era idéntico al que llevaba en la bolsa de lona. Fargas puso el libro en sus manos y él se incorporó mientras pasaba las hojas. Fieles como dos gotas de agua, o casi. Tenía éste un poco deteriorada la piel de la tapa posterior, y en el lomo la antigua huella de un tejuelo añadido y después arrancado. El resto era tan impecable como en el ejemplar de Varo Borja; incluido el grabado número VIIII, que estaba intacto.

—Completo y en buen estado —dijo Fargas, interpretando correctamente los gestos de Corso—. Lleva tres siglos y medio dando vueltas por el mundo, y cuando se abre parece tan fresco como si saliera de la prensa... Se diría que el impresor hizo un pacto con el diablo.

—Tal vez lo hizo —sugirió Corso.

—No me vendría mal conocer la fórmula —el bibliófilo abarcó de un gesto el desolado salón, las hileras de libros en el suelo—. Mi alma a cambio de conservarlo todo.

—Puede intentarlo —Corso señaló *Las Nueve Puertas*—. Dicen que la fórmula está aquí dentro.

—Nunca creí esas bobadas. Aunque quizá sea momento de empezar. ¿No le parece?... Ustedes tienen un refrán en España: de perdidos al río.

—¿Está en regla el ejemplar?... ¿Ha visto en él algo extraño?

—En absoluto. No tiene hojas faltas y los grabados siguen en su sitio: nueve y la página de título, tal y como lo adquirió mi abuelo a principios de siglo. Coincide con los catálogos y con los otros dos ejemplares: el Ungern de París y el Terral-Coy.

—Ya no es Terral-Coy. Ahora es colección Varo Borja, Toledo.

La mirada del bibliófilo se tornó suspicaz. Corso advirtió que se ponía alerta.

—¿Varo Borja, dice?... —estuvo a punto de añadir algo, mas se arrepintió en el último instante—. Una colección notable. Y conocida —dio nuevos pasos sin rumbo antes de mirar los libros alineados sobre el tapiz—. Varo Borja...

—repitió pensativo—. Especialista en demonología, ¿verdad? Un librero muy rico. Lleva años detrás de esas *Nueve Puertas* que tiene usted en las manos; siempre dispuesto a pagar cualquier precio... Ignoraba que hubiese conseguido otro ejemplar. Y usted trabaja para él.

—Ocasionalmente —admitió Corso.

El otro movió un par de veces la cabeza, perplejo, antes de fijar otra vez su atención en los libros del suelo.

—Es extraño que lo envíe a usted. Al fin y al cabo...

Se interrumpió, dejando la frase en el aire. Miraba la bolsa de Corso.

—¿Ha traído el libro?... ¿Me permite verlo?

Fueron hasta la mesa y Corso puso su ejemplar junto al de Fargas. Al hacerlo oyó su respiración excitada. Volvía el éxtasis al rostro del bibliófilo:

—Mírelos bien —hablaba en voz baja, cual si temiese despertar algo dormido entre aquellas páginas —. Son perfectos, bellos e idénticos... Dos de los tres únicos ejemplares que escaparon al fuego, reunidos por primera vez desde su dispersión hace trescientos cincuenta años... —el temblor había vuelto a sus manos; se frotaba las muñecas para calmar el curso violento de la sangre que corría por ellas—. Observe la errata de la página 72. La *s* partida aquí, en la cuarta línea de la 87... El mismo papel, idéntica impresión... ¿No es maravilloso?

—Lo es —Corso carraspeó un poco—. Y me gustaría quedarme un rato. Estudiarlos en serio.

Fargas lo miraba, penetrante. Parecía dudar.

—Como guste —dijo al fin—. Pero si su ejemplar es el Terral-Coy, la autenticidad queda fuera de cuestión —le dirigió a Corso una mirada curiosa, intentando leer sus pensamientos—. Varo Borja tiene que saber eso.

—Supongo que lo sabe —Corso esgrimía su mejor sonrisa neutra—. Pero yo cobro por comprobarlo —aún sostuvo un poco la sonrisa; llegaban a uno de los aspectos difíciles de la cuestión—. Por cierto. Hablando de cobrar, estoy autorizado para hacerle una oferta.

La curiosidad del bibliófilo se convirtió en suspicacia.

—¿Qué tipo de oferta?

—Económica. Substanciosa —Corso puso la mano sobre el segundo ejemplar—. Puede resolver sus problemas durante algún tiempo.

—¿Es Varo Borja quien paga?

—Podría ser él.

Fargas se tocaba la barbilla con dos dedos.

—Ya tiene un libro —concluyó—. ¿Acaso pretende reunir los tres?

Quizás aquel tipo estuviese un poco ido, mas no era tonto. Corso opuso un gesto vago, sin comprometerse demasiado. Tal vez. Cosas de coleccionistas. Pero, puesto a vender, así Fargas podría conservar el Virgilio.

—Usted no comprende —apuntó el bibliófilo, aunque Corso comprendía demasiado bien. Allí no había nada que hacer.

—Olvídelo —dijo—. Sólo era una idea.

—Yo no vendo al azar. Escojo mis libros. Creí habérselo explicado bien.

Se le anudaban las venas en el dorso de las manos crispadas. Empezaba a irritarse, así que Corso pasó cinco minutos emitiendo señales de apaciguamiento. La oferta era secundaria, puro trámite. Lo que de verdad pretendía, concluyó, era el estudio comparativo de ambos ejemplares. Por fin, para su alivio, Fargas hizo un gesto afirmativo.

—A eso no le veo inconveniente —dijo. El recelo se templaba un poco. Era obvio que Corso le caía bien, y que las cosas habrían sido distintas de otro modo—. Aunque no puedo ofrecerle demasiadas comodidades...

Lo guió por el pasillo desnudo, hasta otra habitación pequeña que tenía un piano hecho astillas en un rincón. Había una mesa con una vieja menorah de bronce cubierta de goterones de cera, y un par de sillas desvencijadas.

—Al menos es un lugar tranquilo —dijo Fargas—. Y los cristales de la ventana están intactos.

Chasqueó los dedos como si hubiese olvidado alguna cosa, desapareciendo un momento para regresar con el resto de la botella de coñac en la mano.

—Así que Varo Borja lo consiguió por fin... —repitió, y parecía sonreír para sus adentros, complacido ante alguna perspectiva que le causaba, sin duda, profunda satisfacción. Después puso botella y copa en el suelo, lejos de los ejemplares de *Las Nueve Puertas*, miró alrededor del modo que lo haría un atento anfitrión para comprobar si todo estaba en orden, e hizo un último e irónico saludo antes de irse:

—Considérese en su casa.

Corso vació el resto de coñac en la copa, sacó sus notas y se puso a trabajar. En un pliego de papel había marcado con tinta tres franjas, encabezada cada una por un número y un nombre:

EJEMPLAR UNO (VARO BORJA) Toledo.
EJEMPLAR DOS (FARGAS) Sintra.
EJEMPLAR TRES (VON UNGERN) París.

Página tras página, empezó a anotar cualquier diferencia entre el Uno y el Dos, por mínima que fuese: una mancha en el papel, un tono de tinta más fuerte en un ejemplar que en otro. Al llegar al primer grabado —*NEM. PERVT.T QUI N.N LEG. CERT.RIT*, el caballero que aconsejaba silencio al lector— sacó una lupa de siete aumentos de la bolsa y estudió las dos xilografías gemelas, línea a línea. Eran idénticas.

NEM. PERV.T QVI N.N LEG. CERT.RIT

CLAVS. PAT.T

VERB. D.SVM C.S.T ARCAN.

FOR. N.N OMN. A.QVE

FR. ST. A

DIT.SCO M.R.

DIS.S P.TI.R M.

VIC. I.T VIR.

N.NC SC.O TEN.BR. LVX

Observó, incluso, que la presión de los grabados sobre el papel, como la del resto de la tipografía, era la misma. No se veían líneas ni caracteres desgastados, rotos o torcidos, aparte de los comunes a ambos ejemplares. Eso significaba que el Uno y el Dos fueron impresos consecutivamente, o casi, bajo la misma prensa. En jerga de los hermanos Ceniza, Corso estaba ante un par de gemelos.

Siguió anotando. Una imperfección en la sexta línea de la página 19 del Dos lo hizo detenerse un poco, hasta comprobar que se trataba de una simple señal de tinta. Pasó más páginas. Ambos ejemplares tenían la misma estructura: dos hojas de guarda y 160 páginas cosidas en veinte cuadernillos de 8. Las nueve láminas del Dos, como las del Uno, iban fuera de texto, impresas aparte con el verso en blanco en el mismo tipo de papel, e incorporadas al ejemplar durante la encuadernación. En los dos libros, su posición era idéntica:

I. Entre pág. 16 y 17
II. 32-33
III. 48-49
IIII. 64-65
V. 80-81
VI. 96-97
VII. 112-113
VIII. 128-129
VIIII. 144-145

O Varo Borja deliraba, o el suyo era un encargo extraño. No había modo alguno de que aquello resultase falso. Como mucho podía tratarse de una edición apócrifa; pero de época y perteneciendo ambos ejemplares a la misma. El Uno y el Dos eran la viva estampa de la honradez en papel impreso.

Apuró el resto del coñac antes de aplicar la lupa a la lámina II —*CLAUS. PAT. T.*—: el ermitaño barbudo, la puerta cerrada, un fanal en el suelo y dos llaves en las manos. Con las láminas enfrentadas se sintió de pronto infantil, igual que cuando jugaba a detectar los siete errores. Realmente —hizo una mueca—, se trataba de eso. La vida como juego. Y los libros como espejo de la vida.

Entonces lo vio. Ocurrió de golpe, del mismo modo que nos situamos en una perspectiva correcta y algo sin aparente sentido se descubre de pronto ordenado y preciso. Corso expulsó aire de los pulmones igual que si fuese a reír, atónito, pero sólo emitió un sonido seco, parecido a una risa incrédula, sin humor. Aquello no podía ser. No se hacía trampa con ese tipo de cosas, así que sacudió la cabeza, confuso. Lo que estaba ante sus ojos no era un libro de pasatiempos adquirido en un quiosco de ferrocarriles, sino uno, dos volúmenes hechos tres siglos y medio atrás. Le habían costado la vida a su impresor, figuraron en el índice de libros prohibidos por la Inquisición, y los citaban las bibliografías serias: *Lámina II. Leyenda latina. Anciano con dos llaves y una luz frente a una puerta cerrada...* Pero nadie, hasta ese momento, comparó juntos dos de los tres ejemplares conocidos. No era fácil reunirlos; ni tampoco necesario. Anciano con dos llaves. Eso bastaba.

Corso se levantó de la mesa y fue hasta la ventana. Permaneció así un rato, mirando a través del cristal empañado por su propio aliento. Después de todo, Varo Borja tenía razón. Aristide Torchia debió de reírse mucho a solas allí, sobre su pira en Campi dei Fiori, antes de que el fuego le quitara para siempre las ganas. Como broma póstuma era genial.

Postuma necat

—¿Nadie responde?
—No.
—Tanto peor. Entonces es que está muerto.
(M.Leblanc. *Arsenio Lupin*)

Lucas Corso conocía mejor que nadie uno de los grandes inconvenientes de su oficio: las bibliografías las redactan eruditos que no han visto los libros que citan, y suelen apoyarse en relaciones de segunda mano, dando por válidas las características consignadas por otros. De esa forma, un error o una reseña incompleta pueden circular durante generaciones sin que nadie repare en ello hasta que, por casualidad, alguien lo saca a la luz. Ese era el caso de *Las Nueve Puertas*. Aparte su obligada mención en las bibliografías canónicas, las referencias más precisas incluyeron siempre descripciones someras de los nueve grabados, sin detalles menores. Sobre la segunda lámina del libro, todos los textos conocidos mencionaban un anciano con aspecto de sabio o ermitaño, detenido ante una puerta con dos llaves en la mano; pero nadie se ocupó nunca de concretar en qué mano sostenía las llaves. Ahora, Corso tenía la respuesta: en la *izquierda*, en el grabado del Uno; en la *derecha*, en el número Dos.

Quedaba por saber qué ocurría con el número Tres; pero eso era imposible averiguarlo, aún. Corso estuvo en la Quinta da Soledade hasta el anochecer. Trabajó mucho a la luz del candelabro, tomando notas sin cesar, revisando una y otra vez ambos ejemplares. Estudió las láminas una por una hasta confirmar su hipótesis. Y aparecieron nuevas pruebas. Por fin observó su botín en forma de notas sobre el pliego de papel, cuadros y diagramas con extrañas relaciones entre unos y otros. Cinco láminas de los ejemplares Uno y Dos no eran idénticas. Además de la mano con que el anciano sujetaba las llaves en la numerada II, el laberinto de la IIII no tenía o sí tenía salida, según se tratara de uno u otro ejemplar. En la lámina V, la muerte mostraba un reloj con la arena abajo, en el Uno, o con la arena en la parte superior, en el Dos. En cuanto al tablero de ajedrez de la VII, sus casillas eran blancas en el ejemplar de Varo Borja y negras en el de Fargas. Y en la numerada VIII, el verdugo a punto de decapitar a una joven quedaba convertido, por efecto de un aura en torno a la cabeza, en arcángel vengador.

Y aún encontró más cosas, porque el minucioso estudio con la lupa terminaba dando un fruto inesperado. Las marcas de grabador disimuladas en las xilografías contenían otra pista sutil: en ambos ejemplares, *A. T.*, Aristide Torchia, figuraba como *sculptor* en la lámina del anciano; pero como *inventor*, sólo en el libro número Dos. La firma en el Uno era *L. F.*, sobre cuya existencia Corso había sido alertado por los hermanos Ceniza. Lo mismo pasaba en cuatro láminas más. Eso podía significar que todas las xilografías fueron talladas en madera por el propio impresor, pero que los dibujos originales de donde copió algunos de sus grabados pertenecían a otra persona. No se trataba, en consecuencia, de falsificación de época ni de reediciones apócrifas. Fue el mismo impresor Torchia, *con privilegio y licencia de los superiores*, quien alteró su propia obra con arreglo a un plan establecido: firmando los modificados por él para respetar la autoría *L. F.* de los otros. Sólo quedaba un ejemplar, confesó a sus verdugos. Pero en realidad dejaba tres, y una clave que tal vez los convirtiera en uno. El resto del secreto se lo había llevado a la hoguera.

Recurrió a un viejo sistema de colación: las tablas comparativas usadas por Umberto Eco en el estudio sobre la Hanau. Ordenadas sobre el papel las láminas que contenían diferencias, resultaba el siguiente esquema:

	I	II	III	IIII	V	VI	VII	VIII	VIIII
UNO	-	mano izqu.	-	sin salida	arena abajo	-	tablero blanco	sin aura	-
DOS	-	mano dcha.	-	con salida	arena arriba	-	tablero negro	con aura	-

En cuando a las marcas de grabador, las variaciones en las firmas *A. T.* (el impresor Torchia) y *L. F.* (¿desconocido?, ¿Lucifer?) correspondientes al *sculptor* y al *inventor* se establecían así:

	I	II	III	IIII	V	VI	VII	VIII	VIIII
UNO	AT(s)	AT(s)	AT(s)	AT(s)	AT(s)	AT(s)	AT(s)	AT(s)	AT(s)
	AT(i)	LF(i)	AT(i)	AT(i)	LF(i)	AT(i)	AT(i)	AT(i)	AT(i)
UNO	AT(s)	AT(s)	AT(s)	AT(s)	AT(s)	AT(s)	AT(s)	AT(s)	AT(s)
	AT(i)	AT(i)	AT(i)	LF(i)	AT(i)	AT(i)	LF(i)	LF(i)	AT(i)

Extraña cábala. Mas Corso tenía por fin algo concreto: la existencia de cierta clave encerrando un sentido. Se levantó despacio, como si temiese que todas aquellas correspondencias fueran a esfumarse ante sus ojos, pero también con la calma del cazador seguro de que al final de un rastro, por confuso que sea, siempre hay una pieza por cobrar.

Mano. Salida. Arena. Tablero. Aura.

Echó un vistazo por la ventana. Al otro lado de los cristales sucios, recortando la rama de un árbol, un resto de claridad rojiza se resistía a desaparecer en la noche.

Ejemplares Uno y Dos. Diferencias en los números 2, 4, 5, 7 y 8.

Tenía que ir a París. Allí estaba el número Tres, y quizá la respuesta al enigma. Pero otro asunto le preocupaba; algo a resolver con urgencia. Varo Borja había sido tajante: descartada la posibilidad de conseguir el número Dos por métodos convencionales, era tiempo de ir meditando un plan heterodoxo de adquisición. Con el menor daño y riesgo posible para Fargas o el propio Corso, naturalmente. Algo suave y discreto. Sacó su agenda del bolsillo del gabán, en busca del número de teléfono apropiado. Era un trabajo perfecto para Amílcar Pinto.

Una de las velas, consumida, se apagó en corta espiral de humo. En algún lugar de la casa sonaba un violín, y Corso rió otra vez entre dientes, breve y seco, mientras la llama del candelabro hacía bailar luces y sombras en su cara al inclinarse para encender un cigarrillo. Después se irguió, escuchando. La música sonaba igual que un lamento que se deslizara por las estancias vacías, oscuras, sobre los restos de muebles carcomidos y polvorientos, bajo los techos pintados sobre telarañas y sombras que sólo cobijaban huellas en las paredes, ecos de pasos, voces muertas tiempo atrás. Y afuera, sobre la verja oxidada, los dos rostros de mujer, abiertos en la noche los ojos de uno, cubierto el otro por la máscara de hiedra, escuchaban inmóviles, con la quietud del tiempo detenido en el vacío, la música que Víctor Fargas arrancaba al violín para conjurar los espectros de sus libros perdidos.

Regresó andando al pueblo, las manos en los bolsillos del gabán y el cuello subido hasta las orejas; veinte minutos por el lado izquierdo de la carretera desierta. No había salido la luna, y Corso se adentraba en extensas manchas de sombra al pasar bajo los árboles que cubrían el camino como una bóveda negra. El silencio era casi absoluto, roto únicamente por el crujir de sus zapatos sobre la gravilla de la cuneta, o el goteo de los canalillos de agua ladera abajo, entre la jara y la hiedra, invisibles en la oscuridad.

Un coche se acercó por detrás, rebasándolo, y Corso vio su propia silueta, de contornos agigantados y fantasmales, deslizarse ondulante sobre los troncos de los árboles cercanos y la espesura del bosque. Sólo al estar arropado otra vez entre las sombras expulsó el aliento y sintió que se relajaban sus músculos en tensión. No pertenecía a la clase de individuos que ven fantasmas por las esquinas. Más bien veía todas las cosas, incluso las extraordinarias, con fatalismo meridional estilo viejo soldado, sin duda herencia genética del tatarabuelo Corso: por mucho que uno espolee el caballo en dirección contraria, lo inevitable aguarda siempre en la puerta de la Samarcanda más próxima, limpiándose las uñas con una daga veneciana, o con una bayoneta escocesa. Pero aún así, desde el incidente en la callejuela de Toledo, el cazador de libros experimentaba una justificable aprensión cada vez que oía un motor acercársele por la espalda.

Quizá por eso, cuando los faros de otro automóvil se detuvieron a su lado, Corso giró alerta mientras cambiaba la bolsa de lona del hombro derecho al izquierdo y requería, dentro del bolsillo del gabán, su juego de llaves, arma de fortuna capaz de vaciarle un ojo a cualquiera que se acercara demasiado. Sin embargo, el cuadro parecía apacible: una silueta metálica grande y oscura, tipo berlina, y dentro, apenas iluminado por la luz del salpicadero, un perfil masculino anunciando una voz amable, educada.

—Buenas noches... —el acento era impreciso, ni portugués ni español—. ¿Tiene fuego?

Podía ser muy cierto o sólo un mal pretexto; eso no había forma de averiguarlo. Tampoco era cosa de salir corriendo o esgrimir la más puntiaguda de sus llaves porque le pidieran lumbre para un cigarro; así que Corso soltó el llavero, extrajo una caja de fósforos y encendió uno, protegiendo la llama en el hueco de la mano.

—Gracias.

Allí estaba la cicatriz, naturalmente. Era antigua, grande y vertical, desde la sien hasta mitad de la mejilla izquierda. Pudo observarla bien cuando el otro se inclinó para encender el puro Montecristo, y sostuvo la luz en alto el tiempo suficiente para distinguir el mostacho negro, espeso, y los ojos oscuros que lo miraban con fijeza en la penumbra. Luego, el fósforo se consumió entre los dedos de Corso y pareció que una máscara negra se abatiera sobre las facciones del desconocido. De nuevo fue una sombra, silueteada apenas por el resplandor tenue del cuadro de mandos.

—¿Quién coño es usted?

No fue un comentario sereno, ni brillante. De todas formas era demasiado tarde; la pregunta se perdió en el sonido del motor acelerando. El doble punto rojo de las luces del automóvil se alejaba ya carretera abajo, dejando un rastro fugaz sobre la cinta oscura del asfalto. Todavía brilló un momento con más intensidad al frenar en la primera curva, y después desapareció como si nunca hubiera estado allí.

El cazador de libros seguía inmóvil en la cuneta, intentando situar aquello en su escenario: Madrid, puerta de la viuda Taillefer. Toledo, visita a Varo Borja. Y Sintra, después de una tarde en casa de Victor Fargas. También folletines de Dumas, un editor ahorcado en su despacho, un impresor quemado con su extraño manual... Y entre unos y otros, pegado a los talones de Corso igual que si de su sombra se tratara, Rochefort: un espadachín de ficción del siglo XVII reencarnado en chófer de uniforme, conductor de automóviles de lujo. Responsable de un intento de atropello y un par de allanamientos de morada. Y fumador de cigarros Montecristo. Fumador sin mechero.

Blasfemó suavemente en voz baja. Habría dado un incunable raro, en buen estado, por romperle la cara al responsable de aquel guión absurdo.

Apenas llegó al hotel hizo varias llamadas telefónicas. La primera fue al número de Lisboa que tenía en la agenda; y tuvo suerte, porque Amílcar Pinto estaba en casa: lo averiguó tras conversar con su malhumorada mujer, con sonido de fondo de un televisor a todo volumen, llanto agudo de críos y violenta discusión entre voces adultas que llegaban a través del auricular de baquelita negra. Por fin tuvo a Pinto al aparato. Quedaron en verse hora y media más tarde, el tiempo que el portugués tardara en recorrer los cincuenta kilómetros que lo separaban de Sintra. Solucionado eso, Corso miró el reloj mientras marcaba línea internacional para hablar con Varo Borja; pero el librero no estaba en su casa de Toledo. Le dejó un mensaje en el contestador automático y compuso un número de Madrid, el de Flavio La Ponte. Tampoco hubo respuesta, así que escondió la bolsa de lona sobre el armario y fue a tomar algo.

Lo primero que vio al empujar la puerta del pequeño saloncito del hotel fue a la chica. No había error posible: el pelo cortísimo, el aire de muchacho, la piel bronceada como si estuvieran en pleno mes de agosto. Leía sentada en un sillón junto al cono de luz de una lámpara, con las piernas estiradas y cruzadas sobre el asiento de enfrente, los pies descalzos, tejanos y camiseta blanca de algodón, el jersey de lana gris sobre los hombros. Y Corso se quedó inmóvil, la mano en el picaporte y una absurda sensación martilleándole el pensamiento. Coincidencia o hecho deliberado, aquello era excesivo.

Por fin, todavía incrédulo, se acercó a la muchacha. Casi estaba a su lado cuando levantó la vista del libro fijando en él los ojos verdes, claridad líquida y profunda que tan bien recordaba de cuando su encuentro en el tren. Se detuvo sin saber lo que iba a decir; con la extraña sensación de que podía caer dentro de esos ojos.

—No me contó que viniera a Sintra —dijo.

.   —Tampoco usted.

Acompañaba su respuesta una sonrisa tranquila, sin incomodidad ni sorpresa. Parecía sinceramente contenta de encontrarse con él.

—¿Qué hace aquí? —preguntó Corso.

Ella retiró los pies del sillón, ofreciéndoselo con un gesto; pero el cazador de libros permaneció de pie.

—Viajo —dijo la chica, y le mostró el libro; no era el mismo del tren: *Melmoth el errabundo*, de Charles Maturin —. Leo. Y tengo encuentros inesperados.

—Inesperados —repitió Corso como un eco.

Lo fuesen o no, eran demasiados encuentros para una sola noche. Y se vio anudando cabos entre su presencia en el hotel y la aparición de Rochefort en la carretera. Tenía que haber un punto de vista desde el que las cosas encajasen unas con otras, aunque se encontraba muy lejos de eso. Ni siquiera sabía hacia dónde mirar.

—¿No se sienta?

Lo hizo, vagamente inquieto. La joven había cerrado el libro y lo observaba con curiosidad.

—No parece un turista —dijo ella.

—No lo soy.

—¿Trabaja?

—Sí.

—Cualquier trabajo en Sintra tiene que ser interesante.

Sólo faltaba eso, pensó Corso ajustándose las gafas con el índice. Sufrir un interrogatorio a tales alturas, aunque el inquisidor fuese una bella y jovencísima muchacha. Tal vez ése era el problema: demasiado joven para representar una amenaza. O quizá ahí radicase el peligro. Cogió el libro, que la chica había puesto sobre la mesa, y lo hojeó un poco. Era una edición inglesa, moderna, y algunos párrafos estaban subrayados a lápiz. Se detuvo en uno de ellos:

> *Sus ojos seguían fijos en la luz declinante y en la creciente oscuridad. Esa negrura preternatural que parece decir a la más luminosa y sublime obra de Dios: "Déjame el sitio; acaba ya de brillar".*

—¿Le gusta leer novela gótica?

—Me gusta leer —había inclinado un poco la cabeza y la luz dibujaba en escorzo su cuello desnudo—. Tocar los libros. Siempre viajo con varios en la mochila.

—¿Viaja mucho?

—Mucho. Desde hace siglos.

Torció la boca Corso al oír la respuesta. Ella la había formulado muy seria, frunciendo un poco el ceño con el aire de una chiquilla que se refiere a asuntos graves.

—Creí que era estudiante.

—A veces.

Corso dejó el *Melmoth* sobre la mesa.

—Es usted una joven misteriosa. ¿Qué edad tiene? ¿Dieciocho, diecinueve?... A veces cambia de expresión, como si tuviera mucha más edad.

—Quizá la tenga. Cada uno posee los gestos de lo que ha vivido y lo que ha leído. Fíjese si no en usted.

—¿Qué pasa conmigo?

—¿Nunca se ha visto sonreír? Parece un soldado viejo.

Se movió un poco en el asiento, incómodo.

—No sé cómo sonríe un soldado viejo.

—Pero yo sí lo sé —los ojos de la chica se volvieron opacos; vagaban adentro, en su propia memoria—. Una vez conocí a diez mil hombres que buscaban el mar.

Corso alzó una ceja con exagerado interés.

—No me diga... ¿Eso pertenece a lo leído o a lo vivido?

—Adivínelo —se lo quedó mirando con fijeza antes de añadir—: Usted parece un tipo listo, señor Corso.

Ahora estaba en pie, recogía el libro de la mesa y las zapatillas blancas del suelo. Sus ojos parecieron cobrar vida, y el cazador de libros vio agitarse en ellos reflejos familiares. Había algo de conocido, de entrevisto ya en aquella mirada.

—Puede que nos veamos —dijo ella antes de irse—. Por ahí.

A Corso no le cupo la menor duda de que iba a ser así. Y no estaba muy seguro de si lo deseaba o no. De una u otra forma, su reflexión duró escasos segundos: al salir, la chica se cruzó en la puerta con Amílcar Pinto.

El recién llegado era bajo y grasiento. Tenía una piel oscura, reluciente como recién barnizada, amén de un bigote fuerte y espeso recortado a tijeretazos. Habría sido un policía honrado, incluso un buen policía, de no verse en la necesidad de alimentar a cinco hijos, una mujer y un padre jubilado que se le fumaba el tabaco a escondidas. A la mujer, una mulata que veinte años atrás fue muy bella, se la trajo de Mozambique con la independencia, cuando Maputo se llamaba Lourenço Marques y él era un sargento de paracaidistas condecorado, menudo y valiente. Corso la había entrevisto en el curso de las combinaciones que de vez en cuando efectuaba con su marido: ojos cercados de fatiga, pechos grandes y fláccidos, zapatillas viejas y el pelo recogido en un pañuelo rojo, en el vestíbulo de la casa que olía a críos sucios y verdura hervida.

El policía entró directamente en el saloncito, miró de soslayo a la chica al cruzarse con ella, y vino a dejarse caer en un sillón frente al cazador de libros. Resoplaba igual que si hubiera viajado a pie desde Lisboa.

—¿Quién es ella?

—Nadie que importe —respondió Corso—. Una jovencita española. Turista.

Asintió Pinto, tranquilizado, secándose las palmas húmedas en las perneras del pantalón. Era un gesto que repetía con frecuencia. Sudaba mucho, y el cuello de sus camisas siempre tenía un delgado cerco oscuro allí donde estaba en contacto con la piel.

—Tengo un problema —dijo Corso.

La sonrisa del portugués se hizo más ancha. No hay problema insoluble, insinuaba aquel gesto. No mientras tú y yo sigamos llevándonos bien.

—Estoy seguro —respondió— de que podemos solucionarlo juntos.

Ahora le tocó sonreír a Corso. Hacía cuatro años que conocía a Amílcar Pinto, a causa de un feo asunto de libros robados que aparecieron en los tenderetes de la Feira da Ladra. Corso estuvo en Lisboa para identificarlos, Pinto realizó un par de detenciones, y en el camino de vuelta al propietario algunos ejemplares valiosos desaparecieron para siempre jamás. A fin de celebrar el inicio de aquella fructífera amistad, se habían emborrachado juntos en las tascas de fados del Barrio Alto mientras el ex sargento paracaidista rumiaba nostalgias coloniales, contándole a Corso el modo en que estuvieron a punto de volarle los huevos en la batalla de Gorongosa. Terminaron cantando *Grândola vila morena* a grito pelado en el mirador de Santa Luzía, con el barrio de Alfama iluminado por la luna, a sus pies, y el Tajo más allá, ancho y reluciente como una sábana de plata sobre la que se deslizaban, muy despacio, las siluetas oscuras de los barcos rumbo a la torre de Belem y el Atlántico.

El camarero le trajo a Pinto el café que había pedido. Corso esperó a que se alejase para continuar:

—Hay un libro.

El policía se inclinaba sobre la mesita baja, poniendo azúcar en el café.

—Siempre hay un libro —asintió, circunspecto.

—Éste es especial.

—¿Cuál no lo es?

Sonrió de nuevo Corso. Una sonrisa metálica, afilada.

—El dueño no quiere vender.

—Mala cosa —Pinto se llevó la taza a los labios, saboreando con placer el café—. El comercio es bueno. Los objetos van y vienen, se mueven. Generan riqueza, hacen ganar dinero a los intermediarios... —dejó la taza para secarse las manos en el pantalón—. Los productos deben circular. Son las leyes del mercado; las leyes de la vida. No vender tendría que estar prohibido: es casi un crimen.

—Estoy de acuerdo —precisó Corso—. Deberías hacer algo al respecto.

Pinto se echó atrás en el sillón y miró a su interlocutor, seguro y reposado, a la espera. Una vez, durante una emboscada en el *mato* mozambiqueño, había cargado a hombros con un teniente moribundo, huyendo toda la noche con él a través de diez kilómetros de selva. Al amanecer sintió morir al teniente, pero no quiso dejarlo en el suelo y continuó a cuestas con el cadáver hasta alcanzar la base. El teniente era muy joven, y Pinto pensó que a su madre le gustaría enterrarlo en Portugal. Le dieron una medalla por eso. Ahora los hijos de Pinto jugaban por la casa con sus viejas medallas oxidadas.

—Quizá conozcas al individuo: Victor Fargas.

El policía hizo un gesto afirmativo.

—La familia Fargas es muy ilustre —precisó—. Muy antigua. En otro tiempo tuvo influencia, pero ya no la tiene.

Corso le alargó un sobre cerrado.

—Aquí tienes todos los datos que necesitas: propietario, libro y lugar.

—Conozco la quinta —Pinto se pasaba la punta de la lengua por el labio superior, humedeciéndose el bigote—. Muy imprudente, guardar libros valiosos allí. Cualquier desaprensivo puede entrar —miró a Corso contrito, como si de verdad se sintiera apenado por la imprevisión de Victor Fargas—. Se me ocurre uno, por ejemplo: un ratero del Chiado que me debe favores.

Se sacudió Corso una invisible mota de polvo de la ropa. No era asunto suyo. No, al menos, en la fase operativa.

264

—Quiero estar lejos cuando ocurra.

—Descuida. Tendrás el libro, y al señor Fargas se le molestará lo imprescindible. Un cristal roto, como mucho: trabajo limpio. En cuanto a los honorarios...

Indicó Corso el sobre, que el otro tenía en las manos, sin abrir.

—Es un adelanto por la cuarta parte del total. El resto, a la entrega.

—Ningún problema. ¿Cuándo te vas?

—Mañana a primera hora. Estaré en contacto contigo desde París —Pinto empezaba a levantarse, pero Corso lo detuvo con un gesto—. Otra cosa. Quiero identificar a un fulano alto, metro ochenta más o menos, con bigote y una cicatriz en la cara. Pelo negro, ojos oscuros. Delgado. No es español ni portugués. Y esta noche ronda por aquí.

—¿Peligroso?

—No lo sé. Me sigue desde Madrid.

El policía tomaba notas en el reverso del sobre.

—¿Alguna relación con nuestro negocio?

—Supongo. Pero no hay más datos.

—Haré lo que pueda. Tengo amigos aquí, en la comisaría de Sintra. Y echaré un vistazo a nuestros archivos de la central, en Lisboa.

Se había puesto en pie, guardando el sobre en el bolsillo interior de la chaqueta. Corso tuvo la fugaz visión de una culata de revólver en la sobaquera, bajo la axila izquierda.

—¿No te quedas a echar un trago?

Suspiró Pinto, negando con la cabeza.

—Me gustaría; pero tengo a tres de mis morenitos con sarampión. Se lo contagian unos a otros, los cabroncetes.

Lo dijo sonriendo con aire cansado. En el mundo de Corso, todos los héroes estaban cansados.

Salieron juntos a la puerta del hotel, donde Pinto tenía aparcado un viejo Citröen 2 CV. Al estrecharse la mano, Corso volvió al tema de Victor Fargas.

—Insisto en que las molestias se reduzcan al mínimo... Se trata de un simple robo.

El policía puso el motor en marcha y encendió las luces, dirigiéndole una mirada de reproche a través de la ventanilla abierta. Parecía ofendido.

—Por favor. Esos comentarios sobran. Entre profesionales.

Después de irse Pinto, el cazador de libros subió a la habitación para ordenar sus notas, y estuvo trabajando hasta muy tarde con la cama llena de papeles y *Las Nueve Puertas* abierto sobre la almohada. Sentía una gran fatiga, y pensó que una ducha caliente lo ayudaría a descansar. Iba hacia el cuarto de baño cuando oyó el teléfono. Era Varo Borja, interesándose por el asunto Fargas. Lo puso al tanto en líneas generales, incluidas las diferencias que había encontrado entre cinco de las nueve láminas:

—Por cierto —añadió—. Nuestro amigo no vende.

Hubo un silencio al otro lado de la línea telefónica; el librero parecía reflexionar, aunque resultaba difícil saber si sobre el asunto de las láminas o la negativa de Fargas. Cuando habló de nuevo, su tono era extremadamente cauto:

—"Entraba en lo probable —dijo, y tampoco esta vez pudo Corso precisar a qué se refería—... ¿Hay algún medio de soslayar la dificultad?"

—Puede haberlo.

El auricular quedó de nuevo en silencio. Cinco segundos, contó Corso en la esfera del reloj.

—"Lo dejo en sus manos."

Después ya no se contaron gran cosa. Corso omitió la conversación con Pinto, y el otro no mostró curiosidad por la forma en que pensaba arreglárselas el cazador de libros en el eufemismo de soslayar la dificultad. Varo Borja se limitó a inquirir si hacía falta más dinero, y la respuesta fue no. Quedaron en hablarse desde París.

Marcó después Corso el número de La Ponte y tampoco ahora obtuvo respuesta. Las hojas azules del manuscrito Dumas seguían en su carpeta cuando recogió las notas y el volumen de piel negra con el pentáculo en la tapa. Lo devolvió todo a la bolsa de lona y puso ésta bajo la cama, anudando la correa a una de las patas. Así, por muy profundamente que durmiera, nadie que entrara en la habitación podría sacarla de allí sin despertarlo. Incómodo equipaje, se dijo mientras iba hasta el cuarto de baño para abrir el grifo del agua caliente. Y por alguna razón que desconocía, peligroso.

Después de cepillarse los dientes se desnudó para meterse en la ducha. Casi empañado por el vapor, el espejo reflejaba su imagen, flaco y duro cual un lobo descarnado, cuando dejó caer la ropa a los pies. Otra vez la punzada de angustia vino de muy lejos, del pasado, para rondar su conciencia en una ola remota, dolorosa; igual que una cuerda que vibrase dentro de la carne y la memoria. Nikon. Continuaba recordándola cada vez que se desceñía el cinturón, que ella siempre se obstinaba en soltar con sus propias manos como si de un extraño ritual se tratara. Cerró los ojos y la vio de nuevo ante él, sentada en el borde de la cama, deslizándole por las caderas el pantalón y luego el slip despacio, muy despacio, saboreando el momento con una sonrisa cómplice y tierna. Relájate, Lucas Corso. Una vez lo había fotografiado a hurtadillas, dormido boca abajo con una arruga vertical en el ceño y la mejilla oscurecida por la barba, que le enflaquecía el rostro acentuando el rictus amargo y tenso en las comisuras de su boca entreabierta. Parecía un lobo exhausto, receloso y atormentado en la desierta llanura de nieve de la almohada blanca, y a él no le gustó esa foto al descubrirla por casualidad en la cubeta de fijador del cuarto de baño que Nikon utilizaba como laboratorio. La había roto en trozos pequeños, con el negativo, y ella nunca dijo nada.

El agua caliente abrasó la piel de Corso cuando se puso bajo la ducha, dejándola correr por su rostro, quemándose los párpados mientras aguantaba el dolor con las mandíbulas tensas y los músculos crispados, reprimiendo el ansia de gritar, entre el calor húmedo que lo asfixiaba, el aullido de su soledad. Durante cuatro años, un mes y doce días, cada vez después de hacer el amor, Nikon se metía tras él en la ducha para enjabonarle la espalda lenta, interminablemente. Y a menudo terminaba abrazada a su torso, igual que una niña perdida, bajo la lluvia. Un día me iré sin haberte conocido nunca. Recordarás entonces mis ojos grandes, oscuros. Mis silenciosos reproches. Mis gemidos de angustia al dormir. Mis pesadillas que eres incapaz de conjurar. Recordarás todo eso cuando me haya ido.

Apoyó la cabeza en los azulejos blancos, goteante de vapor en aquel húmedo desierto que tanto le recordaba una forma del infierno. Nadie le había enjabonado la espalda antes ni después de Nikon. Nunca. Nadie. Jamás.

Salió de la ducha y fue a meterse en la cama con el *Memorial de Santa Helena*, pero apenas llegó a leer un par de líneas:

Volviendo a la guerra, el Emperador prosiguió: "Los españoles en masa se condujeron como un hombre de honor"...

Hizo una mueca al hilo del elogio napo-leónico, viejo de dos siglos. Recordaba unas palabras oídas cuando niño; quizás a uno de sus abuelos, o a su padre: "Sólo hay algo que los españoles hacemos como nadie: salir en los cuadros de Goya"... Hombres de honor, había dicho Bonaparte. Corso pensó en Varo Borja y su talonario de cheques, en Flavio La Ponte y las bibliotecas de viuda expoliadas por cuatro cuartos. En el fantasma de Nikon vagando en la soledad de un desierto blanco. En él mismo, lebrel de caza al mejor postor. Eran otros tiempos.

Aún sonreía, desesperado y amargo, cuando se quedó dormido.

Al despertar, lo primero que vio fue la luz gris del amanecer en la ventana. Demasiado temprano. Se movía, confuso, tanteando en busca del reloj sobre la mesilla de noche, cuando comprendió que sonaba el teléfono. El auricular cayó dos veces al suelo antes de que lograra encajarlo entre su oreja y la almohada.

—Diga.

—"Soy su amiga de anoche. ¿Recuerda?... Irene Adler. Estoy en el vestíbulo del hotel, y tenemos que hablar. Ahora."

—¿Qué diablos...?

Pero ella había colgado ya. Maldiciendo, Corso buscó sus gafas, apartó las sábanas y se puso los pantalones, soñoliento y desconcertado. De pronto, con súbita sensación de pánico, miró bajo la cama; la bolsa seguía allí, intacta. Logró enfocar con esfuerzo los objetos a su alrededor. Todo estaba en orden dentro de la habitación; era afuera donde ocurrían cosas. Tuvo tiempo de ir hasta el cuarto de baño y echarse agua en la cara antes de que llamaran a la puerta.

—¿Sabe qué maldita hora es?

La joven estaba en el umbral, con su trenca azul y la mochila al hombro; los ojos todavía más verdes de lo que Corso recordaba.

—Son las seis y media de la mañana —anunció ella con calma—. Y tiene que vestirse a toda prisa.

—¿Se ha vuelto loca?

—No —había entrado en la habitación sin que él se lo indicara, y miraba a su alrededor con aire crítico—. Tenemos poquísimo tiempo.

—¿Tenemos?

—Usted y yo. Las cosas se han complicado mucho.

Resopló Corso, irritado.

—No son horas para tomarle el pelo a la gente.

—No sea estúpido —arrugaba la nariz con expresión grave. A pesar de su aspecto de chico y de su juventud parecía distinta, más madura y aplomada—. Hablo en serio.

Había puesto su mochila en la cama deshecha. Corso la cogió, devolviéndosela mientras señalaba la puerta.

—Váyase al diablo.

Ella no se movió, limitándose a mirarlo con atención.

—Escuche —los ojos claros estaban muy cerca; parecían hielo líquido, tan luminosos en la piel atezada de su rostro—. ¿Sabe quién es Victor Fargas?

Por encima del hombro de la joven, en el espejo colgado sobre la cómoda, Corso vio su propia cara: boquiabierto como un perfecto imbécil.

—Claro que lo sé —articuló por fin.

Había tardado varios segundos en reaccionar, y aún parpadeó, confuso. Ella aguardaba, sin mostrarse satisfecha por el efecto conseguido. Estaba claro que sus pensamientos discurrían por otra parte.

—Ha muerto —dijo.

Lo hizo en tono neutro, con la misma tranquilidad que podía haber utilizado para decir ha desayunado café, o ido al dentista. Corso inspiró hondo, intentando digerir aquello.

—Imposible. Estuve con él anoche. Y se encontraba bien.

—Ahora ya no se encuentra bien. No se encuentra de ninguna manera.

—¿Cómo lo sabe?

—Lo sé.

Movió Corso la cabeza, suspicaz, antes de ir en busca de un cigarrillo. A mitad de camino estaba la petaca de Bols, así que se introdujo un trago en el cuerpo; la ginebra camino del estómago vacío le erizó la piel. Después hizo tiempo obligándose a no mirar a la joven hasta la primera bocanada de humo. No estaba en absoluto satisfecho del papel que le había tocado esa mañana. Y necesitaba asimilarlo todo, despacio.

—El café de Madrid, el tren, anoche y esta mañana aquí, en Sintra... —contaba con el pitillo en la boca, entornados los ojos por el humo, el índice sobre los dedos de la mano izquierda—. Cuatro coincidencias son muchas, ¿no cree?

Ella sacudió la cabeza, impaciente.

—Lo creía más listo. ¿Quién habla de coincidencias?

—¿Por qué me sigue?

—Me gusta usted.

A Corso no le quedaban ganas de reír; se limitó a torcer un poco la boca.

—Eso es ridículo.

Lo miró largamente, reflexiva.

—Imagino que sí —fue la conclusión—. Tampoco parece arrebatador, siempre con ese viejo gabán. Y las gafas.

—¿Entonces?

—Busque otra respuesta; cualquiera puede servir. Pero ahora vístase de una vez. Tenemos que ir a casa de Victor Fargas.

—¿Tenemos?

—Usted y yo. Antes que llegue la policía.

Las hojas muertas crujían bajo sus pies cuando empujaron la verja de hierro, cruzando el sendero flanqueado por estatuas rotas y pedestales vacíos. Sobre la escalera de piedra, el reloj de sol, desprovisto de sombra bajo la luz plomiza de la mañana, seguía sin marcar hora alguna. *Postuma necat.* La última mata, leyó Corso de nuevo. La chica había seguido la dirección de su mirada.

—Rigurosamente cierto —dijo con frialdad, y empujó la puerta. Estaba cerrada.

—Por atrás —sugirió Corso.

Rodearon la casa, pasando cerca de la fuente de azulejos donde el angelote de piedra, ojos vacíos y manos mutiladas, seguía vertiendo un hilillo de agua en el estanque. La joven, Irene Adler o como se llamara, avanzaba ante Corso con su pequeña mochila colgada a la espalda de la trenca azul. Se movía con sorprendente aplomo, tranquila y flexible al extremo de sus largas piernas enfundadas en tejanos, la cabeza testaruda inclinada hacia adelante con el gesto decidido de quien sabe muy bien a dónde va. Ése no era el estado de ánimo de Corso. Había recobrado el control de su propia incertidumbre y se dejaba guiar por la chica, aplazando las preguntas. Despejado tras una rápida ducha, con todo cuanto le interesaba conservar en su bolsa de lona colgada del hombro, sólo *Las Nueve Puertas*, el ejemplar número Dos de Victor Fargas, ocupaba ahora su pensamiento.

Entraron sin dificultad por la puerta vidriera que comunicaba el jardín con el salón. En el techo, puñal en alto, Abraham seguía velando sobre los libros alineados en el suelo. La casa parecía desierta.

—¿Dónde está Fargas? —preguntó Corso.

La chica se encogió de hombros.

—No tengo la menor idea.

—Dijo que estaba muerto.

—Y lo está —cogió el violín del aparador para estudiarlo con curiosidad después de echar un vistazo a su alrededor, a las paredes vacías y los libros—. Lo que no sé es dónde.

—Me toma el pelo.

Ella se había encajado el instrumento bajo la barbilla, e hizo vibrar las cuerdas antes de devolverlo al estuche, insatisfecha del sonido. Entonces miró a Corso.

—Hombre de poca fe.

Sonreía un poco otra vez, con aire ausente, y el cazador de libros tuvo la certeza de que había una desproporcionada madurez en ese aplomo a un tiempo profundo y frívolo. Aquella jovencita funcionaba por códigos singulares; bajo estímulos y pensamientos más complejos de lo que permitían suponer su edad y apariencia.

De pronto, a Corso se le borró todo de la cabeza: la chica, la extraña aventura, incluso el presunto cadáver de Victor Fargas. Sobre el deshilachado tapiz de la batalla de Arbelas, entre los libros de ocultismo y artes diabólicas, había un hueco. *Las Nueve Puertas* ya no estaba allí.

—Mierda —dijo.

Lo repitió entre dientes mientras se inclinaba sobre la fila de libros hasta quedar en cuclillas junto a ellos. Su mirada de experto, acostumbrada a distinguir el volumen buscado al primer vistazo, erró de un lado a otro en completa orfandad. Marroquí negro, cinco nervios, sin título exterior, un pentáculo en la tapa. *Umbrarum regni*, etcétera. Sin error posible. Un tercio del misterio, exactamente el 33,33 por ciento —periódica pura— había volado.

—Maldita sea mi estampa.

Demasiado pronto para Pinto, reflexionó en seguida; el portugués no había tenido tiempo de organizar aquello. La chica lo observaba igual que si esperase algún tipo de reacción que le interesara observar. Corso se incorporó.

—¿Quién eres?

Era la segunda vez en menos de doce horas que hacía la misma pregunta, pero a dos personas distintas. Todo se estaba complicando con demasiada rapidez. Por su parte, la joven sostuvo la pregunta y su mirada sin inmutarse. Al cabo de un instante desvió los ojos a un lado de Corso, al vacío. O quizás a los libros alineados en el suelo.

—Eso no importa —respondió al fin—. Pregúntese mejor a dónde ha ido a parar el libro.

—¿Qué libro?

Lo miró de nuevo sin responder, mientras él se sentía increíblemente estúpido.

—Sabes demasiadas cosas —le dijo a la chica—. Incluso más que yo.

La vio encogerse otra vez de hombros. Observaba el reloj en la muñeca de Corso como si pudiera leer la hora en él.

—No le queda mucho tiempo.

—Me importa un rábano el tiempo que pueda quedar.

—Allá usted. Pero hay un vuelo Lisboa-París dentro de cinco horas, desde el aeropuerto de Portela. Tenemos el tiempo justo para llegar allí.

Dios. Corso se estremeció bajo el gabán, horrorizado. Parecía una secretaria eficaz, agenda en mano, enumerando los compromisos en la jornada de su jefe. Abrió la boca para protestar. Jovencita y todo, con aquellos ojos inquietantes. La maldita bruja.

—¿Por qué habría de irme ahora?

—Porque puede llegar la policía.

—No tengo nada que ocultar.

La joven sonrió de modo indefinible; parecía que acabara de escuchar un chiste gracioso pero muy viejo. Luego se acomodó la mochila a la espalda y le hizo a Corso un gesto de despedida, alzando una mano con la palma abierta para decirle adiós.

—Le llevaré tabaco a la cárcel. Aunque en Portugal no venden su marca.

Se fue al jardín sin echar siquiera un último vistazo a la habitación. Corso estaba a punto de ir tras ella, para detenerla. Entonces vio lo que había en la chimenea.

Pasado el primer momento de estupor se acercó despacio; tal vez pretendía dar una oportunidad a los acontecimientos para que discurriesen por cauces razonables. Pero cuando llegó al hogar pudo comprobar, apoyado en la repisa, que algunos de esos acontecimientos eran irreversibles. Por ejemplo: en el breve lapso que iba de la noche anterior a la mañana, período ínfimo en comparación con sus contenidos centenarios, las bibliografías sobre libros raros acababan de quedarse anticuadas. De *Las Nueve Puertas* ya no había tres ejemplares conocidos, sino dos. El tercero, o más bien lo que restaba de él, aún se veía humear entre las cenizas.

Se arrodilló, procurando no tocar nada. Las tapas, sin duda por la piel de la encuadernación, se hallaban menos consumidas que las páginas. Dos de los cinco nervios del lomo seguían intactos, y el pentáculo sólo estaba quemado a medias. Las páginas habían ardido casi por completo; apenas quedaban algunos márgenes chamuscados, con fragmentos de escritura. Corso acercó la mano a los restos, todavía calientes.

Sacó un cigarrillo y se lo colgó de la boca, sin encenderlo. Conocía la disposición de la leña en la chimenea por haberla visto la tarde anterior. Por la situación de las cenizas —las de leña quemada estaban bajo las del libro, sin que nadie hubiera removido el rescoldo— dedujo que el fuego ardió hasta apagarse con el libro encima. Recordaba leña dispuesta allí para unas cuatro o cinco horas; y el calor conservado delataba un fuego extinguido desde más o menos el mismo tiempo. Eso sumaba de ocho a diez horas: alguien tuvo que encenderlo entre las diez y la medianoche, antes de poner el libro encima. Y quien hizo aquello no se había entretenido después en remover las brasas.

Corso envolvió con unos periódicos viejos los restos que pudo rescatar de la chimenea. Los fragmentos de hojas estaban rígidos y quebradizos, así que la operación le llevó bastante tiempo. Al hacerlo observó que páginas y tapas ardieron por separado; quien las puso en la chimenea había arrancado unas de otras para facilitar su combustión.

Concluido el rescate de los restos, se entretuvo en echar una ojeada por el salón. El Virgilio y el Agricola seguían donde los había puesto Fargas: en su sitio el *De re metallica*, alineado con otros sobre la alfombra; el Virgilio sobre la mesa, tal como lo dejó el bibliófilo cuando, sacerdote a punto de consumar el sacrificio, había pronunciado la fórmula sacramental: "Creo que venderé éste"... Había un papel entre sus páginas, así que abrió el libro. Era un recibo manuscrito, sin terminar:

Victor Coutinho Fargas, documento de identidad 3554712, con domicilio en Quinta da Soledade, carretera de Colares, km. 4, Sintra.

*He recibido la cantidad de 800.000 es-
cudos por la venta de la obra de mi propiedad*
"Virgilio. Opera nunc recens accuratissime
castigata... Venezia, *Giunta, 1544". (Essling
61. Sander 7671). In-folio, 10, 587, 1 c, 113
xilografías. Completa y en buen estado.*
El comprador...

No encontró nombre ni firma; el recibo
no había llegado a cumplimentarse. Corso puso
el papel donde estaba. Después cerró el libro y
fue hasta la habitación donde estuvo la tarde anterior, para asegurarse de que no quedaban huellas, papeles con su letra o algo por el estilo.
También retiró las colillas del cenicero, guar-
dándoselas en el bolsillo envueltas en otra hoja
de periódico. Aún curioseó un poco; sus pasos
resonaban por la casa vacía. Ni rastro del propietario.

Al pasar otra vez junto a los libros alineados en el suelo, se detuvo por impulso de la tentación. Demasiado fácil: un par de raros elzevires
de pequeño tamaño, cómodos de ocultar, atraían
mucho su atención; pero Corso era un tipo sen-
sato. Si las cosas llegaban a torcerse, sólo serviría
para complicarlo todo. Así que, con un suspiro
íntimo, se despidió de la colección Fargas.

Salió por la vidriera al jardín en busca de
la chica, arrastrando los pies sobre las hojas del

suelo. La encontró sentada en una pequeña escalinata que daba al estanque, entre el rumor del agua que el angelote mofletudo vertía en la superficie verdosa, cubierta de plantas flotantes. Miraba el estanque con aire absorto, y sólo el sonido de pasos la arrancó de su contemplación, haciéndole volver la cabeza.

Corso puso la bolsa de lona sobre el peldaño inferior de la escalera, sentándose a su lado. Después encendió el cigarrillo que llevaba colgado de la boca desde hacía rato. Aspiró el humo con la cabeza inclinada mientras arrojaba el fósforo. Entonces se volvió a la joven.

—Ahora cuéntamelo todo.

Sin dejar de mirar el estanque, ella hizo un suave gesto negativo con la cabeza. Nada brusco, ni desagradable. Por el contrario, el movimiento de la cabeza, el mentón y las comisuras de su boca, parecían dulces y pensativos como si la presencia de Corso, el triste y descuidado jardín, el rumor del agua, la conmovieran de un modo especial. Con su trenca y la mochila aún colgada a la espalda parecía increíblemente joven; casi indefensa. Y muy cansada.

—Tenemos que irnos —dijo, en voz tan baja que Corso apenas la oyó—. A París.

—Antes dime qué tienes que ver con Fargas. Con todo esto.

Movió de nuevo la cabeza, en silencio. Corso expulsaba el humo del cigarrillo. Había en el aire tanta humedad que se quedó flotando ante él, condensado, antes de irse desvaneciendo poco a poco. Miró a la chica.

—¿Conoces a Rochefort?

—¿Rochefort?

—O como se llame. Un tipo moreno, con una cicatriz. Estuvo anoche rondando por aquí —a medida que hablaba, Corso tenía conciencia de lo estúpido que era todo aquello. Terminó con una mueca incrédula, dudando de sus propios recuerdos—. Incluso hablé con él.

La joven volvió a negar con la cabeza, sin apartar los ojos del estanque.

—No lo conozco.

—¿Qué haces aquí, entonces?

—Cuido de usted.

Corso miró las puntas de sus zapatos, frotándose las manos entumecidas. El canturreo del agua en el estanque empezaba a irritarlo. Se llevó los dedos a la boca para dar una última chupada al cigarrillo, cuya brasa estaba a punto de quemarle los labios. El sabor era amargo.

—Tú estás loca, chiquilla.

Arrojó el resto de cigarrillo, mirando el humo que se disipaba ante sus ojos.

—Como una cabra —añadió.

Ella seguía en silencio. Al cabo de un momento, Corso extrajo del bolsillo la petaca de ginebra y bebió un largo trago, sin ofrecerle. Después la miró de nuevo.

—¿Dónde está Fargas?

Tardó un poco en responder; su mirada seguía absorta, perdida. Por fin hizo un gesto con el mentón.

—Ahí.

Corso siguió la dirección de su mirada. En el estanque, bajo el hilo de agua que salía por la boca del angelote mutilado de ojos vacíos, la silueta imprecisa de un cuerpo humano flotaba boca abajo entre las plantas acuáticas y las hojas muertas.

El librero de la Rue Bonaparte

—Amigo mío —dijo gravemente Athos—.
Recordad que los muertos son los únicos
con los que no se expone uno a tropezar de
nuevo sobre la tierra.

(A. Dumas. *Los tres mosqueteros*)

Lucas Corso pidió una segunda ginebra recostándose, complacido, en el respaldo de la silla de mimbre. Se estaba bien al sol en la terraza, dentro del rectángulo de claridad que enmarcaba las mesas del café Atlas, en la calle De Buci. Era una de esas mañanas luminosas y frías, cuando la orilla izquierda del Sena hormiguea de samurais desorientados, anglosajones con zapatillas deportivas y billetes de metro entre las páginas de un libro de Hemingway, damas con cestas llenas de *baguettes* y lechugas, y esbeltas galeristas de nariz quiroplástica rumbo al café de su pausa laboral. Una joven muy atractiva miraba el escaparate de una charcutería de lujo, del brazo de un caballero maduro y apuesto, con pinta de anticuario, o de rufián; o quizá se tratara de ambas cosas a la vez. Había también una Harley Davidson con los cromados relucientes, un foxterrier de mal humor atado en la puerta de una tienda de vinos caros, un joven con trenzas de húsar que tocaba la flauta dulce en la puerta de una *boutique*. Y en la mesa contigua a la de Corso, una pareja de africanos muy bien vestidos que se besaban en la boca sin prisas, como si tuvieran todo el tiempo del mundo y el descontrol nuclear, el sida, la capa de ozono, fuesen anécdotas sin importancia en aquella mañana de sol parisién.

La vio aparecer al extremo de la calle Mazarino, doblando la esquina hacia el café donde él aguardaba; con su aspecto de chico, la trenca abierta sobre los tejanos, los ojos como dos señales luminosas en el rostro atezado, visibles en la distancia, entre la gente, bajo el resplandor de sol que desbordaba la calle. Endiabladamente bonita, habría dicho sin duda Flavio La Ponte carraspeando mientras ofrecía su perfil bueno, aquel donde la barba era un poco más espesa y rizada. Pero Corso no era La Ponte, así que ni dijo ni pensó nada. Se limitó a mirar con hostilidad al camarero que en ese momento depositaba la copa de ginebra sobre su mesa —*pas d'Bols, m'sieu*— y a ponerle en la mano el precio exacto que marcaba el ticket —servicio *compris*, muchacho— antes de seguir viendo acercarse a la chica. En lo que a ese género de cosas se refería, Nikon le había dejado ya en el estómago un boquete del tamaño de un escopetazo de postas. Y era suficiente. Tampoco estaba muy seguro Corso de tener un perfil mejor que otro, o haberlo tenido nunca. Y maldito lo que le importaba.

Se quitó las gafas para limpiarlas con el pañuelo. Su gesto convirtió la calle en una sucesión de contornos difuminados, de siluetas con rostro impreciso. Una de ellas seguía destacándose entre las otras, y a medida que se acercaba se perfiló cada vez más, aunque sin llegar nunca a la nitidez: cabello corto, piernas largas, zapatillas blancas de tenis adquirieron contornos propios en un costoso e imperfecto enfoque cuando llegó hasta él, sentándose en la silla libre.

—He visto la tienda. Está a un par de manzanas de aquí.

Se puso las gafas y la miró, sin responder. Habían viajado juntos desde Lisboa. El viejo Dumas habría escrito *a uña de caballo* para describir el modo en que abandonaron Sintra camino del aeropuerto. Desde allí, veinte minutos antes de la salida del avión, Corso telefoneó a Amílcar Pinto para contarle el punto final a los tormentos bibliográficos de Victor Fargas y la cancelación del plan previsto. En cuanto al dinero acordado, Pinto iba a cobrar igual, a cuenta de las molestias. Pese a la sorpresa —la llamada telefónica acababa de sacarlo de la cama—, el portugués reaccionó bastante bien, con términos de no sé a qué estás jugando, Corso, pero tú y yo no nos vimos anoche en Sintra; ni anoche ni nunca. A pesar de todo prometió hacer averiguaciones discretas sobre la muerte de Victor Fargas. Eso cuando se enterase de modo oficial; de momento no se daba por enterado absolutamente de nada, ni la menor gana que tenía. En cuanto a la autopsia del bibliófilo, ya podía Corso rezar para que los forenses dictaminasen suicidio. Por si acaso, y respecto al prójimo de la cicatriz, iba a deslizar su descripción como sospechoso en los servicios pertinentes. Seguirían en contacto por teléfono, y le recomendaba encarecidamente no visitar Portugal en una larga temporada. Ah, y una última cosa —añadió Pinto cuando ya los altavoces anunciaban la salida del vuelo a París—. La próxima vez, antes de complicar a un amigo en eventuales homicidios, Corso podía recurrir a la madre que lo parió. El teléfono se tragaba el último escudo, y el cazador de libros formuló una apresurada protesta de inocencia. Claro que sí, concedió el policía. Eso dicen todos.

La chica esperaba en la sala de embarque. Para sorpresa del aturdido Corso, cuya capacidad para atar cabos quedaba ese día muy por debajo del número de éstos que por todas partes aparecían sueltos, había desplegado una eficiente actividad que los instaló a ambos, sin contratiempos, a bordo del avión. "Acabo de heredar", fue su respuesta cuando, al verla pagar otro billete para el mismo vuelo, Corso hizo un par de rencorosas reflexiones sobre la escasez de recursos que hasta ese momento le había atribuido. Después, durante las dos horas que duró el trayecto Lisboa-París, ella se negó a responder cuantas preguntas fue capaz de formular. Cada cosa a su tiempo, se limitaba a decir, mirando a Corso fugazmente, casi a hurtadillas, antes de ensimismarse en las nubes que el avión dejaba atrás, bajo la estela de condensación del aire frío en las alas. Después se había dormido, o fingido hacerlo, con la cabeza sobre su hombro. Por el ritmo de la respiración, Corso comprendió que seguía despierta; el sueño aparente sólo era un recurso de circunstancias para eludir preguntas que no estaba dispuesta, o autorizada, a contestar.

Cualquier otro, en su lugar, habría roto la baraja con los zarandeos y la rudeza apropiados. Pero él era un lobo paciente, bien adiestrado, con reflejos e instinto de cazador. Después de todo, en la chica estaba su única conexión real, moviéndose como lo hacía en un entorno novelesco, injustificable, irreal. Además, a semejantes alturas del guión había asumido por completo el carácter de lector cualificado y protagonista, que alguien, quien tejiese nudos al otro lado del tapiz, en el envés de la trama, parecía proponer con un guiño que —eso no estaba claro— podía ser despectivo, o cómplice.

—Alguien me la está jugando —había dicho Corso en voz alta, a nueve mil metros de altura sobre el golfo de Vizcaya. Luego miró de soslayo a la chica, aguardando una reacción o una respuesta, pero ella permanecía inmóvil, con la respiración pausada, durmiendo de verdad o sin oír el comentario. Molesto por su silencio, retiró el hombro; la cabeza vaciló un instante en el vacío. Después la vio suspirar y acomodarse de nuevo, esta vez contra la ventanilla.

—Claro que te la están jugando —dijo por fin soñolienta y despectiva, aún con los ojos cerrados—. Cualquier tonto se daría cuenta.

—¿Qué le ocurrió a Fargas?

No respondió en seguida. Por el rabillo del ojo comprobó que parpadeaba, absorta la mirada en el respaldo que tenía delante.

—Ya lo viste —dijo, al cabo de un momento—. Se ahogó.

—¿Quién lo hizo?

Movió la cabeza despacio, a uno y otro lado, para quedarse mirando al exterior. Su mano izquierda, fina y morena, con las uñas cortas y sin barniz, se deslizaba despacio por el brazo del asiento. El gesto se detuvo al final, como si los dedos hubiesen tocado un objeto invisible.

—Eso no importa.

Corso torció la boca; parecía que fuera a reír, pero no lo hizo. Se limitó a enseñar un colmillo.

—A mí sí me importa. Y mucho.

La chica se encogió de hombros. No les importaban las mismas cosas, dijo aquel gesto. O no en el mismo orden.

Insistió Corso:

—¿Cuál es tu papel en esta historia?

—Ya lo dije. Cuidar de ti.

Se había vuelto hacia él, mirándolo con tanta firmeza como evasiva se mostraba un momento atrás. Movía otra vez la mano sobre el brazo del asiento, cual si intentase salvar la distancia que la separaba de Corso. Toda ella estaba demasiado cerca, y el cazador de libros retrocedió por instinto, incómodo y un poco desconcertado. En el agujero de su estómago, sobre la huella de Nikon, oscuras sensaciones olvidadas se removían, inquietas. El dolor retornaba suavemente con la sensación de vacío mientras los ojos de la chica, mudos y sin memoria, reflejaban viejos fantasmas que el cazador de libros sentía aflorarle a la piel.

—¿Quién te manda?

Las pestañas se abatieron sobre los iris líquidos, y fue como si hubieran pasado una página sobre ellos. Ya no había nada allí; sólo vacío. La chica arrugaba la nariz, irritada.

—Me aburres, Corso.

Se volvió hacia la ventanilla para mirar el paisaje. La gran mancha azul moteada de minúsculas hebras blancas parecía quebrarse a lo lejos, en una línea amarilla y ocre. Tierra a la vista. Francia. Próxima estación, París. O próximo capítulo, a continuar en el siguiente número. Final espada en alto, con misterio incluido; un recurso de folletín romántico. Pensó en la Quinta da Soledade: el agua manando de la fuente, el estanque, el cuerpo de Fargas entre las plantas acuáticas y las hojas caídas. Aquello le produjo tanto calor que se removió en el asiento, molesto. Se sentía, con toda razón, un hombre en fuga. Absurdo, de todos modos; más que huir por propia voluntad, estaba siendo obligado a ello.

Miró a la chica antes de intentar observarse a sí mismo con la necesaria frialdad. Tal vez no huía *de*, sino *hacia*. O escapaba de un misterio escondido en su propio equipaje. *El vino de Anjou. Las Nueve Puertas.* Irene Adler. La azafata dijo algo al pasar a su lado con sonrisa estúpida y profesional, y Corso la miró sin verla, abstraído en sus cavilaciones. Ojalá supiera si el final de la historia venía escrito en alguna parte, o si era él mismo quien redactaba sobre la marcha, capítulo a capítulo.

Aquel día no volvió a cruzar una palabra con la chica. Al llegar a Orly se había desentendido de su presencia, aunque la sintió caminar detrás por los pasillos del aeropuerto. En el control de inmigración, después de mostrar su carnet de identidad, tuvo la idea de volverse a medias para ver qué documento utilizaba; mas no logró verlo. Sólo pudo distinguir un pasaporte forrado de piel negra, sin marcas exteriores; europeo sin duda, pues había franqueado el mismo punto de paso reservado a los ciudadanos de la Comunidad. Al salir a la calle, cuando Corso subió a un taxi y mientras daba la dirección acostumbrada del Louvre Concorde, la chica se había deslizado en el asiento, a su lado. Fueron en silencio hasta el hotel, y ella se adelantó bajando del coche mientras le dejaba pagar el trayecto. El taxista no tenía cambio, y eso demoró un poco a Corso. Cuando por fin pudo cruzar el vestíbulo, ella se había inscrito ya, y se alejaba precedida por un botones con su mochila. Todavía lo saludó con la mano antes de meterse en el ascensor.

—Es una tienda muy bonita. *Librería Replinger*, dice. *Autógrafos y documentos históricos.* Y está abierta.

Le había hecho un gesto negativo al empleado del café y se inclinaba un poco hacia Corso, sobre la mesa, en la terraza de la rue De Buci. La transparencia líquida de sus ojos reproducía, a modo de espejo, las escenas de la calle que, a su vez, se reflejaban en el escaparate del local.

—Podríamos ir ahora.

Se habían encontrado de nuevo durante el desayuno, cuando Corso leía los periódicos junto a una de las ventanas que daban a la plaza del Palais Royal. Ella dijo buenos días, sentándose a la mesa para devorar con apetito las tostadas y los *croissants*. Después, con un cerco de café con leche sobre el labio superior, como una niña satisfecha, miró a Corso:

—¿Por dónde empezamos?

Y allí estaban, a dos manzanas de la librería de Achille Replinger, que la chica se había ofrecido a localizar en descubierta mientras Corso tomaba la primera ginebra del día, presintiendo que no iba a ser la última.

—Podríamos ir ahora —repitió ella.

Corso aún se demoró un instante. Había soñado con su piel morena en las sombras de un atardecer, llevándola de la mano a través de un páramo desolado en cuyo horizonte emergían columnas de humo, volcanes a punto de hacer erupción. A veces se cruzaban con un rostro grave, soldado con armadura cubierta de polvo que los miraba en silencio, distante y frío como los hoscos troyanos del Hades. El páramo oscurecía en el horizonte, las columnas de humo se espesaban, y había una advertencia en la expresión imperturbable, fantasmal, de los guerreros muertos. Corso quiso escapar de allí. Tiraba de la mano de la joven para no dejarla atrás, pero el aire se volvía espeso y caliente, irrespirable, oscuro. La carrera concluyó en una caída interminable hacia el suelo, semejante a una agonía proyectada a cámara lenta. La oscuridad quemaba como un horno. El único vínculo con el exterior era la mano de Corso, unida a la de ella en el esfuerzo por seguir adelante. Lo último que sintió fue la presión de esa mano aflojándose mientras se convertía en cenizas. Y ante él, en las tinieblas cerradas sobre el páramo ardiente y sobre su conciencia, unas manchas blancas, trazos fugaces igual que relámpagos, dibujaban la silueta fantasmal de un cráneo desnudo. No era agradable recordarlo. Para limpiar de su garganta las cenizas y de sus retinas el horror, Corso apuró la copa de ginebra y miró a la chica. Estaba pendiente de él, esperando tranquila, colaboradora disciplinada en demanda de instrucciones. Increíblemente serena, asumido con naturalidad su extraño papel en el relato. Incluso había en su expresión una lealtad desconcertante, inexplicable.

Cuando Corso se puso en pie, colgándose al hombro la bolsa de lona, ella lo imitó. Bajaron sin prisas hacia el Sena. La chica iba por el lado interior de la acera, y de vez en cuando se detenía ante los escaparates de las tiendas, llamando su atención sobre un cuadro, un grabado, un libro. Lo miraba todo con ojos muy abiertos, intensa curiosidad y un punto de nostalgia en las comisuras de la boca que sonreía reflexiva. Parecía buscar huellas de sí misma en los objetos antiguos; como si, en algún lugar de su memoria, el pasado convergiese con el de aquellos pocos supervivientes traídos hasta allí por la deriva, tras cada naufragio inexorable de la Historia.

Había dos librerías una frente a otra, a cada lado de la calle. La de Achille Replinger era muy antigua, con el exterior de madera barnizada y un elegante escaparate bajo el rótulo: *Livres anciens, autographes et documents historiques.* Corso le dijo a la chica que aguardase afuera, y ésta obedeció sin protestar. Cuando caminaba hacia la puerta miró el cristal del escaparate y la vio reflejada en él, sobre su hombro, de pie en la otra acera, observándolo.

Sonó una campanilla al empujar la puerta. Había una mesa de roble, libros antiguos en las estanterías, bastidores con carpetas de grabados y una docena de viejos archivadores de madera. Cada uno tenía letras en orden alfabético, cuidadosamente caligrafiadas en sus casillas de latón. Sobre la pared, en un marco, un texto autógrafo y una leyenda: *Fragmento de* Tartufo. *Molière.* También tres buenos grabados: Dumas entre Victor Hugo y Flaubert.

Achille Replinger estaba de pie junto a la mesa. Era corpulento, de tez rojiza; una especie de Porthos con espeso mostacho gris y gruesa papada sobre el cuello de una camisa con corbata de punto. Vestía ropa cara, con descuido: chaqueta inglesa deformada en torno a la excesiva cintura y pantalones de franela un poco caídos, llenos de arrugas.

—Corso... Lucas Corso —sostenía la tarjeta de presentación de Boris Balkan entre los dedos gruesos y fuertes, fruncido el ceño—. Sí, recuerdo su llamada telefónica del otro día. Algo sobre Dumas.

Corso puso la bolsa sobre la mesa y sacó la carpeta con las quince hojas manuscritas de *El vino de Anjou*. El librero las extendió ante sí, enarcando una ceja.

—Curioso —dijo en voz baja—. Muy curioso.

Resoplaba al hablar, entrecortado y asmático. Extrajo del bolsillo superior de la chaqueta unas gafas bifocales y se las puso tras echar un breve vistazo al aspecto de su visitante. Después se inclinó sobre las páginas. Al levantar la vista sonreía, embelesado.

—Extraordinario —comentó—. Se lo compro en el acto.

—No está en venta.

El librero pareció sorprendido. Arrugaba la boca, a punto casi de hacer un puchero.

—Yo creía entender...

296

—Se trata sólo de un peritaje. Abonándole el costo, naturalmente.

Achille Replinger movió la cabeza; el dinero era lo de menos. Parecía confuso, y un par de veces se detuvo para observarlo con desconfianza, sobre la montura de sus gafas. De nuevo se inclinaba sobre el manuscrito.

—Lástima —dijo al fin, y le echó a Corso otra curiosa ojeada. Parecía preguntarse de qué modo había llegado aquello a sus manos—. ¿Cómo lo consiguió?

—Herencia. Una vieja tía difunta. ¿Lo ha visto antes?

Todavía suspicaz, el otro miró a espaldas de Corso, a través del escaparate y hacia la calle, como si alguien que pasara por allí pudiera darle razón de aquella visita. O tal vez buscaba una respuesta apropiada. Al fin se tocó el mostacho, igual que si fuese postizo e intentara asegurarse de que seguía en su sitio, y sonrió evasivo.

—Aquí, en el *Quartier*, nunca sabe uno cuando ha visto algo y cuando no... Siempre fue un barrio propicio para los vendedores de libros y grabados... La gente viene a comprar y vender, y todo termina pasando varias veces por las mismas manos —hizo una pausa para tomar aire: tres cortas inspiraciones antes de dirigirle a Corso una mirada inquieta—... Creo que no —concluyó—. Que nunca vi antes este original —miró de nuevo hacia la calle; la sangre le afluía al rostro enrojecido—. Lo recordaría bien.

—¿Debo entender que es auténtico? —inquirió Corso.

—Bueno... En realidad sí —el librero resoplaba acariciando las hojas azules con las yemas de los dedos; daba la impresión de que se resistía a tocarlas. Por fin cogió una entre el pulgar y el índice—. Letra semi-redondilla, de medio grosor, sin interlineados ni tachaduras... Apenas hay signos de puntuación, con inesperadas mayúsculas. Sin duda es Dumas en plena madurez, hacia la mitad de su vida, cuando escribió *Los mosqueteros*... —se había ido animando poco a poco. Ahora calló de pronto alzando un dedo, y Corso pudo verlo sonreír bajo el mostacho; parecía haber tomado una decisión—. Espere un momento.

Anduvo hasta un archivador marcado con una *D* y extrajo unas carpetas de cartulina color hueso.

—Todo de Alejandro Dumas padre. La letra es idéntica.

Había allí una docena de documentos, algunos sin firma o con las iniciales *A.D.*; otros mostraban la firma completa. En su mayor parte eran pequeñas notas a editores, cartas a amigos, invitaciones.

—Éste es uno de sus autógrafos norteamericanos... —aclaró Achille Replinger—. Lincoln le pidió uno, y él envió diez dólares y cien autógrafos, vendidos en Pittsburgh para obras de caridad... —fue mostrándole a Corso los documentos con orgullo profesional contenido pero evidente—. Vea este otro: una invitación a cenar en su casa de Montecristo, la residencia que se hizo construir en Port-Marly. A veces usaba sólo iniciales, y otras recurría a pseudónimos... Aunque no todos los autógrafos que circulan son auténticos. En el periódico *El Mosquetero*, del que fue propietario, había un tal Viellot capaz de imitar su letra y rúbrica. Y en los tres últimos años de vida, las manos de Dumas temblaban demasiado; tuvo que dictar los textos.

—¿Por qué papel azul?

—Lo recibía de Lille, fabricado expresamente para él por un impresor que lo admiraba... Casi siempre de este color, sobre todo para las novelas. A veces rosado para los artículos, amarillo para la poesía... Escribía con distintas plumas, según el género. Y no soportaba la tinta azul.

Corso indicó las cuatro hojas blancas del manuscrito; las que tenían anotaciones y tachaduras.

—¿Y éstas?

Replinger fruncía las cejas.

—Maquet. Su colaborador Augusto Maquet. Son correcciones hechas por Dumas a la redacción original —se pasó un dedo por el mostacho antes de inclinarse para leer en voz alta con gesto teatral—: "*¡Horroroso! ¡Horroroso!, murmuraba Athos, mientras Porthos rompía las botellas y Aramis daba órdenes algo tardías para que fuesen en busca de un confesor...*" —con un suspiro, el librero dejó la frase en el aire asintiendo, satisfecho, antes de mostrarle la hoja—... Fíjese: Maquet se había limitado a escribir: "*Y expiró ante los aterrados amigos de d'Artagnan*". Dumas tachó esa línea y puso las otras encima para ampliar el pasaje con más diálogos.

—¿Qué puede contarme de Maquet?

El otro movió los poderosos hombros, indeciso.

—No gran cosa —de nuevo el tono era evasivo—. Contaba diez años menos que Dumas y le fue recomendado por un amigo común, Gerard de Nerval. Escribía novelas históricas sin éxito. Le llevó el original de una: *El bueno de Buvat, o la conspiración de Cellamare*. Dumas convirtió el manuscrito en *El caballero de Harmental* y lo dio a la imprenta con su nombre. Maquet obtuvo a cambio 1.200 francos.

—¿Puede establecer la fecha en que se redactó *El vino de Anjou*, a partir de la letra y el tipo de escritura?

—Claro que puedo. Coincide con otros documentos de 1844, el año de *Los tres mosqueteros*... Las hojas blancas y azules encajan en su modo de trabajar. Dumas y su asociado lo hacían a destajo. Del *d'Artagnan* de Courtilz sacaron los nombres de sus héroes, el viaje a París, la intriga con Milady y el personaje de la mujer de un figonero, a la que Dumas dio los rasgos de su amante Belle Krebsamer, para encarnar a madame Bonancieux... De las *Memorias* de La Porte, hombre de confianza de Ana de Austria, salió el rapto de Constanza. Y de La Rochefoucauld y de un libro de Roederer, *Intrigas políticas y galantes de la corte de Francia*, obtuvieron la famosa historia de los herretes de diamantes... En esta época no sólo escribían *Los mosqueteros*; también *La reina Margarita* y *El caballero de Casa Roja*.

Replinger hizo otra pausa para tomar aire. Se iba acalorando a medida que hablaba, y de nuevo la sangre le afluía al rostro. Las últimas citas las hizo precipitadamente, algo atropelladas las palabras. Temía aburrir a su interlocutor, pero, al mismo tiempo, deseaba complacerlo con toda la información posible.

—Sobre *El caballero de Casa Roja* —continuó después de respirar un poco— hay una anécdota divertida... Al anunciarse el folletín con el título original, *El caballero de Rougeville*, Dumas recibió una carta de protesta firmada por un marqués del mismo nombre. Eso le hizo cambiar el título; pero al poco recibió una nueva carta. *"Muy señor mío"*, decía el aristócrata: *"dé a su novela el título que guste. Soy el último de la familia y dentro de una hora voy a pegarme un tiro"*... Y en efecto, el marqués de Rougeville se suicidó por asunto de faldas.

Boqueó otra vez, falto de aire. Sonreía imponente y rubicundo, cual si pidiera excusas. Una de sus fuertes manos se apoyaba en la mesa junto a las hojas azules. Parecía un gigante agotado, se dijo Corso. Porthos en la gruta de Locmaría.

—Boris Balkan no le hizo justicia; usted es un experto en Dumas. No me extraña que sean amigos.

—Nos respetamos. Pero yo sólo hago mi trabajo —Replinger inclinaba la cabeza, un poco cohibido—. Soy un alsaciano concienzudo, que trabaja con documentos y libros anotados o con dedicatorias autógrafas. Siempre autores del XIX francés... Sería incapaz de valorar lo que llega a mis manos si no conociese bien por quién fue escrito, o en qué circunstancias. No sé si me comprende.

—Perfectamente —repuso Corso—. Es la diferencia entre un profesional y un vulgar trapero.

Replinger le dirigió una mirada de agradecimiento.

—Usted es del oficio. Salta a la vista.

—Sí —torció la boca—. Del oficio más viejo del mundo.

Rió el librero, para terminar en otro estertor asmático. Corso aprovechó la pausa orientando la conversación hacia el asunto Maquet:

—Cuénteme cómo lo hacían —pidió.

—La técnica era complicada —Replinger movía las manos hacia la mesa y las sillas, como si la escena hubiera ocurrido allí—. Dumas trazaba el plan de cada obra y lo discutía con su colaborador, que buscaba documentación y escribía un esbozo de historia, o una primera redacción: las hojas blancas. Después Dumas reescribía en las hojas azules... Trabajaba en mangas de camisa, por la mañana o por la noche; casi nunca por la tarde. No bebía café ni licores; sólo agua de Seltz. Tampoco fumaba apenas. Llenaba páginas entre apremios de los editores reclamando más y más. Maquet remitía el material en bruto por correo, y él se impacientaba con los retrasos —extrajo una cuartilla de la carpeta y la puso en la mesa delante de Corso—. Aquí tiene la prueba: una de las notas cruzadas entre ellos durante la redacción de *La reina Margarita*. Como ve, Dumas se queja un poco: *"Todo marcha perfectamente, a pesar de seis o siete páginas de política que nos tragaremos para que renazca el interés... Si no vamos más aprisa, querido amigo, es culpa vuestra: desde ayer a las nueve estoy mano sobre mano"*... —hizo alto para llevar aire a sus pulmones e indicó *El vino de Anjou*—. Sin duda estas cuatro hojas blancas con letra de Maquet y anotaciones de Dumas fueron recibidas por él con muy poco tiempo, momentos antes de que *Le Siècle* cerrara la edición, y hubo de conformarse con reescribir algunas y hacer correcciones apresuradas de su puño y letra sobre otras, en el mismo original.

Volvía a meter los papeles en sus carpetas, para reintegrarlos al archivador de la letra *D*. Tuvo tiempo Corso de echar un último vistazo a la nota en que Dumas reclamaba páginas a su colaborador. Aparte de la letra, que se correspondía trazo a trazo, el papel era idéntico —azul y con fina cuadrícula—, al utilizado en el manuscrito de

El vino de Anjou. Un folio cortado en dos; la parte inferior aún se veía más irregular que las otras tres. Quizá todas aquellas hojas estuvieron juntas sobre la mesa del novelista, en la misma resma.

—¿Quién escribió realmente *Los tres mosqueteros?*

Replinger, ocupado en cerrar el archivador, tardó en responder:

—No puedo aclararle eso; la pregunta es demasiado tajante. Maquet era hombre de recursos, conocía la Historia, leyó mucho... Pero le faltaba el genio del maestro.

—Creo que terminaron mal.

—Sí. Una lástima. ¿Sabe que viajaron juntos a España cuando la boda de Isabel II?... Dumas publicó incluso un folletín, *De Madrid a Cádiz,* en forma de cartas... En cuanto a Maquet, con el tiempo exigió ante los tribunales que se le declarase autor de dieciocho de las novelas de Dumas, pero los jueces dictaminaron que su trabajo fue sólo preparatorio... Hoy se le considera un escritor mediocre, que aprovechó la fama del otro para ganar dinero. Aunque no falta quien lo ve como una víctima explotada: el *negro* del gigante...

—¿Y usted?

Replinger miró, furtivo, el retrato de Dumas que había sobre la puerta.

—Ya le he dicho que no soy un especialista como mi amigo el señor Balkan... Sólo un comerciante; un librero —pareció meditar, calibrando el grado de compromiso entre su profesión y sus gustos personales—. Pero llamaré su atención sobre un hecho: entre 1870 y 1894 se vendieron en Francia tres millones de volúmenes y ocho millones de folletines por entregas, todos con el nombre *Alejandro Dumas* en la portada. Novelas escritas antes, durante y después de Maquet. Imagino que eso significa algo.

—Al menos, la fama en vida —sugirió Corso.

—Sin discusión. Durante medio siglo Europa no juró sino por su boca. Las dos Américas enviaban barcos con el exclusivo fin de transportar sus novelas, que se leían lo mismo en El Cairo, Moscú, Estambul y Chandernagor... Dumas apuró la existencia, el placer y la popularidad, hasta el límite. Vivió y disfrutó, estuvo en las barricadas, se batió en duelos, tuvo procesos, fletó navíos, repartió pensiones de su bolsillo, amó, comió, bailó, ganó diez millones y derrochó veinte, y murió dulcemente, como un niño dormido... —Replinger señalaba las correcciones a las hojas blancas de Maquet—. A todo eso se le puede llamar de muchas formas: talento, genio... Pero, sea lo que sea, no se improvisa, ni se roba a otros —golpeó su pecho al modo de Porthos—. Se tiene aquí. Ningún otro escritor vivo conoció tanta gloria. De la nada, Dumas lo obtuvo todo; como si hubiera pactado con Dios.

—Sí —dijo Corso —. O con el diablo.

Cruzó la calle hasta la librería de enfrente. En la puerta, protegidos por un toldo, montones de volúmenes se apilaban sobre tablas apoyadas en caballetes. La chica seguía allí, curioseando entre los libros y los mazos de estampas y tarjetas postales antiguas. Estaba a contraluz con el sol sobre los hombros, dorándole el cabello en la nuca y las sienes. No interrumpió su tarea al llegar él.

—¿Cuál escogerías tú? —preguntó. Dudaba entre una postal sepia en la que se abrazaban Tristán e Isolda, y otra con *El buscador de estampas* de Daumier: las sostenía ante sí con aire indeciso.

—Llévate las dos —sugirió Corso, viendo por el rabillo del ojo que otro cliente se detenía ante el tenderete y alargaba la mano hacia un grueso fajo de postales sujetas con una goma. Disparó el brazo con reflejo de cazador para arrebatarle el paquete casi entre los dedos. Se puso a revisar el botín mientras oía la voz del otro alejarse mascullando, y encontró varias estampas de tema napoleónico; María Luisa emperatriz, la familia Bonaparte, la muerte del Emperador y la última victoria: un lancero polaco y dos húsares a caballo ante la catedral de Reims, durante la campaña de Francia de 1814, agitando banderas arrebatadas al enemigo. Tras dudar un instante añadió al mariscal Ney en gran uniforme y un Wellington anciano, posando para la Historia. Afortunado y viejo cabrón.

La chica eligió algunas postales más. Sus manos largas y morenas se movían con seguridad entre las cartulinas y el ajado papel impreso: retratos de Robespierre y Saint-Just, y una elegante efigie de Richelieu en hábito de cardenal, llevando al cuello el cordón con la Orden del Espíritu Santo.

—Muy oportuno —apuntó Corso, ácido.

Ella no respondió. Se movía hacia una pila de libros y el sol resbalaba sobre sus hombros, envolviendo a Corso en niebla dorada. Entornó los ojos, deslumbrado, y cuando los abrió de nuevo la chica le mostraba un grueso volumen en cuarto que había puesto aparte.

—¿Qué te parece?

Echó un vistazo: *Los tres mosqueteros* con las ilustraciones originales de Leloir, encuadernado en tela y piel, buen estado. Cuando la miró otra vez comprobó que sonreía con un extremo de la boca, fijos en él los ojos, a la espera.

—Bonita edición —se limitó a decir—. ¿Tienes el propósito de leer eso?

—Claro que sí. Procura no contarme el final.

Se rió Corso bajito, sin ganas.

—Eso quisiera yo —dijo mientras reordenaba los mazos de postales—. Poder contarte el final.

—Tengo un regalo para ti —dijo la chica.

Caminaban por la orilla izquierda junto a los tenderetes de los buquinistas, entre grabados colgando en sus fundas de plástico y celofán, y los libros de segunda mano alineados sobre el pretil del río. Un *bateau-mouche* navegaba despacio corriente arriba, a punto de hundirse bajo el peso de unos cinco mil japoneses, calculó Corso, y otras tantas videocámaras Sony. Al otro lado de la calle, tras el cristal de sus exclusivos escaparates con pegatinas Visa y American Express, engolados anticuarios oteaban con disimulo el horizonte a la espera de un kuwaití, un estraperlista ruso o un ministro ecuatoguineano a quien colocar el bidet —porcelana decorada, Sèvres— de Eugenia Grandet. Pronunciando, por supuesto, todas las oes con riguroso acento circunflejo.

—No me gustan los regalos —murmuró Corso, hosco—. Una vez unos tipos aceptaron cierto caballo de madera. Artesanía aquea, ponía en la etiqueta. Los muy cretinos.

—¿No hubo disidentes?

—Uno, con sus niños. Pero salieron varios bichos del mar, haciendo con ellos un estupendo grupo escultórico. Helenístico, creo recordar. Escuela de Rodas. En aquel tiempo los dioses eran demasiado parciales.

—Siempre lo fueron —la chica miraba el agua turbia del río como si arrastrase recuerdos. Corso la vio sonreír, reflexiva y ausente—. Jamás conocí un dios imparcial. Ni un diablo —se volvió hacia él de forma inesperada; sus anteriores pensamientos parecían haberse ido corriente abajo—. ¿Crees en el diablo, Corso?

La miró con atención, mas el río había arrastrado también las imágenes que segundos antes poblaron aquellos ojos. Ya sólo había allí verde líquido, y luz.

—Creo en la estupidez y en la ignorancia —le sonrió a la chica con aire cansado—. Y creo que el mejor navajazo es el que se da aquí, ¿ves? —señaló su propia ingle—. En la femoral. Cuando lo están abrazando a uno.

—¿Qué temes, Corso? ¿Que te abrace?... ¿Que el cielo te caiga sobre la cabeza?

—Temo a los caballos de madera, a la ginebra barata y a las chicas guapas. Sobre todo cuando traen regalos. Y cuando usan el nombre de la mujer que derrotó a Sherlock Holmes.

Habían seguido caminando, y se hallaban sobre las planchas de madera del Pont des Arts. La joven se detuvo, apoyándose en la barandilla metálica junto a un pintor callejero que exponía minúsculas acuarelas.

—Me gusta este puente —dijo—. No pasan coches. Sólo parejas de enamorados, viejecitas con sombrero, gente ociosa. Es un puente con absoluta ausencia de sentido práctico.

Corso no respondió. Miraba las gabarras que pasaban, mástiles abatidos, entre los pilares que sostenían la estructura de hierro. En otro tiempo los pasos de Nikon sonaron en aquel puente junto a los suyos. La recordaba deteniéndose también junto a un vendedor de acuarelas, quizás el mismo, arrugada la nariz porque el fotómetro no estaba a sus anchas con la luz diagonal, excesiva, que incidía sobre la aguja y las torres de Notre-Dame. Habían comprado *foie-gras* y una botella de Borgoña que más tarde fue su cena en la habitación del hotel, en la cama y a la luz de la pantalla del televisor donde se desarrollaba uno de esos debates con mucho público y muchas palabras a que tan aficionados son los franceses. Antes de eso, en el puente, Nikon le hizo una foto a escondidas; se lo confesó mientras masticaba una rebanada de pan con *foie-gras*, húmedos los labios de Borgoña y acariciándole el costado con un pie desnudo. Sé que no te gusta, Lucas Corso, te fastidias, tú de perfil en el puente mirando las gabarras que pasaban debajo, casi logré sacarte guapo esta vez, hijo de la gran puta. Nikon era judía de ojos grandes, askenazi, con padre número 77.843 de Treblinka, salvado por la campana en el último *round;* y cuando en la tele salían soldados israelíes invadiendo algo encima de tanques enormes, ella saltaba de la cama, desnuda, para darle besos a la pantalla con los ojos húmedos de lágrimas, susurrando "*Shalom, Shalom*" con el tono de una caricia, el mismo que usaba al pronunciar el nombre de pila de Corso hasta que, un día, dejó de hacerlo. Nikon. Él nunca llegó a ver aquella foto, apoyado en el Pont des Arts, mirando las gabarras navegar bajo los arcos, de perfil, casi guapo esta vez, hijo de la gran puta.

Cuando levantó la mirada Nikon se había ido. Otra chica estaba junto a él. Alta, de piel atezada, el pelo de muchacho y unos ojos color uva recién lavada, casi transparentes. Durante un segundo parpadeó, confuso, dejando que todo recobrase sus límites. El presente trazó una línea neta como un corte de bisturí, y Corso, de perfil, en blanco y negro —Nikon siempre trabajaba en blanco y negro— cayó ondulando al río y se fue corriente abajo, entre las hojas de los árboles y la mierda que soltaban las gabarras y los desagües. Ahora, la chica que ya no era Nikon tenía en las manos un librito encuadernado en piel. Y se lo ofrecía.

—Espero que te guste.

El diablo enamorado, de Jacques Cazotte, impresión de 1878. Al abrirlo, Corso reconoció los grabados de la primera edición en apéndice facsimilar: Álvaro en el círculo mágico ante el diablo que pregunta *¿Che vuoi?*, Biondetta que desenreda su cabellera con los dedos, el hermoso paje al teclado del clavecín... Se detuvo al azar en una página:

> ... *El hombre salió de un puñado de barro y agua. ¿Por qué una mujer no habría de estar hecha de rocío, vapores terrestres y rayos de luz, de los condensados residuos de un arcoiris? ¿Dónde reside lo posible...? ¿Dónde lo imposible?*

Cerró el libro y alzó los ojos, encontrando los de la joven, que sonreían. Abajo, en el agua, la luz reverberaba en la estela de una embarcación, y trazos luminosos se movían por su piel como el reflejo de las facetas de un diamante.

—Residuos del arcoiris —citó Corso— ... ¿Qué sabes tú de eso?

La chica se pasó una mano por el cabello y levantó el rostro hacia el sol, entornando los párpados bajo el resplandor. Todo era luz en ella: el reflejo del río, la claridad de la mañana, las dos rendijas verdes entre sus pestañas oscuras.

—Sé lo que me contaron hace tiempo... El arco iris es el puente que va de la tierra al cielo. Se hará pedazos en el fin del mundo, después que el diablo lo cruce a caballo.

—No está mal. ¿Te lo dijo tu abuela?

Negó con la cabeza. Ahora miraba de nuevo a Corso, absorta y grave.

—Se lo oí contar a Bileto, un amigo —al pronunciar el nombre se detuvo un instante para fruncir el ceño, con ternura de niña que revelara un secreto—. Le gustan los caballos y el vino, y es el tipo más optimista que conozco... ¡Aún espera volver al cielo!

Terminaron de cruzar el puente. Corso se sentía extrañamente vigilado de lejos por las gárgolas de Nôtre-Dame. Eran falsas, por supuesto, como tantas otras cosas. No estaban allí con sus muecas infernales, los cuernos ni las pensativas barbas de chivo cuando honrados maestros constructores bebieron un vaso de aguardiente y miraron hacia lo alto, sudorosos y satisfechos. Ni cuando Quasimodo rumiaba por los campanarios su desgraciado amor por la gitana Esmeralda. Pero después de Charles Laughton ligado a ellas por su fealdad de celuloide, o Gina Lollobrigida —segunda versión, technicolor, habría matizado Nikon— ejecutada a su sombra en la plaza, resultaba difícil considerar aquello sin tan siniestros centinelas neomedievales. Corso imaginó la perspectiva, a vista de pájaro: el Pont Neuf y más allá, estrecho y oscuro en la mañana luminosa, el Pont des Arts sobre la cinta verdegris del río, con dos minúsculas figurillas que se movían de forma imperceptible hacia la orilla derecha. Puentes y arcoiris con negras gabarras de Caronte navegando despacio, bajo los pilares y bóvedas de piedra. El mundo está lleno de orillas y de ríos que corren entre una y otra, de hombres y mujeres que cruzan puentes o vados sin percatarse de las consecuencias del acto, sin mirar atrás o bajo sus pies, sin moneda suelta para el barquero.

Salieron frente al Louvre, deteniéndose en un semáforo antes de cruzar. Corso se acomodó la correa de la bolsa de lona en el hombro mientras echaba una ojeada, distraído, a izquierda y derecha. El tráfico era intenso, y casualmente fue a fijarse en uno de los automóviles que pasaban en ese momento. Entonces se quedó tan de piedra como las gárgolas de la catedral.

—¿Qué ocurre? —preguntó la chica cuando el semáforo cambió a verde y vio que Corso no se movía—... ¡Parece que hayas visto un fantasma!

Lo había visto. Pero no uno, sino dos. Estaban en la parte de atrás de un taxi que ya se alejaba, ocupados en animada conversación, y no llegaron a reparar en Corso. La mujer era rubia y muy atractiva; la reconoció en el acto a pesar del sombrero con medio velo que le cubría los ojos: Liana Taillefer. Junto a ella, el brazo extendido en torno a sus hombros, ofreciendo su mejor perfil mientras se acariciaba con un dedo coqueto la barba rizada, iba Flavio La Ponte.

El número Tres

Sospechaban de él que no tenía corazón.
(R. Sabatini. *Scaramouche)*

Corso era de esos individuos que poseen una rara vitud: son capaces de encontrar aliados incondicionales en el acto, a cambio de una propina o una simple sonrisa. Ya vimos antes que había algo en él —su torpeza calculada a medias, la mueca resabiada y simpática, conejil, el aire ausente y desvalido que no lo era en absoluto— que ponía al interlocutor de su parte. Ése fue el caso de algunos de nosotros, al conocerlo. Y también el de Grüber, conserje del Louvre Concorde, a quien Corso trataba desde quince años atrás. Grüber era seco e imperturbable, con el cogote rapado y una permanente expresión de jugador de póker en las comisuras de la boca. Durante la retirada de 1944, cuando era un voluntario croata de dieciséis años en la 18ª. Panzergrenadierdivision *Horst Wessel,* una bala rusa le había tocado la columna, dejándole una cruz de hierro de segunda clase y tres vértebras rígidas para toda la vida. Ahí estaba la causa de que se moviera tras el mostrador de recepción envarado y tieso, igual que si le sostuviera el torso un corsé de acero.

—Necesito un favor, Grüber.

—A sus órdenes.

Casi escuchó un taconazo al cuadrarse el conserje. La impecable chaqueta color burdeos con llaves doradas en las solapas acentuaba el aire militar del viejo exiliado, muy del gusto de los clientes centroeuropeos que, tras el derrumbe del comunismo y la división de las hordas eslavas, llegaban a París mirando de reojo los Campos Elíseos y soñando con el Cuarto Reich.

—La Ponte, Flavio. Nacionalidad española. También Herrero, Liana; aunque puede registrarse como Taillefer o De Taillefer... Quiero saber si están en un hotel de la ciudad.

Escribió los nombres en una tarjeta, y al entregársela a Grüber añadió quinientos francos. Corso siempre daba propinas o sobornaba a la gente con una especie de encogimiento de hombros, algo del tipo hoy por ti mañana por mí, que convertía su gesto en una forma de intercambio amistoso, casi cómplice, donde resultaba difícil establecer quién hacía el servicio a quién. Grüber, que ante españoles de Eurocolor Iberia, italianos de corbatas infames y norteamericanos con bolsita de la TWA y gorra de béisbol murmuraba un cortés *merci m'sieu* al recibir diez miserables francos, deslizó el billete en un bolsillo sin pestañear ni dar las gracias, con elegante movimiento semicircular de la mano y su característica gravedad de croupier impasible, reservada a los pocos que, como Corso, aún conocían las reglas del juego. Para Grüber, que aprendió el oficio cuando un cliente sabía enarcar una ceja para

316

hacerse atender por los empleados, la querida y vieja Europa de los hoteles internacionales empezaba a reducirse a unos escasos iniciados.

—¿El señor y la señora se alojan juntos?

—No lo sé —Corso perfiló una mueca; imaginaba a La Ponte saliendo del cuarto de baño con albornoz bordado y a la viuda Taillefer recostada en la colcha, en camisón de seda—. Pero también me interesa ese detalle.

Grüber se inclinó apenas unos milímetros:

—Llevará unas horas, señor Corso.

—Lo sé —miró hacia el pasillo que comunicaba el vestíbulo con el restaurante; la chica estaba allí, su trenca bajo el brazo y las manos en los bolsillos de los tejanos, mirando una vitrina con perfumes y pañuelos de seda— En cuanto a ella...

El conserje extrajo una ficha de bajo el mostrador.

—Irene Adler —leyó—. Pasaporte británico, expedido hace dos meses. Diecinueve años. Domiciliada en 221 b de Baker Street, Londres.

—No me tome el pelo, Grüber.

—Nunca me tomaría la libertad, señor Corso. Eso dice el pasaporte.

Había un ápice de sonrisa, una levísima insinuación casi inapreciable en la boca del viejo *waffen SS*. Corso lo había visto sonreír de verdad sólo una vez: el día que cayó el muro de Berlín. Observó el pelo blanco cortado a cepillo, el cuello rígido, las manos simétricas apoyadas sobre el mostrador exactamente en el borde, por las muñecas. La antigua Europa, o lo que quedaba de ella. Demasiado mayor para arriesgarse a volver a casa y comprobar que nada era como recordaba; ni el campanario de Zagreb, ni las campesinas rubias y acogedoras oliendo a pan tierno, ni las llanuras verdes con ríos y puentes que había visto volar dos veces: en su juventud, cuando se retiraba ante los guerrilleros de Tito, y por la televisión, otoño del 91, en las narices de los *chetniks* serbios. Lo imaginó en su cuarto, quitándose la chaqueta burdeos con llavecitas doradas en las solapas igual que si se quitara la guerrera del uniforme austrohúngaro, ante un apolillado retrato del emperador Francisco José en la pared. Seguro que ponía en el tocadiscos la marcha de Radetzky, brindaba con montenegrino de Vranac y se masturbaba viendo vídeos de Sissí.

La chica había dejado de mirar la vitrina y observaba a Corso. 221 b de Baker Street, repitió él mentalmente, y estuvo a punto de echarse a reír sin remedio. No le habría sorprendido lo más mínimo que en ese momento apareciese un botones con una invitación de Milady de Winter para tomar el té en el castillo de If, o en el palacio de Ruritania con Richelieu, el profesor Moriarty y Rupert de Hentzau. Ya que de literatura se trataba, aquello podía ser lo más natural del mundo.

Pidió una guía telefónica para buscar el número de la baronesa Ungern. Luego, ignorando la mirada de la chica, fue hasta la cabina del vestíbulo y concertó una cita para el día siguiente. También marcó otro teléfono, el de Varo Borja en Toledo. Pero no obtuvo respuesta.

En el televisor había una película sin sonido: Gregory Peck entre focas, pelea en la sala de baile de un hotel, dos goletas navegando borda con borda, todo el trapo desplegado y el agua saltando sobre la amura, rumbo al norte, hacia la verdadera libertad que sólo empieza a diez millas de la costa más próxima. A este lado de la pantalla del televisor, sobre la mesa de noche, una botella de Bols con el nivel por debajo de la línea de flotación montaba guardia, cual viejo y alcohólico granadero en vísperas de batirse el cobre, entre *Las Nueve Puertas* y la carpeta del manuscrito Dumas.

Lucas Corso se quitó las gafas para frotarse los ojos enrojecidos por el humo de tabaco y la ginebra. Sobre la cama, ordenados con esmero arqueológico, estaban los fragmentos del número Dos rescatados de la chimenea en casa de Victor Fargas. No gran cosa: las tapas, protegidas por la piel de la encuadernación, se habían quemado menos que el resto, casi todo márgenes chamuscados con algunos párrafos apenas legibles. Cogió uno de ellos, amarillento y quebradizo por la acción del fuego: ... *si non obig.nem me. ips.s fecere, f.r q.qe die, tib. do vitam m.m sicut t.m*... Pertenecía a un ángulo inferior de hoja, así que tras estudiarlo unos instantes buscó en el ejemplar número Uno la página gemela. Se trataba de la 89, y se correspondían dos párrafos idénticos. Intentó lo mismo con cuantos fragmentos pudo identificar, consiguiéndolo con dieciséis de ellos. Había otros veintidós imposibles de situar, demasiado pequeños o estropeados, y once más eran fragmentos de márgenes en blanco de los que sólo uno, merced a un 7 torcido en la tercera y única cifra legible del número de página, identificó como de la 107.

La brasa del cigarrillo le quemaba los labios, y Corso lo aplastó en el cenicero. Después, alargando la mano, acercó la botella para beber directamente del gollete un largo trago. Estaba en mangas de camisa, una vieja prenda de algodón caqui con grandes bolsillos, vuelta sobre los codos, con la corbata hecha un guiñapo. En la tele, el hombre de Boston abrazaba a una princesa rusa junto a la rueda del timón, y ambos movían los labios sin palabras, felices de amarse bajo un cielo en technicolor. El único sonido de la habitación era el suave trepidar de los cristales en la ventana, por el tráfico que, dos pisos más abajo, discurría hacia el Louvre.

Finales felices. En otro tiempo, Nikon también había amado ese tipo de cosas. Corso la recordaba capaz de emocionarse como una chiquilla sentimental ante el beso con fondo de nubes y violines, cuando las palabras *The End* aparecían sobre las imágenes. A veces, en la butaca de un cine o sentada ante el televisor con la boca llena de ganchitos de queso, se apoyaba en el hombro de Corso y éste la sentía llorar larga y mansamente, en silencio, sin apartar los ojos de la pantalla. Podía ser Paul Henreid cantando *La Marsellesa* en el café de Rick; Rutger Hauer inclinada la cabeza, moribundo, en los últimos planos de *Blade Runner*; John Wayne con Maureen O'Hara ante la chimenea, en Innisfree; Custer con Arthur Kennedy la víspera de Little Big Horn; O'Toole-Jim engañado por el caballero Brown; Henry Fonda camino del O.K. Corral; o Mastroianni hundido hasta la cintura en el estanque del balneario para rescatar un sombrero de mujer, saludando a derecha e izquierda, elegante, imperturbable y enamorado de unos ojos negros. Nikon era feliz entre las lágrimas que le provocaba todo eso, y se enorgullecía de ellas. Será porque estoy viva, decía después riendo, aún húmedos los ojos. Porque soy parte del resto del mundo y me gusta que así sea. El cine es cosa de muchos: colectivo, generoso, con los niños aplaudiendo cuando llega el Séptimo de Caballería. Incluso mejora a través de la tele; las películas se ven entre dos, se comentan. En cambio tus libros son egoístas. Solitarios. Algunos ni siquiera pueden leerse y se rompen al abrirlos. Quien sólo se interesa por los libros no necesita a nadie, y eso me da miedo —Nikon masticaba el último ganchito y se lo quedaba mirando, atenta, entreabiertos los labios, acechando en su rostro el síntoma de una enfermedad que no tardaría en manifestarse—. A veces tú me das miedo.

Finales felices. Corso puso un dedo sobre el mando a distancia y la imagen desapareció en la pantalla. Ahora él estaba en París y Nikon fotografiaba niños de ojos tristes en algún lugar de África, o de los Balcanes. Una vez, tomando una copa en un bar, creyó entreverla en la imagen confusa de un telediario: de pie en mitad de un bombardeo entre refugiados que corrían despavoridos, con el pelo recogido en una trenza, las cámaras colgando y un 35 mm pegado a la cara, su silueta recortada sobre un fondo de humo y llamas. Nikon. Entre las falacias universales que ella siempre asumió sin cuestionar su fundamento, la de los finales felices era la más absurda. Comieron perdices y siempre se amaron, y parecía que el resultado de la ecuación fuese indiscutible, definitivo. Nada de preguntas sobre cuánto dura el amor, la felicidad, en un *siempre* fraccionable en vidas, años, meses. Incluso días. Hasta el final inevitable, el de ellos dos, Nikon se negó a aceptar que tal vez el héroe se hundió con su barco dos semanas después, al chocar con un escollo en las Hébridas del Sur. O que la heroína fue atropellada por un automóvil tres meses más tarde. O que todo ocurrió quizás de otro modo, de mil formas distintas: alguien tuvo el primer amante, alguien sintió rencor o hastío, alguien deseó volver atrás. ¿Cuántas noches de lágrimas, de silencios, de soledad, se sucedieron tras aquel beso? ¿Qué cáncer lo mató a él antes de cumplir cuarenta? ¿De qué vivió ella antes de morir en un asilo a los noventa? ¿En qué despojo ruin se convirtió el apuesto oficial, con las heridas glo- riosas convertidas en horribles cicatrices y sus ba- tallas olvidadas que ya no interesaban a nadie? ¿Qué dramas vivieron ya ancianos, indefensos, sin fuerzas para pelear o defenderse, traídos de acá para allá por el vendaval del mundo, la estupidez, la crueldad, la miserable condición humana?

A veces me das miedo, Lucas Corso.

Cinco minutos antes de las once de la no- che había resuelto el misterio de la chimenea de Victor Fargas, aunque eso estuviera lejos de acla- rar las cosas. Miró el reloj desperezándose con un bostezo. Luego, tras un nuevo vistazo a los frag- mentos extendidos sobre la colcha, encontró su mirada en el espejo, junto a la vieja postal de los húsares ante la catedral de Reims encajada en el marco de madera. Observó su propio aspecto: despeinado, azuleándole ya la barba en la cara, torcidas las gafas sobre la nariz, y se echó a reír bajito. Una de esas lobunas risas suyas algo atra- vesadas y con mala leche, que reservaba para las ocasiones especiales. Porque aquella lo era. To- dos los fragmentos de *Las Nueve Puertas* que lo- gró identificar correspondían a páginas con tex- to. De las nueve láminas y el frontispicio de la página de título no quedaba rastro. Eso reducía a dos las posibilidades: ardieron en la chimenea o, lo más probable —aquellas tapas desencuaderna- das— alguien se los llevó antes de echar el resto al fuego. Ese alguien, fuera quien fuese, sin duda se creía muy astuto. O muy astuta. Aunque, tras la inesperada visión de La Ponte y Liana Taillefer en el semáforo, tal vez conviniera ir acostumbrándose a la tercera persona del plural: astutos. La cuestión residía en saber si las pistas que Corso olfateaba eran fallos del adversario, o trampas. En todo caso, muy elaboradas.

Y hablando de trampas. La chica estaba en el umbral cuando Corso abrió la puerta después de oír el timbre, con sólo un momento para cubrir, con prudencia, el número Uno y el manuscrito Dumas bajo la colcha. Venía descalza, vestida con sus tejanos y una camiseta blanca.

—Hola, Corso. Espero que no tengas intención de salir esta noche.

Se quedaba en el pasillo, sin entrar, con los pulgares en los bolsillos del pantalón ceñido a la cintura y a las largas piernas. Fruncía el entrecejo, esperando malas noticias.

—Puedes relajar la guardia —la tranquilizó. Ahora sonreía, aliviada.

—Me caigo de sueño.

Corso le dio la espalda y fue hasta la mesa de noche y la botella, que ya estaba vacía; después se puso a hurgar en el mueble bar hasta alzarse, triunfante, con un botellín de ginebra en la mano. Lo vació en un vaso y se mojó los labios. La joven seguía en la puerta.

—Se llevaron los grabados. Los nueve —Corso señalaba los fragmentos del número

Dos con la misma mano que sostenía el vaso—. Quemaron el resto para que no se notara; por eso no ardió todo. Pusieron buen cuidado en dejar trozos intactos... Así el libro se identificaría como oficialmente destruido.

Ella inclinó la cabeza a un lado, mirándolo con fijeza.

—Eres listo.

—Claro que lo soy. Por eso me metieron en esto.

La chica anduvo unos pasos por la habitación. Corso miró sus pies desnudos sobre la moqueta, junto a la cama. Observaba con atención los trozos de papel chamuscado.

—No fue Fargas quien quemó su libro —añadió él—. Era incapaz de una cosa así... ¿Qué le hicieron? ¿Un suicidio como a Enrique Taillefer?

No respondió en seguida. Había cogido un trozo de papel y estudiaba las palabras impresas.

—Contesta tus propias preguntas —dijo sin mirarlo—. Para eso te metieron en esto.

—¿Y tú?

Leía en silencio, moviendo los labios igual que si el texto le fuera familiar. Cuando lo dejó otra vez sobre la colcha, un extremo de su boca insinuaba una sonrisa evocadora, nostálgica, inadecuada en la juventud de su rostro.

—Ya lo sabes: estoy aquí para cuidar de ti. Me necesitas.

—Lo que necesito es más ginebra.

Blasfemó entre dientes mientras bebía el último trago para disimular su impaciencia, o su turbación. Maldito fuera todo. Verde esmeralda, blanco de nieve o luz, los ojos y la sonrisa sobre la piel del rostro, el cuello erguido y desnudo insinuando un latido tibio. Hay que joderse, Corso. A estas alturas, con lo que tienes encima, y pendiente de los brazos morenos, las muñecas finas, las manos de dedos largos. Pendiente de cosas como aquéllas. Reparó en que la camiseta de la chica moldeaba unas tetas magníficas, que no había tenido ocasión de observar bien hasta entonces. Las adivinó morenas y pesadas, piel oscura bajo el blanco algodón, carne de claridad y sombra. Otra vez lo sorprendió su estatura. Era tan alta como él. Casi más.

—¿Quién eres?

—El diablo —dijo ella—. El diablo enamorado.

Y se echó a reír. El libro de Cazotte estaba sobre la cómoda, junto al *Memorial de Santa Helena* y otros papeles. La joven lo contempló sin tocarlo. Después puso un dedo encima, mirando a Corso.

—¿Crees en el diablo?

—Me pagan por creer. Al menos mientras dure este trabajo.

La vio asentir despacio con la cabeza, del mismo modo que si ya conociese la respuesta. Observaba a Corso con curiosidad, entreabiertos los labios; al acecho de una señal o un gesto que sólo ella podía interpretar.

—¿Sabes por qué me gusta este libro, Corso?

—No. Dímelo.

—Porque el protagonista es sincero. Su amor no es una simple estratagema para condenar un alma. Biondetta es tierna y fiel; admira en Álvaro las mismas cosas que el diablo ama en el hombre: su valor, su independencia... —las pestañas velaron un momento los iris claros—. Su afán de conocimiento y su lucidez.

—Te veo muy informada. ¿Qué sabes tú de eso?

—Mucho más de lo que imaginas.

—Yo no imagino nada. Mis referencias sobre lo que el diablo ama o desprecia son exclusivamente literarias: *El Paraíso Perdido*, *La Divina Comedia*, pasando por *Fausto* y *Los hermanos Karamazov*... —hizo un gesto ambiguo, evasivo—. El mío es un Lucifer de segunda mano.

Ahora lo contemplaba con aire burlón.

—¿Y cuál de ellos prefieres? ¿El de Dante?

—Ni hablar. Demasiado horrible. Medieval en exceso para mi gusto.

—¿Mefistófeles?

—Tampoco. Es un tipo relamido, con astucias de picapleitos. Una especie de abogado marrullero... Además, nunca me fío de los que sonríen demasiado.

—¿Y el que aparece en *Los Karamazov?*

Corso puso gesto de estar oliendo col rancia.

—Mezquino. Vulgar como un funcionario de uñas sucias —se detuvo a meditar un poco—... Supongo que prefiero el ángel caído de Milton —la miró, interesado—. Es lo que pretendías que dijera.

Sonreía, enigmática. Sus pulgares continuaban colgados en los bolsillos de los tejanos ceñidos a las caderas; nunca había visto nadie que los llevara como ella. Hacían falta aquellas piernas largas, por supuesto: las de una jovencita haciendo autoestop a un lado de la carretera, con la mochila en la cuneta y toda la luz del mundo en los malditos ojos verdes.

—¿Cómo te imaginas a Lucifer? —preguntó la chica.

—Ni idea —el cazador de libros reflexionó antes de concluir en una mueca de indiferencia—... Taciturno y silencioso, supongo. Aburrido —la mueca se le tornaba ácida—. En el trono de un salón desierto; el centro de un reino desolado y frío, monótono, donde nunca pasa nada.

Se lo quedó mirando, en silencio.

—Me sorprendes, Corso —dijo al fin. Parecía admirada.

—No veo por qué. Cualquiera puede leer a Milton. Incluso yo.

La vio moverse despacio alrededor de la cama, en semicírculo, manteniendo siempre la misma distancia, hasta interponerse entre él y la lámpara que iluminaba la habitación. Casual o premeditado, el movimiento la situó de forma que su sombra se proyectara sobre los fragmentos de *Las Nueve Puertas* esparcidos sobre la colcha.

—Acabas de mencionar el precio —tenía ahora el rostro en penumbra, silueteado en la pantalla de luz—. Orgullo, libertad... Conocimiento. Siempre hay que pagar por todo, al principio o al final. Incluso por el valor, ¿no crees?... ¿No te parece necesario mucho valor para enfrentarse a Dios?

Sus palabras sonaban quedas, un susurro en el silencio que invadía la habitación filtrándose bajo la puerta y por las rendijas de la ventana; incluso el rumor del tráfico pareció apagarse afuera, en la calle. Corso miraba alternativamente ambas siluetas: una de sombra, estilizada sobre la colcha y los fragmentos del libro. En pie la otra, penumbra corpórea ante la fuente de luz. Y en aquel momento se preguntó cuál de las dos era más real.

—Con todos esos arcángeles —añadió ella, o su sombra. Había desdén y rencor en la frase; incluso un eco de aire expulsado de los pulmones, suspiro despectivo y derrotado—. Guapos, perfectos. Disciplinados como nazis.

No parecía tan joven, en aquel momento. Cargaba consigo un cansancio viejo de siglos: oscura herencia, culpas ajenas que él, sorprendido y confuso, no era capaz de identificar. Después de todo, se dijo, tal vez no fuese real ninguna de las dos: ni la sombra en la colcha ni la silueta que se perfilaba en el contraluz de la lámpara.

—Hay un cuadro en el Prado, ¿recuerdas, Corso?... Hombres con navajas frente a jinetes que les dan sablazos. Siempre tuve una certeza: el ángel caído, al rebelarse, tenía la misma mirada, idénticos ojos extraviados que esos infelices de las navajas. El valor de la desesperación.

Se había movido un poco mientras hablaba; apenas unos centímetros, mas al hacerlo su sombra avanzó, acercándose a la de Corso como si tuviera voluntad propia.

—¿Qué sabes tú de eso? —preguntó él.

—Más de lo que quisiera.

La sombra cubría todos los fragmentos del libro y casi tocaba la de Corso. Retrocedió éste por instinto, dejando una porción de luz interpuesta entre ambas, en la cama.

—Imagínatelo —dijo ella con el mismo tono absorto—. Solitario en su palacio vacío, el más hermoso de los ángeles caídos urde sus trampas... Se esmera, concienzudo, en una rutina que desprecia; pero que le permite al menos disimular su desconsuelo. Su fracaso —la risa de la chica sonó queda, sin alegría, igual que si viniera de muy lejos—... Tiene nostalgia del cielo.

Las sombras ya estaban juntas, casi fundidas entre los fragmentos arrebatados a la chimenea de la Quinta da Soledade. La chica y Corso allí, sobre la colcha, entre las nueve puertas del reino de otras sombras, o tal vez se tratase de las mismas. Papel chamuscado, claves incompletas, misterio velado varias veces: por el impresor, el tiempo y el fuego. Enrique Taillefer giraba, los pies en el vacío, al extremo del cordón de seda de su batín; Victor Fargas flotaba boca abajo en las aguas sucias del estanque. Aristide Torchia ardía en Campo dei Fiori gritando el nombre del padre sin mirar al cielo sino a la tierra, bajo sus pies. Y el viejo Dumas escribía, sentado en la cumbre del mundo, mientras allí mismo, en París, muy cerca de donde Corso se hallaba en aquel instante, otra sombra, la de un cardenal cuya biblioteca contenía demasiados volúmenes sobre el diablo, anudaba los lazos del misterio en el revés de la intriga.

La chica, o su silueta recortada en contraluz, se movió hacia el cazador de libros. Sólo un poco, un paso; suficiente para que la sombra de éste desapareciera por completo bajo la suya.

—Peor fue el caso de quienes lo siguieron —Corso tardó en comprender a quiénes se refería ella—. Los que arrastró en su caída: soldados, mensajeros, servidores de oficio y vocación. Mercenarios a veces, como tú mismo... Muchos ni siquiera se plantearon que era optar entre la sumisión o la libertad, entre el bando del Creador y el bando de los hombres: por rutina, por la absurda lealtad de los soldados fieles, siguieron a su jefe en la rebelión y en la derrota.

—Como los Diez Mil de Jenofonte —se burló Corso.

Ella guardó silencio un instante. Parecía sorprendida por la exactitud de lo que acababa de oír.

—Quizá —murmuró al fin— dispersos por el mundo, solitarios, todavía esperan que su jefe los devuelva a casa.

El cazador de libros se inclinaba en busca de un cigarrillo, y al hacerlo recobró su sombra. Entonces encendió la luz de otra lámpara en la mesita de noche, y la silueta oscura de la joven se desvaneció al iluminarse sus facciones. Los ojos claros estaban fijos en él. De nuevo parecía muy joven.

—Conmovedor —dijo Corso—. Todos esos viejos soldados buscando el mar.

La vio parpadear lo mismo que si ahora, con el rostro iluminado, no comprendiera bien de qué le estaba hablando. Tampoco había ya sombra en la cama: los fragmentos del libro eran simples trozos de papel chamuscado; bastaría abrir la ventana para que la corriente de aire los arrastrase en desorden.

Ella sonreía. Irene Adler, 221 b de Baker Street. El café de Madrid, el tren, aquella mañana en Sintra... La batalla perdida, la anábasis de las legiones vencidas: eran muy pocos años para recordar tantas cosas. Sonreía a la manera de una chiquilla a un tiempo maliciosa e inocente, con leves rastros de fatiga bajo los párpados. Soñolienta y cálida.

Tragó saliva Corso. Una parte de sí mismo se acercaba a ella para arrebatar la camiseta blanca sobre la piel morena, deslizar hasta abajo la cremallera de sus tejanos y tumbarla en la cama, entre los despojos del libro que convocaba las sombras. Para sumirse en aquella carne tibia y ajustar cuentas con Dios y Lucifer, con el tiempo inexorable, con sus propios fantasmas, con la muerte y con la vida. Pero se limitó a encender el cigarrillo y expulsar humo en silencio. Ella se lo quedó mirando largo rato a la espera de algo: un gesto, una palabra. Luego dijo buenas noches y fue hacia la puerta. Entonces, justo en el umbral, la vio girarse hacia él y alzar despacio una mano, vuelta la palma hacia adentro y dos dedos, índice y corazón, unidos en dirección a lo alto. Y su sonrisa se perfiló tierna y cómplice a un tiempo, ingenua y sabia. Como un ángel perdido que señalara con nostalgia el cielo.

A la baronesa Frida Ungern se le marcaban en las mejillas dos simpáticos hoyuelos al sonreír. En realidad parecía haber sonreído sin cesar durante los últimos setenta años, y que el gesto hubiese dejado en sus ojos y boca una expresión de permanente benevolencia. Corso, que fue lector precoz, sabía desde niño que los tipos de bruja eran diversos: madrastras, hadas malas, reinas bellas y perversas, incluso viejas malignas con verrugas en la nariz. Pero, a pesar de las numerosas referencias obtenidas respecto a la anciana baronesa, lo cierto es que no lograba encuadrarla en ninguno de los tipos al uso. Hubiera podido ser una de esas septuagenarias que viven al margen de la vida real como acolchadas por un sueño, sin que los aspectos desagradables de la existencia se interpongan en su camino, si la profundidad de sus ojos inteligentes, rápidos y suspicaces no contradijese aquella primera impresión. Y si la manga derecha de su rebeca de punto no colgara a un lado, vacía, amputado el brazo por encima del codo. Por lo demás resultaba regordeta, menuda, con aspecto de profesora de francés en un pensionado de señoritas. Del tiempo en que había señoritas. Ése fue, al menos, el pensamiento de Corso mientras observaba su cabello gris recogido en la nuca con horquillas, los zapatos casi masculinos con calcetines cortos, blancos.

—¿Corso, verdad?... Me alegro de conocerlo, señor.

Daba la única mano, menuda como el resto, con inusitada energía, ahondándose los hoyuelos en su cara. Tenía un leve acento más alemán que francés. Cierto Von Ungern, recordaba Corso haber leído en alguna parte, se hizo famoso en Manchuria, o Mongolia, a principios de los años veinte: una especie de señor de la guerra, último en pelear contra el Ejército Rojo al frente de un ejército desharrapado de rusos blancos, cosacos, chinos, desertores y bandidos. Con trenes blindados, saqueos, matanzas y cosas por el estilo, incluyendo epílogo al amanecer, ante un pelotón de fusilamiento. Quizá tenía algo que ver con ella.

—Era un tío abuelo de mi marido. Su familia fue rusa, emigrada a Francia con algún dinero antes de la revolución —no había nostalgia ni orgullo en el recuerdo. Eran otros tiempos, otra gente, otra sangre, decía el gesto de la anciana. Extranjeros desaparecidos antes que ella existiera—. Yo nací en Alemania; mi familia lo perdió todo con los nazis. Me casé aquí, en Francia, después de la guerra —retiró con cuidado la hoja seca de una maceta junto a la ventana y sonrió un poco—. Nunca soporté el olor a naftalina de mi familia política: la nostalgia de San Petersburgo, el cumpleaños del zar. Era lo mismo que velar cadáveres.

Corso miró la mesa de trabajo llena de libros; las estanterías repletas. Calculó un millar sólo en esa habitación, donde parecían estar los ejemplares más raros o valiosos; desde ediciones modernas a otras antiguas, encuadernadas en piel.

—¿Y esto?

—Se trata de algo distinto: materia de estudio, no de culto. Trabajo con ellos.

Malos tiempos, meditaba Corso, cuando las brujas, o lo que sean, hablan de su familia política y sustituyen el puchero de los conjuros por bibliotecas, ficheros y un lugar en la sección de *best-sellers* de los grandes periódicos. A través de la puerta abierta podía ver más libros en las otras habitaciones y el pasillo. Libros y plantas. Había macetas por todas partes: junto a las ventanas, en el suelo, sobre los estantes de madera. El piso era muy grande y muy caro, con vistas a los muelles del Sena y demasiado lejos, en el tiempo, de las hogueras de la Inquisición. Varias mesas de lectura estaban ocupadas por jóvenes con aspecto de estudiantes, y todas las paredes se veían cubiertas de libros. Entre hojas verdes brillaban los dorados de viejas encuadernaciones; la fundación Ungern contenía la más importante biblioteca europea especializada en ciencias ocultas. Corso echó un vistazo a los volúmenes que tenía cerca: *Daemonolatriae Libri*, de Nicolás Remy. *Compendium Maleficarum*, Francesco María Guazzo. *De Daemonialitate et Incubus et Sucubus*, Ludovico Sinistrari... Además de uno de los mejores catálogos sobre demonología, y de la fundación que llevaba el nombre del difunto barón, su marido, la baronesa Ungern poseía un sólido prestigio como autora de libros sobre magia y brujería. Su última obra, *Isis: la Virgen desnuda*, llevaba tres años en las listas de más vendidos; el mismo Vaticano había disparado las ventas al condenar públicamente el texto, que establecía inquietantes paralelismos entre la deidad pagana y la madre de Cristo: ocho ediciones en Francia, doce en España, diecisiete en la católica Italia.

—¿En qué trabaja ahora?

—*El diablo: historia y leyenda*. Una especie de biografía canalla que estará lista a principios de año.

Corso se había detenido ante una hilera de libros, atraída su atención por el *Disquisitionum*

Liber Magicarum de Martín del Río, los tres tomos de la edición príncipe de Lovaina, 1599-1600: un clásico sobre magia demoníaca.

—¿Dónde lo consiguió?

Frida Ungern tardó un momento en responder, calculando la oportunidad de la información:

—En la subasta del 89, en Madrid. Me costó mucho trabajo arrebatárselo a su compatriota Varo Borja —suspiró igual que si aún estuviese agotada del esfuerzo—. Y mucho dinero. Nunca lo hubiera conseguido sin la colaboración de Paco Montegrifo, ¿lo conoce?... Un hombre encantador.

Sonrió Corso de través. No sólo conocía a Montegrifo, director de la sucursal de Claymore en España, sino que a menudo se asociaba con él en operaciones heterodoxas y muy rentables, como la venta a cierto coleccionista suizo de una *Cosmographia* de Ptolomeo, manuscrito gótico de 1456, reciente y misteriosamente desaparecido de la Universidad de Salamanca. Montegrifo se había encontrado con él entre manos, recurriendo a Corso como intermediario, y todo se desarrolló con discreción y limpieza tras breve paso por el taller de los hermanos Ceniza para eliminar un sello en exceso comprometedor. El propio Corso hizo de correo con el libro hasta Lausana. Todo incluido por una comisión del treinta por ciento.

—Sí. Conozco al personaje —pasó los dedos por los nervios que ornaban el lomo de los volúmenes del *Disquisitionum magicarum*, preguntándose cuánto le habría cobrado Montegrifo a la baronesa por amañar la subasta en su favor—. En cuanto a este Martín del Río, sólo he visto uno antes, en la biblioteca de los jesuitas de Bilbao... Encuadernado en una sola pieza, en piel. Pero es la misma edición.

Mientras hablaba movió la mano hacia la izquierda, a lo largo de la fila de libros, rozando otros: había ejemplares interesantes, con buenas encuadernaciones en vitela, chagrin, pergamino. Muchos eran mediocres, o en mal estado de conservación, y se veían muy usados. Casi todos mostraban marcas, señales entre las páginas con tiras de cartulina blanca llenas de una escritura pequeña y picuda, apretada, a lápiz. Material de trabajo. Se detuvo al llegar a un volumen que le resultaba familiar: negro, sin título, cinco nervios en el lomo. El número Tres.

—¿Desde cuándo lo tiene?

Corso era un tipo templado, por supuesto. Y más a tales alturas de la historia. Pero había pasado la noche trabajando con las cenizas del número Dos, y no pudo evitar que la baronesa detectara un tono especial en su voz. Vio que lo miraba recelosa a pesar de los benévolos hoyuelos de viejecita joven.

—¿*Las Nueve Puertas?*... No sé. Mucho tiempo —movía la mano izquierda con seguridad y rapidez. Sin ningún esfuerzo extrajo el libro del estante, y sosteniendo el lomo contra la palma lo abrió con los dedos por la hoja de guarda ornada por varios ex-libris, algunos muy antiguos. El último era un arabesco con el apellido Von Ungern. La fecha estaba escrita encima, a tinta, y al verla movió la cabeza con gesto afirmativo, evocador—

... Un regalo de mi marido. Me casé muy joven, y él doblaba mi edad... El libro lo compró en 1949.

Eso era lo malo de las brujas modernas, añadió mentalmente Corso: tampoco tenían secretos. Todo estaba a la vista, en cualquier *Quién es quién* o revista de sociedad. Por muy baronesas que fueran, se habían vuelto previsibles. Vulgares. Torquemada habría enloquecido de tedio con todo aquello.

—¿Su marido compartió la afición por estos temas?

—En absoluto. Jamás leyó un libro. Se limitaba a satisfacer mis deseos igual que el genio de la lámpara maravillosa —el brazo amputado pareció estremecerse un momento en la manga vacía de la rebeca—. Lo mismo le daba un libro caro que un collar de perlas perfectas... —se detuvo un instante para sonreír con suave melancolía—. Pero fue un hombre divertido, capaz de seducir a las esposas de sus mejores amigos. Y preparaba excelentes cócteles de champaña.

Se quedó callada un momento, mirando a su alrededor lo mismo que si el marido hubiese dejado una copa usada en alguna parte.

—Todo esto —añadió, abarcando la biblioteca con un gesto— lo reuní yo. Cada título, uno por uno. Hasta elegí *Las Nueve Puertas*, al descubrirlo en el catálogo de un viejo petainista arruinado. Mi marido se limitó a firmar el cheque.

—¿Por qué el diablo?

—Un día lo vi. Tenía quince años y lo vi como lo veo a usted. Llevaba cuello duro, sombrero y bastón. Era muy guapo; se parecía a John Barrymore haciendo de barón Gaigern en *Gran Hotel.* Así que me enamoré igual que una idiota —se quedó otra vez pensativa, su única mano en el bolsillo de la rebeca; la boca evocaba algo lejano y familiar—... Supongo que por eso nunca lamenté del todo las infidelidades de mi marido.

Corso miró a uno y otro lado como si no estuvieran solos en la habitación, antes de inclinarse, confidencial.

—Hace sólo tres siglos la hubieran quemado por contar eso.

Ella emitió un sonido gutural y complacido, sofocando una risa, y casi se puso de puntillas para susurrarle en el mismo tono:

—Hace tres siglos no se lo hubiera contado a nadie —confió—. Pero conozco a muchos que me llevarían gustosos a la hoguera —los hoyuelos acompañaron otra sonrisa. Aquella mujer sonreía siempre, decidió Corso; mas sus ojos risueños y lúcidos permanecían alerta, estudiando a su interlocutor—... Ahora, en pleno siglo veinte.

Le pasó *Las Nueve Puertas* y se quedó mirándolo mientras él hojeaba el libro despacio, aunque contenía a duras penas la impaciencia por comprobar posibles alteraciones en las nueve láminas que, con íntimo suspiro de alivio, descubrió intactas. Por tanto, la *Bibliografía* de Mateu contenía un error: ningún ejemplar estaba falto del último grabado. El número Tres se veía más deteriorado que el de Varo Borja, y también que el de Victor Fargas antes de pasar por la chimenea. La parte inferior estuvo expuesta a la humedad y casi todas las páginas tenían manchas. También la encuadernación necesitaba una limpieza a fondo, pero el ejemplar parecía completo.

—¿Tomará algo? —preguntó la baronesa—. Puedo ofrecerle café o té.

Nada de filtros o hierbas mágicas, se resignó Corso. Ni siquiera una tisana.

—Café.

El día era soleado y el cielo se mostraba azul sobre las cercanas torres de Nôtre Dame. Corso fue hasta una ventana y apartó los visillos para estudiar el libro con mejor luz. Dos pisos más abajo, entre los árboles sin hojas de la orilla del Sena, estaba la chica, sentada en un banco de piedra con la trenca puesta y leyendo un libro. Sabía que era *Los tres mosqueteros* porque lo vio sobre la mesa al encontrarse durante el desayuno. Después, el cazador de libros había caminado por la calle de Rivoli sabiendo que la joven lo seguía quince o veinte pasos detrás. Deliberadamente decidió ignorarla, y ella se mantuvo a distancia. Ahora la vio alzar los ojos. Tenía que distinguirlo bien desde abajo, en la ventana y con *Las Nueve Puertas* en las manos, pero no hizo gesto alguno de reconocimiento. Se limitó a seguir observándolo, inexpresiva e inmóvil, hasta que se retiró al interior. Cuando se asomó otra vez, ella leía de nuevo, inclinada la cabeza sobre su novela.

Había una secretaria, una mujer de edad mediana y gruesas gafas moviéndose entre las mesas y los libros, pero Frida Ungern trajo personalmente el café, dos tazas en una bandeja de plata que sostenía con soltura. Una mirada suya bastó para disuadirlo de ofrecer ayuda, y se sentaron en torno a la mesa de escritorio con la bandeja entre libros, macetas, papeles y fichas de notas.

—¿Cómo se le ocurrió la idea de esta fundación?

—Desgrava en materia de impuestos. También acude gente, encuentro colaboradores... —moduló una sonrisa melancólica—. Soy la última bruja y me sentía sola.

—No parece una bruja en absoluto —Corso esgrimió la mueca apropiada: conejo espontáneo y simpático—. Leí su *Isis*.

Ella sostenía la taza de café en una mano y alzó un poco el muñón del otro brazo, al tiempo que inclinaba la cabeza como si fuese a arreglarse el cabello de la nuca. Un gesto no consumado, antiguo como el mundo y sin edad; de inconsciente coquetería.

—¿Y le gustó?

La miró a los ojos, por encima de la taza humeante que en ese momento se llevaba a los labios.

—Mucho.

—A otros no tanto. ¿Sabe lo que dijo *L'Osservatore Romano*...? Lamentaba la supresión del Índice del Santo Oficio. Y tiene usted razón —señaló con el mentón *Las Nueve Puertas* que Corso había puesto a su lado, en la mesa—. En otro tiempo me habrían quemado viva, como al pobre que escribió ese evangelio según Satanás.

—¿De veras cree en el diablo, baronesa?

—No me llame baronesa. Es ridículo.

—¿Cómo prefiere que la llame?

—No sé. Señora Ungern. O Frida.

—¿Cree en el diablo, señora Ungern?

—Al menos lo suficiente para dedicarle mi vida, mi biblioteca, esta fundación, muchos años de trabajo y las quinientas páginas del nuevo libro... —lo estudió con interés. Corso se había quitado las gafas para limpiarlas; la sonrisa desvalida completaba el efecto—. ¿Y usted?

—Todo el mundo me pregunta eso últimamente.

—Claro. Anda haciendo preguntas sobre un libro cuya lectura exige cierta clase de fe.

—Mi fe suele ser escasa —Corso arriesgó un punto de sinceridad; el tipo de franqueza que solía ser rentable—. En realidad trabajo por dinero.

Se acentuaron de nuevo los hoyuelos. Había sido muy bonita medio siglo antes, se dijo Corso. Cuando hacía conjuros, o lo que fuera, con los dos brazos intactos, menuda y pizpireta. Aún quedaba algo de eso en ella.

—Lástima —comentó Frida Ungern—. Otros, que trabajaban gratis, creyeron a pies juntillas en la existencia del protagonista de ese libro... Alberto Magno, Raimundo Lulio, Roger Bacon, no discutieron nunca la existencia del diablo sino la naturaleza de sus atributos.

Corso se ajustó las gafas, dosificando un ápice de sonrisa escéptica.

—Eran otros tiempos.

—Pero no hace falta remontarse tan lejos. *"El demonio existe, no sólo como símbolo del mal, sino como realidad física..."* ¿Le gusta? Pues lo escribió un papa, Pablo VI. En 1974.

—Era un profesional —concedió Corso, ecuánime—. Sus motivos tendría.

—En realidad no hizo sino confirmar un dogma: la existencia del diablo fue establecida por el cuarto Concilio de Letrán. Hablo de 1215... —se detuvo, mirándolo con duda—. ¿Le interesan los datos eruditos? Si me lo propongo puedo ser insoportablemente docta... —los hoyuelos se acentuaron—. Siempre quise ser primera de la clase. La ratita sabia.

—Seguro que lo era. ¿Le concedían la banda?

—Por supuesto. Y las otras chicas me odiaban.

Rieron ambos, y el cazador de libros supo que Frida Ungern estaba ahora de su parte. Así que extrajo dos cigarrillos del gabán y le ofreció uno que ella rechazó, no sin mirarlo antes con cierta aprensión. Ignorando el gesto, Corso encendió el suyo.

—Dos siglos más tarde —continuó la baronesa mientras Corso aún se inclinaba sobre el fósforo encendido— la bula papal de Inocencio VIII *Summis Desiderantes Affectibus* confirmó que Europa Occidental estaba plagada de demonios y brujas. Entonces dos frailes dominicos, Kramer y Sprenger, redactaron el *Malleus Malleficarum:* un manual para inquisidores...

Corso alzó el dedo índice.

—Lyón, 1519. Octavo en gótico, sin nombre de autor. Al menos el ejemplar que conozco.

—No está nada mal —lo miraba con sorpresa—... Yo tengo otro posterior —señaló un estante—: ahí puede verlo. También Lyón, publicado en 1669. Pero la primera edición es de 1486... hizo un gesto de desagrado, entornando los ojos—. Kramer y Sprenger eran fanáticos y estúpidos; su *Malleus* es un puro disparate. Hasta podría parecer divertido, si a millares de infelices no los hubieran torturado y quemado en su nombre.

—Como a Aristide Torchia.

—Por ejemplo. Aunque ése no tenía nada de inocente.

—¿Qué sabe de él?

La baronesa movió la cabeza, apurando lo que quedaba de café, y repitió el gesto.

—Los Torchia eran una familia veneciana de comerciantes acomodados, que importaban papel de tina español y francés... El joven viajó pronto a Holanda, donde aprendió el oficio con los Elzevir, corresponsales de su padre. Allí se quedó un tiempo y después fue a Praga.

—Ignoraba eso.

—Pues ya ve. Praga: capital de la magia y el saber oculto europeos, como cuatro siglos antes lo había sido Toledo... ¿Va atando cabos? Torchia eligió para vivir Santa María de las Nieves, el barrio de la magia, cerca de la plaza Jungmannovo donde se encuentra la estatua de Juan Huss... ¿Recuerda a Huss al pie de la hoguera?

—*¿De mis cenizas nacerá un cisne que no podréis quemar...?*

—Exacto. Es fácil hablar con usted. Supongo que lo sabe, y eso es bueno para su trabajo... —la baronesa aspiró involuntariamente un poco de humo del cigarrillo de Corso y lo miró con leve reproche, pero éste se mantuvo imperturbable—. ¿Dónde habíamos dejado a nuestro impresor?... Ah, sí. Praga, segundo acto: Torchia se traslada ahora a una casa de la judería, no lejos de allí, junto a la sinagoga. Un barrio donde hay ventanas encendidas toda la noche; donde los cabalistas buscan la fórmula mágica del Golem. Después de una temporada cambia nuevamente de casa; esta vez al barrio de la Mala Strana... —le dirigió una sonrisa cómplice— ¿A qué le suena eso?

—A peregrinaje. O viaje de estudios, que diríamos hoy.

—Eso opino yo —la baronesa asentía satisfecha. Corso, plenamente adoptado, progresaba con rapidez en su particular cuadro de honor—... No puede ser casualidad que Aristide Torchia se mueva por los tres puntos donde se concentra todo el saber hermético de la época. Y eso en una Praga cuyas calles conservan el eco de los pasos de Agripa y Paracelso, donde se hallan los últimos manuscritos conservados de la magia caldea, las claves pitagóricas perdidas o dispersas desde la matanza de Metaponto... —se inclinó un poco mientras bajaba el tono, casi confidencial, señorita Marple a punto de confiar a su mejor amiga que ha descubierto cianuro en las pastas del té . En esa Praga, señor Corso, en gabinetes oscuros, hay hombres que conocen la *carmina*, el arte de las palabras mágicas; la *necromancia*, o arte de comunicarse con los muertos —hizo una pausa, conteniendo la respiración, antes de susurrar— y la *goecia*...

—... El arte de comunicarse con el diablo.

—Sí —la baronesa se recostaba en el sillón, deliciosamente escandalizada de todo aquello. Le relucían los ojos; estaba en su elemento, con cierta precipitación en la voz cual si hubiese mucho por contar y no tuvieran tiempo—. Durante esa época, Torchia vive en el sitio donde se esconden las páginas y los grabados supervivientes de guerras, incendios y persecuciones... Los restos del libro mágico que abre las puertas del conocimiento y el poder: el *Delomelanicon*, la palabra que convoca las tinieblas.

Lo dijo en su tono clandestino y casi teatral, pero acompañado de una sonrisa. Parecía que ella misma no se lo tomara del todo en serio, o recomendase a Corso conservar una saludable reserva.

—Concluido su aprendizaje —prosiguió— Torchia regresa a Venecia... Fíjese bien, porque es importante: a pesar de los riesgos que corre en Italia, el impresor abandona la relativa seguridad de Praga para volver a su ciudad, publicando allí una serie de libros comprometidos que terminarán por llevarlo a la hoguera... ¿Es extraño, verdad?

—Parece una misión que cumplir.

—Sí. Pero ¿encomendada por quién?... —la baronesa abrió *Las Nueve Puertas* por la página del título—. Este *con privilegio y permiso de los superiores* da que pensar, ¿no cree?... Es muy probable que, en Praga, Torchia se afiliase a una cofradía secreta que le encomendara la difusión de un mensaje; una especie de apostolado.

—Usted lo dijo antes: el evangelio según Satanás.

—Tal vez. El caso es que Torchia publicó *Las Nueve Puertas* en el peor momento. Entre 1550 y 1666, el neoplatonismo humanista y los movimientos hermético-cabalísticos perdían la batalla entre nubes de rumores demoníacos...

Los Giordano Bruno y los John Dee eran quemados o morían perseguidos y en la miseria. Triunfante la Contrarreforma, la Inquisición creció hasta la hipertrofia: creada para combatir la herejía, se especializó en brujas, magos y sortilegios para justificar su existencia siniestra. Y ahora se le ofrecía un impresor en tratos con el diablo... También, todo hay que decirlo, Torchia facilitó las cosas. Escuche —pasó varias páginas del libro, al azar—. *Pot. m.vere im.g...* —miró a Corso—. Tengo muchos pasajes traducidos; la clave no es muy difícil. *Podré animar imágenes de cera*, dice el texto. *Y desquiciar la luna, y devolver la carne a los cuerpos muertos...* ¿Qué le parece?

—Infantil. Suena estúpido hacerse quemar por eso.

—Tal vez; nunca se sabe... ¿Le gusta Shakespeare?

—A veces.

—*Hay más cosas en el cielo y en la tierra, Horacio, de las que imagina tu filosofía...*

—Hamlet. Un chico inseguro.

—No todo el mundo merece, ni puede, acceder a esas cosas ocultas, señor Corso. Según el viejo principio, hay que conocer y guardar silencio.

—Y Torchia no lo guardó.

—Ya sabe usted que, según la Cábala, Dios posee un nombre terrible y secreto...

—El Tetragrammaton.

—Eso es. En sus cuatro letras se apoyan la armonía y el equilibrio del universo... Se lo adivirtió el arcángel Gabriel a Mahoma: *Dios está oculto por setenta mil velos de luz y tiniebla. Y si esos velos se alzaran, hasta yo sería aniquilado...* Pero Dios no es el único en tener un nombre así. También el diablo tiene el suyo: una combinación de letras espantosa, maléfica, cuya pronunciación lo convoca... Y desencadena terribles consecuencias.

—Eso no es nuevo. Mucho antes del cristianismo y el judaísmo ya tenía un nombre: la caja de Pandora.

Lo miró satisfecha, a punto de concederle el diploma de alumno distinguido.

—Muy bien, señor Corso. De hecho nos pasamos la vida, y los siglos, hablando de las mismas cosas con distintos nombres: Isis y la virgen María, Mitra y Jesucristo, el 25 de diciembre como Navidad o como fiesta del solsticio de invierno, aniversario del sol invicto... Recuerde a Gregorio Magno, que ya en el siglo VII recomendaba a los misioneros utilizar las fiestas paganas, cristianizándolas.

—Instinto comercial. En el fondo se trataba de una operación de mercado: atraer clientela ajena... Pero dígame qué sabe de cajas de Pandora y derivados. Incluyendo pactos diabólicos.

—El arte de encerrar diablos en botellas y libros es muy antiguo... Gervasio de Tilbury y Gerson lo mencionaban ya en los siglos XIII y XIV. Y en cuanto a los pactos con el demonio, la tradición resulta más antigua: desde el libro de Enoch hasta san Jerónimo, pasando por la Cábala y los padres de la Iglesia. Sin olvidar al obispo Teófilo, casualmente *amante de la sabiduría*, el Fausto histórico y Roger Bacon... O el papa Silvestre II, de quien se dice robó a los sarracenos un libro *que contenía todo lo que hay que saber.*

—Se trata, entonces, de conseguir el conocimiento.

—Claro. No va alguien a tomarse tantas molestias y pasear por la puerta del abismo por pasar el rato. La demonología erudita identifica a Lucifer con la sabiduría. En el Génesis, el diablo en forma de serpiente consigue que el hombre deje de ser un alienado estúpido y adquiera conciencia y albedrío, lucidez... Con el dolor y la incertidumbre que ese conocimiento y esa libertad implican.

La conversación nocturna estaba demasiado fresca, y era inevitable que Corso pensara en la chica. Cogió *Las Nueve Puertas* y, con el pretexto de echarle otro vistazo con mejor luz, se acercó a la ventana; pero ya no estaba allí. Sorprendido, miró a uno y otro lado de la calle, la orilla del río y los bancos de piedra bajo los árboles, sin encontrarla. Eso lo intrigó, mas no disponía de tiempo para pensar en ello. Frida Ungern hablaba de nuevo:

—¿Le gustan los juegos de adivinación? ¿Los problemas con clave oculta?... En cierto modo, ese libro que tiene en las manos lo es. Al diablo, como a todo ser inteligente, le gustan los juegos, los acertijos. Las carreras de obstáculos en las que se quedan los débiles e incapaces y sólo triunfan los espíritus superiores; los iniciados — Corso se había acercado a la mesa, colocando sobre ella el libro abierto por la página del frontispicio, la serpiente ouróbora enroscada en el árbol—. Quien sólo ve una serpiente en la figura que devora su cola, no merece seguir más allá.

—¿Para qué sirve este libro? —preguntó Corso.

La baronesa se llevó un dedo a los labios como el caballero del primer grabado. Sonreía.

—Juan de Patmos dice que bajo el reinado de la Segunda Bestia, antes de la decisiva y final batalla de Armageddon, *nadie podrá comprar o vender sino el que tuviera la marca, el nombre de la Bestia o el número de su nombre*... En espera de que llegue la hora, nos cuenta Lucas (IV, 13), al final de su relato sobre las tentaciones, el diablo, tres veces repudiado, *se retiró hasta el tiempo oportuno*. Pero dejó varias vías de acceso para los impacientes, incluyendo la forma de llegar hasta él. De pactar con él.

—Venderle el alma.

Frida Ungern emitía una risita contenida, confidencial. Miss Marple en plena tertulia, ocupada en chismorreos diabólicos. No sabes la última de Satanás. Esto y lo otro. Como te lo cuento, querida Peggy.

—El diablo ha escarmentado —dijo—. Era joven e ingenuo, y cometía errores: algunas almas se le escapaban a última hora entre los dedos, por la puerta falsa, salvándose a costa del amor, de la misericordia divina y de otras argucias semejantes. Así que terminó por incluir una cláusula de entrega innegociable de cuerpo y alma, transcurrido el plazo, *sin reserva de ningún derecho para la redención, ni futuro recurso a la misericordia divina*... Esa cláusula, por cierto, figura en este libro.

—Perro mundo —dijo Corso—. Hasta Lucifer tiene que recurrir a la letra pequeña.

—Compréndalo. Ahora se estafa con todo; hasta con el alma. Sus clientes se escabullen e incumplen las cláusulas del contrato. El diablo está harto, y con razón.

—¿Qué más contiene el libro?... ¿Qué significan los nueve grabados?

—En principio son jeroglíficos que deben ser resueltos, y su combinación con el texto proporciona el poder. Es la fórmula para construir el nombre mágico que hace comparecer a Satanás.

—¿Y funciona?

—No. Es falso.

—¿Lo ha probado usted misma?

Frida Ungern parecía escandalizada.

—¿De veras me ve en un círculo mágico, a esta edad, invocando a Belzebú?... Por favor. Por mucho que hace medio siglo se pareciese a John Barrymore, también los galanes envejecen. ¿Se imagina una decepción a mis años?... Prefiero ser fiel a mis recuerdos de jovencita.

Corso compuso un gesto de socarrona sorpresa:

—Yo creía que el diablo y usted... Sus lectores la tienen por una especie de bruja entusiasta.

—Pues se equivocan. Lo que yo busco en el diablo es dinero, no emociones —miró a su alrededor, hacia la ventana—. La fortuna de mi marido la gasté en formar esta biblioteca, y vivo de mis derechos de autor.

—Que no son desdeñables, por cierto. Es la reina de las secciones de librería en los grandes almacenes...

—Pero la vida es cara, señor Corso. Muy cara, sobre todo cuando para conseguir los ejemplares raros deseados hay que entenderse con gente como nuestro amigo el señor Montegrifo... Satanás resulta una buena forma de ingresos en los tiempos que corren, y eso es todo. Con setenta años cumplidos no dispongo de tiempo para dedicarlo a fantasías gratuitas y estúpidas, de clubs de solteronas... ¿Me explico?

Esta vez fue Corso quien sonrió:

—Perfectamente.

—Si le digo —prosiguió la baronesa— que este libro es falso, es porque lo he estudiado a fondo... Algo no funciona en él: posee lagunas, espacios en blanco. Hablo en sentido figurado, pues la edición está íntegra... Mi ejemplar perteneció a madame de Montespan, amante de Luis XIV, suma sacerdotisa satánica que llegó a establecer el ritual de la misa negra entre las costumbres de palacio... Hay una carta de la Montespan a madame De Peyrolles, su amiga y confidente, donde se queja de la ineficacia de un libro que, subraya: *"tiene todo lo preciso que citan los sabios y, sin embargo, hay algo en él de inexacto, un juego de palabras que no terminase nunca de establecerse en la secuencia correcta".*

—¿Qué otras personas lo poseyeron?

—El conde de Saint Germain, que se lo vendió a Cazotte.

—¿Jacques Cazotte?

—El mismo. Autor de *El diablo enamorado*, ejecutado en la guillotina en 1792... ¿Conoce el libro?

Hizo Corso un gesto afirmativo y cauto. Las relaciones resultaban tan obvias que eran imposibles.

—Lo leí una vez.

En alguna parte de la casa sonaba un teléfono, y en el pasillo se oyeron pasos de la secretaria. Después el ruido cesó.

En cuanto a *Las Nueve Puertas* —proseguía la baronesa— su rastro desaparece aquí en París, en los días del Terror revolucionario. Hay un par de referencias posteriores, pero muy imprecisas: Gérard de Nerval lo menciona de paso en uno de sus artículos, asegurando haberlo visto en casa de un amigo...

Corso parpadeó imperceptiblemente tras los cristales de sus gafas.

—Dumas fue amigo suyo —dijo, alerta.

—Sí. Pero Nerval no precisa en casa de quién. Lo cierto es que ya nadie vuelve a ver el libro hasta la venta del petainista, cuando vino a mis manos...

Corso dejó de prestar atención. Según la leyenda, Gérard de Nerval había muerto ahorcado con el cordón de un corpiño: el de madame de Montespan. ¿O era el de la Maintenon?... Fuera el que fuese, imposible no establecer inquietantes asociaciones con el cordón del batín de Enrique Taillefer.

La secretaria interrumpió su reflexión al aparecer en la puerta. Alguien llamaba a Corso por teléfono. Se excusó éste y cruzó ante las mesas de lectores para salir al pasillo, entre más libros y macetas. Sobre una rinconera de nogal había un modelo de aparato muy antiguo, de metal, con el auricular descolgado.

—Diga.

—"¿Corso?... Soy Irene Adler."

—Ya veo —miró el pasillo desierto a su espalda; la secretaria se había ido—. Me extrañaba que no siguieras de centinela... ¿De dónde llamas?

—"Del *bar-tabac* de la esquina. Hay un hombre que vigila la casa. Por eso vine aquí."

Por un instante, Corso respiró despacio. Después buscó con los dientes una piel junto a la uña del pulgar y tiró de ella. Tenía que ocurrir tarde o temprano, se dijo con retorcida resignación: formaba parte del paisaje, o del decorado. Después pronunció una palabra que sabía innecesaria:

—Descríbelo.

—"Moreno, con bigote y una cicatriz grande en la cara —la voz de la chica sonaba tranquila; sin rastro de emoción ni conciencia de peligro—. Está dentro de un BMW gris aparcado al otro lado de la calle."

—¿Te ha visto?

—"No sé; pero yo lo veo a él. Lleva una hora dentro del coche y ha bajado dos veces: una para mirar los nombres de los timbres del portal, y otra para comprar diarios."

Escupió Corso la minúscula piel de la boca y se chupó el pulgar. Le escocía.

—Oye. No sé qué pretende ese individuo. Ni siquiera si los dos formáis parte del mismo montaje. Pero no me gusta que esté cerca de ti. No me gusta nada. Así que vete al hotel.

—"No seas imbécil, Corso. Yo iré donde deba ir."

Todavía añadió "saludos a Treville" antes de colgar el teléfono, y Corso hizo un gesto a medio camino entre la exasperación y el sarcasmo, porque pensaba en lo mismo y no agradecía la coincidencia. Por eso permaneció un momento mirando el auricular antes de devolverlo a la horquilla. Naturalmente, ella estaba leyendo *Los tres mosqueteros;* incluso tenía el libro abierto cuando la vio por la ventana. En el capítulo tercero, recién llegado a París y en plena audiencia con el señor de Treville, jefe de los mosqueteros del rey, d'Artagnan ve por la ventana a Rochefort y, precipitándose escaleras abajo, en su busca, tropieza con el hombro de Athos, el tahalí de Porthos y el pañuelo de Aramis. Saludos a Treville. Como broma resultaba ingeniosa, si es que era espontánea. Pero a Corso no le hacía ninguna gracia.

Después de colgar el teléfono permaneció quieto en la penumbra del pasillo, reflexionando. Tal vez esperaban de él precisamente eso, una carrera escaleras abajo, espada en mano, tras el señuelo de Rochefort. Hasta la llamada de la chica podía formar parte del plan; o tal vez, puestos a rizar el rizo, una advertencia contra ese mismo plan, si es que había tal. Y si es que ella —Corso tenía demasiada experiencia para poner la mano en el fuego por nadie— jugaba limpio.

Malos tiempos, se dijo de nuevo. Tiempos absurdos. Después de tantos libros, cine y televisión, después de tantos niveles de lectura posibles, resultaba difícil saber si uno se enfrentaba al original o a la copia; cuándo el juego de espejos devolvía la imagen real, la invertida o la suma de éstas, y cuáles eran las intenciones del autor. Resultaba tan fácil quedarse corto como pasarse de listo. Había en ello un motivo más para envidiar al tatarabuelo Corso, sus mostachos de granadero y el olor a pólvora sobre el barro de Flandes. Entonces una bandera todavía era una bandera, el Emperador era el Emperador, una rosa era una rosa era una rosa. De cualquier modo, ahora, en París y para Corso, algo seguía claro: incluso como lector de segundo nivel estaba dispuesto a asumir el juego sólo hasta ciertos límites. Y no tenía edad, ni inocencia, ni ganas de correr a batirse en terreno elegido por los adversarios, tres duelos concertados en diez minutos, en los Carmelitas Descalzos o donde diablos fuera. Cuando hubiera que decirse hola muy buenas, ya procuraría él acercarse a Rochefort con todas las garantías a su favor, a ser posible por detrás y con una barra de hierro en la mano. Se lo debía desde aquella calleja estrecha, en Toledo, sin olvidar los intereses acumulados en Sintra. Corso era de los que siempre saldan sus deudas en frío. Sin prisas.

Los muelles del Sena

Se considera insoluble este misterio por
las mismas razones que deberían inducir
a considerarlo solucionable.
(E. A. Poe. *Los crímenes de la calle Morgue*)

—La clave es elemental —dijo Frida Ungern—: abreviaturas similares a las utilizadas en los antiguos manuscritos latinos. Quizá porque Aristide Torchia tomó literalmente la mayor parte del texto de otro manuscrito; puede que del legendario *Delomelanicon*. En la primera lámina, el sentido es evidente para quien conozca un poco el lenguaje hermético: NEM. PERV.T QUI N.N LEG. CERT.RIT es, por supuesto, NEMO PERVENIT QUI NON LEGITIME CERTAVERIT.

—... *Nadie que no haya combatido según las reglas lo consigue.*

Iban por la tercera taza de café, y saltaba a la vista que, al menos en lo formal, Corso había sido adoptado. Vio asentir a la baronesa, complacida.

—Muy bien... ¿Puede interpretar algún elemento de esa lámina?

—No —mintió Corso con sangre fría. Acababa de descubrir que, en aquel ejemplar, las torres de la ciudad amurallada hacia la que iba el caballero no eran cuatro, sino tres—... Salvo el gesto del personaje, que parece elocuente.

—Y lo es: vuelto hacia el adepto con un dedo sobre la boca, aconsejando silencio... Es el *tacere* de los filósofos del arte oculto. Al fondo, la ciudad amurallada circunda las torres, el secreto. Observe que la puerta está cerrada. Hay que abrirla.

Tenso, muy alerta, Corso pasó más páginas hasta llegar a la segunda lámina: el ermitaño ante otra puerta, con las llaves en la mano *derecha*. La leyenda era *CLAUS. PAT.T.*

—*CLAUSAE PATENT* —descifró sin dificultad la baronesa—: *Abren lo cerrado*, las puertas cerradas... El ermitaño significa conocimiento, estudio, sabiduría. A su lado, fíjese, el mismo perro negro que, según la leyenda, acompañaba a Agripa. El perro fiel... De Plutarco a Bram Stoker y su *Drácula*, sin olvidar el *Fausto* de Goethe, el perro negro es uno de los animales preferidos por el diablo para encarnarse... En cuanto al farol, pertenece al filósofo Diógenes, que tanto despreciaba los poderes temporales y lo único que pedía al poderoso Alejandro era que no le hiciese sombra; que se apartara porque le tapaba el sol, la luz.

—¿Y la letra Teth?

—No estoy segura —golpeó ligeramente la lámina—. El Ermitaño del Tarot, muy parecido a éste, va a veces acompañado de una serpiente, o del bastón que la simboliza. En la filosofía oculta, la serpiente y el dragón son guardianes del recinto maravilloso, jardín o Vellocino, y duermen con los ojos abiertos. Son el Espejo del Arte.

—*Ars diavoli* —dijo Corso al azar, y la baronesa sonrió a medias, asintiendo misteriosa. Sin embargo él sabía, por Fulcanelli y otras viejas lecturas, que el término *Espejo del Arte* no se encuadraba en la demonología, sino en la alquimia. Se preguntó cuánto de charlatanería encerraba la erudición con que lo obsequiaba su interlocutora y suspiró para sus adentros, sintiéndose como un buscador de oro metido en un río hasta la cintura y con el cedazo en las manos. Después de todo, concluyó, las quinientas páginas de un *best-seller* tenían que llenarse con algo.

Pero Frida Ungern ya pasaba a la tercera lámina:

—El lema es *VERB. D.SUM C.S.T ARCAN*. Es decir: *VERBUM DIMISSUM CUSTODIAT ARCANUM*. Lo podemos traducir como: *La palabra perdida guarda el secreto*. Y el grabado es significativo: un puente, la unión entre la orilla clara y la oscura. Desde la mitología clásica hasta el juego de la oca, su sentido está claro. Puede unir la tierra con el cielo o con el infierno, igual que el arco iris... Naturalmente, para cruzar éste hay que abrir antes las puertas amuralladas que lo cierran.

—¿Y el arquero escondido en la nube?

Esta vez casi se le alteró la voz al preguntar. En los ejemplares Uno y Dos, del hombro del arquero colgaba un carcaj vacío. Pero en el número Tres el carcaj contenía una flecha. Frida Ungern apoyaba un dedo en ella.

—El arco es el arma de Apolo y de Diana, la luz del supremo poder. La ira del dios, o de Dios. Es el enemigo que acecha a quien cruza el puente —se inclinó, queda y confidencial—.

Aquí significa una terrible advertencia. No es recomendable jugar con estas cosas.

Corso asintió mientras pasaba a la cuarta lámina. Sentía rasgarse velos en su razón; las puertas empezaban a abrirse con chirridos demasiado siniestros. Ahora tenía ante sí al bufón y su laberinto de piedra, bajo el lema: *FOR. N.N OMN. A.QUE.* Frida Ungern lo tradujo como *FORTUNA NON OMNIBUS AEQUE: La suerte no es igual para todos.*

—El personaje equivale al loco del Tarot —aclaró—. El loco de Dios del islam. También lleva, por supuesto, su bastón o serpiente simbólica en la mano... Es el bufón medieval, el *Joker* de la baraja, el comodín. Simboliza el Destino, el azar, el fin de todo, la conclusión esperada o inesperada: observe los dados. En el medievo, los bufones eran seres privilegiados; se les permitían cosas vedadas a otros, teniendo por misión recordar a los señores su condición mortal, y que su fin era tan inevitable como el de los demás hombres...

—Aquí expresa lo contrario —objetó Corso—. *La suerte no es igual para todos.*

—Claro. Quien se rebela, quien ejercita su libertad y arriesga, puede ganar un destino distinto. De eso trata este libro, y de ahí el bufón, paradigma de libertad. El único hombre realmente libre, y también el más sabio. En la filosofía oculta el bufón se identifica con el mercurio de los alquimistas... Emisario de los dioses, conduce a las almas a través del reino de las sombras...

—El laberinto.

—Sí. Ahí lo tiene —señaló el grabado—. Y como ve, la puerta que le da acceso está cerrada.

También la de salida, observó Corso con un estremecimiento involuntario, antes de pasar nuevas páginas en busca de la siguiente lámina.

—Esta leyenda es más simple —dijo—: *FR.ST.A*. Es la única que me atrevo a aventurar. Yo diría que faltan una *u* y una *r*: *FRUSTRA*. Eso significa *En vano*.

—Muy bien. Es exactamente lo que dice, y la alegoría coincide con el lema. El avaro cuenta su oro, ajeno a la Muerte que sostiene en las manos dos símbolos definitivos: el reloj de arena y una horca de campesino.

—¿Por qué la horca y no una guadaña?

—Porque la muerte siega, pero el diablo recolecta.

Se detuvieron en el sexto grabado, el hombre colgado de la almena por un pie. Frida Ungern hizo un gesto de tedio con las manos y la boca, como si fuese demasiado obvio:

—*DIT.SCO M.R. es DITESCO MORI: Me enriquezco con la muerte*, frase que puede pronunciar el diablo con la cabeza muy alta. ¿No le parece?...

—Supongo que sí. Después de todo es su oficio —Corso pasó un dedo por la lámina—. ¿Qué simboliza el ahorcado?

—En primer lugar, el arcano número doce del Tarot. Pero hay otras interpretaciones. Yo me inclino por la que anuncia el cambio a través del sacrificio... ¿Conoce la Saga de Odín?:

Herido, colgué de un cadalso
barrido por los vientos,
durante nueve largas noches...

—... Puestos a establecer asociaciones —prosiguió la baronesa—: Lucifer, paladín de la libertad, sufre por amor al hombre. Y le proporciona el conocimiento a través del sacrificio, condenándose a sí mismo.

—¿Qué puede decirme de la séptima lámina?

—*DIS.S P.TI.R M.* no es demasiado explícito en principio; pero deduzco una frase tradicional, muy del gusto de los filósofos herméticos: *DISCIPULUS POTIOR MAGISTRO.*

—¿*El discípulo supera al maestro?*

—Más o menos. El rey y el mendigo juegan al ajedrez en ese extraño tablero donde todas las casillas tienen el mismo color, mientras el perro negro y el blanco, el Mal y el Bien, se despedazan con saña. En la ventana aguarda la luna, que es al mismo tiempo la oscuridad y la madre. Recuerde la creencia mítica de que, tras la muerte, las almas se refugian en la Luna. Usted leyó mi *Isis,* ¿verdad?... El negro es color simbólico de las tinieblas y las sombras cimerias, el sable de la heráldica, tierra, noche, muerte... El negro de Isis se corresponde con el color de la Virgen, que va de azul y se asienta sobre la luna... Al morir volvemos a ella, a la oscuridad de donde venimos, ambivalente por protectora y por peligrosa... Los perros y la Luna tienen también otra interpretación: la diosa cazadora Artemisa, la Diana de los romanos, era conocida por la forma en que se vengaba de quienes se enamoraban de ella o trataban de aprovecharse de su femineidad... Supongo que sabe a qué me refiero.

Corso, que pensaba en Irene Adler, asintió despacio.

—Sí. Les soltaba sus perros a los mirones, tras convertirlos en ciervos —tragó saliva, a su pesar. Los dos canes enzarzados en mortal pelea del grabado le parecían ahora extraordinariamente siniestros. ¿Él y Rochefort?—... Para despedazarlos.

La baronesa le dirigió una mirada neutral. El contexto lo ponía Corso, no ella.

—En cuanto a la octava lámina —prosiguió—, no es muy difícil su sentido básico: *VIC. I.T VIR.* corresponde a un bonito lema, *VICTA IACET VIRTUS.* Lo que significa: *La Virtud yace vencida.* La Virtud es la doncella a punto de ser degollada por ese apuesto joven provisto de espada y armadura, mientras al fondo gira la rueda inexorable de la Fortuna o el Destino, que avanza despacio pero siempre da la vuelta completa. Las tres figuras que hay en ella simbolizan los tres estadios que se representaban en la Edad Media bajo las palabras *regno* (reino), *regnavi* (reiné) y *regnabo* (reinaré).

—Nos queda un grabado.

—Sí. El último, y también la alegoría más significativa. *N.NC SC.O TEN.BR. LUX* es sin duda

NUNC SCIO TENEBRIS LUX: *Ahora sé que de las tinieblas viene la luz...* En realidad estamos ante una escena del Apocalipsis de San Juan. Roto el último sello, en llamas la ciudad secreta, llegado su tiempo y tras pronunciarse el nombre terrible o el número de la Bestia, la Cortesana de Babilonia cabalga, triunfal, sobre el dragón de siete cabezas...

—No parece muy rentable —dijo Corso— tomarse tanto trabajo para encontrar este horror.

—No se trata de eso. Todas las alegorías son una especie de composiciones en clave, de jeroglíficos... Del mismo modo que en una página de pasatiempos un número 1, el sol y un dado pueden componer la expresión *un soldado*, las láminas y sus leyendas, combinadas, permiten establecer con el texto del libro una secuencia, un ritual. La fórmula que proporciona la palabra mágica. El *verbum dimissum* o lo que sea.

—Y el diablo hace acto de presencia.

—Teóricamente.

—¿En qué lengua es el conjuro?... ¿Latín, hebreo o griego?

—No lo sé.

—¿Y dónde está el fallo del que hablaba madame de Montespan?

—Ya le dije que tampoco lo sé. Sólo he podido establecer que el oficiante debe construir un territorio mágico donde situar las palabras obtenidas, tras ordenarlas en una secuencia cuyo orden desconozco, pero que podría establecerse con el texto de las páginas 158 y 159 de *Las Nueve Puertas*. Mire.

Le mostró el texto en latín abreviado. La página estaba marcada por una ficha de cartulina llena de notas a lápiz con la letra pequeña y picuda de la baronesa.

—¿Consiguió descifrarlo? —preguntó Corso.

—Sí. O al menos eso creo —le ofreció la ficha con anotaciones—. Ahí lo tiene.

Corso leyó:

Es el animal ouróboro
el que circunda el laberinto
donde atravesarás ocho puertas
antes del dragón que acude
al enigma de la palabra.
Cada puerta tiene dos llaves:
la primera es aire y la segunda materia,
pero ambas son la misma cosa.
Situarás la materia en la piel de la serpiente
en el sentido de la luz de levante,
y en su vientre el sello de Saturno.
Abrirás el sello nueve veces,
y cuando el espejo refleje el camino
obtendrás la palabra perdida
que trae la luz de las tinieblas

—¿Qué le parece? —preguntó la baronesa.

—Inquietante, supongo. Pero no entiendo una palabra... ¿Y usted?

—Ya se lo he dicho; no demasiado —pasó las páginas del libro, preocupada—. Se trata de un método; una fórmula. Pero hay algo aquí que no está como debe estar. Y yo tendría que saberlo.

Corso encendió otro cigarrillo sin hacer comentarios. Él ya conocía la respuesta a esa pregunta: las llaves del ermitaño, el reloj de arena... La salida del laberinto, el tablero, la aureola... Y más cosas. Mientras Frida Ungern explicaba el sentido de las alegorías, él había descubierto nuevas variaciones que confirman su hipótesis: cada ejemplar era diferente de los otros. Proseguía el juego de los errores, y necesitaba ponerse a trabajar con urgencia, mas no así. No con la baronesa pegada a él.

—Me gustaría —dijo— echar con calma un vistazo a todo esto.

—Naturalmente. Dispongo de tiempo; me gustará ver cómo hace su trabajo.

Carraspeó Corso, incómodo. Llegaban a lo que había temido: la parte adversa del asunto.

—Trabajo mejor a solas.

Aquello sonó a error. Una nube oscurecía la frente de Frida Ungern.

—Me temo que no comprendo —miró la bolsa de lona de Corso con suspicaz interés—. ¿Está insinuándome que lo deje solo?

—Se lo ruego —Corso tragaba saliva, intentando sostener su mirada el mayor tiempo posible—. Lo que estoy haciendo es confidencial.

La baronesa parpadeó ligeramente. La nube descargaba tormenta, y el cazador de libros supo que todo podía irse por la borda de un momento a otro.

—Es usted muy dueño, por supuesto —el tono de Frida Ungern parecía capaz de helar las macetas de la habitación—. Pero este es mi libro y esta es mi casa.

Aquel era un punto en que cualquiera hubiese ofrecido disculpas antes de batirse en retirada, mas Corso no lo hizo. Se quedó sentado, fumando sin apartar los ojos de la baronesa. Al cabo sonrió con cautela: un conejo jugando a las siete y media a punto de pedir otra carta.

—Creo que me he explicado mal —no se había definido del todo su sonrisa cuando sacó de la bolsa de lona un objeto muy bien envuelto—. Sólo necesito estar aquí un rato con el libro y mis notas —palmeó con suavidad la bolsa mientras la otra mano ofrecía el paquete—. Verá que traigo todo lo necesario.

La baronesa deshizo el envoltorio y contempló en silencio su contenido. Se trataba de una edición en lengua alemana —Berlín, septiembre de 1943—; un grueso folleto encuadernado bajo el título *Iden*, publicación mensual del grupo Idus, círculo de aficionados a la magia y la astrología muy próximo a los jerarcas de la Alemania nazi. Una tarjeta de Corso marcaba una página ilustrada. En ella, Frida Ungern, joven y muy bonita, sonreía al fotógrafo. Cada uno de sus brazos —aún conservaba los dos— estaba asido al de un hombre: el de su derecha vestía de paisano y el pie de foto lo identificaba como astrólogo particular del *Führer*. A ella la mencionaba como su ayudante, distinguida señorita Frida Wender. En cuanto al individuo de la izquierda, usaba lentes con montura de acero y su aspecto era tímido. Vestía el uniforme negro de las *SS*. Y no era preciso leer el pie de foto para reconocer al *Reichsführer* Heinrich Himmler.

Cuando Frida Ungern, de soltera Wender, levantó los ojos y su mirada se cruzó con la de Corso, ya no parecía una abuelita dulce. Pero sólo fue un momento. Después asintió despacio mientras arrancaba cuidadosamente la página ilustrada para romperla en trozos diminutos. Y Corso pensó que las brujas, y las baronesas, y las ancianitas que trabajan entre libros y macetas, también tienen su precio, como todo el mundo. *Victa iacet Virtus*. Y no se le ocurría por qué iba a ser de otro modo.

Cuando se quedó solo, extrajo el dossier de la bolsa y se puso al trabajo. Había una mesa junto a la ventana y fue a instalarse en ella, con *Las Nueve Puertas* abierto por la página del frontispicio. Antes de empezar levantó un poco los visillos para echar un vistazo. Al otro lado de la calle había un BMW gris estacionado; el tenaz Rochefort montaba guardia. Corso miró también hacia el *bar-tabac* de la esquina, pero no vio a la chica.

Se dedicó al libro: tipo de papel, presión de los grabados, imperfecciones y erratas. Ahora sabía que los tres ejemplares eran sólo formalmente idénticos: encuadernación en piel negra sin inscripción exterior, cinco nervios, pentáculo en la tapa, número de páginas, la misma disposición de láminas... Con suma paciencia, hoja por hoja, fue completando los cuadros comparativos iniciados con el número Uno. En la página 81, junto al verso en blanco del quinto grabado, descubrió otra ficha de la baronesa. Era la traducción de un párrafo de esa misma página, descifrado:

> *Aceptarás el pacto de alianza que te ofrezco, entregándome a ti. Y me prometerás el amor de las mujeres y la flor de las doncellas, el honor de las monjas, las dignidades, los placeres y riquezas de los poderosos, príncipes y eclesiásticos. Fornicaré cada tres días y la embriaguez me será gustosa. Una vez cada año te ofreceré homenaje de confirmación de este contrato firmado con mi sangre. Hollaré con los pies los sacramentos de la iglesia y te dirigiré oraciones. No temeré la cuerda, ni el hierro, ni el veneno. Pasaré entre apestados y leprosos sin mancillar mi carne. Pero sobre todo poseeré el Conocimiento, por el que mis primeros padres renunciaron al paraíso. En virtud de este pacto me borrarás del libro de la vida para apuntarme*

*en el libro negro de la muerte. Y desde ahora
viviré veinte años feliz en la tierra de los hombres. Y luego iré contigo, a tu Reino, a malde-
cir a Dios.*

Había una segunda anotación en el reverso de la misma ficha, correspondiente a un párrafo descifrado de otra página:

*Reconoceré a tus siervos, mis hermanos, por
la señal impresa en alguna parte de su cuerpo,
aquí o allá, cicatriz o marca tuya...*

Corso blasfemó en voz baja y a conciencia,
igual que si estuviese murmurando una oración.
Después miró a su alrededor los libros en las paredes, sus lomos oscuros y usados, y le pareció
que un extraño, lejano rumor, llegaba hasta él
desde el interior de éstos. Cada uno de aquellos
volúmenes cerrados era una puerta tras la que se
agitaban sombras, voces, sonidos, abriéndose
paso hasta él desde un lugar profundo y oscuro.
Entonces se le erizó la piel. Como a un
vulgar aficionado.

Era de noche cuando salió a la calle. En el
umbral se detuvo un momento para echar una
ojeada a derecha e izquierda, y no vio nada que lo
inquietara; el BMW gris había desaparecido. Del
Sena subía una niebla baja que desbordaba el pa-

rapeto de piedra, deslizándose por los adoquines húmedos de la calzada. Las luces amarillentas de las farolas que iluminaban a trechos los muelles del río se reflejaban en el suelo, alumbrando el banco vacío donde la chica estuvo sentada.

Fue hasta el *bar-tabac* sin dar con ella; buscó inútilmente su rostro entre las personas acodadas en la barra o las estrechas mesas del fondo. Presentía en todo el rompecabezas una pieza mal dispuesta; algo que, desde la llamada de alerta sobre la nueva aparición de Rochefort, emitía en su cerebro intermitentes señales de alarma. Corso, cuyo instinto se afinaba mucho con los últimos acontecimientos, venteó el peligro en la calle desierta, en el vapor húmedo que subía del río arrastrándose hasta la puerta del local donde se hallaba. Sacudió los hombros en un intento por librarse de tan incómoda sensación, compró un paquete de Gauloises y se metió en el cuerpo dos ginebras sin pestañear, una tras otra, hasta que las fosas nasales se le dilataron y todo ocupó despacio, como el ajuste de una lente en busca de foco, su lugar exacto en el universo. La señal de alarma se convirtió en un lejano sonido apenas audible, y los ecos del mundo exterior llegaban ahora filtrados de modo conveniente. Con una tercera ginebra en la mano fue a sentarse en una mesa libre, junto al cristal un poco empañado de la ventana, para mirar la calle, la orilla del río y la neblina que rebasaba el parapeto antes de reptar sobre los adoquines, agitándose en remolinos cuando la hendían las ruedas de algún automóvil. Permaneció así un cuarto de hora al acecho de cualquier indicio extraño, con la bolsa de lona en el suelo, entre los pies. Contenía buena parte de las respuestas al misterio de Varo Borja; el bibliófilo no gastaba en balde su dinero.

Para empezar, Corso había resuelto el problema de las diferencias entre ocho de los nueve grabados. El ejemplar número Tres ocultaba alteraciones respecto a los otros dos en las láminas I, III y VI. En la primera, la ciudad amurallada hacia la que iba el caballero tenía tres torres en lugar de cuatro. En cuanto al tercer grabado, incluía una flecha en el carcaj del arquero, mientras que en los ejemplares de Toledo y Sintra el carcaj estaba vacío. Y en la sexta lámina, el ahorcado pendía del pie derecho, pero sus gemelos de los ejemplares Uno y Dos colgaban del pie izquierdo. De ese modo, el cuadro comparativo iniciado en Sintra podía completarse así:

	I	II	III	IIII	V	VI	VII	VIII	VIIII
UNO	Cuatro torres	Mano izq.	Sin flecha	Sin salida	Arena abajo	Pie izq.	Tablero blanco	Sin aura	Sin diferen.
DOS	Cuatro torres	Mano dcha.	Sin flecha	Con salida	Arena arriba	Pie izq.	Tablero negro	Con aura	Sin diferen.
TRES	Tres torres	Mano dcha.	Con flecha	Sin salida	Arena arriba	Pie dcho.	Tablero blanco	Sin aura	Sin diferen.

NEM. PERV.T QVI N.N LEG. CERT.RIT

CLAVS. PAT.T

VERB. D.SVM C.S.T ARCAN.

FOR. N.N OMN. A.QVE

FR.ST.A

DIT.SCO M.R.

DIS.S P.TI.R M.

VIC. I.T VIR.

N.NC SC.O TEN.BR. LVX

A modo de conclusión, eso significaba que a pesar de las láminas en apariencia gemelas siempre había una distinta, salvo en el caso de la VIIII. Y esas diferencias estaban repartidas entre los tres ejemplares. Aquel capricho aparente cobraba sentido al estudiar, de modo paralelo, las diferencias entre las marcas de grabador que correspondían a las firmas del *inventor*, creador original de las láminas, y al *sculptor*, artista ejecutor de las xilografías: *A. T.* y *L. F.*:

	I	II	III	IIII	V	VI	VII	VIII	VIIII
UNO	AT(s) AT(i)	AT(s) LF(i)	AT(s) AT(i)	AT(s) AT(i)	AT(s) LF(i)	AT(s) AT(i)	AT(s) AT(i)	AT(s) AT(i)	AT(s) AT(i)
DOS	AT(s) AT(i)	AT(s) AT(i)	AT(s) AT(i)	AT(s) LF(i)	AT(s) AT(i)	AT(s) AT(i)	AT(s) LF(i)	AT(s) LF(i)	AT(s) AT(i)
TRES	AT(s) LF(i)	AT(s) AT(i)	AT(s) LF(i)	AT(s) AT(i)	AT(s) AT(i)	AT(s) LF(i)	AT(s) AT(i)	AT(s) AT(i)	AT(s) AT(i)

Cruzando ambos cuadros se comprobaba una coincidencia: en cada una de las láminas que contenía alteraciones respecto a sus otras dos supuestas gemelas se daba también una alteración en las iniciales correspondientes al *invenit*. Eso significaba que Aristide Torchia, actuando como *sculptor*, había ejecutado en madera todas las xilografías con las que se tiraron los grabados del libro. Pero como *inventor* del dibujo o la composición original, sólo figuraba en diecinueve de las veintisiete láminas que contenía en total. Las otras ocho, repartidas entre los tres ejemplares en número de dos en el Uno, tres en el Dos y otras tantas en el Tres, tenían distinto autor: aquel a quien correspondían las iniciales *L. F.* Fonéticamente muy próximas a un nombre: Lucifer.

Torres. Mano. Flecha. Salida del laberinto. Arena. Pie del ahorcado. Tablero. Aura: esos eran los errores. Ocho diferencias, ocho láminas correctas, sin duda copiadas del oscuro *Delomelanicon* original, y diecinueve alteradas, inservibles, repartidas en las páginas de tres ejemplares sólo idénticos en el texto y la apariencia. Por eso ninguno de los tres libros era falso ni tampoco auténtico del todo. Aristide Torchia había confesado la verdad a sus verdugos; pero no completa. Quedaba un libro, en efecto. Oculto y tan a salvo de la hoguera como vedado a manos indignas. Y los grabados eran la clave. Quedaba un libro escondido en tres, siendo preciso reconstruirlo según las claves, las normas del Arte, si el discípulo superaba al maestro:

	I	II	III	IIII	V	VI	VII	VIII	VIIII
UNO	Cuatro torres	Mano izq.	Sin flecha	Sin salida	Arena abajo	Pie izq.	Tablero blanco	Sin aura	Sin diferen.
DOS	Cuatro torres	Mano dcha.	Sin flecha	Con salida	Arena arriba	Pie izq.	Tablero negro	Con aura	Sin diferen.
TRES	Tres torres	Mano dcha.	Con flecha	Sin salida	Arena arriba	Pie dcho.	Tablero blanco	Sin aura	Sin diferen.

	I	II	III	IIII	V	VI	VII	VIII	VIIII
UNO	AT(s)	AT(s)	AT(s)	AT(s)	AT(s)	AT(s)	AT(s)	AT(s)	AT(s)
	AT(i)	LF(i)	AT(i)	AT(i)	LF(i)	AT(i)	AT(i)	AT(i)	AT(i)
DOS	AT(s)	AT(s)	AT(s)	AT(s)	AT(s)	AT(s)	AT(s)	AT(s)	AT(s)
	AT(i)	AT(i)	AT(i)	LF(i)	AT(i)	AT(i)	LF(i)	LF(i)	AT(i)
TRES	AT(s)	AT(s)	AT(s)	AT(s)	AT(s)	AT(s)	AT(s)	AT(s)	AT(s)
	LF(i)	AT(i)	LF(i)	AT(i)	AT(i)	LF(i)	AT(i)	AT(i)	AT(i)

Mojó los labios en ginebra mientras miraba la oscuridad sobre el Sena, al otro lado de las farolas que iluminaban parte de los muelles dejando profundas sombras bajo los árboles sin hojas. Lo cierto es que no sentía euforia por el triunfo; ni siquiera la simple satisfacción de culminar un trabajo difícil. Conocía bien aquel estado de ánimo, la calma fría y lúcida cuando el libro largamente perseguido llegaba por fin a sus manos; cuando conseguía adelantarse a un competidor, clavar un ejemplar de complicada adquisición o desenterrar una pepita de oro entre un montón de papel viejo y escoria. En otro tiempo y lugar recordaba a Nikon mientras etiquetaba cintas de vídeo sobre la alfombra junto al televisor encendido, meciéndose suavemente al compás de la música —Audrey Hepburn enamorada de un periodista, en Roma— sin apartar de Corso sus ojos grandes y oscuros donde la vida imprimía un continuo asombro. Ya era la época en que tras aquella mirada despuntaba la dureza, el reproche; presagios de la soledad que se cernía sobre ellos a modo de ineludible deuda, a plazo fijo. El cazador junto a la pieza, había dicho Nikon en voz baja, casi asombrada de su descubrimiento, pues quizás aquella noche lo vio de ese modo por primera vez: Corso recobrando el aliento cual un lobo huraño que, tras el largo acoso, desdeña la pieza capturada. Depredador sin hambre ni pasión, sin estremecimiento ante la carne o la sangre. Sin otro objeto que la caza en sí. Muerto como tus presas, Lucas Corso. Como ese papel quebradizo y seco que has convertido en tu bandera. Cadáveres polvorientos que tampoco amas, ni siquiera te pertenecen, y maldito lo que te importan.

Se preguntó fugazmente qué diría Nikon de lo que él experimentaba en ese momento: el cosquilleo en las ingles y la boca seca a pesar de la ginebra, sentado ante la estrecha mesa del *bar-tabac*, vigilando la calle sin decidirse a salir a ella porque allí, en la luz y el calor, con el fondo de humo de cigarrillos y rumor de conversaciones a su espalda, estaba temporalmente a salvo del presagio oscuro, del peligro sin nombre ni forma que intuía abriéndose paso hacia él a través del colchón amortiguador de la ginebra diluida en su sangre, con la neblina baja, siniestra, que subía del Sena. Lo mismo que en aquel páramo inglés en blanco y negro; Nikon habría sabido apreciarlo. Basil Rathbone inmóvil, atento, oyendo aullar en la distancia al perro de los Baskerville.

Se decidió, por fin. Después de apurar la última copa puso unas monedas sobre la mesa, colgó la bolsa de su hombro y salió a la calle subiéndose el cuello del gabán. Al cruzar miraba en ambas direcciones, y tras llegar al banco de piedra donde la chica había estado leyendo caminó a lo largo del parapeto, sobre el muelle izquierdo. Las luces amarillentas de una gabarra que navegaba por el río lo iluminaron desde abajo al pasar junto a uno de los puentes, silueteándole un halo de bruma sucia.

La orilla y los muelles del Sena parecían desiertos, y apenas cruzaban automóviles. Cerca del estrecho pasaje de la calle Mazarino hizo señas a un taxi, que no se detuvo. Caminó un poco más, hasta la altura de la calle Guénégaud, dispuesto a cruzar hacia el Louvre por el Pont Neuf. La neblina y los edificios oscuros daban a aquel escenario un aspecto sombrío, sin época. Corso, inusitadamente inquieto, lobo que venteara el peligro, olfateaba el aire a derecha e izquierda. Cambió la bolsa de hombro para desembarazar la mano derecha y se detuvo, perplejo, mirando alrededor. Justo en aquel sitio —capítulo XI: *La intriga se anuda*—, d'Artagnan había visto desembocar de la calle Dauphine, también camino del Louvre y en dirección al mismo puente, a Constanza Bonacieux acompañada por un caballero que resultó ser el duque de Buckingham, y a quien su aventura nocturna pudo valerle un palmo de la espada de d'Artagnan dentro del cuerpo:

Quizá la sensación de peligro fuese ficticia, una perversa trampa tramada por demasiadas lecturas y el extraño ambiente; pero la llamada telefónica de la chica y el BMW gris en la puerta no eran producto de su imaginación. Un reloj lejano se puso a dar campanadas y Corso soltó aire de los pulmones. Todo resultaba ridículo.

Fue entonces cuando Rochefort se le echó encima. Pareció materializarse de las sombras, surgiendo del río, aunque en realidad lo había seguido por el muelle, bajo el parapeto, a fin de subir después hasta él por una escalera de piedra. Lo de la escalera lo supo Corso al verse rodando por ella. Nunca había caído así antes, y creyó que aquello duraría más, peldaño a peldaño o algo por el estilo, como en el cine; pero todo ocurrió con rapidez. Después del primer golpe tras la oreja derecha con el puño cerrado, muy profesional, la noche se volvió turbia y las sensaciones exteriores se distanciaron igual que si mediara en ello una botella de ginebra. Gracias a eso no sintió demasiado dolor al rodar por la escalera golpeándose con las aristas de piedra, y llegó abajo contuso aunque consciente; quizás un poco sorprendido de no escuchar el *splash* —onomatopeya conradiana, fue la absurda asociación— de su cuerpo en las aguas del río. Desde el suelo, la cabeza sobre los adoquines mojados del muelle y las piernas en los últimos peldaños de la escalera, miró hacia arriba y vio confusamente que la silueta negra de Rochefort bajaba los escalones de tres en tres, abalanzándose sobre él.

Estás jodido, Corso. Ése fue el único pensamiento que pudo articular a medias. Después hizo dos cosas: primero intentó pegarle una patada al otro justo cuando le pasaba por encima; pero el movimiento, débil, se perdió en el vacío. En vista de ello sólo quedaba el antiguo reflejo familiar: formar el cuadro y que el fuego de fusilería se fuera apagando en el crepúsculo. Entre la humedad del río y sus tinieblas particulares —había perdido, además, las gafas en la refriega— hizo una mueca. La Guardia muere pero además se cae por las escaleras. Así que formó en cuadro, haciéndose un ovillo para defender la bolsa que aún llevaba colgada, o enredada, en el hombro. Quizás el tatarabuelo Corso apreciara el gesto desde la otra orilla del Leteo. Resultaba más difícil establecer si Rochefort lo apreció también; el caso es que, semejante a Wellington, supo estar a la altura de la tradicional eficiencia británica: Corso escuchó un lejano grito de dolor —que sospechó procedía de su propia garganta— cuando el otro le asestó una limpia y precisa patada en los riñones.

Había poco futuro en todo aquello, y el cazador de libros cerró los ojos resignado mientras aguardaba a que alguien pasara la página. Sentía muy próxima la respiración de Rochefort inclinado sobre él, hurgando primero en la bolsa y dándole después un violento tirón a la correa del hombro. Eso le hizo abrir otra vez los ojos, justo para distinguir de nuevo la escalera en su campo de visión. Pero como tenía la cara contra los adoquines del muelle, la veía horizontal, en plano torcido y con ligero desenfoque. Por eso no comprendió bien, al principio, si la chica subía o bajaba; sólo la vio llegar con increíble rapidez, sus piernas largas enfundadas en tejanos saltando los peldaños de derecha a izquierda, y la trenca azul que se acababa de quitar desplegada en el aire, o más bien moviéndose hacia un ángulo de la pantalla entre remolinos de niebla, como la capa del fantasma de la Ópera.

Parpadeó interesado, en su intento por enfocar mejor, y movió un poco la cabeza a fin de mantener la escena en cuadro. Pudo ver así por el rabillo del ojo que Rochefort, invertido en la imagen, daba un respingo mientras la chica franqueaba los últimos peldaños de un salto para caer sobre él con un grito breve, seco, más duro y cortante que la arista de un cristal roto. Se escuchó un ruido espeso —*paf*, o tal vez *tump*— y Rochefort desapareció del campo de visión de Corso igual que si lo hubieran sacado de allí con un resorte. Ahora sólo podía ver la escalera torcida y desierta, por lo que giró con esfuerzo la cabeza en dirección al río, apoyando la mejilla izquierda en los adoquines. La imagen seguía torcida: el suelo a un lado, el cielo oscuro al otro, el puente abajo y el río arriba; pero al menos Rochefort y la chica estaban allí. Por una décima de segundo

Corso pudo verla todavía inmóvil, recortada en el resplandor de las luces brumosas del puente, separadas las piernas y las manos ante sí, como exigiendo un momento de calma para escuchar una melodía lejana cuyas notas le interesaran de modo especial. Frente a ella, con una rodilla y una mano en el suelo, parecido a esos boxeadores que no se deciden a ponerse en pie mientras el árbitro cuenta ocho, nueve, diez, estaba Rochefort. La luz que venía del puente le iluminaba la cicatriz, y Corso tuvo tiempo de ver su gesto de estupor antes de que la chica emitiese de nuevo aquel grito seco, cortante como un cuchillo, oscilara sobre una de las piernas, y alzando la otra, con un movimiento semicircular que no pareció costarle el menor esfuerzo, le pegase a Rochefort una patada increíble en mitad de la cara.

Buckingham y Milady

Aquel crimen se había llevado a cabo
con la complicidad de una mujer.
(E. de Queiroz. *El misterio
de la carretera de Sintra*)

Sentado en el último peldaño de la escalera, Corso intentaba encender un pitillo. Aún demasiado aturdido para recobrar la percepción espacial, no conseguía hacer coincidir en el mismo plano fósforo y punta del cigarrillo. Además, uno de los cristales de las gafas estaba roto y le era preciso guiñar un ojo para ver por el otro. Cuando la llama chisporroteó entre sus dedos, dejó caer el fósforo entre los pies y mantuvo el cigarrillo en la boca mientras la chica, que había estado recogiendo el contenido de la bolsa esparcido por el suelo del muelle, se acercaba con ella en la mano.

—¿Te sientes bien?

Era una pregunta objetiva, desprovista de solicitud o ansiedad. Sin duda estaba molesta por la forma tan estúpida en que, a pesar de su advertencia telefónica, Corso fue sorprendido como un incauto. Asintió éste con la cabeza, humillado y confuso. Lo consolaba, sin embargo, la expresión de Rochefort antes de recibir lo suyo. La chica había golpeado con precisión y crueldad, aunque sin ensañarse después, cuando quedó boca arriba y a continuación se giró dolorido, sin decir esta boca es mía ni volver a la carga, alejándose a rastras mientras ella se desinteresaba de él y recuperaba la bolsa. Si de Corso hubiera dependido el asunto, habría ido detrás a retorcerle el cuello sin el menor reparo hasta que contase cuanto sabía de aquel enredo; pero estaba demasiado débil para ponerse en pie, y tampoco era muy seguro que la chica lo hubiese permitido. Desembarazada de Rochefort, sólo se ocupaba de la bolsa y de Corso.

—¿Por qué lo dejaste ir?

Podían ver la silueta lejana, vacilante, a punto de perderse en la oscuridad tras un recodo del muelle, entre barcazas atracadas a lo lejos que parecían buques fantasmas sobre la niebla baja. Corso imaginó al tipo de la cicatriz en retirada, con el rabo entre las piernas y la boca hecha un sonajero, preguntándose cómo diablos la chica había sido capaz de hacerle aquello, y sintió una vengativa sensación de júbilo interior.

—Podíamos haber interrogado a ese hijoputa —se lamentó.

Ella había ido en busca de la trenca. Vino a sentarse a su lado, en el mismo peldaño, sin responder en seguida. Parecía cansada.

—Volverá a nosotros —dijo, y observó a Corso antes de apartar los ojos en dirección al río—. Procura estar más atento la próxima vez.

Él se quitó de la boca el cigarrillo húmedo y se puso a darle vueltas, deshaciéndolo entre los dedos.

—Creí que...

—Todos los hombres creen que. Hasta que les rompen la cara.

Entonces comprobó que la chica estaba herida. No gran cosa: un hilo de sangre le corría de la nariz al labio superior, y después por la comisura de la boca hasta la barbilla.

—Tu nariz está sangrando —dijo estúpidamente.

—Ya lo sé —repuso ella sin alterarse; sólo se tocó un momento con dos dedos, que miró al retirarlos manchados de sangre.

—¿Cómo te lo hizo?

—Casi fui yo misma —se limpiaba los dedos en el pantalón—. Al principio caí sobre él. Chocamos.

—¿Quién te enseñó ese tipo de cosas?

—¿Qué tipo de cosas?

—Te vi ahí, en la orilla —Corso imitó torpemente el gesto con las manos—. Dándole lo suyo.

La vio sonreír un poco mientras se ponía en pie, sacudiéndose la trasera de los tejanos:

—Una vez peleé con un arcángel. Ganó él, pero pude cogerle el truco.

Ahora parecía jovencísima con aquel hilo de sangre en la cara. Se había colgado la bolsa al hombro y alargaba una mano, ayudándolo a incorporarse. Le sorprendió la firmeza del contacto. Cuando pudo ponerse en pie le dolían todos los huesos.

—Siempre creí que los arcángeles usaban lanzas y espadas.

Ella sorbía sangre por la nariz, inclinada hacia atrás la cabeza para contener la hemorragia. Lo miró de soslayo, con aire de fastidio.

—Tú has visto demasiados grabados de Durero, Corso. Así te van las cosas.

Fueron hasta el hotel por el Pont Neuf y el corredor del Louvre, sin más incidentes. En un tramo iluminado observó que la chica todavía sangraba. Extrajo el pañuelo del bolsillo, mas cuando hizo ademán de ayudarla se lo quitó de la mano, para aplicarlo ella misma a la nariz. Caminaba absorta en pensamientos que Corso era incapaz de imaginar, vigilándola a hurtadillas: el cuello largo y desnudo, el perfil perfecto, la piel mate en la brumosa claridad de las farolas del Louvre. Iba bolsa al hombro, ligeramente inclinada la cabeza, gesto que le daba una expresión decidida y testaruda a un tiempo. A veces, al doblar una esquina en lugares oscuros, sus ojos se movían alerta a uno y otro lado, y la mano que sostenía el pañuelo contra la nariz bajaba a un costado, tensa y alerta. Después, entre las arcadas con más luz de la calle Rivoli, pareció relajarse un poco. La nariz ya no sangraba, y le devolvió el pañuelo manchado de sangre seca. Incluso mejoraba su humor; ya no le parecía tan censurable que Corso se hubiese dejado atrapar como un bobo. También puso un par de veces la mano en su hombro mientras caminaban, con gesto espontáneo, igual que si fuesen dos viejos camaradas regresando de un paseo. Lo hizo de un modo muy natural; quizá también, fatigada, necesitaba apoyo. Al principio aquello gustó a Corso, a quien la caminata devolvía lucidez. Después le fastidió un poco. El contacto en su hombro despertaba una sensación insólita, no del todo desagradable pero inesperada. Era sentirse tierno por dentro, igual que los caramelos blandos.

Aquella noche estaba Grüber de turno. Se permitió una breve mirada inquisitiva ante el aspecto de la pareja, el gabán sucio y húmedo, las gafas con un cristal roto del cazador de libros y la cara manchada de sangre de la chica; pero no exteriorizó emoción alguna. Sólo enarcó una ceja, cortés, con muda inclinación de cabeza que lo ponía a disposición de Corso, hasta que éste lo tranquilizó con un gesto. El conserje le entregó un mensaje cerrado, junto con las dos llaves. Entraron en el ascensor y se disponía a abrir el sobre cuando vio que la nariz de la joven empezaba a sangrar de nuevo. Puso el mensaje en el bolsillo del gabán mientras recurrían otra vez al pañuelo. El ascensor se detuvo en el piso de ella y Corso sugirió avisar a un médico, mas la chica negó con la cabeza, saliendo del ascensor. Tras un momento de duda anduvo él detrás, por el pasillo en cuya moqueta quedaba un rastro de pequeñas gotas de sangre. Una vez dentro de la habitación la hizo sentarse en la cama, fue al cuarto de baño y empapó una toalla.

—Póntela en la nuca y echa hacia atrás la cabeza.

Obedeció sin despegar los labios. Toda la energía demostrada a orillas del río parecía haberse desvanecido, quizás a causa de la hemorragia. Le quitó la trenca y las zapatillas para recostarla en la cama, doblando la almohada bajo su espalda; se dejaba hacer como una niña exhausta. Antes de apagar todas las luces excepto la del cuarto de baño, Corso echó un vistazo a la habitación: aparte el cepillo de dientes, el tubo de dentífrico y un pequeño frasco de champú bajo el espejo del lavabo, las únicas pertenencias visibles de la chica eran su trenca, la mochila abierta sobre el sillón, las postales compradas la víspera con *Los tres mosqueteros*, un jersey de lana gris, un par de camisetas de algodón y unas braguitas blancas secándose sobre el radiador. Tras la exploración miró a la joven incómodo; indeciso ante la idea de sentarse en el borde de la cama o en alguna otra parte. La sensación experimentada en la calle Rivoli continuaba allí, en su estómago o donde fuera. Pero no podía largarse por las buenas; no hasta que ella se encontrase mejor. Por fin resolvió permanecer de pie. Tenía las manos en el bolsillo del gabán, y una de ellas tocaba la petaca de ginebra vacía. Echó una ojeada de codicia al minibar, aún con el precinto del hotel intacto. Se moría por un trago.

—Estuviste muy bien allá abajo, en el río —dijo, por decir algo—. No te he dado las gracias.

Ella sonrió un poco, soñolienta; pero sus ojos, con las pupilas dilatadas por la penumbra, habían seguido cada uno de los gestos de Corso.

—¿Qué está ocurriendo? —preguntó él.

Le sostuvo la mirada con un punto de ironía, dando a entender que la pregunta era absurda:

—Por lo visto quieren algo que tú tienes.

—¿El manuscrito Dumas?... ¿*Las Nueve Puertas?*

La joven suspiró levemente. Puede que nada de eso tenga tanta importancia, parecía sugerir.

—Tú eres listo, Corso —dijo por fin—. Deberías tener alguna hipótesis.

—Tengo demasiadas. Lo que me faltan son pruebas.

—Las pruebas no siempre son necesarias.

—Eso es sólo en las novelas policiacas: a Sherlock Holmes, o Poirot, les basta con imaginar quién es el asesino y cómo cometió el crimen. Después se inventan el resto y lo cuentan igual que si fuera cierto. Entonces Watson o Hastings, admirados, aplauden y dicen: "Bravo, maestro, fue exactamente así". Y el asesino confiesa. El muy idiota.

—Yo también estoy dispuesta a aplaudir.

No hubo esta vez ironía en el comentario. Lo observaba con fijeza, atenta, esperando de él una palabra o un gesto.

Se removió, incómodo.

—Ya lo sé —dijo. La chica seguía soste-
niéndole la mirada como si de veras no tuviese
nada que ocultar—. Y me pregunto por qué.

Estuvo a punto de añadir "Esto no es una
novela policiaca, sino la vida real"; pero no lo
hizo porque, a esas alturas de la trama, la línea
que separaba lo real de lo imaginario se le antojaba un tanto difusa. Corso, ser concreto de carne y hueso, con documento nacional de identidad y domicilio conocido, con una conciencia
física de la que en ese momento, tras el episodio
de la escalera, eran prueba sus huesos doloridos,
cedía cada vez más a la tentación de considerarse
personaje real en un mundo irreal. Eso no encerraba maldita la gracia, porque de ahí a creerse,
también, personaje irreal imaginándose a sí mismo real en un mundo irreal sólo había un paso:
el que separaba estar cuerdo de volverse majara.
Y se preguntó si alguien, un retorcido novelista
o un borrachín autor de guiones baratos, lo estaría imaginando a él en ese momento como personaje *irreal* que se imaginaba *irreal* en un mundo *irreal*. Aquello podía ya ser la leche.

El razonamiento terminó por secarle del
todo la boca. Estaba allí, de pie ante la chica, con
las manos en los bolsillos del gabán y la lengua
tapizada con papel de lija. Si fuera irreal —pensó, aliviado— se me pondrían los pelos de punta,
exclamaría *¡Fatalidad!* o el sudor perlaría mi frente. Pero no tendría esta sed. Bebo, luego existo.

Así que salió disparado hacia el minibar, hizo saltar el precinto y se calzó un botellín de ginebra de un trago, a palo seco. Casi sonreía al incorporarse cerrando la puerta del minibar a la manera de quien cierra un sagrario. Lentamente, las cosas ocuparon de nuevo su lugar en el universo.

Había poca luz en la habitación. La del cuarto de baño, amortiguada, iluminaba en diagonal parte de la cama donde seguía la chica. Miró sus pies descalzos, las piernas enfundadas en tejanos, la camiseta con gotas de sangre seca. Después se detuvo en el largo cuello moreno, desnudo. La boca entreabierta mostrando el extremo de los incisivos blancos en la penumbra. Los ojos que seguían pendientes de él. Tocó la llave de su habitación en el bolsillo del gabán mientras tragaba saliva. Tenía que irse de allí.

—¿Estás mejor?

Ella asintió sin responder. Corso consultó el reloj, aunque poco le importaba la hora. No recordaba haber encendido la radio al entrar, pero había música en alguna parte. Una canción melancólica, en francés. La muchacha de un bar, en un puerto, enamorada de un marinero desconocido.

—Bueno. Tengo que irme.

La voz de mujer seguía desgranando su canción en la radio. El marinero —como se estaba viendo venir— se había largado para siempre, y la muchacha del bar contemplaba la silla vacía y el círculo húmedo de su vaso en la mesa.

Corso se acercó a la mesilla de noche para recuperar el pañuelo, y utilizó la parte más limpia para desempañar el único cristal intacto de las gafas. En ese momento pudo ver que la nariz de la chica sangraba de nuevo.

—Otra vez —dijo.

El hilo de sangre volvía a correrle por el labio superior y el extremo de la boca. Ella se llevó una mano a la cara y sonrió estoica, mirándose los dedos manchados de rojo.

—No importa.

—Debería verte un médico.

Entornó un poco los párpados mientras negaba con la cabeza, dulcemente. Parecía muy desvalida así, en la penumbra del cuarto, sobre la almohada donde goteaban gruesos puntos oscuros. Aún con las gafas en la mano, se sentó en el borde de la cama mientras le acercaba el pañuelo a la cara. Y al moverse hacia ella, su sombra, recortada en la pared por la claridad diagonal del cuarto de baño, pareció dudar entre la luz y la oscuridad antes de esfumarse en un rincón.

Entonces la chica tuvo un gesto inesperado, extraño. Haciendo caso omiso del pañuelo que le ofrecía, extendió hasta Corso la mano manchada de sangre y le tocó la cara, trazándole con los dedos cuatro líneas rojas de la frente al mentón. No retiró la mano tras la singular caricia sino que la mantuvo allí, tibia y húmeda, mientras él sentía las gotas de sangre deslizarse por la cuádruple huella dejada en su piel. Los iris claros reflejaban la luz que llegaba de la puerta entreabierta, y Corso se estremeció al encontrar en ellos el doble reflejo de su sombra perdida.

Sonaba otra canción en la radio, pero ambos dejaron de escuchar. La chica olía a calor y a fiebre, con un pálpito suave bajo la piel de su cuello desnudo. La habitación viraba de luces y sombras a claroscuros donde los objetos perdían su contorno. Ella murmuró algo ininteligible en voz muy baja, y hubo pequeños destellos en su mirada cuando la mano se deslizó hacia la nuca de Corso, extendiéndole en torno al cuello la mancha de sangre tibia. Con el sabor de una de esas gotas en la lengua se inclinó hacia ella, hasta la ternura de sus labios entreabiertos de donde ahora brotaba un suave gemido que parecía venir de muy atrás, lento y monótono, viejo de siglos. Por un breve instante, en el latido de aquella carne se volvieron vida todas las anteriores muertes de Lucas Corso, como si la corriente de un río oscuro y tranquilo, de aguas espesas igual que barniz, las trajese a la deriva. Y lamentó que ella careciese de un nombre que tatuar con ese instante en su conciencia.

Sólo fue un segundo. Después, recobrando la mueca lúcida, el cazador de libros se vio a sí mismo sentado en el borde de la cama, con el gabán puesto y aún fascinado como un perfecto imbécil, mientras ella se retiraba un poco y, arqueados los riñones como un hermoso animal joven, se desabrochaba el botón de los tejanos. La observó con una especie de benevolente guiño interior;

con esa indulgencia entre escéptica y fatigada que se concedía a veces. Con más curiosidad que deseo. Al deslizar hacia abajo la cremallera, la chica descubrió un triángulo de piel oscura en contraste con el algodón blanco de sus braguitas, arrastradas por los tejanos cuando se desembarazó de ellos; y sus piernas largas, bronceadas, extendidas sobre la cama, dejaron a Corso —a los dos Corsos— sin aliento igual que habían dejado a Rochefort sin dientes. Ella levantó después los brazos para quitarse la camiseta; lo hizo con absoluta naturalidad, sin coquetería ni indiferencia, manteniendo en él sus ojos tranquilos y dulces hasta que la camiseta le cubrió la cara. Entonces el contraste fue mayor: más algodón blanco, esta vez deslizándose hacia arriba sobre la piel atezada, la carne tensa, cálida, la cintura esbelta; las tetas pesadas y perfectas, perfiladas por el contraluz en la penumbra; el nacimiento del cuello, la boca entreabierta y otra vez los ojos, con toda la luz arrebatada al cielo. Con la sombra de Corso allí adentro, cautiva como un alma encerrada en el fondo de una doble bola de cristal o una esmeralda.

A partir de ese momento supo él, con absoluta certeza, que no iba a poder. Fue una de esas intuiciones lúgubres que preceden a algunos acontecimientos y los marcan, antes incluso de que se produzcan, con signos premonitorios del desastre inevitable. Dicho de modo más prosaico: mientras enviaba el resto de su ropa a reunirse con el gabán arrojado a los pies de la cama, Corso comprobó que la inicial erección provocada por las circunstancias se hallaba en franco retroceso. Verdes las iban a segar. O como habría dicho el tatarabuelo bonapartista, *la Garde recule*. Del todo. Aquello le produjo una súbita angustia, aunque confió en que, de pie como estaba en el contraluz de la puerta, su estado de inoportuna flaccidez pasara desapercibido. Con infinitas precauciones se tumbó boca abajo junto al cuerpo tibio y moreno que aguardaba en la penumbra, para utilizar lo que, sobre el barro de Flandes, el Emperador habría llamado aproximación táctica indirecta: tanteo del terreno desde la media distancia y ausencia de contacto en la zona crítica. Desde aquella prudente posición intentó concederse un poco de tiempo por si llegaba Grouchy con los refuerzos, acariciando a la chica y besándola sin prisas en la boca y el cuello. Pero nada de nada. Grouchy no aparecía por ninguna parte; aquel soplador de vidrio andaba a la caza de prusianos, lejos del campo de batalla. Y la angustia de Corso se trocó en pánico cuando la chica se estrechó contra él, introdujo un muslo firme, perfecto y cálido entre los suyos, y pudo percatarse de la magnitud del desastre. La vio sonreír un poco, algo desconcertada. Una sonrisa de aliento del tipo bravo campeón, sé que puedes hacerlo. Después lo besó con extraordinaria dulzura mientras alargaba una mano voluntariosa, dispuesta a mejorar el asunto. Y justo cuando sintió el contacto de la mano en el epicentro mismo del drama, Corso se vino abajo del todo. Como el *Titanic*. A pique, sin medias tintas. Con la orquesta tocando en cubierta, y las mujeres y los niños primero. Los veinte minutos siguientes fueron de agonía; de esos en los que uno purga cuanto de malo ha hecho en su vida. Ataques heroicos que se estrellaban contra la imperturbabilidad de los cuadros de fusileros escoceses. La infantería de línea al asalto apenas se vislumbraba una leve posibilidad de victoria. Incursiones improvisadas de cazadores e infantería ligera, en inútil deseo de sorprender al enemigo. Escaramuzas de húsares y pesadas cargas de coraceros. Pero todos los intentos conocieron idéntica suerte: Wellington se choteaba en aquel pueblecito belga inalcanzable, mientras su gaitero mayor tocaba la marcha de los Escoceses Grises en las narices de Corso, y la Vieja Guardia, o lo que quedaba de ella, lanzaba desorbitadas miradas de soslayo, apretados los dientes y sofocado el aliento contra las sábanas, al reloj que para su desgracia conservaba en la muñeca. A Corso le caían desde la raíz del pelo, por la nuca, gotas de sudor como puños. Y miraba con ojos extraviados a su alrededor, por encima del hombro de la chica, buscando desesperadamente una pistola para pegarse un tiro.

Ella dormía. Con infinitas precauciones para no despertarla alargó una mano hasta el gabán en busca de un cigarrillo. Después de encenderlo, incorporado sobre un codo, se quedó mirándola. Estaba boca arriba, desnuda, la cabeza hacia atrás sobre la almohada manchada de sangre ya seca, respirando con suavidad por la boca entreabierta. Seguía oliendo a fiebre y a carne tibia. A la luz indirecta del cuarto de baño que la perfilaba en luces y sombras, Corso admiró su cuerpo inmóvil, perfecto. Aquello, se dijo, era una obra maestra de la ingeniería genética; y se preguntó qué mezcla de sangres, o de enigmas, saliva, piel, carne, semen y azar, se había concitado en el tiempo para unir los eslabones de la cadena que culminaba en ella. Todas las mujeres, todas las hembras creadas por el género humano estaban allí, resumidas en aquel cuerpo de dieciocho o veinte años. Acechó el pulso de la sangre en el cuello, el latido casi imperceptible del corazón, la línea curva y suave que iba de sus músculos dorsales a la cintura y se ensanchaba en las caderas. Acercó una mano para acariciar con la punta de los dedos el pequeño triángulo rizado allí donde la piel era un poco más clara, entre los muslos donde él fue incapaz de vivaquear de un modo canónico. La chica había encajado la situación con talante impecable, sin darle mayor importancia y dejando que el asunto derivase hacia un juego ligero y cómplice cuando por fin comprendió que, por parte de Corso y en aquel asalto, no iba a haber más cera que la que ardía. Eso tuvo la virtud de relajar el ambiente; o al menos impidió que él, a falta de un arma de fuego —¿acaso no se remataba a los caballos?—, se arrojara contra el pico de la mesa de noche, dando cabezazos hasta romperse la crisma; alternativa que llegó a considerar en su ofuscación y sólo pudo descartar, a medias, atizándole un disimulado puñetazo a la pared que a punto estuvo de fracturarle los nudillos; eso hizo que ella, sorprendida por el brusco movimiento y la repentina tensión de su cuerpo, lo mirase sobresaltada. Lo cierto es que el dolor y los esfuerzos por no soltar un aullido calmaron un poco a Corso, que reunió además la presencia de ánimo suficiente para esbozar media sonrisa crispada y decirle a la chica que aquello solía ocurrirle sólo las treinta primeras veces. Se había echado a reír abrazada a él, besándole los ojos y la boca, divertida y tierna. Eres un idiota, Corso; no me importa nada. No me importa en absoluto. Aún así, él hizo lo único que a aquellas alturas podía hacerse: una faena de aliño minuciosa, con dedos hábiles en el lugar idóneo y resultados, si no gloriosos, al menos razonables. Después, al recobrar el aliento, la chica lo miró largo rato en silencio antes de besarlo despaciosa y concienzudamente, hasta que la presión de sus labios fue cediendo y se quedó dormida.

La brasa del cigarrillo iluminaba los dedos de Corso en la penumbra. Retuvo el humo todo el tiempo que pudo en los pulmones y luego lo expulsó de golpe, viendo cómo se materializaba en el aire al cruzar el segmento de luz sobre la cama. Sintió que la respiración de la joven se interrumpía un instante y la miró, atento. Fruncía el ceño gimiendo bajito, igual que una niña que tuviera un mal sueño. Después, todavía dormida, se volvió a medias hacia él sobre un costado, el brazo bajo los senos desnudos y la mano junto a la cara. Quién coño eres, la interrogó sin palabras una vez más, malhumorado, aunque inclinándose después para besar el rostro inmóvil. Acarició su pelo corto, el contorno de la cintura y las caderas silueteadas ahora de modo preciso en el contraluz de la habitación. Había más belleza en aquella suave línea curva que en una melodía, una escultura, un poema o cuadro. Se aproximó para oler el cuello tibio, y en ese momento su propio pulso se puso a martillear más fuerte, despertándole la carne. Tranquilo, se dijo. Sangre fría y nada de pánico esta vez. Procedamos. Ignoraba cuánto podría mantenerse aquello, así que apagó precipitadamente el cigarrillo en el cenicero de la mesa de noche para pegarse a la chica, comprobando que su organismo respondía al estímulo de modo satisfactorio. Entonces le separó los muslos y accedió por fin, aturdido, a un paraíso húmedo, acogedor, que parecía hecho de nata caliente y miel. Notó que la chica se removía, soñolienta, y que sus brazos se le cruzaban alrededor de la espalda aunque no estaba despierta del todo. La besó en el cuello y en la boca, que mantenía un quejido largo e infinitamente dulce, y comprobó que movía las caderas para acoplarse a él y acompasar el movimiento. Y cuando se hundió hasta el fondo de la carne y de sí mismo, abriéndose paso sin esfuerzo hacia el lugar perdido en su memoria de donde, por instinto, procedía, ella había abierto ya los ojos y lo miraba sorprendida y feliz, reflejos verdes a través de las largas pestañas húmedas. Te amo, Corso. Teamoteamoteamoteamo. Te amo. Después, en algún momento, él tuvo que morderse la lengua para no decir idéntica gilipollez. Se veía a sí mismo desde lejos, asombrado e incrédulo, sin apenas reconocerse: atento a ella, pendiente de sus latidos, de sus gestos, anticipándose al deseo mientras descubría los resortes secretos, las claves íntimas de aquel cuerpo suave y tenso a un tiempo, sólidamente enlazado al suyo. Siguieron así cosa de hora y pico. Después Corso le preguntó a la chica si estaba fértil o infértil, y ella dijo que no se preocupara, que lo tenía bajo control. Entonces él se lo puso todo muy adentro, junto al corazón.

Despertó cuando empezaba a amanecer. La chica dormía apretada contra él, y Corso estuvo un rato inmóvil para no despertarla, negándose a reflexionar sobre lo ocurrido y sobre lo que podía ocurrir. Entornó los ojos mientras se dejaba ir con placidez, disfrutando la grata indolencia del momento. La respiración de la joven alentaba en su piel. Irene Adler, 221 b de Baker Street. El diablo enamorado. La silueta entre la bruma, frente a

Rochefort. La trenca azul cayendo despacio, desplegada, sobre el muelle del Sena. Y la sombra de Corso dentro de sus ojos. Dormía relajada y tranquila, ajena a todo, y a él le resultaba imposible establecer lazos lógicos que ordenasen las imágenes en su memoria. Pero tampoco en ese momento la lógica le apetecía lo más mínimo; se sentía perezoso y satisfecho. Puso una mano entre el calor de los muslos de la chica y la dejó allí, muy quieta. Al menos aquel cuerpo desnudo sí era real.

Más tarde se levantó con cuidado para ir al cuarto de baño. Ante el espejo comprobó que tenía restos de sangre seca en la cara, y también —gajes de la escaramuza con Rochefort y su escalera— una contusión azulada en el hombro izquierdo y otra sobre un par de costillas que le dolieron cuando presionó con los dedos. Después de lavarse un poco fue en busca de un cigarrillo. Y al hurgar en el gabán encontró el mensaje de Grüber.

Maldijo entre dientes por haberlo olvidado, mas ya no había remedio. Así que abrió el sobre y regresó a la luz del cuarto de baño para leer la nota que estaba dentro. No era muy extensa, y su contenido —dos nombres, un número y una dirección— le arrancó una sonrisa cruel. Fue a mirarse otra vez al espejo, el pelo revuelto y la barba que le oscurecía la cara, poniéndose las gafas con el cristal roto como quien se cala una celada de guerra; tenía la mueca de un lobo malo que ventea la caza. Recogió su ropa y la bolsa de lona sin hacer ruido, y le dirigió una última mirada a la chica dormida. Quizá, después de todo, aquel fuese un magnífico día. A Buckhingam y Milady se les iba a indigestar el desayuno.

El hotel Crillon era demasiado caro para que Flavio La Ponte corriese con los gastos; tenía que ser la viuda Taillefer quien pagaba las facturas. Corso reflexionó sobre ese punto mientras despedía el taxi en la plaza Concorde y cruzaba en línea recta el vestíbulo de mármol de Siena, camino de las escaleras y la habitación 206. Había un cartelito de "no molestar" y mucho silencio al otro lado de la puerta cuando llamó fuerte con los nudillos, tres veces.

Tres cortes se dieron en la carne pagana,
y el filo para la ballena blanca quedó templado...

La Hermandad de Arponeros de Nantucket parecía a punto de disolverse, y Corso no estaba seguro de lamentarlo o no. En cierta ocasión, La Ponte y él habían imaginado juntos una segunda versión de *Moby Dick:* Ismael escribe la historia, introduce el manuscrito en el ataúd calafateado y se ahoga con el resto de la dotación del *Pequod.* Quien sobrevive es Queequeg, el arponero salvaje y sin pretensiones intelectuales. Con el tiempo aprende a leer y un día se enfrasca en la novela de su compañero, para descubrir que la versión de éste y sus propios recuerdos de lo ocurrido no tienen nada que ver. Entonces escribe su versión de la historia. *"Llamadme Queequeg"*, empieza, y la titula: *Una ballena*. Desde el profesional punto de vista del arponero, Ismael fue un erudito pedante que sacó las cosas de quicio: Moby Dick no es culpable, sino un cetáceo como cualquier otro, y todo se reduce a un capitán incompetente que antepone un ajuste de cuentas particular —*"Qué importa quien le arrancara la pierna"*, escribe Queequeg— a su obligación de llenar barriles de aceite. Corso recordaba la escena en torno a la mesa del bar: Makarova escuchando atenta con su aire masculino, formal y báltico, a La Ponte que explicaba la utilidad del calafate sobre el ataúd del carpintero mientras, al otro lado del mostrador, Zizi les dirigía celosas miradas asesinas. Eran los tiempos en que, si Corso marcaba su propio número, la voz de Nikon —siempre la veía saliendo del cuarto oscuro con las manos húmedas de líquido fijador— sonaba al descolgar el teléfono. Así lo hicieron aquella vez, la noche que se reescribió *Moby Dick*, y terminaron todos en casa, vaciando más botellas ante el televisor con la película de John Huston en el vídeo. Brindando por el viejo Melville cuando el *Raquel*, que navega buscando a sus hijos perdidos, encuentra por fin otro huérfano.

Así había sido. Sin embargo, ahora, frente a la puerta de la habitación 206, Corso no lograba sentir la cólera de quien está a punto de echarle a otro en cara una traición; quizá porque, en el fon-

do, compartía la creencia de que en política, negocios y sexo, traicionar es sólo cuestión de fechas.
Descartada la política, ignoraba si la presencia de
su amigo en París era explicable mediante los negocios o el sexo; tal vez se diese una combinación
de factores, pues ni siquiera el resabiado Corso
podía imaginarlo metiéndose en líos sólo por dinero. Mentalmente pasó revista, en la memoria, a
Liana Taillefer cuando la breve escaramuza en su
casa, sensual y hermosa, las amplias caderas, la
carne blanca, mórbida, su aspecto saludable de
Kim Novak en plan mujer fatal, y enarcó una ceja
—la amistad consistía en ese tipo de detalles— en
comprensivo homenaje a los móviles del librero.
Quizá por eso La Ponte no encontró animadver-
sión en su gesto al aparecer en la puerta; lo hizo en
pijama y descalzo, con cara de sueño. Y tuvo tiempo de abrir la boca, sorprendido, antes de que
Corso se la cerrara con un puñetazo que lo envió,
dando traspiés, al otro extremo de la habitación.

Puede que, en otras circunstancias, Corso
hubiera disfrutado con la escena: *suite* de lujo,
ventana al obelisco de la Concorde, suelo con
gruesa moqueta y un enorme cuarto de baño. La
Ponte en el suelo, frotándose el mentón dolorido
mientras intentaba fijar la mirada extraviada por
el golpe. Una cama grande, con dos desayunos en
una bandeja. Y Liana Taillefer sentada en ella, rubia y estupefacta, con una tostada a medio mor-

der en la mano, un voluminoso y blanco pecho fuera y otro dentro del escotado camisón de seda. Pezones de cinco centímetros de diámetro, observó desapasionadamente Corso cuando cerraba la puerta a su espalda. Más vale tarde que nunca.

—Buenos días —dijo.

Después se acercó a la cama. Liana Taillefer, inmóvil, aún con la tostada en la mano, lo miró mientras él se sentaba a su lado y, tras dejar la bolsa de lona en el suelo y echarle un vistazo a la bandeja, se servía una taza de café. Durante más de medio minuto nadie dijo una palabra. Por fin Corso bebió un sorbo, sonriéndole a la mujer.

—Creo recordar —la mandíbula sin afeitar le afilaba las facciones; sonreía como puede hacerlo una hoja de cuchillo— que la última vez que nos vimos estuve algo brusco...

Ella no respondió. Había dejado la tostada a medio morder en la bandeja y acomodado su desbordante anatomía dentro del camisón. Miraba a Corso de un modo indefinible, sin miedo, altanería ni rencor; casi con indiferencia. Después de la escena en casa del cazador de libros, éste esperaba odio en aquellos ojos. Lo matarán por esto, etcétera. Y habían estado a punto de conseguirlo. Pero el azul acero de Liana Taillefer tenía idéntica expresión que un par de charcos de agua helada, y eso preocupó más a Corso que una explosión de ira. Podía imaginarla muy bien mirando impasible el cadáver de su marido colgado en la lámpara del salón. Recordó la foto del pobre diablo con su mandil y el plato en alto, a punto de trocear el cochinillo a la segoviana. Menudo folletín le habían escrito entre todos.

—Condenado cabrón —masculló La Ponte desde el suelo. Parecía haber logrado fijar por fin la vista en él. Después empezó a incorporarse aturdido, en busca del apoyo de los muebles. Corso lo observó, interesado.

—No pareces contento de verme, Flavio.

—¿Contento? —el librero se frotaba la barba mirándose de vez en cuando la palma de la mano, como si temiese encontrar en ella un trozo de muela—. Tú te has vuelto loco. De remate.

—Todavía no, pero estáis a punto de conseguirlo. Tú y tus secuaces —señaló a Liana Taillefer con el pulgar—. Incluyendo a la desconsolada viuda.

La Ponte se acercó un poco, deteniéndose a distancia prudencial.

—¿Te molestaría explicarme de qué estás hablando?

Corso alzó una mano ante la cara del librero y se puso a contar con los dedos.

—Estoy hablando del manuscrito Dumas y de *Las Nueve Puertas*. De Victor Fargas ahogado en Sintra. De Rochefort, que parece mi sombra, atacándome hace una semana en Toledo y anoche aquí, en París —volvió a señalar a Liana Taillefer—. De Milady. Y de ti, sea cual sea el papel que juegues en esto.

La Ponte había estado atento a los dedos de Corso mientras contaba, parpadeando cinco veces seguidas, una por dedo. Al terminar se acarició de nuevo la cara, pero su gesto ya no era dolorido sino perplejo. Parecía a punto de responder algo, mas lo pensó mejor. Cuando por fin se decidió, lo hizo dirigiéndose a Liana Taillefer.

—¿Qué tenemos que ver con todo eso?

Ella se encogió de hombros con desdén. No estaba interesada en eventuales explicaciones, ni tampoco dispuesta a cooperar. Seguía recostada en los almohadones con la bandeja del desayuno al lado; sus uñas lacadas en rojo sangre desmenuzaban una de las tostadas, y el otro único movimiento que podía apreciarse en ella era la respiración, que le hacía subir y bajar el pecho en el generoso y bien colmado escote. Por lo demás se limitaba a mirar a Corso igual que quien espera que otro descubra las cartas; tan afectada por todo aquello como podía estarlo un trozo de solomillo crudo.

La Ponte se rascó la cabeza, allí donde le clareaba el pelo. Tenía un aspecto muy poco airoso plantado en mitad de la habitación, con el pijama a rayas lleno de arrugas y el carrillo izquierdo hinchado bajo la barba por el puñetazo. Sus ojos desconcertados iban de Corso a la mujer, y de ella a Corso. Por fin se detuvieron en su amigo.

—Exijo una explicación —dijo.

—Qué coincidencia. Yo he venido a pedirte lo mismo.

Dudó La Ponte dirigiéndole otra ojeada insegura a Liana Taillefer. Parecía humillado, y no era para menos. Se miró uno tras otro los tres botones del pijama y luego los pies descalzos. Afrontar una crisis en semejante atuendo rozaba lo patético. Por fin le señaló a Corso el cuarto de baño.

—Vamos ahí adentro —intentaba dar a su voz un tono digno, pero el carrillo inflamado le alteraba la pronunciación en las consonantes—. Tú y yo.

La mujer seguía inescrutable, inmóvil, sin traslucir inquietud, mirándolos con el interés de quien sigue un aburrido concurso en el televisor. Se dijo Corso que era necesario hacer algo respecto a ella, pero de momento no se le ocurría qué. Tras una breve vacilación cogió del suelo la bolsa de lona para preceder a La Ponte, que cerró la puerta tras de sí.

—¿Se puede saber por qué me has pegado?

Hablaba en voz baja, temiendo que la viuda los oyera desde la cama. Corso puso la bolsa sobre el bidet, comprobó la blancura de las toallas y revolvió en la bandejita de tocador antes de volverse hacia el librero con mucha calma.

—Porque eres un falso y un traidor —repuso—. No me dijiste que andabas metido en esto. Has permitido que me engañen, que me sigan y que me vapuleen.

—No estoy metido en nada. Y aquí el único vapuleado soy yo —el librero se estudiaba la cara en el espejo—. Dios. Mira lo que has hecho. Me has desfigurado.

—Te desfiguraré más si no me lo cuentas todo.

—¿Contártelo todo?... —La Ponte se palpaba la inflamación, mirándolo de reojo como si Corso hubiera perdido el juicio—. No es ningún secreto; Liana y yo hemos... —se interrumpió, buscando algo que definiese el asunto—. Ejem. Ya lo has visto.

—Intimado —sugirió Corso.

—Eso es.

—¿Cuándo?

—El mismo día que te fuiste a Portugal.

—¿Quién se acercó a quién?

—Prácticamente, yo.

—¿Prácticamente?

— Más o menos. La visité.

—¿Para qué?

—Para hacerle una oferta por la biblioteca de su marido.

—¿Se te ocurrió así, de pronto?

—Bueno. Ella telefoneó antes. Te lo conté en su momento.

—Es verdad.

—Quería recuperar el manuscrito de Dumas que me vendió el difunto.

—¿Dio alguna explicación?

—Motivos sentimentales.

—Y tú te lo creíste.

—Sí.

—O más bien te daba igual.

—En realidad...

—Ya. Lo que te apetecía era tirártela.

—Eso también.

—Y cayó en tus brazos.

—Redonda.

—Claro. Y vinisteis a París de luna de miel.

—No exactamente. Ella tenía cosas que hacer aquí.

—... Y te invitó a acompañarla.

—Eso es.

—De modo casual, ¿verdad?... Con gastos pagados, para seguir el idilio.

—Algo así.

Corso hizo una mueca desagradable.

—Qué bonito es el amor, Flavio. Cuando se quiere de veras.

—Deja de ponerte en plan cínico. Ella es extraordinaria. No puedes imaginar...

—Puedo.

—No puedes.

—Te digo que sí, que puedo.

—Eso hubieras querido, poder. Con ese pedazo de tía.

—Nos desviamos, Flavio. Estábamos aquí, en París.

—Sí.

—¿Cuáles eran vuestros planes respecto a mí?

—No había planes. Teníamos previsto localizarte hoy o mañana. Para recuperar el manuscrito.

—Por las buenas.

—Claro. ¿Cómo, si no?

—¿No esperabais que me negara?

—Liana tenía sus dudas.

—¿Y tú?

—Yo no.

—Tú no, ¿qué?

—Yo no veía el problema. A fin de cuentas somos amigos. Y el *Vino de Anjou* es mío.

—Ya veo: eras su segundo cartucho.

—No sé a qué te refieres. Liana es estupenda. Y me adora.

—Sí. La veo muy enamorada.

—¿Tú crees?

—Eres un imbécil, Flavio. Te han tomado el pelo igual que a mí.

Fue una intuición aguda como una sirena de alarma. Corso apartó con repentina brusquedad a La Ponte y se precipitó en el dormitorio para encontrar a Liana Taillefer fuera de la cama, a medio vestir, metiendo ropa en una maleta. Por un momento pudo ver sus ojos glaciales fijos en él —los ojos de Milady de Winter— y supo que todo el rato, mientras fanfarroneaba como un estúpido, ella se había limitado a esperar algo: un ruido o una señal. Lo mismo que una araña en el centro de su tela.

—Adiós, señor Corso.

Al menos le oía decir tres palabras. Escuchó aquello —recordaba bien su voz grave, ligeramente ronca— sin saber qué podía significar, aparte que estaba a punto de largarse. Dio otro paso en su dirección, ignorando lo que iba a hacer cuando llegara hasta la mujer, antes de intuir otra presencia en el dormitorio: una sombra detrás y a la izquierda, pegada al marco de la puerta. Hizo ademán de volverse para encarar el peligro, con la certeza de que había cometido un nuevo error y era demasiado tarde. Aún oyó reír a Liana Taille-fer como en las películas con vampiresa rubia y malvada. En cuanto al golpe —el segundo en menos de doce horas—, lo recibió también detrás de la oreja, en el mismo sitio. Y tuvo tiempo de ver a Rochefort esfumándose ante sus ojos turbios.

Ya estaba inconsciente cuando llegó al suelo.

Se complica la trama

En este momento tiembla usted por la
situación y la perspectiva de la caza.
¿Dónde estaría ese temblor si yo fuera
preciso como una guía de ferrocarriles?
(A. Conan Doyle. *El valle del terror*)

Primero fue una voz lejana; un murmullo
confuso que no conseguía identificar. Hizo un esfuerzo, intuyendo que le hablaban a él. Algo sobre
su aspecto. Corso no tenía la menor idea de cuál
era su aspecto, pero le daba igual. Era cómodo seguir allí, donde estuviese, tumbado boca arriba; y
no deseaba abrir los ojos. Sobre todo por miedo a
que aumentara el dolor que le oprimía las sienes.

Sintió unas palmaditas en la cara y no tuvo
más remedio que abrir un ojo con desgana. Flavio
La Ponte se inclinaba sobre él, con gesto de preo-
cupación. Todavía llevaba puesto el pijama.

— Deja de sobarme la cara —dijo Corso,
malhumorado.

El librero expulsó con visible alivio el aire
que retenía en los pulmones.

—Creí que estabas muerto —confesó.

Abriendo el otro ojo, Corso hizo amago
de incorporarse. Al momento sintió movérsele
el cerebro dentro del cráneo, igual que gelatina
en un plato.

—Te dieron bien —informó innecesariamente La Ponte mientras lo ayudaba a ponerse
en pie. Apoyado en su hombro para mantener el

equilibrio, Corso echó un vistazo a la habitación. Liana Taillefer y Rochefort habían desaparecido.

—¿Pudiste ver al que me pegó?

—Claro. Alto, moreno. Una cicatriz en la cara.

—¿Lo habías visto antes?

—No —el librero frunció el ceño, despechado—. Pero ella parecía conocerlo bien... Tuvo que abrirle la puerta mientras discutíamos en el cuarto de baño... Por cierto, el individuo tenía un labio a la funerala. Partido. Un par de puntos, con mercromina —se tocó la mejilla, cuya hinchazón empezaba a ceder, y soltó una risita vengativa—. Por lo que veo, aquí ha cobrado todo el mundo.

Corso, que buscaba sus gafas sin encontrarlas, le dirigió una rencorosa mirada.

—Lo que no entiendo —dijo— es por qué no te sacudieron también a ti.

—Tenían esa intención. Pero dije que no era necesario. Que fueran a lo suyo. Que yo soy un simple turista accidental.

—Podías haber hecho algo.

—¿Yo? Venga ya. Con el puñetazo que tú me diste tenía de sobra. Por eso hice con los dedos dos uves así, ¿ves?... Señal de paz. Bajé la tapa del inodoro y estuve ahí sentado, quietecito. Hasta que se largaron.

—Mi héroe.

—Más vale un *por si acaso* que un *quién lo iba a decir*. Ah, mira esto —le alargó una cuartilla

426

doblada en cuatro—. Lo dejaron al irse, bajo un cenicero con una colilla de Montecristo.

A Corso le costaba enfocar la escritura. Era una nota caligrafiada a tinta, con bonita letra inglesa y complicados trazos en las mayúsculas:

Es por orden mía y para bien del Estado por lo que el portador de la presente hizo lo que hizo.

3 diciembre 1627
Richelieu

A pesar de la situación, estuvo a punto de echarse a reír. Aquél era el salvaconducto extendido en el sitio de la Rochela al pedir Milady la cabeza de d'Artagnan. El mismo que resulta robado después por Athos a punta de pistola —*"Muerde si puedes, víbora"*—, y sirve para justificar ante Richelieu la ejecución de la mujer, al final de la historia... En resumidas cuentas: demasiado para un solo capítulo. Tambaleándose, Corso fue hasta el cuarto de baño, abrió el grifo del lavabo y puso la cabeza bajo el agua fría. Luego se miró la cara: ojos hinchados, sin afeitar, chorreando agua, las sienes zumbándole como si tuviese dentro un avispero. Estoy para una foto, pensó. Vaya forma de empezar el día.

En el espejo, a su lado, La Ponte le ofrecía una toalla y sus gafas.

—Por cierto —dijo—. Se llevaron tu bolsa.

—Hijo de puta.

—Oye, no sé por qué la tomas conmigo. En toda esta película, lo único que he hecho yo es echar un polvo.

Corso estaba inquieto. Recorría el vestíbulo del hotel intentando pensar a toda prisa, pero a cada minuto eran menores las probabilidades de alcanzar a los fugitivos. Todo estaba perdido salvo un eslabón de la cadena: el número Tres. Aún era necesario que se hicieran con él, y eso ofrecía, al menos, una posibilidad de salirles al encuentro si lograba moverse con rapidez. Fue hasta la cabina y telefoneó a Frida Ungern mientras La Ponte liquidaba la habitación; pero el auricular dio la señal intermitente de comunicar. Tras un momento de duda llamó al Louvre Concorde, pidiendo la habitación de Irene Adler. Tampoco estaba seguro del estado de la cuestión en ese flanco, y se tranquilizó un poco al oír la voz de la chica. En pocas palabras la puso al tanto, pidiéndole que se reuniera con él en la fundación Ungern. Después colgó el teléfono mientras llegaba La Ponte, muy deprimido, guardándose en la cartera su tarjeta de crédito.

—La muy zorra. Largarse sin liquidar la cuenta.

—Te está bien empleado, por listo.

—La mataré con mis propias manos. Lo juro.

El hotel era carísimo, y la traición empezaba a parecerle monstruosa al librero; ya no se veía tan al margen como media hora antes, sino sombrío igual que un Achab vengativo. Subieron a un taxi, y Corso le dio al conductor las señas de la baronesa Ungern. Por el camino le contó al otro el resto de la historia: el tren, la chica, Sintra, París, los tres ejemplares de *Las Nueve Puertas*, la muerte de Fargas, el incidente en los muelles del Sena... La Ponte escuchaba asintiendo, incrédulo al principio y abrumado después.

—He cohabitado con una víbora —se lamentó, estremeciéndose.

Corso estaba de mal humor, y apuntó que muy rara vez las víboras mordían a los cretinos. La Ponte consideró el asunto. No parecía ofendido.

—Y sin embargo —dijo— es una mujer de rompe y rasga. Con un cuerpazo impresionante.

A pesar del rencor recién adquirido tras la dentellada a su tarjeta de crédito, los ojos le brillaron, lúbricos, mientras se acariciaba la barba.

—Impresionante —repitió, con sonrisita boba.

Corso miraba por la ventanilla, hacia el tráfico.

—Eso mismo dijo el duque de Buckingham.

—¿Buckingham?

—Sí. En *Los tres mosqueteros*. Después del episodio de los herretes de diamantes, Richelieu encomienda a Milady el asesinato del duque;

pero éste la encarcela cuando regresa a Londres. Allí seduce a su carcelero Felton, un idiota como tú en versión puritana y fanática, y lo convence para que la ayude a escapar y, de paso, asesine a Buckingham.

—No recordaba el episodio. ¿Y qué tal le fue a ese Felton?

—Le dio de puñaladas al duque. Después lo ejecutaron; ignoro si por asesino o por estúpido.

—Al menos no le hicieron pagar la factura del hotel.

El taxi circulaba por el Quai de Conti, cerca de donde Corso había tenido la penúltima escaramuza con Rochefort. En ese momento La Ponte recordó algo:

—Oye, ¿no tenía Milady una marca en un hombro?

Asintió Corso. En ese momento pasaban ante la escalera por donde había rodado la noche anterior.

—Sí —respondió—. Impresa por el verdugo con hierro candente; la marca de los criminales. Ya la llevaba cuando estuvo casada con Athos... d'Artagnan lo descubrió al irse a la cama con ella, y el asunto por poco le cuesta el cuello.

—Es curioso. ¿Sabes que Liana también lleva una marca?

—¿En el hombro?

—No. En una cadera. Un tatuaje pequeño, muy bonito, en forma de flor de lis.

—No me digas.

—Te lo juro.

Corso no recordaba el tatuaje, pues cuando el fugaz escarceo en su casa con Liana Taillefer —parecían haber transcurrido años desde aquello— apenas tuvo tiempo de fijarse en esa clase de detalles. De un modo u otro, todo empezaba a quedar fuera de control. Y no se trataba ya de coincidencias folklóricas, sino de un plan establecido; demasiado complejo y peligroso para considerar una simple parodia la actuación de la mujer y su esbirro de la cicatriz. Aquello era un complot con todos los ingredientes del género, y tenía que haber alguien moviendo los hilos. Nunca mejor dicho, una Eminencia Gris. Tocó el bolsillo donde llevaba la carta de Richelieu. Era demasiado excesivo. Y sin embargo, precisamente en lo insólito, en lo novelesco de todo aquello, tenía que estar la solución. Recordaba algo leído una vez, en Allan Poe o en Conan Doyle: *"Este misterio parece insoluble por las mismas razones que lo hacen solucionable: lo excesivo, lo outré de sus circunstancias"*.

—Aún no sé si todo esto es una monumental tomadura de pelo, o auténtico encaje de bolillos —dijo en voz alta, a modo de conclusión.

La Ponte había encontrado un agujero en la piel sintética del asiento, y lo agrandaba hurgando con el dedo, nervioso.

—Sea lo que sea, da muy mala espina —hablaba en voz baja a pesar del cristal antirrobo que los separaba del conductor del taxi—. Espero que sepas lo que haces.

—Eso es lo malo. Que no estoy seguro de lo que hago.

—¿Por qué no vamos a la policía?

—¿Y qué les digo?... ¿Que Milady y Rochefort, agentes del cardenal Richelieu, nos han robado un capítulo de *Los tres mosqueteros* y un libro para convocar a Lucifer? ¿Que el diablo se ha enamorado de mí, encarnándose en una veinteañera para convertirse en mi guardaespaldas?... Dime qué harías tú si fueses el comisario Maigret y yo viniera con ese argumento.

—Te haría soplar en un alcoholímetro, supongo.

—Pues fíjate.

—¿Y Varo Borja?

—Esa es otra —Corso soltó un gemido de agobio—. No quiero ni pensarlo, cuando sepa que perdí el libro.

El taxi se abría paso con dificultad entre el tráfico de la mañana y Corso miraba el reloj, impaciente. Por fin llegaron junto al *bar-tabac* donde estuvo la noche anterior, para encontrar grupos de gente curioseando en las aceras y señales de prohibido el paso en la esquina. Mientras bajaba del taxi, Corso vio también una furgoneta de la policía y un camión de bomberos. Entonces apretó los dientes, soltando una sonora blasfemia que hizo sobresaltarse a La Ponte. También el número Tres había volado.

La chica se les acercó entre la gente, con su pequeña mochila a la espalda y las manos en los bolsillos de la trenca. Aún se veía un rastro de humo en los tejados.

—El piso ardió a las tres de la madrugada —informó sin mirar a La Ponte, como si éste no existiera—. Los bomberos todavía están dentro.

—¿Y la baronesa Ungern? —preguntó Corso.

—También dentro —la vio hacer un gesto ambiguo; no exactamente de indiferencia sino resignado, fatalista. Como si aquello hubiera estado previsto en alguna parte—. El cadáver apareció carbonizado en su despacho. El fuego empezó allí. Incendio fortuito, dicen los vecinos; una colilla mal apagada.

—La baronesa no fumaba —dijo Corso.

—Anoche fumó.

El cazador de libros echó un vistazo por encima de las cabezas que se agolpaban ante la valla policial. Apenas pudo ver nada: el extremo superior de una escala de socorro apoyada en el edificio, los destellos intermitentes de una ambulancia en la puerta. Había quepis de guardias y cascos de bomberos, y el aire olía a madera y plástico quemados. Entre los curiosos, un par de turistas norteamericanos se fotografiaba el uno al otro, posando junto al gendarme que vigilaba la barrera. Una sirena se puso en marcha en alguna parte y después se interrumpió bruscamente. Alguien entre los curiosos dijo que estaban sacando el cadáver, pero era imposible ver nada. Tampoco, se dijo Corso, habría mucho que ver.

Encontró los ojos de la chica fijos en él, sin rastro de la noche pasada. Era la de ahora una mirada atenta, práctica; un soldado moviéndose cerca del campo de batalla.

—¿Qué ha ocurrido? —preguntó ella.

—Esperaba que tú me lo dijeras.

—No hablo de esto —por primera vez pareció fijarse en La Ponte—. ¿Quién es?

Corso se lo dijo. Después dudó un segundo, preguntándose si el otro captaría el matiz:

—La chica de que te hablé. Se llama Irene Adler.

La Ponte no captaba nada. Se limitó a mirarlos un poco desconcertado, primero a la joven y luego a su amigo, y alargó por fin, a modo de saludo, una mano que ella no vio, o hizo gesto de no ver. Estaba pendiente de Corso.

—No llevas tu bolsa — le dijo.

—No. Rochefort la consiguió por fin. Se fue con Liana Taillefer.

—¿Quién es Liana Taillefer?

Corso la miró con dureza, pero sólo encontró serenidad en los ojos de la chica.

—¿No conoces a la desconsolada viuda?

—No.

Sostenía el gesto sin inquietud ni sorpresa, imperturbable. Muy a su pesar, Corso estuvo a punto de creerla.

—Da igual —dijo por fin—. El caso es que se han largado.

—¿A dónde?

—No tengo la menor idea —descubrió el colmillo en una mueca desesperada, suspicaz—. Creí que tú sabrías algo.

—No sé nada de Rochefort. Ni de esa mujer —lo dijo con indiferencia; dando a entender que en realidad aquel no era asunto suyo. Corso se sintió más confuso. Esperaba alguna emoción por su parte; entre otras cosas, ella misma se había erigido en paladín de sus intereses. O al menos que formulara un reproche, algo del tipo te está bien empleado por pasarte de listo. Pero la joven no hizo reproches. Miraba a su alrededor cual si buscara algún rostro conocido entre la gente, y él fue incapaz de adivinar si meditaba sobre lo ocurrido o tenía la cabeza en otro sitio, lejos del drama.

—¿Qué podemos hacer? —preguntó sin dirigirse a nadie en particular, realmente desorientado. Agresiones aparte, había visto esfumarse uno tras otro los tres ejemplares de *Las Nueve Puertas* y el manuscrito Dumas. Llevaba tres cadáveres a rastras, si sumaba el suicidio de Enrique Taillefer, y había gastado una enorme cantidad de dinero que no era suyo, sino de Varo Borja... Varus, Varus: devuélveme mis legiones. Maldita fuera su propia estampa. En ese momento hubiera querido tener treinta y cinco años menos para desahogarse a lágrima viva, sentado en la acera.

—Podríamos —sugirió La Ponte— tomar un café.

Lo dijo frívolo, con una sonrisa del tipo ánimo chicos, no será para tanto, y Corso comprendió que el pobre tipo no se daba cuenta del lío enorme en que todos estaban metidos. Pero, básicamente, la idea no le pareció tan mala. Tal y como estaban las cosas no se le ocurría nada mejor.

—A ver si lo he entendido —a La Ponte le goteó un poco de café con leche por la barba mientras mojaba un trozo de *croissant* en su taza—. En 1666 Arístide Torchia escondió un ejemplar especial. Una especie de copia de seguridad repartida en tres libros... ¿No es eso? Con diferencias en ocho de sus nueve grabados. Y hay que reunir los originales para que el conjuro funcione —engulló el trozo de *croissant* húmedo y se limpió con una servilleta de papel—... ¿Voy bien?

Estaban los tres sentados en una terraza, frente a Saint-Germain-des-Prés. La Ponte se desquitaba del desayuno interrumpido en el Crillon, y la chica, que no había abandonado su actitud de mantenerse al margen, bebía una naranjada a través de una pajita mientras escuchaba en silencio. Tenía *Los tres mosqueteros* abierto sobre la mesa, y a veces pasaba una página, leyendo distraída, antes de levantar la cabeza para escuchar de nuevo. En cuanto a Corso, los acontecimientos le habían hecho un nudo en el estómago; imposible tragar nada.

—Vas bien —le dijo a La Ponte. Se echaba hacia atrás en la silla, las manos en los bolsillos del gabán y mirando sin ver el campanario de la iglesia—. Aunque existe la posibilidad de que la edición completa, la que fue quemada por el Santo Oficio, constara también de tres series de libros con láminas alteradas, de modo que sólo los verdaderos estudiosos del tema, los iniciados, lograsen combinar tres ejemplares correctos... —enarcó las cejas, arrugando la frente con pesadumbre—. Eso ya no podremos saberlo nunca.

—¿Y quién dice que sólo eran tres? A lo mejor imprimió cuatro, o nueve series distintas.

—En tal caso, todo esto no habrá servido para nada. Sólo hay tres libros conocidos.

—Sea como sea, alguien quiere reconstruir el libro original. Y se apodera de las láminas auténticas... —La Ponte hablaba con la boca llena; seguía engullendo el desayuno con apetito—. Pero el valor bibliófilo le trae sin cuidado. Cuando tiene los grabados correctos destruye lo demás. Y asesina a sus propietarios. Victor Fargas, en Sintra. La baronesa Ungern aquí, en París. Y Varo Borja, en Toledo... —se interrumpió con un bocado a medio masticar y miró a Corso, un poco decepcionado—. Oye, este planteamiento falla. Varo Borja sigue vivo.

—Su libro lo tengo yo. Y a mí sí han intentado jugármela, anoche y esta mañana.

La Ponte no parecía muy convencido.

—Tú lo has dicho: jugártela... ¿Por qué no te mató Rochefort?

—No lo sé —añadió un gesto de ignorancia; él mismo se había formulado ya esa pregunta—. Tuvo dos veces la ocasión, pero no lo hizo... En cuanto a que Varo Borja siga vivo, tampoco sabría qué decir. No contesta a mis llamadas telefónicas.

—Eso lo convierte en candidato a estar muerto. O en sospechoso.

—Varo Borja es sospechoso por definición, y dispone de medios para haberlo organizado todo —señaló a la chica que seguía leyendo, ajena en apariencia a la conversación—. Seguro que ella podría aclarárnoslo, si quisiera.

—¿Y no quiere?

—No.

—Pues denúnciala. Si asesinan gente, eso tiene un nombre: cómplice.

—¿Denunciarla?... Estoy metido hasta el cuello en esto, Flavio. Igual que tú.

La chica había interrumpido su lectura, sosteniendo la mirada de ambos, imperturbable, sin abrir la boca más que para sorber un poco de naranjada. Sus ojos iban del uno al otro, reflejándolos sucesivamente. Por fin se detuvieron en Corso.

—¿De verdad te fías de ella? —inquirió La Ponte.

—Depende de para qué. Anoche peleó por mí, y lo hizo muy bien.

El librero compuso una mueca, perplejo, observando a la chica. Sin duda intentaba imaginarla ejerciendo de guardaespaldas. También debía de preguntarse hasta dónde habrían intimado ella y Corso, porque éste lo vio evaluar con mirada experta lo que la trenca dejaba a la vista, mientras se acariciaba la barba. Lo que sí parecía claro era hasta dónde estaba dispuesto a llegar el propio La Ponte si la chica le daba una oportunidad, a pesar de las muchas sospechas que le infundía. Incluso en momentos como aquél, el ex secretario general de la Hermandad de Arponeros de Nantucket era de los que siempre anhelan regresar al útero. A cualquier útero.

—Es demasiado guapa —La Ponte movía la cabeza a modo de conclusión—. Y demasiado joven. Demasiado para ti.

Sonrió Corso al oír aquello.

—Te sorprendería saber lo vieja que parece a veces.

El librero chasqueó la lengua, escéptico.

—Regalos así no caen del cielo.

La chica había asistido al diálogo, silenciosa. Y ahora, por primera vez en el día, la vieron sonreír, como si acabase de oír un chiste divertido.

—Hablas demasiado, Flavio Comotellames —le dijo a La Ponte, que parpadeó con desasosiego. La sonrisa de ella se hizo más aguda, semejante a la de un chico malvado—. De cualquier modo, lo que haya entre Corso y yo no es asunto tuyo.

Era la primera vez que le dirigía la palabra al librero. Tras un breve desconcierto, éste se volvió hacia su amigo, azarado, en inútil busca de apoyo; pero el cazador de libros se limitó a sonreír de nuevo.

—Creo que estoy de más aquí —La Ponte hizo ademán de levantarse, indeciso, sin llegar a consumar el gesto. Siguió así hasta que Corso le dio un golpe en el brazo con el revés de la mano. Un golpe seco y amistoso.

—No seas idiota. Ella está de nuestra parte.

La Ponte se relajó un poco, pero seguía sin mostrarse convencido.

—Pues que lo demuestre. Contándote lo que sabe.

Corso se volvió hacia la chica para mirar su boca entreabierta, el cuello tibio, confortable. Se preguntó si aún olería a calor y a fiebre, abstrayéndose por un momento en el recuerdo. Los dos reflejos verdes, con toda la luz de la mañana, sostenían su mirada como de costumbre, indolentes y tranquilos. Y la sonrisa, cargada un momento atrás de desdén para La Ponte, se tornaba distinta. Era otra vez un aliento apenas perceptible; una palabra silenciosa, solidaria y cómplice.

—Hablábamos de Varo Borja —dijo Corso—. ¿Lo conoces?

Se borró el gesto de los labios; otra vez volvía el soldado cansado, indiferente. Pero antes, por un segundo, el cazador de libros creyó percibir un destello de desdén en su mirada. Corso apoyaba una mano en el mármol de la mesa:

—Podría haber estado utilizándome —añadió—. Y haberte puesto a ti tras mi pista —de pronto esa posibilidad le parecía absurda. No imaginaba al bibliófilo millonario recurriendo a esa muchacha para tenderle una trampa—... O tal vez sus agentes son Rochefort y Milady.

Ella no respondió, volviendo a enfrascarse en la lectura de *Los tres mosqueteros*. Pero el nombre de Milady había removido la herida en el orgullo de La Ponte, que apuró el café de su taza mientras levantaba un dedo de la otra mano en el aire.

—Ésa es la parte que menos entiendo —dijo—. La conexión Dumas... ¿Qué tiene que ver mi *Vino de Anjou* con todo esto?

—El *Vino de Anjou* no es tuyo sino accidentalmente —Corso se había quitado las gafas y las miraba al trasluz, preguntándose si con tanto ajetreo el cristal roto iba a aguantar—. Ése es el punto más oscuro; pero hay varias coincidencias interesantes: al cardenal Richelieu, el personaje perverso de *Los tres mosqueteros*, le gustaban los libros de artes ocultas. Los pactos con el diablo proporcionan poder, y Richelieu fue el hombre más poderoso de Francia. Y para redondear el *dramatis personae*, resulta que, en el texto de Dumas, el cardenal tiene dos agentes fieles que secundan sus órdenes: el conde de Rochefort y Milady de Winter. Ella es rubia, maligna, con su flor de lis grabada por el verdugo. Él es moreno, con una cicatriz en la cara... ¿Te das cuenta? Ambos tienen una marca. Y, puestos a buscar referencias, resulta que los servidores del diablo, según el Apocalipsis, se reconocen por la marca de la Bestia.

La chica bebió otro sorbo de naranjada sin levantar la cabeza del libro, pero La Ponte se estremeció igual que si acabase de oler a chamusquina, con el pensamiento pintado en la cara: una cosa era liarse con una rubia imponente y otra muy distinta un aquelarre entre las ingles. Lo vieron palparse, incómodo.

—Joder. Espero que no sea contagioso.

Corso le dirigió una mirada escasamente compasiva.

—Demasiadas coincidencias, ¿verdad?... Pues hay más —le había echado el aliento a los lentes y limpiaba el cristal intacto con una servilleta de papel—. En *Los tres mosqueteros*, resulta que Milady ha sido mujer de Athos, el amigo de d'Artagnan. Cuando Athos descubre que su esposa está marcada por el verdugo, decide ejecutar él mismo la sentencia. La ahorca y la deja por muerta, pero ella sobrevive, etcétera... —se ajustó las gafas sobre la nariz—. Alguien tiene que estar disfrutando mucho con todo esto.

—Comprendo a Athos —dijo La Ponte, fruncido el ceño, sin duda con la cuenta impagada del hotel Crillon en la memoria—. También me gustaría echarle el guante. Ahorcarla. Como ese mosquetero a su mujer.

—O como Liana Taillefer a su marido. Lamento herir tu vanidad, Flavio, pero nunca le interesaste lo más mínimo. Sólo quería recuperar el manuscrito que te vendió el muerto.

—La muy zorra —murmuró La Ponte, rencoroso—. Seguro que se lo cargó ella. Ayudada por el fulano del bigote y el tajo en la cara.

—Lo que sigo sin comprender —proseguía Corso— es la relación entre *Los tres mosqueteros* y *Las Nueve Puertas*... Sólo se me ocurre que Alejandro Dumas también se sienta en la cima del mundo. Conoce el éxito y el poder que él desea: la fama, el dinero y las mujeres. Todo le sale redondo en la vida, como si gozara de un privilegio, de un pacto especial. Y cuando fallece, su hijo, el otro Dumas, le dedica un epitafio curioso: "Ha muerto como ha vivido; sin darse cuenta".

La Ponte le dirigió una mirada incrédula:

—¿Insinúas que Alejandro Dumas había vendido su alma al diablo?

—No insinúo nada. Intento descifrar el folletín que alguien está escribiendo a mi costa... Lo evidente es que todo empieza cuando Enrique Taillefer decide vender el manuscrito Dumas. El misterio arranca de ahí. Su presunto suicidio, mi visita a su viuda, el primer encuentro con Rochefort... Y el encargo de Varo Borja.

—¿Qué tiene de especial ese manuscrito?... ¿Por qué y para quién es importante?

—Ni idea —Corso miró a la chica—. A menos que ella pueda aclararlo.

La vieron encogerse de hombros con aire aburrido, sin levantar los ojos del libro.

—Es tu historia, Corso —dijo—. Tengo entendido que cobras por esto.

—También tú estás implicada.

—Hasta cierto punto —hizo un gesto ambiguo, de esos que no comprometen a nada, y pasó una página—. Sólo hasta cierto punto.

La Ponte se inclinó hacia Corso, picado.

—¿Has probado a darle un par de hostias?

—Cállate, Flavio.

—Eso, cállate —repitió la chica.

—Todo es ridículo —se lamentaba el librero—. Habla como si fuera la reina del mambo. Y en vez de aplicarle el tercer grado, tú la dejas. Estás desconocido, Corso. Por muy estupenda que sea la niña, no creo que... —titubeó, buscando las palabras—. ¿De dónde saca esa chulería?

—Una vez peleó con un arcángel —aclaró el cazador de libros—. Y anoche vi cómo le partía la cara a Rochefort... ¿Recuerdas? El mismo que me sacudió esta mañana mientras tú te quedabas al margen, sentado en el bidet.

—En el inodoro.

—Da igual —se ensañó zumbón, de mala fe—. Con tu pijama de príncipe Danilo en *Violetas imperiales*... Ignoraba que te pusieras pijama para dormir con tus conquistas.

—A ti qué te importa —La Ponte lanzaba miradas confusas a la chica mientras se batía en retirada, amostazado—. Suelo enfriarme por las noches, para que lo sepas. Además, estábamos hablando de *El vino de Anjou* —se lanzó en pos del manuscrito, con evidentes ganas de cambiar de tema—... ¿Qué hay de tu peritaje?

—Sabemos que es auténtico, con dos tipos de escritura: Dumas y su colaborador Augusto Maquet.

—¿Qué has averiguado de ese tipo?

—¿Maquet? No hay mucho que averiguar. Terminó mal con Dumas, con juicios y reclamaciones de dinero. Aunque hay un detalle curioso: Dumas se lo gastó todo en vida, muriendo sin un céntimo; pero Maquet envejeció rico, propietario, incluso, de un castillo. Cada uno a su manera, a ambos les fueron bien las cosas.

—¿Y ese capítulo que escribieron a medias?

—Maquet hizo la redacción original, una primera versión más simple, y Dumas le dio calidad y estilo, desarrollándola con notas sobre el mismo original de su colaborador. El tema lo conoces: Milady intenta envenenar a d'Artagnan.

La Ponte miraba su taza de café vacía, con inquietud.

—En conclusión...

—Pues yo diría que alguien, que se considera una especie de reencarnación de Richelieu, ha conseguido reunir todos los grabados originales del *Delomelanicon* y el capítulo de Dumas, donde, por alguna razón que desconozco, hay una clave de lo que está pasando. Y quizás en este momento se dispone a invocar a Lucifer. Mientras tanto tú te has quedado sin manuscrito, Varo Borja sin libro, y yo me he caído con todo el equipo.

Sacó del bolsillo la carta de Richelieu para echarle otro vistazo. La Ponte parecía de acuerdo.

—La pérdida del manuscrito no es grave —puntualizó—. Le pagué a Taillefer, pero no demasiado —emitía una risita ladina—. Por lo menos, con Liana cobré en especies. Pero tú sí estás en un buen lío.

Corso miró a la chica, que continuaba leyendo en silencio.

—Tal vez ella podría decirnos en qué clase de lío estoy.

Hizo una mueca antes de golpear la mesa con los nudillos como un jugador que ya no tiene cartas a mano, resignado. Pero tampoco esta vez hubo respuesta. Fue La Ponte quien soltó un gruñido de censura.

—Sigo sin comprender por qué te fías de ella.

—Te lo ha dicho antes —respondió al fin la chica, con desgana. Había puesto la pajita del zumo entre las páginas, a modo de señal—. Cuido de él.

Corso asintió con aire divertido, aunque maldito lo divertido que estaba.

—Ya la oyes. Es mi ángel de la guarda.

—¿De veras? Pues podría cuidarte mejor. ¿Dónde estaba cuando Rochefort te robó la bolsa?

—Quien sí estaba eras tú.

—Eso es distinto. Yo soy un librero pusilánime. Pacífico. Todo lo contrario de un hombre de acción. Si me presentase a un concurso de cobardes, seguro que los jueces me descalificaban. Por cobarde.

Corso no lo seguía con demasiada atención, pues acababa de hacer un descubrimiento. La sombra del campanario de la iglesia venía a proyectarse en el suelo, cerca de ellos. La silueta ancha y oscura se había ido moviendo poco a poco en sentido opuesto al sol. Observó que la cruz del remate quedaba a los pies de la chica, muy cerca de ella, pero sin que en ningún momento llegase a tocarla. Prudente, la sombra de la cruz se mantenía a distancia.

Telefoneó a Lisboa desde una oficina de PTT, para averiguar cómo iban las cosas respecto a Victor Fargas. Las noticias no eran alentadoras. Pinto había tenido acceso al informe del forense: muerte por inmersión forzosa en el estanque. La policía de Sintra había establecido el robo como presunto móvil. Persona o personas desconocidas. La parte positiva consistía en que, de momento, nadie relacionaba a Corso con el asunto. Añadió el portugués que había hecho correr la descripción del tipo de la cicatriz, por si acaso. Corso le dijo que olvidase a Rochefort. El pájaro había volado.

En apariencia las cosas no podían ir peor; pero se complicaron más al mediodía. Apenas entró en el vestíbulo de su hotel con La Ponte y la chica, el cazador de libros supo que algo no iba bien. Grüber estaba en el mostrador de recepción, y tras el habitual gesto imperturbable sus ojos transmitían un mensaje de alerta. Mientras se acercaban a él, Corso vio que el conserje se volvía a mirar con aire casual el casillero de su habitación, y luego, llevándose una mano hasta la solapa de la chaqueta, la alzaba ligeramente, en un remedo cuya elocuencia era internacional.

—No os paréis —le dijo Corso a los otros.

Casi tuvo que tirar del desconcertado La Ponte mientras la chica se les adelantaba, decidida y tranquila, por el estrecho pasillo que iba hasta el café-restaurante abierto a la plaza del Palais Royal. Con un último vistazo al pasar frente a recepción, Corso vio a Grüber apoyar una mano en el teléfono que había en el mostrador.

Estaban de nuevo en la calle, y La Ponte dirigía nerviosas miradas a su espalda.

—¿Qué pasa?

—Policías —le explicó Corso—. En mi habitación.

—¿Cómo lo sabes?

La chica no hizo preguntas. Se limitaba a mirar a Corso, aguardando instrucciones. Éste sacó del bolsillo el sobre con membrete del hotel remitido por el conserje la noche anterior, extrajo el mensaje que informaba del paradero de La Ponte y Liana Taillefer, y puso en su lugar un billete de quinientos francos. Lo hizo despacio, esforzándose por mantener la calma y que los otros no percibieran el temblor que le agitaba los dedos. Cerró el sobre antes de tachar su nombre y escribir el de Grüber, y se lo entregó a la chica.

—Dáselo a uno de los camareros del café —tenía las palmas de las manos húmedas. Se las secó en el forro interior de los bolsillos, señalando después una cabina telefónica al otro lado de la plaza—. Y reúnete conmigo allí.

—¿Y yo? —preguntó La Ponte.

A pesar de lo apurado de la situación, Corso estuvo cerca de echarse a reír en la cara de su amigo. Pero se limitó a dirigirle una mirada burlona.

—Puedes hacer lo que quieras. Aunque mucho me temo, Flavio, que acabas de pasar a la clandestinidad.

Echó a andar cruzando la plaza entre el tráfico, en dirección a la cabina telefónica, sin preocuparse de si el otro lo seguía o no. Cuando cerró la puerta acristalada e introdujo la tarjeta en la ranura lo vio a un par de metros, con aire de desamparo, mirando angustiado a su alrededor.

Marcó el número del hotel, pidiendo que lo pusieran con recepción:

—¿Qué ocurre, Grüber?

—"Vinieron dos policías, señor Corso —la voz del antiguo *SS* había bajado un poco el tono pero se mantenía tranquila, controlando la situación—. Siguen arriba, en su cuarto."

—¿Hubo alguna explicación?

—"Ninguna. Preguntaron su fecha de entrada y si conocíamos sus movimientos hacia las dos de la madrugada. Dije que lo ignoraba y los remití a mi compañero de ese turno. También pidieron la descripción, porque no conocen su aspecto. Quedamos en que les avisaría si usted llegaba. Justo en este momento me dispongo a hacerlo".

—¿Qué va a decirles?

—"La verdad, naturalmente. Que usted apareció un momento en el vestíbulo y salió en el acto, en compañía de un caballero barbudo y desconocido. En cuanto a la señorita, no se interesaron por ella; así que no veo razón para mencionar su presencia."

—Gracias, Grüber —hizo una pausa y añadió, sonriéndole al auricular—. Soy inocente.

—"Por supuesto, señor Corso. Todos los clientes de nuestro establecimiento lo son —se oyó el sonido de papel rasgándose—. Ah. En este momento me entregan su sobre."

—Nos veremos, Grüber. Consérveme la habitación un par de días; espero volver por mis cosas. Si hubiese algún problema, utilice el número de mi tarjeta de crédito. Cárguelo ahí. Y otra vez gracias.

—"A su servicio."

Corso colgó el teléfono. La chica ya estaba de regreso junto a La Ponte. Salió de la cabina, reuniéndose con ellos.

—La policía tiene mi nombre. Y si lo tiene, es que alguien se lo dio.

—A mí no me mires —dijo La Ponte—. Hace rato que toda esta historia me viene grande.

Corso hizo una reflexión amarga para sus adentros: también le venía grande a él. Todo se había ido fuera de control, timón de barco sin gobierno, dando bandazos.

—¿Se te ocurre algo? —le preguntó a la chica. Era el único cabo del enigma que le quedaba en las manos; su última esperanza.

Ella miró por encima del hombro de Corso, hacia el tráfico y las verjas cercanas del Palais Royal. Se había quitado la mochila de los hombros y la tenía en el suelo, entre las piernas. Reflexionaba en su habitual silencio, absorta y grave, con una pequeña arruga entre las cejas. Con aquel semblante obstinado de muchacho que se resiste a hacer lo que esperan de él. Sonrió Corso como un lobo lleno de fatiga.

—No sé qué hacer —dijo.

Vio que la chica asentía despacio, tal vez a modo de conclusión tras un secreto razonamiento. O quizá sólo se mostraba de acuerdo con que, en efecto, él no sabía qué hacer.

—Tu peor enemigo eres tú mismo —dijo al fin, distante. También ella parecía ahora fatigada, igual que la noche anterior cuando llegaron al hotel—. Tu imaginación —se tocó la frente con el índice—. Los árboles no te dejan ver el bosque.

La Ponte soltó un gruñido.

—Dejad la botánica para luego, si no tenéis inconveniente —estaba cada vez más inquieto, lanzando ojeadas alrededor con miedo a ver que los gendarmes les caían encima de un momento a otro—. Deberíamos largarnos de aquí. Puedo alquilar un coche con mi documentación. Si nos damos prisa pasaremos la frontera mañana. Que por cierto es uno de abril.

—Cierra el pico, Flavio —Corso miraba los ojos de la chica, buscando en ellos una respuesta. Sólo vio reflejos: la luz de la plaza, el tráfico que discurría en torno a ellos, su propia imagen deformada, grotesca. El lansquenete vencido. Ya no quedaban derrotas heroicas. Hacía mucho tiempo que no.

La expresión de la chica había cambiado. Ahora miraba a La Ponte como si, por primera vez, algo en él valiera la pena.

—Repítelo —dijo.

El librero titubeó, sorprendido.

—¿Lo de alquilar el coche? —los contemplaba con la boca abierta—. Es elemental. En un avión hay listas de pasajeros. En el tren pueden mirar el pasaporte...

—No me refería a eso. Dinos qué fecha es mañana.

—Uno de abril. Lunes —La Ponte se tocó la corbata, turbado—. Mi cumpleaños.

Pero la chica ya no le prestaba atención. Se había inclinado sobre la mochila, buscando algo dentro. Al incorporarse tenía en la mano el tomo de *Los tres mosqueteros*.

—Descuidas tus lecturas —le dijo a Corso, ofreciéndoselo—. Capítulo primero, línea primera.

Corso, que no esperaba aquello, cogió el libro y le echó un vistazo. *Los tres presentes del señor d'Artagnan padre*, se titulaba el capítulo. Y en cuanto leyó la primera línea supo dónde tenían que buscar a Milady.

Los sótanos de Meung

Era una noche lúgubre.
(P. du Terrail. *Rocambole)*

Era una noche lúgubre. El Loira corría turbulento, y su crecida amenazaba desbordar los viejos diques del pequeño pueblo de Meung. La tormenta rugía desde antes del atardecer y, a intervalos, un relámpago recortaba en la negrura la mole del castillo, con zigzags de claridad restallando igual que latigazos sobre el empedrado desierto, húmedo por las rachas de lluvia, de las viejas calles medievales. Al otro lado del río, en la distancia, entre ráfagas de viento, agua y hojas arrancadas a los árboles, como si el vendaval estableciese una frontera entre el pasado próximo y un lejano presente, circulaban las luces silenciosas de los automóviles que recorrían la autopista de Tours a Orleans.

En el albergue de Saint-Jacques, único hotel de Meung, una ventana estaba iluminada y abierta sobre una pequeña terraza a la que se podía acceder desde la calle. En la habitación, una mujer rubia y alta, atractiva, con el cabello recogido en la nuca, se vestía ante el espejo. Acababa de cerrar la cremallera de su falda, cubriendo en la cadera un pequeño tatuaje en forma de flor de lis. Erguida, con las manos a la espalda, se abrochaba el cierre del sujetador para ceñir un busto abundante, de piel blanca, que se estremecía suavemente con sus movimientos. Luego se puso una blusa de seda y sonrió un poco, fijos los ojos en su imagen, al abrochar los botones. Debía, sin duda, de encontrarse hermosa, y tal vez pensaba en una cita próxima, pues nadie se viste a las once de la noche si no es para acudir al encuentro de alguien. Aunque tal vez la sonrisa satisfecha, con un punto de crueldad, quizás, en su contemplación en el espejo, estaba motivada por una carpeta de piel, nueva, que tenía sobre la cama, y de la que asomaban las páginas del manuscrito *El vino de Anjou* de Alejandro Dumas, padre.

Un relámpago cercano iluminó la pequeña terraza junto a la ventana. Allí, bajo un breve alero del que goteaba la lluvia, Lucas Corso dio una última chupada al cigarrillo húmedo que tenía entre los dedos antes de dejarlo caer, levantándose el cuello del gabán para protegerse mejor del agua y el viento. A la luz del siguiente resplandor pudo percibir con la intensidad de un gigantesco flash fotográfico el rostro mortecino de Flavio La Ponte, en un destello de luces y sombras que le daban, con el pelo y la barba chorreando, el aspecto de un monje atormentado, o quizá de un Athos taciturno como la desesperación, sombrío como el castigo. No hubo más rayos durante un rato, pero Corso adivinaba en la tercera sombra, agazapada junto a ellos bajo el alero, la silueta esbelta de Irene Adler embozada en su trenca. Y cuando al fin otro relámpago rasgó en diagonal la noche, y el trueno retumbó entre los tejados de pizarra, la luz arrancó dos reflejos verdes, gemelos, bajo la capucha que ocultaba el rostro de la chica.

Había sido un rápido y tenso viaje hasta Meung. Un tiro casi a ciegas en el coche alquilado por La Ponte: la autopista de París a Orleans y después 16 kilómetros en dirección a Tours, con La Ponte en el asiento junto al conductor, estudiando a la llama de un mechero Bic el mapa Michelin comprado en una gasolinera. La Ponte hecho un lío, aún falta un poco, creo que vamos bien. Seguro que vamos bien. La chica en el asiento trasero, en silencio, sus ojos fijos en Corso a través del espejo retrovisor cada vez que los faros de un coche los deslumbraban de frente. La Ponte se equivocó, por supuesto. Dejaron atrás el desvío sin advertir el cartel indicador, alejándose camino de Blois. Después, descubierto el error, hubo que pasar un tramo en dirección prohibida para salir de la autopista, con Corso aferrado al volante, rogando que la tormenta encerrase a los gendarmes en sus cuarteles. Beaugency. La Ponte empeñado en cruzar el río y torcer a la izquierda, aunque por suerte no le hicieron caso. Desanduvieron camino, esta vez ya por la nacional 152 —el mismo itinerario que d'Artagnan en aquel primer capítulo— entre ráfagas de viento y lluvia, el Loira corriendo a la derecha como un páramo negro y rugiente, el limpiaparabrisas funcionando sin cesar y centenares de pequeños puntitos oscuros, sombras de lluvia, bailándole a Corso en la cara al cruzarse con otros automóviles. Y por fin calles desiertas, un barrio antiguo con tejados medievales, fachadas con gruesas vigas en forma de aspa y de cruz: Meung-sur-Loire. Fin de trayecto.

—Se va a largar —susurró La Ponte. Empapado, la voz le temblaba de frío—. ¿Por qué no entramos ya?

Corso se asomó un poco para echar otro vistazo. Liana Taillefer se había puesto sobre la blusa un suéter ceñido que resaltaba su anatomía de modo espectacular, y ahora sacaba del armario una capa oscura y larga, parecida a un dominó de carnaval. La vio dudar un momento mientras miraba alrededor, colocarse la capa sobre los hombros y coger la carpeta con el manuscrito de la cama. En ese momento se fijó en la ventana abierta, acercándose a ella con intención de cerrarla.

Corso adelantó una mano para impedirlo. Entonces hubo un relámpago casi encima de su cabeza, y el resplandor iluminó su rostro mojado por la lluvia, su silueta recortada en la ventana, la mano extendida ante sí como señalando, acusadora, a la mujer paralizada por el asombro. Y Milady lanzó un grito salvaje, de terror inaudito, igual que si hubiera visto al diablo.

Dejó de gritar cuando Corso saltó el alféizar y, con el dorso de la mano, le dio una bofetada que la hizo caer sobre la cama, revoloteando por el aire los folios manuscritos de *El vino de Anjou*.

El cambio de temperatura le empañaba a Corso las gafas húmedas, así que se las quitó rápidamente, echándolas sobre la mesilla de noche antes de arrojarse sobre Liana Taillefer, que intentaba ganar la puerta y salir al pasillo. La sujetó primero por una pierna y luego por la cintura, en la cama, mientras se revolvía y pataleaba. Era una mujer fuerte, y se preguntó qué diablos estaban haciendo La Ponte y la chica. En espera de ayuda quiso inmovilizarla por las muñecas, retirando la cara donde ella pretendía clavar las uñas. Giraron enredados en la colcha y Corso quedó con un muslo entre los suyos, la nariz hundida en la turgente plenitud de dos tetas enormes que, en la distancia corta y a través del fino suéter de lana, volvieron a parecerle increíblemente mullidas. Sintió el inequívoco estímulo de una erección y maldijo entre dientes, exasperado, mientras forcejeaba con aquella Milady que tenía espaldas de plusmarquista olímpica en modalidad braza. Dónde estarás cuando te necesito, se dijo con amargura. Entonces llegó La Ponte sacudiéndose el agua como un perro mojado, dispuesto a desquitarse de su vanidad maltrecha y, sobre todo, de la factura del Crillon que le escocía en la cartera. Aquello empezaba a parecer un linchamiento.

—Supongo que no iréis a violarla —dijo la chica.

Estaba sentada en el alféizar, todavía con la capucha de la trenca puesta, observando la escena. Liana Taillefer había dejado de forcejear, inmóvil con Corso encima y La Ponte sujetándole un brazo y una pierna.

—Cerdos —dijo en voz alta y clara.

—Golfa —gruñó La Ponte, sin aliento por la escaramuza.

Tras el breve intercambio todos se tranquilizaron un poco. Seguros de que no tenía escapatoria, la dejaron sentarse en la cama, aún aturdida de ira, frotándose las muñecas mientras repartía venenosas miradas de La Ponte a Corso. Éste se interpuso entre ella y la puerta. En cuanto a la chica, continuaba en la ventana, ya cerrada a su espalda; tenía echada hacia atrás la capucha y miraba a la viuda Taillefer con curioso descaro. La Ponte, tras secarse cabello y barba con un extremo de la colcha, se puso a recoger las hojas del manuscrito dispersas por el cuarto.

—Vamos a conversar un rato —dijo Corso—. Igual que personas razonables.

Liana Taillefer lo fulminó con la mirada.

—No tenemos nada de qué hablar.

—Se equivoca, guapa señora. Ahora que le hemos echado el guante, ya no me importa acudir a la policía. O habla con nosotros o se explica con un gendarme. Elija.

La vieron fruncir el ceño, mirando alrededor con aspecto acosado. Parecía un animal que acechara el menor resquicio para huir de la trampa.

—Cuidado —advirtió La Ponte—. Seguro que maquina algo.

Los ojos de la mujer eran mortales como agujas de acero. Corso torció la boca, un poco teatral.

—Liana Taillefer —dijo—. O deberíamos llamarla, quizás, Ana de Brieul, condesa de la Fère. Que también usó los nombres de Carlota Backson, baronesa Sheffield y señora de Winter. Que traicionó a sus maridos y a sus amantes. Que fue asesina y envenenadora, además de agente de Richelieu... Y más conocida por su alias —hizo la pausa conveniente—: Milady.

Se interrumpió, pues acababa de tropezar con la correa de su bolsa asomando bajo la cama. Tiró de ella, sin perder de vista ni a Liana Taillefer ni la salida hacia la que tenía visible intención de abalanzarse apenas le dieran oportunidad. Introdujo una mano dentro para comprobar lo que contenía, y un suspiro de alivio hizo que todos, incluso la mujer, lo mirasen sorprendidos. *Las Nueve Puertas*, el ejemplar de Varo Borja, estaba allí, intacto.

—Bingo —dijo, mostrándolo a los otros. La Ponte hizo un gesto de triunfo, igual que si Queequeg acabara de asestarle un arponazo a la ballena; pero la chica permaneció inmóvil sin mostrar emoción alguna, en apariencia espectadora indiferente de todo el episodio.

Devolvió Corso el libro a la bolsa. El viento silbaba en el marco de la ventana, donde la chica seguía inmóvil. A intervalos, un nuevo relámpago recortaba su silueta. El trueno llegaba luego, amortiguado y sordo, haciendo vibrar los cristales salpicados de lluvia.

—Una noche apropiada —dijo Corso, y miró a la mujer—. Como ve, Milady, no hemos querido faltar a la cita... Venimos dispuestos a hacer justicia.

—En grupo y de noche, como cobardes —repuso ella, escupiendo con desprecio sus palabras—. Igual que con la otra. Sólo falta el verdugo de Lille.

—Cada cosa a su tiempo —puntualizó La Ponte.

La mujer se había rehecho y por momentos cobraba seguridad. Su propia alusión al verdugo no parecía impresionarla, pues aguantaba sus miradas, desafiante.

—Veo —añadió— que tienen bien asumido el papel de cada cual.

—Eso no debe extrañarle —respondió Corso—. Usted y sus cómplices han puesto mucho esfuerzo e interés en que así sea... —torcía la boca en una sonrisa de lobo cruel, sin humor ni piedad—. Y todos nos hemos divertido mucho.

La mujer apretó los labios. Una de sus uñas lacadas en rojo sangre se deslizaba sobre la colcha. Corso siguió el movimiento, fascinado, igual que si aquella uña fuese un aguijón mortal, y se estremeció al pensar que, durante la refriega, había pasado varias veces cerca de su rostro.

—No tienen ningún derecho —dijo ella al fin—. Son intrusos.

—Se equivoca. Somos parte del juego, como usted.

—Un juego cuyas reglas ignoran.

—Se equivoca de nuevo, Milady. La prueba es que estamos aquí —Corso miró a su alrededor en busca de las gafas, hasta que las descubrió sobre la mesilla de noche. Se las puso, ajustándolas con el índice—. Lo complicado era precisamente eso: aceptar el carácter del juego; asumir la ficción entrando en el relato y pensar con la misma lógica que el texto exige, en vez de recurrir a la lógica del mundo exterior... Después resulta fácil continuar, porque si en la realidad hay muchas cosas que suceden por azar, en la ficción casi todo discurre según reglas lógicas.

La uña roja de Liana Taillefer estaba ahora inmóvil.

—¿También en las novelas?

—Sobre todo en las novelas. En ellas, si el protagonista razona según esa lógica interna que es la del criminal, acaba llegando forzosamente al mismo punto. Por eso al final siempre terminan encontrándose el héroe y el traidor, el detective y el asesino —sonrió, satisfecho de su razonamiento—. ¿Qué le parece?

—Espléndido —dijo Liana Taillefer, con ironía. También La Ponte miraba a Corso con la boca abierta, aunque en su caso la admiración era sincera—. Fray Guillermo de Baskerville, supongo.

—No sea superficial, Milady. Olvida a Conan Doyle y Allan Poe, por ejemplo. Y al propio

Dumas... Por un momento la creí dama de más amplias lecturas.

La mujer miró al cazador de libros con fijeza.

—Ya ve que malgasta su talento conmigo —concluyó, desdeñosa—. No soy el público adecuado.

—Lo sé. Precisamente he venido hasta aquí para que nos lleve hasta él —miró el reloj en su muñeca—. Falta poco más de una hora para el primer lunes de abril.

—También me gustaría saber cómo adivinó eso.

—No lo adiviné —se volvió hacia la joven, que seguía junto a la ventana—. Ella me puso el libro ante los ojos... Y en materia de investigación, un libro es mejor que el mundo exterior: cerrado, sin perturbaciones molestas. Como el laboratorio de Sherlock Holmes.

—Deja de pavonearte, Corso —sugirió la chica con aire de fastidio—. Ya la has impresionado bastante.

La mujer enarcó una ceja, mirándola igual que si la viese por primera vez.

—¿Quién es?

—No me diga que no lo sabe... ¿No la había visto antes?

—Nunca. Me hablaron de una jovencita, pero no de dónde salió.

—¿Quién le habló de ella?

—Un amigo.

—¿Alto, moreno, con bigote y una cicatriz en la cara? ¿Con un labio partido?... ¡El buen Rochefort! Por cierto, me gustaría conocer su paradero. No muy lejos, supongo... Escogieron ustedes dos dignos personajes.

Por alguna razón, eso alteró la impasibilidad de Liana Taillefer. La uña lacada en rojo se hundió en la colcha del mismo modo que si buscara la carne de Corso, y los ojos parecieron deshelarse con destellos de furia.

—¿Acaso son mejores los otros comparsas de la novela?... —había desprecio, arrogancia insultante en el modo con que Milady irguió la cabeza para mirarlos uno tras otro—. Athos, un borracho; Porthos, un idiota; Aramis, un hipócrita conspirador...

—Es un punto de vista —concedió Corso.

—Cállese. ¿Qué sabe de mis puntos de vista?... —Liana Taillefer hizo una pausa, alto el mentón, los ojos clavados en Corso como si ahora le tocase turno a él—. En cuanto a d'Artagnan —prosiguió—, ése es el peor de todos... ¿Espadachín? Sólo tiene cuatro duelos en *Los tres mosqueteros*, y vence cuando Jussac se está levantando o cuando Bernajoux, en un ataque ciego, se ensarta con su espada. En el asalto con los ingleses se limita a desarmar al barón. Y necesita tres estocadas para derribar al conde de Wardes... En cuanto a generosidad —le dedicó a La Ponte un despectivo gesto del mentón— d'Artagnan es todavía más tacaño que este amigo suyo. La primera vez que paga una ronda general a sus amigos es en Inglaterra, después del asunto Monk. Treinta y cinco años después.

—Veo que es una experta, aunque debí figurármelo. Todos aquellos folletines que tanto parecía odiar... La felicito. Interpretó a la perfección su personaje de viuda harta de las extravagancias de su marido.

—No fingí lo más mínimo. Casi todo era papel viejo, inservible, mediocre. Igual que el propio Enrique. Mi marido era un simple: nunca supo leer entre líneas; separar el oro de la escoria... Era de esos tontos que se pasean por el mundo coleccionando fotos de monumentos y no se enteran de nada.

—No fue el caso de usted.

—Claro que no. ¿Sabe cuáles fueron los dos primeros libros que leí en mi vida? *Mujercitas* y *Los tres mosqueteros*. Cada uno me marcó, a su manera.

—Me enternece.

—No sea imbécil. Ha hecho preguntas y le estoy dando algunas respuestas... Hay lectores elementales: el pobre Enrique. Y lectores que van más allá, que no se resignan al estereotipo: d'Artagnan valiente, Athos caballeresco, Porthos bondadoso, Aramis fiel... ¡Dejen que me ría! —y su risa sonó, en efecto, dramática y siniestra como la de Milady—. Nadie tiene la menor idea. ¿Sabe la imagen que conservo de todo ello, la que siempre admiré?... Esa dama rubia, leal a

466

una idea de sí misma y a quien ha elegido como jefe, luchando sola, con sus propios recursos, miserablemente asesinada por cuatro héroes de cartón piedra... ¡Y ese hijo oculto, huérfano, que aparece veinte años después! —inclinó el rostro, sombría, y había tanto odio en su mirada que Corso estuvo a punto de retroceder un paso—. Recuerdo el grabado como si lo estuviera viendo en ese instante: un río, la noche, los cuatro canallas, arrodillados pero sin piedad. Y al otro lado, el verdugo que levanta la espada sobre el cuello desnudo de la mujer...

Un relámpago blanqueó brutalmente su rostro desencajado, la carne blanca y mórbida del cuello, los iris inmersos en las trágicas imágenes que evocaba del mismo modo que si las hubiese vivido alguna vez. Después llegó la vibración de los cristales, el retumbar del trueno.

—Canallas —repitió en voz baja, absorta, y Corso no supo si se refería a él y sus acompañantes o a d'Artagnan y sus amigos.

Desde el alféizar, la chica había hurgado en su mochila y ahora tenía *Los tres mosqueteros* en las manos. Buscaba una página con toda la tranquilidad de su actitud de espectadora neutral. Cuando dio con ella, arrojó el libro abierto sobre la cama sin decir palabra. Era el grabado descrito por Liana Taillefer.

—*Victa iacet Virtus* —murmuró Corso, estremeciéndose ante la semejanza de aquella escena con la octava lámina de *Las Nueve Puertas*.

A la vista del grabado, la mujer había recobrado la calma. Enarcaba una ceja, de nuevo fría, suficiente. Irónica.

—Es verdad —asintió—. Porque no irá a decirme que es d'Artagnan quien encarna esa virtud. Un gascón oportunista... Por no hablar de sus dotes de seductor. En toda la novela sólo conquista a tres mujeres, dos de ellas con engaños. Su gran amor es una pequeña burguesa de pies grandes, camarera de la reina. La otra es una criada inglesa de quien se aprovecha miserablemente —la risa de Liana Taillefer sonó como un insulto—. ¿Y qué me dice de su vida íntima en *Veinte años después?*... Amancebado con la dueña de una casa de huéspedes a fin de ahorrarse el alquiler... ¡Hermosos lances los del galán, entre criadas, posaderas y sirvientas!

—Pero d'Artagnan seduce a Milady —apuntó Corso con mala fe.

Un rayo de ira rompió otra vez el hielo en los ojos de Liana Taillefer. Si las miradas mataran, el cazador de libros habría caído en ese instante aniquilado a sus pies.

—No es él quien la consigue —respondió la mujer—. Cuando el miserable se acuesta en su cama, es con engaños; haciéndose pasar por otro —recobrada la frialdad, el azul acero seguía clavado en Corso como una daga—. Usted y él habrían hecho una infame pareja.

La Ponte escuchaba con mucha atención; casi podía oírse el ruido de su cerebro cavilando. De pronto frunció el ceño.

... Y al otro lado, el verdugo que levanta la espada

—No iréis a decirme que vosotros...

Se volvió hacia la chica en demanda de solidaridad; siempre era el último en enterarse de todo. Pero ella permanecía impasible, observándolos cual si nada fuese asunto suyo.

—Soy gilipollas —concluyó el librero. Entonces fue hasta el marco de la ventana y empezó a dar cabezazos en él.

Liana Taillefer lo miró con menosprecio antes de dirigirse a Corso:

—¿Era indispensable traerlo también?

—Soy gilipollas —repetía La Ponte, atizándose unos golpes tremendos.

—Se cree Athos —aclaró Corso, a modo de justificación.

—Más bien Aramis. Presumido y fatuo. ¿Sabían que hace el amor mirando de reojo la sombra de su perfil en la pared?

—No me diga.

—Se lo aseguro.

La Ponte decidió olvidar la ventana.

—Nos estamos desviando —dijo, molesto—. De la cuestión.

—Cierto —confirmó Corso—. Hablábamos de la virtud, Milady. Usted nos daba lecciones sobre la materia, respecto a d'Artagnan y sus amigos.

—¿Y por qué no?... ¿Por qué han de ser más virtuosos unos matasietes que usan a las mujeres, que aceptan de ellas dinero, que sólo piensan en medrar y hacer fortuna, y no una Milady que es inteligente y valerosa, que elige un jefe, Richelieu, y le sirve con lealtad, jugándose por él la vida?

—Y asesina por él.

—Usted lo ha dicho hace un rato: la lógica interna de la narración.

—¿Interna?... Eso depende del punto en que nos situemos. A su marido lo mataron *fuera* de la novela, no dentro. Su muerte sí fue real.

—Está loco, Corso. Nadie mató a Enrique. Se ahorcó él mismo.

—¿También se ahogó solo Victor Fargas?... Y anoche, a la baronesa Ungern, ¿se le fue la mano con el microondas?

Liana Taillefer se volvió hacia La Ponte y después a la chica, esperando que alguien confirmase lo que acababa de escuchar. Por primera vez desde que entraron por la ventana parecía desconcertada.

—¿De qué me están hablando?

—De los nueve grabados correctos —apuntó Corso—. De *Las Nueve Puertas del Reino de las Sombras.*

A través de la ventana cerrada, entre el viento y la lluvia, llegó el sonido del reloj de un campanario. Casi al mismo tiempo, once campanadas gemelas se escucharon en el interior del edificio, pasillo y escaleras abajo.

—Veo que hay más locos en esta historia —dijo Liana Taillefer.

Estaba pendiente de la puerta. Con la última campanada se había escuchado un ruido en ella, y por los ojos de la mujer cruzó un reflejo de triunfo.

—Cuidado —susurró La Ponte con sobresalto, mientras Corso comprendía por fin lo que estaba a punto de ocurrir. Por el rabillo del ojo vio a la chica erguirse en la ventana, tensa y alerta, y sintió el brusco efecto de la adrenalina disparándose en sus venas.

Todos miraron el pomo de la puerta. Giraba muy despacio, igual que en las películas de misterio.

—Buenas noches —dijo Rochefort.

Vestía un impermeable reluciente de lluvia, abotonado hasta el cuello, y un sombrero de fieltro bajo el que brillaban sus ojos oscuros e inmóviles. La cicatriz le clareaba en zigzag sobre el rostro moreno, cuyo carácter meridional se veía acentuado por el frondoso bigote negro. Estuvo unos quince segundos inmóvil en el umbral de la puerta abierta, con las manos en los bolsillos del impermeable y un charco de agua formándose bajo sus zapatos mojados, sin que nadie pronunciase una palabra.

—Me alegra verte —dijo al cabo Liana Taillefer. El recién llegado hizo un breve gesto afirmativo, sin responder. Todavía sentada en la cama, la mujer señaló a Corso—. Se estaban poniendo impertinentes.

—Espero que no demasiado —dijo Rochefort. Tenía el mismo tono educado y agradable, sin acento definido, que Corso recordaba de la carretera de Sintra. Seguía quieto en el umbral, los ojos fijos en el cazador de libros como si La Ponte y la chica no existieran. Su labio inferior aún se veía hinchado, con huellas de mercromina y dos puntos de sutura que cerraban la herida reciente. Recuerdo de los muelles del Sena, pensó Corso, malévolo, acechando con curiosidad la reacción de la joven. Pero, tras el primer momento de sorpresa, ella volvía a su papel de espectadora sólo vagamente interesada en la escena.

Sin perder de vista a Corso, Rochefort se dirigió a Milady.

—¿Cómo llegaron hasta aquí?

La mujer hizo un gesto vago.

—Son chicos listos —tras deslizar sus ojos sobre La Ponte, los detuvo en Corso—. Al menos uno de ellos.

Rochefort volvió a asentir con la cabeza. Un poco entornados los párpados, parecía analizar la situación.

—Esto complica las cosas —dijo al fin, quitándose el sombrero para arrojarlo sobre la cama—. Las complica mucho.

Liana Taillefer estaba de acuerdo. Alisó su falda y, con un hondo suspiro, se puso en pie. El movimiento hizo que Corso girase un poco hacia ella, tenso e indeciso. Entonces Rochefort sacó una mano del bolsillo del impermeable, y el cazador de libros dedujo que era zurdo. El descubrimiento no tenía mucho mérito: se trataba de la mano izquierda, y ésta sostenía un revólver de cañón chato, pequeño y pavonado, azul oscuro, casi negro. Mientras, Liana Taillefer se acercó a La Ponte para quitarle el manuscrito Dumas de las manos.

—Repite ahora lo de golfa —estaba tan cerca de él y lo miraba con tal desprecio que casi le escupió en la cara—. Si tienes agallas.

La Ponte no las tenía. Era un superviviente nato, y sus modales de arponero intrépido los reservaba para momentos de euforia etílica. Así que se guardó muy bien de repetir nada.

—Yo sólo pasaba por aquí —declaró, conciliador, buscando con los ojos una jofaina para lavarse las manos de todo aquello.

—Qué haría yo, Flavio —dijo Corso, resignado—. Sin ti.

El librero se excusaba con cara de circunstancias:

—Creo que eres injusto —arrugando la frente con aire ofendido fue a situarse más cerca de la chica; aquél debía de parecerle el lugar más seguro de la habitación—. Bien mirado, se trata de tu aventura, Corso... ¿Y qué es la muerte para un tipo como tú? Nada. Un trámite. Además, te pagan una pasta. Y la vida es básicamente desagradable —se quedó mirando el cañón del revólver de Rochefort. Después pasó un brazo en torno a los hombros de la joven para suspirar, melancólico—. Espero que no te pase nada. Pero si te ocurre, a nosotros nos tocará lo más duro: seguir vivos.

—Eres un cerdo. Un traidor.

La Ponte lo miró, apenado.

—No tomaré eso en cuenta, amigo. Estás muy tenso.

—Claro que estoy tenso, rata de cloaca.

—Eso tampoco lo tomaré en cuenta.

—Hijoputa.

—Como si no te oyese, viejo compañero. La amistad reside en estos pequeños detalles.

—Celebro —apuntó Milady, cáustica— que conserven el espíritu de equipo.

Corso reflexionaba a toda prisa, aunque reflexionar era inútil en aquel momento. No había ningún ejercicio de la mente capaz de arrancar el arma de la mano al hombre que la empuñaba; aunque Rochefort lo hiciera sin apuntar a nadie en particular, con cierta desgana, creyendo suficiente mostrarla para situar las cosas en su sitio. Por otra parte, si el deseo de zanjar con el hombre de la cicatriz su par de cuentas pendientes era muy intenso, tampoco Corso gozaba de la violenta destreza técnica requerida para ello. Descartado La Ponte, la única esperanza de alterar la relación de fuerzas residía en la chica. Pero, a menos que fuese una consumadísima actriz, poco era de esperar por ese flanco; la esperanza se extinguió al primer vistazo. La supuesta Irene Adler se había sacudido de los hombros el brazo de La Ponte para recostarse otra vez en la ventana, desde donde ahora los observaba inexplicablemente distante. Resuelta, en absurda apariencia, a mantenerse fuera del espectáculo.

Liana Taillefer se acercó a Rochefort con el manuscrito Dumas en las manos, muy satisfecha de su rápida recuperación. A Corso le extrañó que no mostrara idéntico interés por *Las Nueve Puertas*, que seguían dentro de la bolsa de lona, a los pies de la cama.

—¿Y ahora? —oyó que la mujer le preguntaba al otro en voz baja.

Para sorpresa de Corso, Rochefort se mostró poco seguro. Movía el revólver de un lado a otro, sin saber dónde apuntar. Después, cambiando con Milady una mirada larga y llena de significados ocultos, sacó la mano derecha del bolsillo y se la pasó por la cara, indeciso.

—No podemos dejarlos aquí —dijo, al cabo.

—Ni llevárnoslos —añadió ella.

El otro asintió muy despacio mientras el revólver parecía descartar la anterior duda. Corso comprobó que se afirmaba en su mano, el cañón apuntándole al estómago. Sintió que se le crispaban los músculos abdominales al tiempo que intentaba, sujeto, verbo y predicado, formular una protesta con sintaxis coherente. Sólo emitió un ruido gutural e informe.

—No irán a matarlo —apuntó La Ponte, probando suerte una vez más para quedarse al margen del asunto.

—Flavio —logró articular Corso a pesar de su boca seca—. Si salgo de ésta, juro que te romperé la cara. En pedazos.

—Sólo quería ayudar.

—Mejor ayudas a tu madre a dejar la calle.

—Bueno, pues vale, pues cierro la boca.

—Eso, ciérrela —intervino Rochefort, amenazador. Había cambiado una última mirada con la Taillefer, y acababa, en apariencia, de adoptar una decisión. Cerró la puerta a su espalda sin dejar de seguir a Corso con el revólver, y se guardó la llave en el bolsillo del impermeable. De perdidos al río, se dijo el cazador de libros con el pulso batiéndole en las sienes y las muñecas. El tambor de Waterloo redoblaba en algún lugar de su conciencia cuando, con la última lucidez previa a la desesperación, se vio calculando la distancia que lo separaba de la pistola y el tiempo necesario para franquearla, en qué momento sonaría el primer tiro y en qué posición iba a recibirlo. Las posibilidades de salir con la piel intacta eran mínimas, pero tal vez cinco segundos después se convirtieran en inexistentes; así que la corneta tocó llamada. Última carga con Ney al frente, el bravo entre los bravos, ante los ojos cansados del Emperador. Con Rochefort en vez de escoceses grises, pero, eso sí, una bala era una bala era una bala. Todo absurdo, se dijo en el penúltimo segundo antes de pasar a la acción. Y se preguntó si, en ese contexto, la muerte que iba a golpearle el pecho una pequeña partícula de tiempo más tarde sería real o irreal, y si iba a encontrarse flotando en la nada o en el Walhalla de los héroes de papel. Ojalá aquellos ojos claros que sentía fijos en su espalda —¿el Emperador? ¿el diablo enamorado?— estuviesen esperando en el crepúsculo, para guiarlo al otro lado del río de las sombras.

Entonces Rochefort hizo algo extraño. Alzó la mano libre pidiendo tiempo —gesto absurdo a tales alturas de la cuestión— mientras movía el revólver del mismo modo que si fuera a guardarlo en el bolsillo. El ademán sólo duró un momento y el arma volvió a orientarse de nuevo, pero el agujero negro del cañón apuntaba sin demasiada convicción. Y Corso, con el pulso como un torrente, tensos los músculos y a punto de saltar a ciegas, se contuvo, aturdido, al comprender que no era ésa la hora en que debía morir.

Todavía incrédulo vio a Rochefort cruzar la habitación, acercarse al teléfono y marcar el número de la línea exterior antes de componer otro de varias cifras. Desde su posición estuvo oyendo el ruido lejano de la llamada a través de la línea hasta que un *clic* lo interrumpió.

—Corso está aquí —dijo Rochefort, y se quedó callado, esperando, como si hubiera un silencio idéntico al extremo de la línea. El revólver seguía perezosamente orientado hacia un lugar impreciso del espacio. Después el hombre de la cicatriz asintió dos veces, estuvo otro rato escuchando inmóvil y murmuró "de acuerdo" antes de devolver el auricular a su horquilla.

—Quiere verlo —dijo a Milady. Ambos se volvieron a mirar a Corso; con irritación la mujer, preocupado Rochefort.

—Es absurdo —protestó ella.

—Quiere verlo —repitió el otro.

Milady encogió los hombros. Dio unos pasos por la habitación, hojeando airada las páginas de *El vino de Anjou.*

—En cuanto a nosotros... —empezó a decir La Ponte.

—Usted se queda aquí —dijo Rochefort, señalándolo con el cañón del arma. Después se tocó la herida de la boca—. Y la muchacha también.

A pesar del labio partido, no parecía guardar demasiado rencor a la chica. Corso creyó advertir, incluso, una chispa de curiosidad en su forma de mirarla antes de volverse a Liana Taillefer para confiarle el revólver.

—No deben salir de aquí.

—¿Por qué no te quedas tú?

—Quiere que lo lleve yo. Es más seguro.

Milady asintió, hosca. Saltaba a la vista que no era ése el papel que tenía previsto desempeñar aquella noche; pero igual que su trasunto novelesco, era una sicaria disciplinada. A cambio del arma entregó a Rochefort el manuscrito Dumas. Después estudió a Corso, inquieta.

—Espero que no te cause problemas.

Rochefort sonrió tranquilo, con seguridad, y sacó del bolsillo una navaja automática de grandes dimensiones para mirarla reflexivo; parecía que hasta ese momento no hubiera recordado bien si la llevaba consigo. La blancura de sus dientes contrastaba sobre la piel del rostro surcado por la cicatriz.

—No creo —repuso, guardando la navaja que ni siquiera había abierto, mientras dirigía a Corso un ademán al tiempo amistoso y siniestro. Después cogió su sombrero de encima de la cama, hizo girar la llave en la cerradura e indicó el pasillo con una reverencia exagerada, del mismo modo que si agitara en la mano un chambergo emplumado.

—Su Eminencia aguarda, caballero —dijo. Y soltó una carcajada perfecta, breve y seca, de esbirro cualificado.

Antes de abandonar la habitación, Corso observó a la chica. Había vuelto la espalda a Milady, que los encañonaba a ella y a La Ponte, desinteresándose de cuanto allí ocurría. Apoyada en la ventana miraba hacia afuera, absorta en el viento y la lluvia, recortada a contraluz en los relámpagos que iluminaban la noche.

Salieron a la calle, en la tormenta. Rochefort había puesto la carpeta con el manuscrito Dumas bajo el impermeable para protegerla de la lluvia, y guiaba a Corso por las callejuelas que conducían a la parte vieja del pueblo. Ráfagas de agua agitaban las ramas de los árboles, repiqueteando ruidosamente en los charcos y sobre los adoquines; gruesas gotas le caían a Corso por el pelo y la cara. Se levantó el cuello del gabán. El pueblo estaba a oscuras y no se veía un alma; sólo el resplandor de la tempestad iluminaba las calles a intervalos, recortando tejados de edificios medievales, el perfil sombrío de Rochefort bajo el ala goteante del sombrero, las siluetas de los dos hombres en el suelo mojado, quebradas en violentos zigzags con las descargas eléctricas que sonaban igual que truenos del diablo al golpear, semejantes a latigazos, la agitada corriente del Loira.

—Hermosa noche —dijo Rochefort, vuelto hacia Corso para hacerse oír sobre el estruendo.

Parecía conocer bien el pueblo. Caminaba con seguridad, girándose a medias de vez en cuando para comprobar si el acompañante continuaba a su lado. Gesto innecesario, pues en ese momento Corso lo hubiera seguido hasta las mismas puertas del infierno; parada y fonda que, por otra parte, no descartaba en absoluto encontrar al término de tan funesto recorrido. Sucesivamente, los relámpagos alumbraron un arco medieval, un puente sobre un antiguo foso, un cartel de *Boulangerie-patisserie*, una plaza desierta, una torre cónica y una verja de hierro con un cartel: *Chateau de Meung sur Loire. XIIème-XIIIème siècles.*

Había una ventana con luz a lo lejos, al otro lado de la verja, pero Rochefort torció a la derecha y Corso lo hizo tras él. Siguieron un lienzo de muralla cubierta de hiedra hasta llegar a cierta poterna semioculta en el muro. Entonces Rochefort sacó una llave, una pieza de hierro enorme y antigua, y la introdujo en la cerradura.

—Juana de Arco utilizó esta puerta —informó a Corso mientras hacía girar la llave, y un último relámpago desveló peldaños que bajaban hacia las tinieblas. En el fugaz resplandor, Corso pudo ver también la sonrisa de Rochefort, sus ojos oscuros brillando bajo el ala del sombrero, la cicatriz lívida en la mejilla. Al menos, se dijo, era un digno adversario: nadie podía plantear reclamación en cuanto a la irreprochable puesta en escena. Empezaba, bien a su pesar, a profesarle una retorcida simpatía al individuo, fuera quien fuese, capaz de ejecutar con semejante aplicación tan canallesco papel. Alejandro Dumas habría disfrutado como un niño con todo aquello.

Rochefort empuñaba una pequeña linterna, alumbrando la escalera larga y estrecha que se perdía en dirección al sótano.

—Vaya delante —dijo.

Los pasos resonaban en las revueltas del pasadizo. Al cabo de un instante, Corso se estremeció bajo el gabán mojado; un aire frío, con olor a cerrado y humedad de siglos, ascendía hasta ellos. El haz de luz mostraba peldaños gastados por el uso, manchas de agua en las bóvedas. La escalera moría en un corredor angosto con rejas herrumbrosas. Rochefort iluminó un instante un foso circular, a la izquierda.

—Son los antiguos calabozos del obispo Thibault d'Aussigny —informó a Corso—. Por ahí arrojaban los cadáveres al Loira. François Villon estuvo preso en este lugar.

Y se puso a recitar entre dientes, en tono zumbón:

Ayez pitié, ayez pitié de moi...

Era un canalla culto, sin duda. Con cierto toque didáctico y seguro de sí mismo. Corso no fue capaz de establecer si eso mejoraba o empeoraba la situación; pero había una idea que le rondaba la cabeza desde que entraron en el pasadizo. A fin de cuentas —su propio chiste le hizo muy poca gracia— de perdidos, al río.

El subterráneo ascendía ahora bajo los arcos de la bóveda por la que goteaban más regueros de humedad. Los ojos brillantes de una rata se materializaron al extremo de la galería, desapareciendo después con un chillido. La linterna iluminó el ensanchamiento final del pasadizo en una sala circular cuyo techo, sostenido por nervios ojivales, descansaba sobre una gruesa columna central.

—La cripta —informó Rochefort cada vez más locuaz, moviendo el haz de luz a su alrededor—. Siglo doce. Las mujeres y los niños se refugiaban aquí durante los ataques al castillo.

Muy instructivo. Sin embargo, Corso no estaba en condiciones de apreciar la información de su extravagante cicerone; se hallaba tenso y alerta, al acecho de la ocasión oportuna. Subían ahora por una escalera de caracol, cuyas saeteras filtraban estrechos resplandores de la tormenta que seguía retumbando al otro lado de los muros.

—Sólo unos metros y habremos llegado —comentó Rochefort a su espalda y algo más abajo; la linterna iluminaba los peldaños entre las piernas de Corso y el tono de sus palabras era conciliador—. Y ahora que el asunto está a punto de acabar —añadió— debo decirle una cosa: a pesar de todo, usted lo hizo muy bien. La prueba es que ha llegado hasta aquí... Espero que no me guarde demasiado rencor por lo del Sena y el hotel Crillon. Son gajes del oficio.

No precisó de qué oficio, pero daba igual. Porque ya Corso se volvía hacia él, deteniéndose con ademán de responder algo o formular una pregunta. Se trataba de un movimiento casual, nada sospechoso, al que en justicia Rochefort no podía oponer ningún reparo. Quizá por eso no supo reaccionar cuando, en el mismo gesto, Corso se le dejó caer encima mientras extendía brazos y piernas contra el muro para no verse arrastrado escaleras abajo. El caso de Rochefort resultó distinto: los peldaños eran estrechos, la pared lisa y sin asideros, y además estaba lejos de esperar el ataque. La linterna, milagrosamente intacta, iluminó varios momentos de la escena al caer rodando por la escalera: Rochefort con los ojos desencajados y una expresión de sorpresa en la cara, Rochefort piernas por alto intentando asirse desesperadamente al vacío, Rochefort a punto de desaparecer tras la revuelta de la escalera de caracol, el sombrero de Rochefort rodando de peldaño en peldaño hasta detenerse en uno de ellos... Y algo después, seis o siete metros más abajo, un ruido sordo, algo así como *clunc*. O tal vez *plaf*. El caso es que Corso, que se había quedado presionando con los brazos y piernas abiertos contra las paredes por no acompañar a su adversario en tan incómodo viaje, recobró de pronto la movilidad. El corazón le latía desbocado mientras bajaba saltando los peldaños de tres en tres. Se agachó un instante para coger la linterna del suelo y por fin llegó al pie de la escalera donde Rochefort, hecho un ovillo, rebullía débilmente, dolorido y maltrecho.

—Gajes del oficio —precisó Corso, iluminándose la cara con la linterna para que, desde el suelo, el otro pudiera ver su sonrisa amistosa. Después le dio una patada en la sien, oyendo cómo la cabeza de Rochefort golpeaba fuerte contra el primer peldaño. Levantó el pie para darle otra más, a fin de asegurarse, pero con un vistazo comprobó que no era necesaria: Rochefort estaba con la boca abierta, y un hilo de sangre le salía por una oreja. Se inclinó sobre él para ver si respiraba, comprobó que sí, y tras abrirle el impermeable se puso a registrar sus bolsillos, apoderándose de la navaja, una cartera con dinero, un documento de identidad francés y la carpeta con el manuscrito Dumas, que puso bajo su gabán, entre el cinturón y la camisa. Después apuntó el haz de la linterna hacia la escalera de caracol y volvió a subir por ella, esta vez hasta el final. Encontró allí un rellano con puerta de gruesos herrajes y clavos hexagonales, bajo la que se filtraba una rendija de luz, y permaneció inmóvil cosa de medio minuto, intentando recobrar el aliento y serenar un poco los latidos de su corazón. Al otro lado estaba la respuesta al enigma, y se dispuso a encararla con los dientes apretados, en una mano la linterna y en la otra la navaja de Rochefort, que se abrió en su palma con amenazador chasquido automático.

Y fue así, navaja en mano, el pelo revuelto y mojado de lluvia y los ojos brillando con resolución homicida, como vi a Corso entrar en la biblioteca.

Corso y Richelieu

> Y yo, que había forjado sobre
> él una pequeña novela, me
> equivoqué por completo.
> (Souvestre y Allain. *Fantomas*)

Ha llegado el momento de situar nuestro
punto de vista narrativo. Fiel al viejo principio
de que en los relatos de misterio el lector debe
poseer la misma información que el protagonista, he procurado ceñirme a los hechos desde la
óptica de Lucas Corso, excepto en dos ocasiones: los capítulos primero y quinto de esta historia, donde no tuve otro remedio que plantear mi
propia aparición. En ambos casos, como ahora
me dispongo a hacer por tercera y última vez,
recurrí a la primera persona del pretérito imperfecto por razones de coherencia; resulta absurdo
citarme a mí mismo como *él*, truco publicitario
que, si bien aportó rentas de imagen a Cayo Julio César en su campaña de las Galias, en mi
caso habría sido calificado, y con razón, de pe-
dantería injustificable. También hay otra causa,
quizá relativamente perversa: contar la historia a
la manera de un doctor Sheppard frente a Poirot
se me antojaba, más que ingenioso —ahora esas
cosas las hace todo el mundo—, un truco divertido. Y a fin de cuentas, la gente escribe por diversión, para vivir más, para quererse a sí misma
o para que la quieran otros. Yo incluyo algunos

de tales propósitos. Citando al viejo Eugenio Sue, los malvados de una sola pieza, si me permiten la expresión, son fenómenos muy raros. Suponiendo —tal vez sea mucho suponer— que yo sea de verdad un malvado.

El caso es que quien suscribe, Boris Balkan, estaba allí en la biblioteca, aguardando a nuestro invitado, y de pronto vi entrar a Corso navaja en mano, con un peligroso brillo justiciero en los ojos. Observé que aparecía sin escolta y eso me inquietó un poco, aunque procuré mantener la máscara imperturbable compuesta para la ocasión. Por lo demás tenía bien planificado el efecto: la biblioteca en penumbra, luz de candelabros en la mesa ante la que me encontraba sentado, un ejemplar de *Los tres mosqueteros* en las manos... Incluso vestía —era puro azar en lo tocante a Corso, pero que ni pintado al caso— una chaqueta de terciopelo rojo que resultaba fácilmente asociable a la púrpura cardenalicia.

Mi gran ventaja era que yo esperaba al cazador de libros con o sin compañía, pero él a mí no; por lo que decidí aprovechar el factor sorpresa. Aquella navaja en la mano, en combinación amenazadora con la expresión de sus ojos, me causaba inquietud. Así que antepuse las palabras a los hechos.

—Lo felicito —dije, cerrando el libro como si su llegada hubiera interrumpido mi lectura—. Ha sido capaz de seguir el juego hasta el final.

Se me quedó mirando desde el otro extremo de la habitación, y he de añadir que disfruté muchísimo con la incredulidad que veía en su cara.

—¿Juego? —articuló con voz ronca.

—Sí, juego. Tensión, incertidumbre, destreza, habilidad... Acción libre, según reglas obligatorias, que tiene su fin en sí misma y va acompañada de un sentimiento de tensión y de la alegría de actuar de otro modo que en la vida corriente... —Aquello no era mío, pero Corso no tenía por qué saberlo—. ¿Le parece una definición adecuada?... Ya lo dice el segundo libro de Samuel: *"Que aparezcan los niños y jueguen ante nosotros..."* Los niños son jugadores y lectores perfectos: todo lo hacen con la mayor seriedad. En el fondo, el juego es la única actividad universalmente seria; ahí no vale el escepticismo, ¿no cree?... Por muy incrédulo y descreído que uno sea, si se quiere participar no hay más opción que atenerse a las reglas. Sólo quien respeta esas reglas, o al menos las conoce y utiliza, puede vencer... Ocurre lo mismo al leer un libro: hay que asumir la trama y los personajes para disfrutar la historia —me detuve, suponiendo que el caudal de palabras habría hecho sobre él un adecuado efecto sedante—. Por cierto, usted no vino solo. ¿Dónde está el otro?

—¿Rochefort?... —Corso torcía la boca de un modo muy poco simpático—. Tuvo un accidente.

—¿Le llama Rochefort?... Es gracioso y apropiado. Veo que es de los que asumen las reglas, naturalmente. No sé por qué habría de sorprenderme.

Corso me obsequió con una risita poco tranquilizadora.

—Él sí parecía sorprendido la última vez que lo vi.

—Me alarma usted —sonreí, cínico; pero estaba de verdad alarmado—. Espero que no haya ocurrido nada grave.

—Se cayó por la escalera.

—Qué me dice.

—Lo que oye. Pero tranquilícese. Cuando lo dejé, su esbirro aún respiraba.

—Menos mal —recompuse un poco la sonrisa, procurando disimular mi incomodidad; todo rebasaba en exceso los límites previstos—. ¿Así que ha hecho un poco de trampa?... Bueno —abrí las manos, magnánimo—. No se preocupe.

—No me preocupo. Es usted quien debería estarlo.

Aparenté no haber oído aquello.

—Lo importante es llegar —proseguí, aunque perdiendo un segundo el hilo del asunto—. En materia de hacer trampas hay ilustres precedentes... Teseo salió del laberinto merced al hilo de Ariadna, Jasón robó el vellocino gracias a Medea... Los Kauraba ganaron con subterfugios el juego de dados del *Mahabharata*, y los aqueos dieron jaque mate a los troyanos moviendo un caballo de madera... Su conciencia está a salvo.

—Gracias. Pero mi conciencia es cosa mía.

Extrajo del bolsillo, doblada en cuatro, la carta de Milady, y la arrojó sobre la mesa. Reconocí sin dificultad mi propia letra, siempre algo afectada en las mayúsculas. *Es por orden mía y por razones de Estado por lo que el portador de la presente, etcétera.*

—Espero —dije, acercando el papel a la llama de un candelabro— que el juego fuese, al menos, divertido.

—A ratos.

—Lo celebro —ambos mirábamos arder la carta en el cenicero donde yo la había puesto—. Cuando hay literatura por medio, el lector inteligente puede disfrutar hasta con la estrategia que lo convierte en víctima. Y soy de los que creen que la diversión es un móvil excelente para jugar. También para leer una historia, o escribirla.

Me levanté con *Los tres mosqueteros* en las manos, y di unos pasos por la habitación mirando el reloj de pared con disimulo; aún faltaban veinte largos minutos para las doce. Los dorados en el lomo de las antiguas encuadernaciones relucían alineados en sus estantes. Los contemplé un momento, aparentando haber olvidado a Corso, y después me volví hacia él.

—Ahí los tiene —hice un gesto que abarcaba la biblioteca—. Se dirían quietos y silenciosos pero hablan entre sí, aunque parezcan ignorarse unos a otros... Utilizan a los autores para comunicarse entre ellos, igual que el huevo recurre a la gallina para producir otro huevo.

Devolví *Los tres mosqueteros* a su estante. Dumas estaba en buena compañía: entre *Los Pardellanes* de Zevaco y *El caballero del jubón amarillo*, de Lucus de René. Como era tiempo lo que sobraba, abrí este último por la primera página y me puse a leer en voz alta:

> *Dando las doce de la noche en Saint Germain l'Auxerrois, bajaban por la calle de Astruces tres caballeros embozados en sendas capas, al parecer tan seguros de sí mismos como el trote de sus caballos...*

—Primeras líneas —dije—. Siempre esas extraordinarias primeras líneas... ¿Recuerda nuestro diálogo en torno a Scaramouche?: *"Nació con el don de la risa..."* Hay frases iniciales que a veces marcan toda una vida, ¿no cree?... *"Canto a las armas y al héroe"*, por ejemplo. ¿Nunca practicó ese juego con alguien de su confianza?... *"Un modesto joven se dirigía en pleno verano..."*, o aquella otra: *"He estado mucho tiempo acostándome temprano..."* Y por supuesto: *"El 15 de mayo de 1796, el general Bonaparte hizo su entrada en Milán"*.

Corso hizo una mueca.

—Olvida la que me trajo hasta aquí: *"El primer lunes del mes de abril de 1625, el burgo de*

Meung, donde nació el autor del Roman de la Rose, parecía estar en revolución tan completa...".

—Capítulo primero, en efecto —confirmé—. Usted lo ha hecho verdaderamente bien.

—Eso dijo Rochefort antes de caerse por la escalera.

Se hizo un silencio, roto por las campanadas del reloj marcando los tres cuartos de las once. Corso señaló la esfera:

—Faltan quince minutos, Balkan.

—Sí —asentí; aquel tipo tenía una intuición endiablada—. Quince minutos para el primer lunes de abril.

Puse *El caballero del jubón amarillo* en su estante y di unos pasos por el cuarto. Corso seguía observándome, inmóvil, aún con la navaja en la mano.

—Podría guardar eso —aventuré.

Dudó un segundo antes de cerrar la hoja, metiéndosela en el bolsillo sin dejar de mirarme. Le brindé una sonrisa de aprobación mientras volvía a señalar la biblioteca.

—Nunca se está solo con un libro cerca, ¿no cree?... —dije, por decir algo—. Cada página nos recuerda un día pasado, revive las emociones que lo llenaron. Horas felices señaladas con tiza, sombrías con carbón... ¿Dónde estaba yo entonces? ¿Qué príncipe me llamó su amigo, qué mendigo su hermano...? —dudé un momento, buscando nuevos términos para redondear la retórica del asunto.

—¿Qué hijo de puta su compadre? —sugirió Corso.

Lo miré con censura. Aquel aguafiestas se empeñaba en fastidiar el tono elevado que yo pretendía dar a la cuestión.

—No necesita ponerse desagradable.

—Me pongo como me da la gana. Eminencia.

—Detecto retintín en ese *Eminencia* —respondí sinceramente picado—. De ello deduzco, señor Corso, que se deja vencer por sus prejuicios... Fue Dumas quien convirtió a Richelieu en el malvado que no era, falseando la realidad por razones novelescas... Creo habérselo explicado cuando nuestra última entrevista en el café de Madrid.

—Sucio truco —opuso Corso, sin precisar si hablaba de Dumas o de mí.

Alcé un enérgico dedo índice, dispuesto a puntualizar.

—Un recurso legítimo —objeté— inspirado por la astucia y el genio del novelista más grande que ha existido. Y sin embargo... —en ese punto sonreí amargamente, con sincera tristeza—. Saint Beuve le tenía respeto, mas no lo aceptaba como literato. Victor Hugo, su amigo, se limitaba a alabar la capacidad de Dumas para la acción dramática, pero nada más. Abundante y prolijo, decían. Con poco estilo. Lo acusaban de no hurgar en las angustias del ser humano, de falta de sutileza... ¡Falta de sutileza! —toqué los to-

494

mos de *Los mosqueteros* alineados en su estante—. Coincido con el buen padre Stevenson: no hay un canto a la amistad tan largo, accidentado y hermoso como éste. En *Veinte años después*, los protagonistas reaparecen distanciados al principio; son hombres maduros, egoístas, con las mezquindades que la vida impone, que incluso militan en bandos opuestos... Aramis y d'Artagnan se mienten y fingen, Porthos teme que le pidan dinero... Al citarse en la plaza Real acuden armados, están a punto de batirse. Y en Inglaterra, cuando la imprudencia de Athos los pone a todos en peligro, d'Artagnan se niega a estrechar su mano... En *El vizconde de Bragelonne*, con la intriga de la máscara de hierro, son Aramis y Porthos quienes se enfrentan a sus viejos camaradas... Eso ocurre porque están vivos; porque son personajes contradictorios y humanos. Mas siempre, en el momento supremo, la amistad vence de nuevo. ¡Gran cosa, la amistad!... ¿Tiene usted amigos, Corso?

—Esa es una buena pregunta.

—Para mí, la amistad siempre la encarnó Porthos en la gruta de Locmaría: el gigante a punto de sucumbir bajo la roca por salvar a sus compañeros... ¿Recuerda sus últimas palabras?

—*¿Es demasiado peso?*

—¡Exacto!

Casi me emocioné, lo confieso. A la manera de aquel joven descrito entre humo de pipa por el capitán Marlow, Corso era uno de los nuestros. Pero también un individuo testarudo y rencoroso que se obstinaba en permanecer insensible.

—Usted —dijo— es amante de Liana Taillefer.

—Sí —admití, olvidando con esfuerzo al buen Porthos—. Espléndida mujer, ¿no es cierto? Con sus peculiares obsesiones... Hermosa y leal como la Milady de la historia. Es curioso. En literatura existen personajes de ficción con identidad independiente, familiares incluso a millones de personas que no han leído los libros donde aparecen. En Inglaterra hay tres: Sherlock Holmes, Romeo y Robinson. En España, dos: don Quijote y don Juan. En Francia uno: d'Artagnan. Pero yo, fíjese...

—Deje de irse otra vez por las ramas, Balkan.

—No me voy. Estaba a punto de añadir a d'Artagnan el nombre de Milady. Una mujer extraordinaria; como Liana, a su modo. El marido nunca estuvo a su altura.

—¿Se refiere a Athos?

—Me refiero al pobre Enrique Taillefer.

—¿Por eso lo asesinaron?

Supongo que mi estupor pareció sincero. En realidad *era* sincero.

—¿Asesinado Enrique?... No diga tonterías. Se ahorcó. Lo suyo fue un suicidio. Imagino que, tal y como veía el mundo, tomó aquello a modo de heroica decisión. Muy lamentable.

—No me lo creo.

—Allá usted. Mas su muerte fue origen de toda esta historia, y causa indirecta de que usted se encuentre aquí.

—Cuéntemelo, entonces. Despacito.

Se lo había ganado; eso era cierto. Ya dije antes que Corso era uno de los nuestros, aunque él no tuviese conciencia de ello. Además —miré el reloj— estaban a punto de dar las doce.

—¿Tiene *El vino de Anjou?*

Me miró alerta, intentando averiguar mis intenciones, hasta que lo vi darse por vencido. Sacó desganado la carpeta de entre el gabán, antes de esconderla otra vez.

—Excelente —dije—. Y ahora sígame.

Sin duda esperaba un pasadizo disimulado en la biblioteca, con alguna asechanza diabólica. El caso es que lo vi introducir la mano en el bolsillo, en busca de la navaja.

—No necesitará eso – lo tranquilicé.

Se mostró poco convencido, aunque no hizo comentarios. Sostuve en alto uno de los candelabros y recorrimos el pasillo estilo Luis XIII, en una de cuyas paredes pendía un magnífico tapiz: Ulises arco en mano recién llegado a Itaca, Penélope y el perro felices al reconocerlo, la tertulia de pretendientes al fondo, bebiendo vino sin imaginar lo que les espera.

—El castillo es antiquísimo y lleno de historia —expliqué—. Saqueado por ingleses, hugonotes, revolucionarios... Incluso los alemanes establecieron aquí un puesto de mando durante la guerra. Estaba muy deteriorado cuando lo adquirió su actual propietario: un millonario británico, hombre encantador y cumplido caballero, que se encargó de su restauración y de amueblarlo con un gusto extraordinario. Incluso accedió a abrirlo al turismo.

—¿Qué hace usted aquí, entonces? No son horas de visita.

Eché un vistazo al pasar junto a una ventana emplomada. La tormenta se alejaba por fin, extinguiéndose el resplandor de los relámpagos más allá del Loira, hacia el norte.

—Un día al año se hace una excepción —aclaré—. Después de todo, Meung es un lugar especial. No en cualquier lugar del mundo empieza una novela como *Los tres mosqueteros*.

El suelo de madera crujía bajo nuestros pasos. Había una armadura en el recodo del pasillo; una armadura auténtica del siglo XVI, y la luz del candelabro arrancaba reflejos mate a las pulidas piezas de la coraza. Corso pasó mirándola de reojo, como si hubiese alguien escondido dentro.

—La que voy a contarle es una larga historia, que empezó hace diez años —dije—. En la subasta en París de un lote de documentos sin catalogar... Yo preparaba un libro sobre novela popular francesa del XIX, y cayeron en mis manos por casualidad aquellos paquetes polvorientos. Al revisarlos comprobé que procedían de los viejos archivos de *Le Siècle*. Casi todo eran pruebas de imprenta de escaso valor, pero un paquete de hojas azules y blancas atrajo mi atención: el texto original, manuscrito por Dumas y Maquet, de *Los tres mosqueteros*. Los sesenta y siete capítulos según fueron enviados a la imprenta. Alguien, quizá Baudry, el editor del periódico, los había guardado tras componer las galeradas, olvidándolos después...

Acorté el paso hasta detenerme en mitad del pasillo. Corso estaba muy quieto, y la luz del candelabro que yo sostenía en la mano le iluminaba el rostro de abajo arriba, haciendo bailar sombras oscuras en las cuencas de sus ojos. Parecía absorto en mi relato, ajeno a cualquier otra cosa que pudiera ocurrir; desvelar el enigma que lo había llevado hasta allí era lo único que le importaba. Pero mantenía la mano derecha en el bolsillo de la navaja.

Mi descubrimiento —proseguí, fingiendo no ver aquella mano— era de importancia extraordinaria. Conocíamos algunos fragmentos de la redacción original gracias a las notas y los papeles de Dumas y Maquet, aunque no la existencia del manuscrito completo... Al principio pensé hacer público el hallazgo en forma de edición facsímil anotada; pero encontré un grave obstáculo moral.

Las luces y sombras en la cara de Corso se deslizaron un poco y una línea oscura le cruzó la boca. Sonreía.

—No me diga. Obstáculo moral, a estas alturas.

Moví el candelabro para borrar de su rostro la sonrisa incrédula, sin lograrlo.

—Le hablo muy en serio —protesté mientras echábamos a andar de nuevo—. Del estudio del manuscrito deduje que el verdadero creador de la historia era Augusto Maquet... Este había hecho el trabajo de documentación, perfilando el relato a grandes trazos, y después Dumas, con su genio enorme y su talento, había insuflado vida en aquella materia prima, convirtiéndola en obra maestra. Mas eso, evidente para mí, podía no serlo tanto para los detractores del autor y su obra —hice un gesto con la mano libre para barrerlos a todos—. No iba a ser yo quien arrojase piedras contra mi santuario; y menos en estos tiempos de mediocridad y falta de imaginación... Tiempos en que nadie admira los prodigios como hacía antes el público de los folletines y el teatro, cuando silbaba a los traidores y aclamaba a los caballeros sin miedo y sin tacha —sacudí la cabeza, melancólico—. Aplausos que, por desgracia, ya no suenan en ninguna parte, convertidos en patrimono exclusivo de los inocentes y los niños.

Corso escuchaba con aire insolente, burlón. Ignoro si compartía mi punto de vista; pero era un tipo rencoroso y se negaba a conceder a mis explicaciones el carácter de coartada moral.

—Resumiendo —dijo—: decidió destruir el manuscrito.

Sonreí con suficiencia. Se pasaba de listo.

—No diga tonterías. Decidí algo mejor: darle forma a un sueño.

Nos habíamos detenido ante la puerta cerrada del salón. A través de ella llegaba un sonido amortiguado, de música y voces. Dejé el candelabro sobre una consola mientras Corso me observaba, de nuevo suspicaz; sin duda preguntándose qué otra jugarreta se escondía en aquello. Comprendí que no se daba cuenta de que realmente estábamos al final del misterio.

—Permítame presentarle —dije, abriendo la puerta— a los miembros del club Dumas.

Casi todos habían llegado ya; por las grandes cristaleras abiertas a la explanada del castillo entraban los rezagados en el salón lleno de gente, humo de cigarros y rumor de conversaciones con el fondo de una música suave. Sobre la mesa central, cubierta con mantel de hilo blanco, había una cena fría: botellas de vino de Anjou, salchichas y jamón de Amiens, ostras de la Rochela, cajas de puros Montecristo. Formando grupos, los invitados bebían o conversaban en diversos idiomas. Eran casi medio centenar entre hombres y mujeres, y comprobé que Corso se tocaba las gafas como si desconfiara de llevarlas puestas. Algunos de los rostros que veía resultaban sobradamente conocidos a través de la prensa, el cine, la televisión.

—¿Sorprendido? — pregunté, acechando el efecto en su cara.

Asintió con hosco desconcierto. Varios invitados acudían a saludarme, así que estreché manos, intercambié cumplidos y bromas. La atmósfera era agradable y cordial. A mi lado, Corso caminaba con la expresión de quien está a punto de caerse de la cama y despertar, y yo disfrutaba muchísimo. Incluso le hice algunas presentaciones con satisfacción perversa, viéndolo saludar azarado, inseguro del terreno en que se movía. Su habitual aplomo estaba hecho trizas, y ésa era mi pequeña revancha. Después de todo, fue él quien acudió a mí por primera vez con *El vino de Anjou* bajo el brazo, empeñado en complicar las cosas.

—Déjenme presentarles al señor Corso... Bruno Lostia, anticuario milanés. Permítame. Sí, en efecto. Thomas Harvey, ya sabe, Harvey Joyeros: Nueva York-Londres-París-Roma... Y el conde Von Schlossberg: la colección privada de pintura más famosa de Europa. Tenemos de todo un poco, como puede ver: un premio Nobel venezolano, un ex presidente argentino, el príncipe heredero de Marruecos... ¿Sabía usted que su padre es lector empedernido de Alejandro Dumas? Mire quien llega. Lo conoce, ¿verdad?... Profesor de semiótica en Bolonia... La dama rubia que conversa con él es Petra Neustadt, la crítico literaria más influyente de Europa central. En aquel grupo, junto a la duquesa de Alba, puede ver al financiero Rudolf Villefoz y al escritor británico

Harold Burgess. Amaya Euskal, del grupo Alpha Press, con el editor más poderoso de Estados Unidos, Johan Cross, de O&O Papers, Nueva York... Y supongo que recuerda a Achille Replinger, librero en París.

Aquel fue el golpe de gracia; paladeé su efecto en el rostro desencajado de mi interlocutor, casi compadeciéndolo. Replinger tenía en la mano una copa vacía y bajo el mostacho de mosquetero una sonrisa amigable, igual que cuando identificaba el manuscrito Dumas en su tienda de la calle Bonaparte. Me saludó con un abrazo de oso enorme, antes de palmear afectuosamente la espalda del invitado e ir en busca de otra copa, resoplando como un Porthos rubicundo y jovial.

—Maldita sea —susurró Corso, acercándose a mí en un aparte—. ¿Qué es lo que pasa aquí?

—Ya le dije que es una larga historia.

—Pues termine de contarla de una vez.

Nos habíamos acercado a la mesa. Serví un par de copas de vino, mas rechazó la suya con un movimiento de cabeza.

—Ginebra —murmuró—. ¿No hay ginebra?

Indiqué un mueble bar al extremo del salón, y fuimos hasta allí, deteniéndonos tres o cuatro veces en el camino a fin de intercambiar nuevos saludos: un conocido director de cine, un millonario libanés, un ministro español del Interior... Corso se apoderó de una botella de

Beefeater y llenó un vaso hasta arriba, despachando la mitad de un solo trago. Se estremeció un poco y sus ojos brillaron tras los cristales —uno roto, el otro intacto— de las gafas; sostenía la botella contra el pecho, con miedo a perderla.

—Iba a contarme algo —dijo.

Sugerí la terraza al otro lado de la puerta vidriera, donde podíamos conversar sin interrupciones, y Corso llenó de nuevo el vaso hasta el borde antes de seguirme allí. La tormenta había cesado; despuntaban estrellas sobre nuestras cabezas.

—Soy todo oídos —anunció, bebiendo otro largo trago.

Me apoyé en la balaustrada todavía húmeda de lluvia, mientras mojaba los labios en mi copa de vino de Anjou.

—La posesión del manuscrito de *Los tres mosqueteros* me dio la idea —dije—: ¿Por qué no crear una sociedad literaria, una especie de club de admiradores incondicionales de las novelas de Alejandro Dumas y del folletín clásico y de aventuras?... Por razones de trabajo me relacionaba ya con varios candidatos idóneos... —indiqué el salón iluminado. A través de las grandes vidrieras se veía ir y venir a los invitados, charlando animadamente. Un éxito. Aquello era la prueba de mi acierto, y no disimulé el orgullo de autor—. Una sociedad consagrada a estudiar ese tipo de relatos, que rescata autores y obras olvidadas, fomentando su reedición y difusión bajo un sello editorial que tal vez le sea familiar: *Dumas & Co.*

—Lo conozco —confirmó Corso—. Editan en París y acaban de publicar a Ponson du Terrail completo. El año pasado fue *Fantomas*... Ignoraba que usted interviniera en eso.

Sonreí, complacido.

—Es la regla: nada de nombres, nada de protagonismos... Como puede ver, el asunto es algo erudito y un poco infantil al mismo tiempo; un juego literario y nostálgico que rescata algunas viejas lecturas y nos devuelve a nosotros mismos tal como éramos; con nuestra inocencia original. Después uno madura, se hace flaubertiano o stendhaliano, se pronuncia por Faulkner, Lampedusa, García Márquez, Durrell o Kafka... Nos volvemos distintos unos de otros; incluso adversarios. Mas todos tenemos un guiño de complicidad al referirnos a ciertos autores y libros mágicos, que nos hicieron descubrir la literatura sin atarnos a dogmas ni enseñarnos lecciones equivocadas. Ésa es nuestra auténtica patria común: relatos fieles no a lo que los hombres ven, sino a lo que los hombres sueñan.

Dejé aquellas palabras en el aire e hice una pausa, aguardando su efecto. Pero Corso se limitó a levantar el vaso de ginebra para mirarlo al trasluz. Su patria estaba allí adentro.

—Eso era antes —repuso—. Ahora los niños y los jóvenes y toda la maldita gente son apátridas que ven la tele.

Negué con la cabeza, seguro de mí. Precisamente había escrito algo al respecto en el suplemento literario de *Abc*, un par de semanas antes.

—No crea. Incluso ahí caminan, sin saberlo, sobre las viejas huellas. El cine en televisión, por ejemplo, mantiene el vínculo. Esas viejas películas. Hasta Indiana Jones es heredero de todo aquello.

Corso hizo una mueca en dirección a las vidrieras iluminadas.

—Es posible. Pero estaba hablándome de esa otra gente. Me gustaría saber cómo los... reclutó.

—No es ningún secreto —respondí—. Desde hace diez años me ocupo de coordinar esta sociedad selecta, el club Dumas, que celebra en Meung su reunión anual. Puede ver que los miembros acuden puntuales a su cita desde todos los rincones del planeta. Hasta el último de ellos es un lector de primera clase...

—¿De folletines? No me haga reír.

—No tengo la menor intención de hacerle reír, Corso. ¿Por qué pone esa cara...? Usted sabe que una novela, o una película nacida para el simple consumo, puede convertirse en obra exquisita: desde el *Pickwick* a *Casablanca* y *Goldfinger*... Relatos llenos de arquetipos a los que el público acude para gozar, consciente o inconscientemente, con la estrategia de las repeticiones argumentales y sus pequeñas variaciones; con la *dispositio* más que con la *elocutio*... De ahí que el folletín, incluso el serial televisivo más tópico, puedan ser objeto de culto tanto para un público ingenuo como para uno exigente. Hay quien busca la emoción en Sherlock Holmes arriesgando su vida, y otros que buscan la pipa, la lupa y ese *elemental querido Watson* que, fíjese, Conan Doyle nunca escribió. El truco de los esquemas, sus variaciones y repeticiones, es tan viejo que incluso Aristóteles se refiere a él en su *Poética*. Y en realidad, ¿qué es el serial televisivo sino una modalidad actualizada de la tragedia clásica, el gran drama romántico o la novela alejandrina...? De ahí que un lector inteligente pueda gozar mucho con todo eso, de modo excepcional. Y es que también hay excepciones hechas a base de reglas.

Creí que Corso me escuchaba interesado; mas lo vi mover la cabeza igual que un gladiador negándose a aceptar el terreno peligroso que ofrece un adversario.

—Déjese de magisterio literario y vuelva a su club Dumas —sugirió, impaciente—. A ese capítulo que andaba suelto por ahí... ¿Dónde está el resto?

—Allí dentro —respondí, mirando el salón—. Utilicé los sesenta y siete capítulos del manuscrito para organizar la sociedad: un máximo de sesenta y siete miembros, cada uno con un capítulo a modo de acción nominativa. La adjudicación se realiza según una estricta lista de candidatos, y los cambios en la titularidad requieren la aprobación del consejo directivo, que yo presido... El nombre de cada aspirante es rigurosamente discutido antes de aprobar su admisión.

—¿Cómo se transmiten las acciones?

—No se transmiten bajo ningún concepto. Al fallecimiento de un miembro del club, o cuando alguien abandona la sociedad, el capítulo correspondiente debe regresar al seno de ésta. Es el consejo quien lo adjudica a un nuevo candidato. Un socio nunca puede disponer libremente.

—¿Eso intentó Enrique Taillefer?

—En cierto modo. En principio era un candidato ideal. Y fue miembro ejemplar del club Dumas hasta que infringió las normas.

Corso apuraba el resto de ginebra. Dejó el vaso en la balaustrada cubierta de musgo y estuvo un rato callado, los ojos fijos en las luces del salón. Al fin negó, incrédulo.

—No es motivo para asesinar a nadie —dijo en voz queda; parecía dirigirse a sí mismo—. Y no puedo creer que toda esa gente... —me miró, contumaz—. Son conocidos y respetables, en principio. Nunca se mezclarían en algo así.

Reprimí otro gesto de impaciencia.

—Creo que usted saca extraordinariamente las cosas de quicio... Enrique y yo éramos amigos desde hace tiempo. Nos unía la fascinación común por este tipo de relatos, aunque su gusto literario no estuviese a la altura de su entusiasmo... El caso es que el éxito como editor de *bestsellers* gastronómicos le permitía invertir tiempo y dinero en ello. Y, en justicia, si alguien merecía formar parte de nuestra sociedad era él. Por eso recomendé su admisión. Ya le digo que compartíamos, si no el gusto, al menos la afición.

—Compartían más cosas, creo recordar.

Corso había recuperado la sonrisa sarcástica y eso me irritó.

—Podría decirle que no es asunto suyo —repuse, molesto—. Pero quiero explicárselo todo... Liana siempre ha sido una mujer especial, además de bellísima. También lectora precoz... ¿Sabe que a los dieciséis años se tatuó una flor de lis en la cadera?... No lo hizo en el hombro, como Milady de Winter, su ídolo, para que ni la familia ni las monjas del internado se enteraran..., ¿Qué le parece?

—Conmovedor.

—No parece muy conmovido. Mas le aseguro que ella es una persona admirable.... El caso es que, bueno... Intimamos. Antes mencioné la patria que, para todo ser humano, constituye el paraíso perdido de la infancia, ¿recuerda?... Pues la patria de Liana son *Los tres mosqueteros*. Apasionada por el mundo descubierto en esas páginas, decidió casarse con Enrique al conocerlo casualmente en una fiesta donde pasaron la noche intercambiando citas de la novela. Además, él ya era un editor riquísimo en esa época.

—O sea: un flechazo —apuntó Corso.

—No sé por qué lo dice en ese tono. Fue un matrimonio de lo más sincero. Lo que pasa es que, a la larga, incluso para alguien con la buena disposición de su mujer, Enrique podía convertirse en un pelmazo... Por otra parte éramos buenos amigos, y yo los visitaba con frecuencia. Liana...

—dejé mi copa junto a su vaso vacío, sobre la balaustrada—. En fin. Ya se puede imaginar.

—Sí. Lo puedo imaginar.

—No me refería a eso. Se convirtió en una excelente colaboradora, hasta el punto de que apadriné su ingresó en la sociedad, hace ahora cuatro años. Posee el capítulo 37, titulado *El secreto de Milady*. Lo escogió personalmente.

—¿Por qué la puso tras de mí?

—Vayamos por partes. En los últimos tiempos Enrique se había convertido en fuente de problemas. En vez de limitarse al rentable negocio de la edición gastronómica, se empeñaba en ser autor de un folletín. Pero es que además el texto era horroroso. Algo infame, créame. Había plagiado con el mayor descaro todos los tópicos del género. Se titulaba...

—*La mano del muerto.*

—Eso es. Ni siquiera el título era suyo. Y lo que es peor: tenía la pretensión inaudita de que *Dumas & Co.* se lo publicara. Me negué, por supuesto. Aquel engendro jamás habría obtenido la aprobación del consejo. Además, Enrique tenía dinero de sobra para editarse él mismo, y se lo dije.

—Supongo que lo encajó mal. Vi su biblioteca.

—¿Mal?... Eso es un eufemismo. La discusión se produjo en su despacho. Aún lo veo erguido sobre las puntas de los pies, pequeño y rechoncho, casi a punto de sufrir una apoplejía y mirándome con ojos de loco. Todo muy desagradable. Que si había consagrado su vida a esto. Que quién era yo para juzgar su obra. Que eso correspondía a la posteridad. Que yo era un crítico parcial y un pedante insufrible. Y que además estaba liado con su mujer... Aquello último me dejó estupefacto: ignoraba que estuviera al corriente. Mas, según parece, Liana habla en sueños, y entre pardieces y maldiciones a d'Artagnan y a sus amigos, a los que por cierto odia como si realmente hubiera conocido, había estado radiándole el serial a su marido... ¿Imagina mi situación?

—Muy penosa.

—Penosísima. Aunque lo peor venía de camino. Enrique estaba lanzado: dijo que si él era un escritor mediocre, tampoco Dumas era gran cosa. A ver qué hubiera hecho sin Augusto Maquet, a quien explotó miserablemente; la prueba estaba en las hojas blancas y azules de *El vino de Anjou*, guardadas en su caja fuerte... Nuestra discusión subió de tono. Me llamó adúltero a modo de insulto, como en los viejos dramas, y yo lo califiqué de analfabeto, añadiendo comentarios con mala intención sobre sus últimos éxitos gastronómico-editoriales. Por fin lo comparé con el pastelero de Cyrano... "Me vengaré", dijo, calcando tono y además al conde de Montecristo. "Voy a dar publicidad a todo el fraude que se montó tu admirado Dumas para dar su nombre a novelas ajenas. Sacaré el manuscrito a la luz, y verán cómo fabricaba folletines aquel farsante. De paso me cargo los estatutos de la sociedad, porque el capítulo es mío y se lo venderé a quien me dé la gana. Así que ponte a remojo, Boris"...

—Le dio fuerte.

—No sabe de qué manera, ni hasta dónde llega el despecho de un autor despreciado. Nada valieron mis protestas; me echó a la calle. Después supe por Liana que había llamado a ese librero, La Ponte, para ofrecerle el manuscrito; tuvo que creerse astuto y sinuoso cual Edmundo Dantés. Lo que pretendía era desatar un escándalo sin que lo salpicara directamente; manteniendo a salvo su propio crédito. Así entró usted en la historia. Comprenda mi sobresalto cuando lo vi aparecer con *El vino de Anjou*.

—Disimuló muy bien.

—Tenía motivos de sobra. Con Enrique muerto, Liana y yo dábamos el manuscrito por perdido.

Observé que Corso buscaba en el interior del gabán hasta encontrar un cigarrillo arrugado. Se lo colgó de la boca y dio unos pasos por la terraza, sin ademán de encenderlo.

—Su historia es absurda —concluyó—. Ningún Edmundo Dantés se suicidaría antes de saborear la venganza.

Asentí, aunque en ese momento me daba la espalda y no podía ver mi gesto.

—Es que aún pasaron más cosas —dije—. Al día siguiente de nuestra conversación, Enrique fue a mi casa en un último intento por convencerme... Yo estaba harto y no tolero que me hagan chantaje; así que, sin tener conciencia exacta de lo que hacía, le asesté el golpe mortal. Su folletín, a pesar de ser muy malo, me había dejado al leerlo cierta sensación familiar. Entonces, cuando Enrique me organizó la segunda escena, fui a mi biblioteca, busqué un viejísimo tomo de *La novela popular e ilustrada*, publicación poco conocida de finales del siglo pasado, y lo abrí por la primera página de un relato que firmaba un tal Amaury de Verona, imagínese el asunto, titulado: *Angelina de Gravaillac, o el honor inmaculado*. En cuanto leí en voz alta el primer párrafo vi palidecer a Enrique, igual que si el espectro de la tal Angelina se hubiera alzado en su tumba. Y más o menos así era. Confiando en que nadie recordaría el relato, lo había plagiado, copiándolo casi al pie de la letra salvo un capítulo íntegramente robado a Fernández y González que, por cierto, era lo mejor de la historia... Lamenté no tener mi cámara cerca y hacerle una foto, porque se llevó una mano a la frente para exclamar "¡Condenación!"; mas no le oí articular palabra. Sólo una especie de gargarismo asmático, a punto de ahogarse. Luego dio media vuelta, fue a su casa y se colgó de la lámpara.

Corso se había vuelto hacia mí. Continuaba con el cigarrillo olvidado en la boca, sin encenderlo.

—Después las cosas se complicaron —proseguí, convencido de que ahora sí empezaba a creerme—... Usted ya tenía el manuscrito y su amigo La Ponte no estaba dispuesto, al principio, a desprenderse de él. Yo no podía andar jugando personalmente a Arsenio Lupin: tengo una reputación que mantener. Por eso encomendé a Liana la misión de recuperar el capítulo; se aproximaba la fecha de la reunión anual y era preciso designar nuevo miembro en sustitución de Enrique. Por su parte, Liana cometió algunos errores. Primero fue a verlo a usted —en ese punto carraspeé, molesto, por no entrar en detalles—. Después quiso ganar la voluntad de La Ponte para que éste recuperase *El vino de Anjou;* mas ignoraba lo tenaz que puede usted llegar a ser... Lo malo es que ella siempre había soñado con una aventura de acción que la acercase a su heroína; algo con muchas trampas, amoríos y persecuciones. Y este episodio, hecho con la materia de sus sueños, le brindaba la gran oportunidad. Así que se puso en marcha, siguiéndole el rastro con entusiasmo. "Te traeré el manuscrito encuadernado en la piel de ese Corso", prometió... Le respondí que tampoco debía exagerar, aunque reconozco que el error fue mío: alenté su fantasía, dando suelta a la Milady que anidaba en ella desde que leyó *Los mosqueteros.*

—Pues podía haber leído otra cosa. *Lo que el viento se llevó,* por ejemplo. Identificándose con Escarlata O'Hara, habría andado fastidiando a Clark Gable y no a mí.

—He de admitir que se excedió un poco. Es una lástima que lo tomara tan en serio.

Corso se frotó la nuca tras la oreja. Era fácil adivinar lo que pensaba: quien se lo había tomado realmente en serio era el otro. El fulano de la cicatriz.

—¿Quién es Rochefort?

—Se llama Laszlo Nicolavic. Un actor especializado en papeles secundarios... Interpretó a Rochefort en la serie que Andreas Frey rodó para la televisión británica hace un par de años. En realidad ha encarnado a casi todos los espadachines villanos conocidos: Gonzaga en *Lagardère*, Levasseur en *El capitán Blood*, La Tour d'Azyr en *Scaramouche*, Rupert de Hentzau en *El prisionero de Zenda*... Es un apasionado del género, y aspirante a ingresar en el club Dumas. Liana se entusiasmó con él, e insistió en tenerlo de colaborador en este asunto.

—Pues ese Laszlo también interpretó a conciencia su personaje...

—Me temo que sí. Y sospecho que pretende acumular méritos para acelerar su ingreso... También sospecho que ejerce de amante ocasional —esbocé una sonrisa de hombre de mundo, esperando resultar convincente—. Liana es joven, hermosa y apasionada. Digamos que yo cultivo su lado erudito en apacibles efusiones románticas, y Laszlo Nicolavic se ocupa, presumiblemente, de los aspectos más prosaicos de su impetuosa naturaleza.

—¿Y qué más?

—No hay mucho más. Nicolavic-Rochefort se encargó de buscar la ocasión para quitarle el manuscrito Dumas. Por eso lo siguió de Madrid a Toledo y Sintra, mientras Liana se dirigía a París, llevándose a La Ponte a modo de recurso por si el otro fallaba y usted no era razonable. El resto ya lo conoce: no se dejó arrebatar el manuscrito, Milady y Rochefort se extralimitaron, y eso lo trajo hasta aquí —reflexioné sobre los hechos—. ¿Sabe una cosa?... Me pregunto si en lugar de Laszlo Nicolavic no debería proponerlo a usted como miembro del club.

Ni siquiera me preguntó si era una ironía o hablaba en serio. Se había quitado las maltrechas gafas y las limpiaba maquinalmente, a miles de kilómetros de allí.

—¿Eso es todo? —le oí decir por fin.

—Claro —señalé hacia el salón—. Ahí tiene prueba de ello.

Se ajustó de nuevo las gafas y respiró hondo. No me gustaba en absoluto la expresión de su cara.

—¿Y el *Delomelanicon?*... ¿Y la conexión de Richelieu con *Las Nueve Puertas del Reino de las Sombras?*... —se acercó más, golpeándome la pechera de la camisa con un dedo hasta que retrocedí un paso— ¿Me toma por estúpido? No irá a decir que ignora la relación entre Dumas y ese libro, el pacto con el diablo y todo lo demás: el asesinato de Victor Fargas, en Sintra, y el incendio del piso de la baronesa Ungern, en París. ¿Fue usted personalmente quien me denunció a la policía?... ¿Y qué me dice del libro escondido en tres? O de las nueve láminas grabadas por

Lucifer, reimpresas por Aristide Torchia a su regreso de Praga *con privilegio y licencia de los superiores*, y todo ese maldito embrollo...

Soltó aquello como un torrente, adelantando agresivo el mentón, su mirada perforándome con dureza. Retrocedí un poco más y me lo quedé mirando con la boca abierta.

—Ha perdido el juicio —protesté, indignado—. ¿Puede explicar de qué me habla?

Había sacado una caja de fósforos, y encendía el cigarrillo protegiendo la llama en el hueco de las manos, sin dejar de observarme a través del resplandor que se le reflejaba en los lentes. Entonces me contó su versión del asunto.

Cuando terminó de hablar nos quedamos los dos en silencio. Estábamos apoyados en la balaustrada húmeda, uno junto al otro, mirando las luces del salón. El relato de Corso había durado lo que su cigarrillo, cuya brasa aplastaba en el suelo con la punta del zapato.

—Supongo —dije— que ahora yo debería confesar "sí, es cierto", y alargar las manos para que usted me pusiera las esposas... ¿Espera realmente eso?

Tardó algo en responder. Escucharse en voz alta no parecía haber reforzado la fe en sus conclusiones.

—Sin embargo —murmuró— la conexión existe.

Miré su silueta estrecha y oscura en el suelo de la terraza. Los rectángulos de luz procedentes del salón la recortaban sobre las losas de mármol, alargándola más allá de los peldaños hasta la oscuridad del jardín.

—Me temo —concluí— que su imaginación le ha jugado una mala pasada.

Negó con un lento gesto de la cabeza.

—Yo no imaginé a Victor Fargas ahogado en el estanque, ni tampoco a la baronesa Ungern carbonizada con sus libros... Son cosas que sucedieron. Hechos reales. Las dos historias se mezclan una con otra.

—Acaba de decirlo: dos historias. Quizá sólo las une su propia intertextualidad.

—Déjese de tecnicismos. Ese capítulo de Alejandro Dumas lo desencadenó todo —me miró, resentido—. Su condenado club. Sus jueguecitos.

—No me eche la culpa. Jugar es legítimo. Si en vez de una historia real esto fuese un relato de ficción, usted, como lector, sería el principal responsable.

—No sea absurdo.

—No lo soy. De lo que acaba de contarme deduzco que, jugando también con los hechos y con sus personales referencias literarias, elaboró una teoría y extrajo conclusiones erróneas... Pero los hechos son objetivos y no puede achacarles sus errores personales. La historia de *El vino de Anjou* y la de ese libro misterioso, *Las Nueve Puertas*, nada tienen que ver una con otra.

—Ustedes me hicieron creer...

—Nosotros, y me refiero a Liana Taillefer, a Laszlo Nicolavic y a mí mismo, no le hicimos creer nada. Fue usted quien llenó por su cuenta los espacios en blanco, del mismo modo que si esto fuera una novela construida a base de trampas y Lucas Corso un lector que se pasara de listo... Nadie le dijo en ningún momento que las cosas ocurriesen como usted creía. Por eso la responsabilidad es sólo suya, amigo mío... El verdadero culpable es su exceso de intertextualidad, de conexión entre demasiadas referencias literarias.

—¿Y qué otra cosa podía hacer...? Para moverse es necesaria una estrategia, y no podía quedarme quieto esperando. En cualquier estrategia, uno termina elaborando un modelo de adversario que condiciona sus siguientes pasos... Wellington hace esto pensando que Napoleón piensa que hará esto. Y Napoleón...

—También Napoleón comete el error de confundir a Blucher con Grouchy, porque la estrategia militar implica tantos riesgos como la literaria.... Escuche, Corso: ya no hay lectores inocentes. Ante un texto, cada uno aplica su propia perversidad. Un lector es lo que antes ha leído, más el cine y la televisión que ha visto. A la información que le proporcione el autor, siempre añadirá la suya propia. Y ahí está el peligro: el exceso de referencias puede haberle fabricado a usted un adversario equivocado, o irreal.

—La información era falsa.

—No se empeñe. La información que proporciona un libro suele ser objetiva. Quizá pueda estar planificada por un autor malvado para inducirle a errar, mas nunca es falsa. Es usted quien hace una lectura falsa.

Pareció reflexionar con atención. Se había movido un poco, acodándose de nuevo en la balaustrada, vuelto el rostro al jardín en sombras.

—Entonces hay otro autor —dijo entre dientes, en voz muy baja.

Se quedó así, inmóvil. Al cabo de un rato vi que sacaba la carpeta con *El vino de Anjou* de entre el gabán para dejarla a un lado, sobre la piedra cubierta de musgo.

—Esta historia tiene dos autores —insistió.

—Es posible —comenté mientras recuperaba el manuscrito Dumas—. Y tal vez uno sea más malvado que el otro... Pero lo mío es el folletín. La novela policíaca debe usted buscarla en otra parte.

Un recurso de novela gótica

> He aquí lo enojoso del asunto —dijo Porthos—. Antiguamente no teníamos que explicar nada. Se batía uno porque se batía.
>
> (A. Dumas. *El vizconde de Bragelonne*)

Con la nuca apoyada en el asiento del conductor, Lucas Corso miró el paisaje. El automóvil estaba detenido en una pequeña explanada junto a la carretera, donde ésta describía su última curva antes de descender en dirección a la ciudad. Ceñido por viejas murallas, el casco antiguo flotaba sobre la neblina del río, suspendido en el aire igual que un islote azulado y fantasma. Era un mundo intermedio sin luces ni sombras; uno de esos amaneceres castellanos fríos e indecisos, con la primera claridad del día perfilando tejados, chimeneas y campanarios hacia el este.

Quiso echarle un vistazo al reloj, pero tenía agua dentro desde el chaparrón de Meung, con la esfera ilegible y empañado el cristal. Corso encontró sus propios ojos cansados en el retrovisor. Meung-sur-Loire, víspera del primer lunes de abril: se encontraban muy lejos, y era martes. Había sido un largo viaje de regreso, hasta el extremo de que todos parecieron quedarse atrás por el camino: Balkan, el club Dumas, Rochefort, Milady, La Ponte. Sombras de un relato cerrado al volver la página; al dar, o asestar, el autor —teclado Qwerty, segunda abajo, a la derecha—

un último golpecito como punto final. Devolviéndole con aquel acto arbitrario su naturaleza de simples líneas en folios mecanografiados: papel inerte, extraño. Vidas súbitamente ajenas.

En ese amanecer tan parecido al despertar de un sueño, enrojecidos los ojos, sucio y con barba de tres días, al cazador de libros tan sólo le quedaba su vieja bolsa de lona con el último ejemplar de *Las Nueve Puertas* dentro. Y la chica. Eso era cuanto la resaca había dejado en la orilla. La oyó gemir un poco a su lado y se volvió a mirarla. Dormía en el asiento contiguo, la trenca por encima, su cabeza en el hombro derecho de Corso. Respiraba suavemente, entreabiertos los labios, agitada por pequeños estremecimientos que a veces la sobresaltaban. Entonces gemía de nuevo muy bajito, con una pequeña arruga vertical entre las cejas dándole expresión de niña contrariada. Una mano, descubierta por el paño azul, estaba vuelta hacia arriba, los dedos medio abiertos como si algo acabase de escapar entre ellos, o como si aguardara.

Volvió Corso a pensar en Meung y en el viaje. En Boris Balkan dos noches atrás, a su lado en aquella terraza húmeda de lluvia reciente. Con las páginas de *El vino de Anjou* entre las manos, Richelieu había sonreído a la manera de un antiguo adversario admirado y compasivo al tiempo: "Usted es un tipo especial, amigo mío"... La frase era un último saludo a modo de consuelo, o despedida; las únicas palabras que tenían sentido, pues el resto consistió en una sugerencia para unirse a los invitados, formulada con escasa convicción. No porque Balkan rechazara su compañía —más bien se mostraba contrariado al separarse de él—, sino porque preveía de antemano que Corso iba a negarse a ello, permaneciendo cual lo hizo en la terraza, de codos sobre la balaustrada, solo e inmóvil durante largo tiempo, atento al rumor de su propia derrota. Después volvió en sí lentamente, mirando a su alrededor para situar el lugar exacto donde se hallaba, antes de alejarse de las vidrieras iluminadas y regresar al hotel sin prisas, caminando al azar por las calles oscuras. Nunca encontró de nuevo a Rochefort, y en el albergue de Saint Jacques supo que también Milady se había marchado. Ambos salían de su vida para retornar a las regiones inconcretas de donde emergieron; recobrado su carácter ficticio, irresponsables igual que piezas de ajedrez. En cuanto a La Ponte y a la chica, pudo hallarlos sin dificultad. La Ponte le importaba un bledo, pero se tranquilizó al comprobar que ella continuaba allí; había esperado —temido— perderla con los otros personajes de la historia. La asió apresuradamente de la mano antes que también se esfumara entre el polvo de la biblioteca del castillo de Meung; llevándosela hasta el coche para desconcierto de La Ponte, a quien dejaron atrás en el retrovisor, desamparado, invocando inútilmente su vieja y maltrecha amistad; sin entender nada ni osar siquiera preguntarlo, arponero desacreditado e inútil, poco de fiar, al que se abandona con galleta y agua para tres días, a la deriva: intente llegar a Batavia, señor Bligh. Sin embargo, al extremo de la calle, Corso hizo frenar el coche y se quedó inmóvil con las manos en el volante, mirando el asfalto ante los faros, los ojos inquisitivos de la chica fijos en su perfil. Tampoco La Ponte era un personaje real, así que, con un suspiro, dio marcha atrás para recoger al librero, que permaneció durante todo el día y la noche siguientes, hasta que lo dejaron junto a un semáforo en una calle de Madrid, sin decir esta boca es mía. Ni siquiera protestó al comunicarle Corso que se despidiera para siempre del manuscrito Dumas. Tampoco había mucho que decir.

Miró la bolsa de lona entre las piernas de la chica dormida. Dolía también, por supuesto, aquel sentimiento de derrota, incómodo cual un corte de cuchillo en la conciencia. La certeza de haber jugado según las reglas, *legitime certaverit*, pero en dirección equivocada. Con la satisfacción del triunfo desvaneciéndose justo en el momento en que ocurría éste, incompleto y parcial. Ficticio. Era lo mismo que vencer a fantasmas inexistentes, pelear con golpes contra el viento o gritar al silencio. Quizá por eso Corso miraba desde hacía un rato, suspicaz, la ciudad suspendida en la niebla, en espera de que asentara los cimientos sobre tierra firme antes de penetrar en ella.

La respiración de la chica sonaba, rítmica y suave, en su hombro. Contempló el cuello desnudo entre los pliegues de la trenca; después acercó la mano izquierda hasta sentir el calor de la carne tibia latirle en los dedos. Olía, como siempre, a piel joven y a fiebre. Era fácil recorrer con la imaginación y el recuerdo las líneas largas, esbeltas y onduladas de su cuerpo hasta los pies descalzos, junto a sus zapatillas de tenis blancas y la bolsa. Irene Adler. Seguía ignorando incluso cómo referirse a ella; pero la recordó desnuda en la penumbra, la curva de sus caderas perfilada en contraluz, la boca entreabierta. Increíblemente bella y silenciosa, absorta en su propia juventud y al mismo tiempo serena como aguas tranquilas, sabia de siglos. Y, dentro de aquellos ojos claros que lo miraban con fijeza desde las sombras, el reflejo, la imagen oscura del propio Corso entre toda la luz arrebatada al cielo.

Los ojos lo observaban de nuevo, iris esmeralda entre largas pestañas. La chica había despertado, removiéndose soñolienta mientras se frotaba contra su hombro, y ahora se erguía por fin, alerta, mirando alrededor hasta que reparó en él.

—Hola, Corso —la trenca resbaló hasta sus pies; la camiseta de algodón blanco modelaba el torso perfecto, flexible, de hermoso animal joven—. ¿Qué hacemos aquí?

—Esperar —señaló la ciudad que parecía flotar sobre la bruma del río—. Hasta que sea real.

Miró ella en la misma dirección, sin comprender al principio. Después sonrió despacio.

—Quizá no llegue a serlo nunca —dijo.

—Entonces nos quedaremos en este lugar. No es tan mal sitio, después de todo... Aquí arriba, con ese extraño mundo irreal a nuestros pies —se volvió hacia la chica y estuvo un poco callado antes de proseguir— *Todo te lo daré, si postrándote, me adoras*... ¿No vas a ofrecerme algo de eso?

La sonrisa de la joven estaba llena de ternura. Inclinó la cabeza, reflexionando, y después alzó los ojos para sostener la mirada de Corso:

—No. Yo soy pobre.

—Sí, lo sé —era cierto. Corso lo sabía sin necesidad de leer en la claridad de sus ojos—. Tu equipaje, y aquel vagón de tren... Es curioso. Siempre creí que allá, al final del arcoiris, gozabais de recursos ilimitados —sonrió igual que el filo de la navaja que conservaba en el bolsillo—. El saco de oro de Pedro Schlehmil y todo eso.

—Pues te equivocas —ahora apretaba los labios con obstinación—. Sólo me tengo a mí misma.

También era verdad, y también Corso lo supo desde el principio. Ella nunca mintió. Inocente y sabia a la vez, leal y enamorada jovencita a la caza de una sombra.

—Ya veo —hizo con la mano un gesto en el aire, remedando una estilográfica imaginaria—. ¿Y no me das ningún documento a firmar?

—¿Un documento?

—Sí. Un pacto, se decía antes. Ahora será un contrato con mucha letra pequeña, ¿verdad? *En caso de litigio, las partes deberán someterse a la jursdicción de los tribunales de...* Mira, eso tiene gracia. Me gustaría saber a qué tribunal corresponde todo esto.

—No seas absurdo.

—¿Por qué me elegiste a mí?

—Soy libre —suspiró con melancolía, como si ya hubiera pagado por su derecho a decir aquello—. Y puedo escoger. Cualquiera puede hacerlo.

Corso buscó en los bolsillos del gabán hasta tocar su arrugado paquete de cigarrillos. Sólo quedaba uno dentro; lo sacó para mirarlo indeciso, sin terminar de llevárselo a la boca, hasta que lo devolvió a su sitio. Quizá necesitara fumar más tarde. Seguro que sí.

—Tú lo sabías todo desde el principio —dijo—. Eran dos historias sin relación ninguna; por eso nunca te importó la variante Dumas... Milady, Rochefort, Richelieu, no eran sino comparsas para ti. Ahora entiendo tu desconcertante pasividad; debías de aburrirte horrores. Pasabas las páginas de tus *Mosqueteros*, dejándome jugar sobre casillas incorrectas...

Ella miraba a través del parabrisas la ciudad velada de bruma azul. Inició el gesto de alzar una mano para afirmar un argumento, pero optó por dejarla caer, como si lo que estaba a punto de decir fuera inútil.

—Apenas podía hacer otra cosa que acompañarte —respondió al cabo—. Cada uno debe recorrer ciertos caminos solo. ¿Nunca oíste hablar del libre albedrío?... —su sonrisa era triste—. Algunos pagamos por él un precio muy alto.

—Pues no siempre estabas al margen. Aquella noche, en los muelles del Sena... ¿Por qué me ayudaste contra Rochefort?

La vio tocar la bolsa de lona con un pie desnudo.

—Pretendía robar el manuscrito Dumas; pero también estaban dentro *Las Nueve Puertas*. Quise evitar interferencias estúpidas —se encogió de hombros—... Además, no me gustó que te pegara.

—¿Y en Sintra? Me avisaste de lo de Fargas.

—Claro. Estaba el libro de por medio.

—Y la clave de la cita de Meung...

—No sabía nada de eso; me limité a deducirlo de la novela.

Corso hizo una mueca desagradable.

—Os creía omniscientes.

—Pues te equivocas —ahora lo miraba irritada—. Tampoco sé por qué te diriges a mí en plural. Hace mucho que estoy sola.

Siglos, tuvo la certeza Corso. Siglos de soledad; no era posible engañarse sobre eso. La había abrazado desnuda, perdiéndose en la claridad de sus ojos. Estuvo dentro de aquel cuerpo, saboreó su piel, sintió en los labios la pulsación suave de su cuello; oyéndola gemir quedamente, niña asustada o angel caído y solitario en busca de calor. Y la había visto dormir con los puños apretados, angustiada por pesadillas de arcángeles rubios y relucientes en sus armaduras, implacables, dogmáticos como el mismo Dios que les hacía marcar el paso de la oca.

Ahora, a través de ella y demasiado tarde, comprendía bien a Nikon, sus fantasmas y el ansia desesperada con que intentaba aferrarse a la vida. Su miedo, sus fotos en blanco y negro, el vano intento de conjurar los recuerdos transmitidos por los genes supervivientes a Auschwitz, al número tatuado en la piel de su padre, al Orden Negro que jamás fue nuevo, sino viejo como el espíritu y la maldición del hombre. Porque Dios y el diablo podían ser la misma cosa, y cada cual la interpretaba a su manera.

Sin embargo, igual que en tiempo de Nikon, Corso siguió siendo cruel. Era demasiado peso para sus espaldas, y carecía del noble corazón de Porthos.

—¿Ésa ha sido tu misión? —preguntó a la chica— ¿Proteger *Las Nueve Puertas?*... Pues no creo que te pongan una medalla.

—Eres injusto, Corso.

Casi las mismas palabras. Otra vez Nikon perdida a la deriva, pequeña y frágil. ¿A quién se aferraría ahora de noche, para escapar a las pesadillas?

Miró a la joven. Quizás el recuerdo de Nikon fuera su particular condena, pero no estaba dispuesto a asumirla con resignación. Se encontró de reojo en el retrovisor: un rictus desarraigado y amargo.

—¿Injusto? Hemos perdido dos de los tres libros. Y esas muertes absurdas: Fargas y la baronesa —poco le importaban, pero se obligó a acentuar la mueca—. Tú podías haberlas evitado.

Negaba con la cabeza, muy seria, sin apartar sus ojos de los suyos.

—Hay cosas que no se pueden eludir, Corso. Hay castillos que deben arder y hombres que ahorcar; perros destinados a despedazarse entre sí, virtudes que decapitar, puertas que se han de abrir para que otros pasen por ellas... —arrugó el entrecejo, inclinando la cabeza—. Mi misión, como tú dices, era asegurarme de que recorrías el camino a salvo.

—Pues ha sido un largo camino, para terminar en el punto de partida —Corso señaló la ciudad suspendida en la niebla—. Y ahora debo entrar ahí.

—No *debes*. Nadie te obliga. Puedes olvidar todo esto y marcharte.

—¿Sin conocer la respuesta?

—Sin afrontar la prueba. La respuesta la tienes en ti mismo.

—Qué bonita frase. Ponla en mi lápida cuando esté quemándome en los infiernos.

Ella le dio un golpe en la rodilla, sin violencia; casi amistoso.

—No seas idiota, Corso. Más a menudo de lo que la gente cree, las cosas son lo que uno quiere que sean. Incluso el diablo puede adoptar diversas apariencias. O esencias.

—El remordimiento, por ejemplo.

—Sí. Pero también el conocimiento y la belleza —la vio mirar de nuevo, preocupada, la ciudad—. O el poder y la fortuna.

—De cualquier modo, el resultado final es el mismo: la condenación —repitió el ademán de firmar en el aire un contrato imaginario—. Se paga con la inocencia del alma.

Ella suspiró otra vez.

—Tú pagaste hace tiempo, Corso. Todavía lo haces. Resulta curioso ese hábito de aplazarlo todo para el final, a modo de último acto en una tragedia... Cada uno arrastra su propia condena desde el principio. En cuanto al diablo, sólo es el dolor de Dios; la cólera de un dictador cogido en su propia trampa. La historia contada del lado de los vencedores.

—¿Cuándo ocurrió?

—Hace más tiempo del que puedes concebir. Y fue muy duro. Peleé cien días y cien noches sin cuartel ni esperanza... —una sonrisa suave, apenas perceptible, apuntó en un extremo de su boca—. Ése es mi único orgullo, Corso: haber luchado hasta el final. Retrocedí sin volver la espalda, entre otros que también caían de lo alto, ronca de gritar mi coraje, el miedo y la fatiga... Por fin me vi, después de la batalla, caminando por un páramo desolado; tan sola como fría es la eternidad... Todavía, a veces, encuentro una señal del combate, o un antiguo compañero que cruza por mi lado sin atreverse a levantar los ojos.

—¿Por qué yo, entonces? ¿Por qué no buscaste en el otro bando, entre los que vencen?... Yo sólo gano batallas a escala 1:5.000.

La chica se volvió a lo lejos, hacia la distancia. El sol despuntaba en ese instante, y el primer rayo de luz horizontal cortó la mañana con un trazo fino y rojizo que incidía directamente en su mirada. Cuando se volvió de nuevo a Corso, éste sintió vértigo al asomarse a toda aquella luz reflejada en los ojos verdes.

—Porque la lucidez no vence jamás. Y nunca mereció la pena seducir a un imbécil.

Entonces acercó sus labios y lo besó muy despacio, con dulzura infinita. Como si hubiera esperado una eternidad para hacer aquello.

La niebla empezó a disiparse lentamente. Se diría que por fin la ciudad suspendida en el aire decidiese afirmar sus cimientos en la tierra. El amanecer perfilaba ya en ocre y gris la mole del alcázar, el campanario de la catedral; el puente de piedra con los pilares en el agua oscura del río, tan parecido a una mano sospechosa que se tendiera entre las dos orillas.

Corso hizo girar la llave de contacto y el automóvil se puso en marcha. Después lo dejó deslizarse cuesta abajo por la carretera desierta. A medida que descendían, la luz del sol levante iba quedando atrás, arriba, retenida a sus espaldas. La ciudad se aproximaba poco a poco mientras penetraban, despacio, en el mundo de tonos fríos e inmensa soledad que persistía entre los últimos restos de bruma azulada.

Dudó un momento antes de cruzar el puente, deteniendo el automóvil bajo el arco de piedra que cubría la entrada; con las manos sobre el volante, un poco inclinada la cabeza y el mentón inquisitivo: perfil de cazador tenso y alerta. Se quitó las gafas y fue limpiándolas innecesariamente, sin prisa, los ojos fijos en el puente que ahora se convertía en vago camino de contornos imprecisos, inquietantes. No quiso mirar a la chica, aunque la sentía atenta al menor de sus gestos. Se puso las gafas, ajustándolas con el índice sobre la nariz, y el paisaje recobró contornos, pero no ganó en aspecto tranquilizador. Desde allí la otra orilla se antojaba lejana, sombría; la corriente oscura bajo los pilares recordaba las aguas negras del tiempo y del Leteo. La sensación de peligro era concreta, aguda cual una aguja de acero en los restos de aquella noche que se resistía a morir. Corso notó el latido del pulso en su muñeca cuando puso la mano derecha sobre el pomo del cambio de marchas. Aún estás a tiempo de dar la vuelta, se dijo. Así, nada de cuanto ocurrió habrá ocurrido nunca, y nada de lo que va a suceder sucederá jamás. En cuanto a las virtudes prácticas del *Nunc scio*, del *Ahora sé* acuñado por Dios o por el diablo, resultaban muy discutibles. Torció la boca, brindándose la mueca. De cualquier modo, todo eso era hacer frases. Sabía que un par de minutos después iba a encontrarse al otro lado del puente y del río. *Verbum dimissum custodiat arcanum*. Todavía levantó los ojos al cielo, acechando un arquero con o sin flechas en el carcaj, antes de poner la primera marcha y pisar suavemente el acelerador.

Fuera del coche hacía frío, así que levantó el cuello del gabán. Sentía los ojos de la chica fijos en su espalda al cruzar la calle sin mirar atrás, alejándose con *Las Nueve Puertas* bajo el brazo. Ella no se había ofrecido a acompañarlo, y por alguna oscura razón supo que era mejor de ese modo. En cuanto a la casa, ocupaba casi toda una manzana y su mole de piedra gris presidía una angosta plaza, entre edificios medievales cuyas ventanas y puertas cerradas les daban apariencia de inmóviles comparsas, ciegos y mudos. La fachada era de piedra gris, con cuatro gárgolas en el alero: un macho cabrío, un cocodrilo, una gorgona, una serpiente. Había también una estrella de David en el arco mudéjar de la entrada, sobre la cancela de hierro que daba acceso al patio interior y los dos leones venecianos de mármol junto al pozo cubierto por tapas de hierro. Todo aquello le era familiar al cazador de libros; pero nunca, hasta entonces, franqueó sus límites con la aprensión que en ese momento experimentaba. Una vieja cita le vino a la memoria: *"Quizá los hombres que fueron acariciados por muchas mujeres*

534

crucen el valle de las sombras con menos remordi-
miento, o con menos miedo"... Era algo así, aunque
tal vez a él no lo acariciaron bastante: sentía la
boca seca y hubiera vendido el alma por media
botella de Bols. En cuanto a *Las Nueve Puertas*,
pesaba como si en vez de nueve grabados encerrase nueve láminas de plomo.

Cuando empujó la verja, el silencio se mantenía perfecto. Ni siquiera las suelas de sus zapatos levantaron el menor eco al caminar sobre la
piedra que enlosaba el patio, gastada por pasos
muertos y lluvia de siglos. La escalera arrancaba
de allí, estrecha y empinada, bajo una bóveda de
medio punto a cuyo término se veía la puerta, pesada y con gruesos clavos, oscura y cerrada: la última puerta. Por un instante Corso le hizo un
guiño al vacío, a sí mismo, descubriendo el colmillo de lobo sarcástico, autor involuntario y víctima, a la vez, de su propia broma o de su propio
error. Un error planificado cuidadosamente por
mano desaprensiva, con todas aquellas piruetas
de falsa solicitud de cooperación que lo instaban
a hacer previsiones luego refutadas para, al final,
verlas confirmarse por el mismo texto; si aquello
hubiera sido una maldita novela, que no era el
caso. ¿O sí lo era?... Lo cierto es que fue su imagen real la que vio por última vez en la placa de
metal bruñido atornillada en la puerta: reflejo de-
formante que contenía un nombre y un apellido
además de una silueta, la suya, inmóvil y recortada en la claridad que dejaba atrás, a su espalda, en

el arco de escalera que descendía hasta el patio interior y la calle. En la última parada de tan extraño viaje hacia el envés de las sombras.

Llamó. Una, dos, tres veces: sin respuesta. El timbre de latón yacía inerte, sin eco interior al pulsarlo. Una de sus manos, en el bolsillo, tocaba el paquete arrugado con el último cigarrillo; pero de nuevo rechazó la tentación de llevárselo a la boca. Apretó el timbre una cuarta vez. Y una quinta. Después cerró el puño para golpear fuerte: dos golpes uno tras otro. Entonces la puerta se abrió. No con un chirrido siniestro, sino limpiamente, sobre goznes engrasados. Y, sin golpes de efecto, del modo más natural del mundo, Varo Borja estaba en el umbral.

—Hola, Corso.

No pareció sorprendido al verlo. Tenía gotas de sudor en el cráneo y en la frente, e iba sin afeitar, en mangas de camisa, vueltos los puños sobre los codos, desabrochado el chaleco. Su gesto era de fatiga, con cercos oscuros bajo los párpados, de haber pasado la noche en vela; pero los ojos le brillaban de un modo especial, febriles e intensos. No preguntó a su visitante qué hacía allí a esa hora, y apenas mostró interés por el libro que traía bajo el brazo. Estuvo así un momento inmóvil, con el aspecto de quien acaba de ser interrumpido en un trabajo minucioso, o en un ensueño, y sólo desea volver a sus asuntos.

Aquel era el hombre, y Corso asintió para sus adentros, viendo materializarse su propia estupidez. Varo Borja, naturalmente: millonario, librero internacional, prestigioso bibliófilo y metódico asesino. Con curiosidad casi científica, el cazador de libros se aplicó al estudio del rostro que volvía a tener ante sí. Intentaba ahora aislar los rasgos, los indicios que hubieran debido alertarlo mucho antes. Huellas que pasaron inadvertidas, ángulos de locura, de horror o de sombra en aquella fisonomía vulgar que creyó conocer en otro tiempo. Pero no pudo hallar nada, excepto esa mirada febril, distante, exenta de curiosidad o de pasión, enajenada en imágenes que nada tenían que ver con la inoportuna presencia del hombre que llamaba a la puerta. Y sin embargo, Corso traía bajo el brazo su ejemplar del libro maldito. Y fue él, Varo Borja, quien a la sombra de ese mismo libro, pegándose a sus talones como una serpiente criminal, mató a Victor Fargas y a la baronesa Ungern. No sólo para reunir las veintisiete láminas y combinar las nueve correctas, sino también para destruir las pistas, haciendo imposible que nadie más resolviera el acertijo planteado por el impresor Torchia. En toda la trama, Corso había sido instrumento para confirmar una hipótesis que resultó acertada, la del libro repartido en tres. También, de paso, el personaje previsto para asumir las secuelas policiales de la cuestión. Ahora, con retorcido homenaje a su propio instinto, recordó la extraña sensación bajo las pinturas del techo en la Quinta da Soledade; el sacrificio de Abraham sin víctima alternativa: de chivo expiatorio oficiaba él. Y era Varo Borja, naturalmente, el librero que cada seis meses iba a casa de Victor Fargas para adquirir alguno de sus tesoros. Aquel día, mientras Corso visitaba al bibliófilo, el otro se mantenía ya al acecho en Sintra, ultimando los detalles del plan, en espera de la confirmación de su teoría sobre la necesidad de los tres ejemplares para resolver el enigma del impresor Torchia. A él se destinaba el recibo inacabado. Por eso Corso no pudo localizarlo al telefonear a su casa de Toledo, sino que más tarde, aquella misma noche, antes de acudir a su última cita con Fargas, Varo Borja telefoneó a Corso al hotel, fingiendo una conferencia internacional. El cazador de libros no sólo había confirmado sus sospechas, sino también la clave misma del misterio, sentenciando así a Fargas y a la baronesa Ungern. Con amarga certeza, Corso vio encajar las piezas del enigma. Salvo los aspectos casuales del asunto —las falsas conexiones con la trama del Club Dumas—, Varo Borja era la clave que ordenaba todos los hechos inexplicables del otro hilo argumental; la faceta diabólica del problema. Era para echarse a reír a carcajadas si, en el fondo, todo aquel tinglado tuviese condenada gracia.

—Traigo su libro —dijo, mostrándole al otro *Las Nueve Puertas*.

Varo Borja asintió vagamente mientras cogía el volumen sin mirarlo apenas. Volvía un poco la cabeza a un lado, atento a algún sonido que pudiera producirse a su espalda, en el interior de la casa. Al cabo de un poco se fijó de nuevo en Corso y éste lo vio parpadear, extrañado de que siguiera allí.

—Ya me ha dado el libro... ¿Qué más quiere?

—Cobrar por mi trabajo.

Varo Borja se lo quedó mirando, sin comprender. Sus pensamientos, saltaba a la vista, discurrían muy lejos. Por fin se encogió de hombros, dando a entender que Corso no era asunto suyo, y fue hacia el interior de la casa, dejándole el cuidado de cerrar la puerta, permanecer allí o volverse por donde había venido.

Lo siguió Corso hasta la habitación comunicada con el pasillo y el vestíbulo mediante una puerta de seguridad. Las contraventanas estaban puestas para que no entrase luz exterior, y los muebles habían sido empujados al fondo, despejando la parte central del suelo de mármol negro. Algunas vitrinas de libros se veían abiertas. Iluminaban la habitación docenas de bujías casi consumidas. La cera goteaba por todas partes: sobre la repisa de la chimenea apagada, en el suelo, encima de los muebles y los objetos de la habitación. Su luz era un resplandor rojizo y trémulo que se agitaba a cada corriente de aire, a cada movimiento. Olía como una iglesia, o una cripta.

Siempre ajeno a la presencia de Corso, Varo Borja se detuvo en el centro del cuarto. Allí, a sus pies, trazado con tiza, había un círculo de un metro aproximado de diámetro, con un cuadrado inscrito y dividido a su vez en nueve casillas. Lo rodeaban números romanos y extraños objetos: un trozo de cuerda, una clepsidra, un cuchillo oxidado, un brazalete de plata en forma de dragón, un anillo de oro, un carbón encendido en un pequeño brasero de metal, una ampolla de vidrio, un montoncito de tierra, una piedra. Pero había más cosas por el suelo, y Corso torció el gesto con desagrado. Muchos de los libros que días antes admiró alineados en las vitrinas se encontraban allí sucios, rotos, con hojas cubiertas por dibujos y subrayadas, llenas de signos extraños, arrancadas y sueltas. Sobre varios volúmenes ardían velas, vertiendo sobre sus tapas o páginas abiertas gruesos goterones de cera, y algunas se habían consumido hasta chamuscar el papel. Entre aquellos restos reconoció los grabados de *Las Nueve Puertas* pertenecientes a los ejemplares de Victor Fargas y de la baronesa Ungern. Estaban mezclados en el suelo con los otros, también con manchas de cera y enigmáticas anotaciones.

Se agachó Corso para estudiar de cerca los despojos, sin dar crédito a la magnitud del desastre. Una lámina de *Las Nueve Puertas*, la número VI, con el ahorcado colgando del pie derecho en lugar del izquierdo, estaba quemada a medias por la llama agonizante de una bujía. Dos ejemplares de la VII, uno con tablero de ajedrez blanco y otro con tablero negro, se hallaban junto a los restos desencuadernados de un *Theatrum diabolicum* de 1512. Otro grabado, el I, se veía asomar entre las páginas de un *De magna imperfectaque opera* de Valerio Lorena, incunable rarísimo que el librero había exhibido días atrás ante Corso, permiténdole rozarlo apenas, y que ahora estaba deformado y maltrecho, en el suelo.

—No toque nada —oyó decir a Varo Borja. Permanecía ante el círculo, hojeando su ejemplar de *Las Nueve Puertas*, absorto, con trazas de no ver las páginas sino algo más allá, en el cuadrado y el círculo pintados, o aún más lejos: en las profundidades de la tierra.

Durante un instante, inmóvil, Corso lo miró como se mira a alguien a quien vemos por primera vez. Luego se puso en pie lentamente y, al hacerlo, la llama de las velas osciló a su alrededor.

—Da igual lo que toque, supongo —dijo, indicando los libros y papeles revueltos en el suelo—. Después de lo que ha hecho.

—Usted no sabe nada, Corso... Cree saber, pero no sabe. Es ignorante y muy estúpido. De los que atribuyen al caos un carácter casual, e ignoran la existencia de un orden oculto.

—No me venga con historias. Lo ha destrozado todo, y no tenía derecho a hacerlo. Nadie lo tiene.

—Se equivoca. En primer lugar son *mis* libros. Y lo que es más importante: tenían un carácter utilitario. Un valor práctico, más que artístico, o estético... A medida que progresa en el camino, uno debe asegurarse de que nadie hace el mismo recorrido. Estos libros ya cumplieron su misión.

—Maldito loco. Me engañó desde el principio.

Varo Borja parecía no escuchar. Estaba inmóvil con el último ejemplar de *Las Nueve Puertas* entre las manos, escrutando la página correspondiente al grabado número I.

—¿Engaño?... —cuando habló lo hizo sin apartar los ojos del libro, con un desprecio acentuado por el hecho de ni siquiera mirar a Corso—. Se hace demasiado honor. Alquilé sus servicios sin confiarle mis razones, ni mis planes; un sirviente no tiene por qué participar en las decisiones de quien le paga... Usted iba a levantar las piezas que yo quería cobrar, y de paso a cargar con las consecuencias técnicas de ciertos actos inevitables. Imagino que, en este momento, las policías de Portugal y Francia se ocupan de su rastro.

—¿Y usted?

—Yo estoy muy lejos, a salvo de todo eso. Dentro de un rato nada tendrá importancia.

Dicho lo cual, ante un Corso estupefacto, arrancó de *Las Nueve Puertas* la hoja con el grabado.

—¿Qué está haciendo?

Varo Borja desgarraba más páginas, sin inmutarse.

—Quemo mis naves, destruyo puentes a mi espalda. Y me adentro en la *terra incognita*... —había arrancado los grabados del libro, uno por uno, hasta reunir los nueve, y los miraba con atención—. Es una lástima que no pueda usted seguirme donde voy... Como reza la lámina cuarta, la suerte no es la misma para todos.

—¿Dónde cree que va?

El librero dejó caer su volumen mutilado entre los restos que cubrían el suelo. Observaba las nueve láminas y el círculo, comprobando misteriosas correspondencias entre éste y aquéllas.

—Al encuentro de alguien —respondió enigmático—. A buscar la piedra que el Gran Arquitecto rechazó, y que es la maestra del ángulo; la base de la obra filosófica. Del poder. Al diablo, Corso, le gustan las metamorfosis: desde el perro negro que acompañaba a Fausto, hasta el falso ángel de la luz que intentó vencer la resistencia de San Antonio. Pero sobre todo le aburre la estupidez y detesta la monotonía... Si tuviera tiempo y ganas le invitaría a echar un vistazo a algunos de esos libros que tiene a los pies. Varios entre ellos citan una antigua tradición: el advenimiento del Anticristo ocurrirá en la península Ibérica, en una ciudad de tres culturas superpuestas, a orillas de un río profundo como el corte de un hacha, que es el Tajo.

—¿Es lo que intenta hacer?

—Es lo que estoy a punto de conseguir. El hermano Torchia me mostró el camino: *Tenebris Lux*.

Se había inclinado sobre el círculo del suelo, disponiendo alrededor algunas láminas y descartando otras que arrojaba lejos, arrugadas o rotas. La luz de las velas iluminaba su rostro desde abajo dándole un aire espectral, con profundas simas en las cuencas de los ojos.

—Espero que todo encaje —murmuró al cabo de un momento; su gesto era un simple trazo de sombra oscura—. Los viejos maestros del arte negra con quienes el impresor Torchia aprendió los arcanos más terribles y valiosos, conocían el recorrido al reino de la noche... *Es el animal ouróboro el que circunda el lugar*. ¿Comprende? El *ouroboros* de los alquimistas griegos: la serpiente del frontispicio, el círculo mágico, la fuente de la sabiduría. El círculo donde se inscribe todo.

—Quiero mi dinero.

Varo Borja parecía no haber oído las palabras de Corso.

—¿Nunca tuvo curiosidad por estas cosas? —prosiguió, mirándolo con aquellas profundas cuencas oscuras— ¿Indagar, por ejemplo, en la constante diablo-serpiente-dragón que se repite sospechosamente en todos los textos que, desde la Antigüedad, se refieren al tema?...

Había cogido un recipiente de cristal que estaba junto al círculo, una copa cuyas asas eran dos serpientes enlazadas, y se lo llevó a los labios para beber unos sorbos. El líquido era oscuro, apreció Corso. Casi negro, con aspecto de té muy cargado.

—Serpens aut draco qui caudam devoravit —
Varo Borja le sonrió al vacío, limpiándose la
boca con el dorso de la mano; un rastro oscuro
quedó en éste y en su mejilla izquierda—...
Ellos custodian los tesoros: árbol de la sabiduría
en el Paraíso, manzanas de las Hespérides, Vellocino de Oro... —hablaba enajenado, ausente,
describiendo un sueño desde el interior—. Son
esas serpientes o dragones que los antiguos
egipcios pintaban formando círculo, mordiéndose la cola para indicar que procedían de una
misma cosa y se bastaban a sí mismas... Guardianes insomnes, orgullosos y sabios; dragones
herméticos que matan al indigno y sólo se dejan
seducir por quien ha combatido de acuerdo con
las reglas. Guardianes de la palabra perdida: la
fórmula mágica que abre los ojos y permite ser
igual a Dios.

Corso adelantó la mandíbula. Estaba en
pie, quieto y flaco en su gabán, con la luz de las
velas que le hundía las mejillas sin afeitar y baila-
ba entre sus párpados entornados. Tenía las manos en los bolsillos, tocando una el paquete de
tabaco con un solo cigarrillo, la otra en torno a
la navaja cerrada, junto a la petaca de ginebra.

—Déme mi dinero, he dicho. Quiero irme
de aquí.

Había un eco de amenaza en su voz, pero
era difícil averiguar si Varo Borja se daba cuenta
de ello. Corso lo vio volver en sí a disgusto, lentamente.

—¿Dinero?... —lo miraba con renovado menosprecio— ¿De qué me habla, Corso? ¿Es que no entiende lo que está a punto de ocurrir?... Tiene ante sus ojos el misterio que miles de hombres han soñado durante siglos... ¿Sabe cuántos se dejaron quemar, torturar, despedazar por acercarse, tan sólo, a lo que está a punto de ver?... No puede acompañarme, por supuesto. Se limitará a estarse quieto y mirar. Pero incluso el más ruin sicario comulga con el triunfo del amo.

—Págueme de una vez. Y váyase al diablo.

Varo Borja ni siquiera le dirigió una mirada. Se movía en torno al círculo para tocar algunos de los objetos dispuestos junto a los números.

—Muy oportuno eso de remitirme al diablo. Muy a su estilo de sal gruesa. Incluso le dedicaría una sonrisa si no estuviese ocupado. Aunque usted es ignorante e impreciso: será el diablo quien venga a mí —se detuvo para volver a un lado la cabeza como si ya escuchara pasos lejanos—. Y le siento venir.

Hablaba entre dientes, mezclando los comentarios con extrañas jaculatorias guturales; con palabras que en ocasiones parecía dirigir a Corso y otras a una tercera presencia oscura que estuviese cerca de ellos, en las sombras de la habitación:

—*Atravesarás ocho puertas antes del dragón*... ¿Comprende? Ocho puertas preceden a *la bestia que guarda la palabra*, la número nueve, que posee el secreto final... El dragón duerme con los ojos abiertos y es el Espejo del Conocimiento... Ocho láminas más una. O una más ocho. Que coincide, y no casualmente, con el número que Juan de Patmos atribuye a la Bestia: el 666.

Corso vio que se arrodillaba y escribía cifras con un trozo de tiza sobre el mármol del suelo:

$$666$$
$$6 + 6 + 6 = 18$$
$$1\text{-}8$$
$$1 + 8 = 9$$

Después se incorporó, triunfante. Por un momento las velas le iluminaron los ojos. Tenía las pupilas muy dilatadas: sin duda con el líquido oscuro había ingerido algún tipo de droga. El negro le ocupaba la totalidad del iris, haciendo desaparecer el color, y el blanco de la córnea se teñía con la luz rojiza del cuarto.

—Nueve láminas, o nueve puertas —de nuevo lo cubrió la sombra como un antifaz—. Que no pueden abrirse para cualquiera... *Cada puerta tiene dos llaves*, cada lámina proporciona un número, un elemento mágico y una palabra clave, si todo se estudia a la luz de la razón, de la cábala, del arte oculto, de la verdadera filosofía... Del latín y sus combinaciones con el griego y el hebreo —le mostró a Corso una hoja de papel llena de signos y extrañas correspondencias—. Échele una ojeada, si quiere. Usted jamás lo entendería:

Aleph	Eis	I	ONMA	Aire
Beth	Duo	II	CIS	Tierra
Gimel	Treis	III	EM	Agua
Daleth	Tessares	IIII	EM	Oro
He	Pente	V	OEXE	Cuerda
Vau	Es	VI	CIS	Plata
Zayin	Epta	VII	CIS	Piedra
Cheth	Octo	VIII	EM	Hierro
Teth	Ennea	VIIII	ODED	Fuego

Transpiraba gotas de sudor en la frente y en torno a la boca, como si la llama de las bujías le ardiese también dentro del cuerpo. Se puso a dar la vuelta en torno al círculo, despacio y atento. Un par de veces se detuvo, inclinándose a rectificar la posición de algo: el cuchillo de hierro oxidado, el brazalete de plata en forma de dragón.

—*Situarás los elementos en la piel de la serpiente...* —recitó sin mirar a Corso. Seguía el círculo con el dedo sin llegar a tocarlo—. Los nueve elementos se colocan alrededor, en el sentido *de la luz de levante*: de derecha a izquierda.

Corso dio un paso hacia él.

—Se lo repito. Déme mi dinero.

Varo Borja ni se inmutó. Le ofrecía la espalda, señalando el cuadrado inscrito en el círculo:

—*Engullirá la serpiente el sello de Saturno...* El sello de Saturno es el más simple y antiguo de los cuadrados mágicos: los nueve primeros números colocados dentro de nueve casillas, en tal disposición que cada fila, vertical, transversal y diagonal, da la misma cantidad al sumarse.

Se agachó para anotar con tiza nueve números dentro del cuadrado:

4	9	2
3	5	7
8	1	6

Corso dio otro paso. Al hacerlo, pisó un papel cubierto de cifras:

$$4+9+2=15 \qquad 4+3+8=15 \qquad 4+5+6=15$$
$$3+5+7=15 \qquad 9+5+1=15 \qquad 2+5+8=15$$
$$8+1+6=15 \qquad 2+7+6=15$$

Una vela se apagó con un chisporroteo, consumida sobre el frontispicio chamuscado de un *De occulta Philosophia* de Cornelio Agripa. Varo Borja seguía pendiente del círculo y el cuadrado. Los observaba con atención, cruzados los brazos ante el pecho e inclinada la barbilla, semejante a un jugador que estudiara el próximo movimiento ante un extraño tablero.

—Hay un detalle —dijo, pero ya no a Corso sino a sí mismo; parecía que escucharse en voz alta lo ayudara a pensar—. Algo no previsto por los antiguos, al menos de forma expresa... Sumado en cualquier dirección, de arriba abajo, de abajo arriba, de izquierda a derecha o de derecha a izquierda, el resultado es 15, pero aplicando las claves cabalísticas se convierte también en 1 y 5, números que sumados dan 6... Y eso encierra cada lado del cuadrado mágico en la serpiente, el dragón o la Bestia, como queramos llamarle.

Corso ni siquiera tuvo necesidad de confirmar la veracidad del cálculo. La prueba estaba en el suelo, en otra hoja llena de cifras y signos:

	6	6	6	
6	4	9	2	6
6	3	5	7	6
6	8	1	6	6
	6	6	6	

Varo Borja se había arrodillado ante el círculo, inclinado el rostro cuyas gotas de sudor reflejaban la luz de cera que ardía en torno. Con otro papel en la mano, iba siguiendo el orden de las extrañas palabras allí anotadas:

—*Abrirás el sello nueve veces*, dice el texto de Torchia... Eso supone situar las palabras clave obtenidas, en cada casilla correspondiente a su número. De ese modo, la combinación se establece en esta secuencia:

1	2	3	4	5	6	7	8	9
ONMAD	CIS	EM	EM	OEXE	CIS	CIS	EM	ODED

—... E inscrito en la serpiente, o el dragón —borró los números en las casillas del cuadrado, sustituyéndolos por las palabras correspondientes— queda así, para vergüenza de Dios:

EM	ODED	CIS
EM	OEXE	CIS
EM	ONMAD	CIS

—Todo está consumado —murmuró Varo Borja al escribir las últimas letras. Le temblaba la mano, y una de las gotas de sudor resbaló por su frente hasta la nariz, cayendo al suelo sobre los trazos de tiza—. Basta, según el texto de Torchia, que *el espejo refleje el camino* para pronunciar la palabra perdida que trae la luz de las tinieblas... Esas frases están en latín. Por sí solas nada significan; pero en su interior contienen la esencia exacta del *Verbum dimissum*, la fórmula que hace comparecer a Satanás: nuestro antecesor, nuestro espejo y nuestro cómplice.

Estaba de rodillas en el centro del círculo, rodeado por los signos, los objetos y palabras inscritas en el cuadrado. Sus manos temblaban tanto que las enlazó una con otra, engarfiando los dedos sucios de tiza, manchados de tinta y cera. Se puso a reír lo mismo que un loco, entre dientes, soberbio y seguro de sí. Pero Corso ya sabía que no estaba loco. Miró a su alrededor, consciente de que se le terminaba el tiempo, e hizo ademán de franquear la distancia que lo separaba del librero. Mas no se decidía a cruzar la línea y reunirse con él dentro del círculo.

Varo Borja le dirigió una mirada maligna, penetrando sus temores.

—Vamos, Corso. ¿No quiere leer conmigo?... ¿Tiene miedo, o ha olvidado el latín?... —las luces y las sombras se sucedían en su rostro con mayor rapidez, como si el cuarto empezara a girar en torno a él; pero el cuarto estaba quieto—. ¿No siente curiosidad por saber lo que encierran estas palabras?... En el dorso de esa lámina que asoma entre las páginas del Valerio Lorena, encontrará la traducción al castellano. Aplíqueles el espejo, como ordenan los maestros del arte. Sepa, al menos, para qué murieron Fargas y la baronesa Ungern.

Corso miró el libro, un incunable con tapas de pergamino, muy viejo y gastado. Después se agachó cauto, igual que si las páginas encerrasen alguna trampa mortal, hasta extraer con la punta de los dedos el grabado que asomaba de ellas. Era el I del número Tres, el ejemplar de la baronesa Ungern: tres torres en vez de cuatro. Al dorso, Varo Borja había escrito nueve palabras:

OGERTNE	EM	ISA
OREBIL	EM	ISA
ONEDNOC	EM	ISA

—Ánimo, Corso —insistió, agria y desagradable, la voz del librero—. Usted no tiene nada que perder... Aplíqueles el espejo.

Había, en efecto, un espejo muy cerca, en el suelo, entre la cera derretida de unas bujías a punto de apagarse. Era una pieza antigua y barroca, de plata, con mango labrado y manchas de vejez en la cara interna del azogue. Estaba vuelto hacia arriba y Corso se reflejaba en él, muy distante y en extraña perspectiva, al extremo de un largo corredor de luz rojiza y trémula. Imagen y doble, el héroe y su cansancio infinito, Bonaparte agonizando encadenado a su roca de Santa Helena. Nada que perder, había dicho Varo Borja. Un mundo desolado y frío, donde los granaderos de Waterloo eran osamentas solitarias que montaban guardia en caminos oscuros, olvidados. Se vio a sí mismo ante la última puerta: tenía la llave en la mano, igual que el ermitaño de la segunda lámina, y la letra Teth se le enroscaba en el hombro a la manera de una serpiente.

Crujió el cristal bajo la suela del zapato cuando le puso el pie encima. Lo hizo despacio, sin violencia; y el espejo, al romperse, sonó con un chasquido. Los fragmentos multiplicaban ahora la imagen de Corso en innumerables pequeños corredores de sombras a cuyo extremo otras tantas réplicas suyas permanecían inmóviles; demasiado lejanas e irreconocibles para que su suerte lo inquietara.

—Negra es la escuela de la noche —oyó decir a Varo Borja. Seguía arrodillado en el centro de su círculo y le daba la espalda, abandonándolo a su suerte. Corso se inclinó hacia una de las bujías para aplicar la llama al extremo de la hoja con el grabado I y las nueve palabras invertidas escritas en su reverso. Después dejó arder entre sus dedos las torres del castillo, la montura, el rostro del caballero que, vuelto hacia el espectador, aconsejaba silencio. Por fin dejó caer el último fragmento, convertido en cenizas un segundo más tarde, viéndolo alejarse y ascender en el aire caliente de las velas encendidas por la habitación. Entonces penetró en el círculo, acercándose a Varo Borja.

—Quiero mi dinero. Ahora.

El otro lo ignoraba, perdido en las sombras que parecían poseerlo cada vez más. De repente, inquieto, preocupado por algo, cual si la disposición de objetos en el suelo no fuese la esperada, se inclinó para rectificar la posición de algunos de ellos. Luego, tras breve duda, empezó a encadenar palabras en siniestra plegaria:

—*Admai, Aday, Eloy, Agla...*

Lo agarró Corso del hombro, zarandeándolo con violencia; pero Varo Borja no mostró emoción, ni temor. Tampoco intentaba defenderse. Seguía moviendo los labios al modo de un sonámbulo, o un mártir que orase, ajeno al rugir de los leones o al hierro del verdugo.

—Por última vez. Mi dinero.

Era inútil. Sólo encontró ante sí unos ojos vacíos, pozos de oscuridad que traspasaban su imagen sin verla; inexpresivos y fijos en las simas del reino de las sombras.

—*Zatel, Gebel, Elimi...*

Invocaba a los diablos, comprendió Corso, estupefacto. Plantado en mitad de su círculo, ajeno a todo, a su presencia allí e incluso a sus amenazas, aquel individuo estaba invocando a los diablos por su nombre de pila, como si tal cosa.

—*Gamael, Bilet...*

Sólo se interrumpió al primer golpe; un revés con el dorso de la mano proyectándole el rostro sobre el hombro izquierdo. Los ojos en sombras vagaron para detenerse, por fin, en un lugar impreciso del espacio.

—*Zaquel, Astarot...*

Cuando recibió el segundo golpe, un hilo sanguinolento le brotaba ya por una comisura de la boca. Retiró Corso la mano manchada de rojo, con repugnancia. Era igual que pegar en algo viscoso y húmedo. Respiró un par de veces y se entretuvo en contar diez latidos de su corazón antes de apretar los dientes, después los puños, y golpear de nuevo. Un reguero de sangre brotó ahora de la boca desencajada del librero. Seguía murmurando su plegaria, impresa en los labios tumefactos una sonrisa alucinada, absurda, de extraño gozo. Corso lo agarró por el cuello de la camisa para arrastrarlo, brutal, fuera del círculo antes de golpear otra vez. Sólo entonces Varo Borja exhaló un gemido animal, de angustia y dolor, y, pateando, zafándose con inesperada energía, se arrastró a gatas hasta el círculo. Tres veces fue empujado fuera, y tres veces re-

gresó, obstinado, al interior. A la tercera, un rastro de gotas de sangre caía sobre los signos y las
letras inscritas en el sello de Saturno.

—*Sic dedo me...*

Algo no iba bien. A la oscilante luz de cera,
Corso lo vio detenerse, inseguro, y comprobar
con mirada perpleja la disposición de objetos en
el círculo mágico. Pero la clepsidra destilaba sus
últimas gotas y el plazo de que disponía Varo
Borja era, en apariencia, limitado. Volvió a repetir las últimas palabras con más convicción, tocando tres de las nueve casillas:

—*Sic dedo me...*

Con un gusto acre en la boca, Corso miró a
su alrededor sin esperanza, mientras se limpiaba
la mano manchada de rojo en los faldones del gabán. Más velas, consumidas, se apagaron entre
chisporroteos, y el humo de los pábilos calcinados
serpenteaba en espirales sobre la penumbra rojiza. Humo ouróboro, se dijo con amarga ironía.
Después fue a la mesa de despacho arrinconada
con otros muebles, apartó los objetos tirándolos
al suelo, buscó en los cajones. No había dinero; ni
siquiera un talonario de cheques. Nada.

—*Sic exeo me...*

El librero continuaba la letanía; echó un último vistazo en su dirección, al círculo mágico.
De rodillas en el interior, inclinado hacia el suelo
el rostro desfigurado y devoto, Varo Borja abría la
última de las nueve puertas con una sonrisa de
enajenada felicidad; línea oscura y diabólica que

le cortaba la cara, la boca sangrante, igual que el tajo asestado por un cuchillo de noche y sombras.

—Hijo de puta —dijo Corso. Y con aquello dio por rescindido su contrato.

Descendió por la escalera hacia el arco de claridad gris recortado al final de los peldaños, bajo la bóveda que llevaba al patio. Allí, junto al brocal del pozo y los leones de mármol, ante la verja que daba a la calle, se detuvo y respiró hondo, saboreando el aire fresco y limpio de la mañana. Después buscó en el gabán hasta dar con el paquete arrugado y el último cigarrillo, que se colgó de la boca sin encender. Estuvo así un rato, inmóvil, mientras el primer rayo de sol levante, rojo y horizontal, que había dejado atrás al entrar en la ciudad, lo alcanzaba deslizándose entre las fachadas de piedra gris de la plaza para dibujar el forjado de la cancela sobre su rostro, haciéndole entornar los ojos llenos de insomnio y fatiga. Después el rayo de luz creció, moviéndose despacio hasta invadir el patio en torno a los leones venecianos, que inclinaron las melenas talladas en mármol cual si recibiesen, aceptándola, una caricia. La misma claridad, primero rojiza y luego luminosa como una suspensión de polvo de oro, envolvió a Corso. Y en ese momento, al extremo de la escalera que dejaba atrás, al otro lado de la última puerta del reino de las sombras, allí donde jamás llegaría la luz de ese amanecer en calma, sonó un grito. Un alarido desgarrado, inhumano, de horror y desesperación, en el que apenas pudo reconocer la voz de Varo Borja.

Sin volverse, Corso empujó la verja para salir a la calle. Cada paso parecía alejarlo mucho de lo que dejaba a la espalda, del mismo modo que si desanduviera, a la inversa y en sólo unos segundos, un largo camino que hubiese tardado excesivo tiempo en recorrer.

Se detuvo en medio de la plaza, deslumbrado, envuelto en la atmósfera luminosa de aquel sol que lo cegaba. La chica seguía dentro del coche, y el cazador de libros se estremeció con un júbilo egoísta, profundo, al comprobar que no se había desvanecido con los restos de la noche. Entonces la vio sonreír llena de ternura, increíblemente joven y bella, con su pelo de muchacho, la piel atezada, los ojos tranquilos fijos en él, esperando. Y toda la claridad dorada, perfecta, que reflejaba el verde líquido de sus ojos, la luz ante la que retrocedían los ángulos oscuros de la ciudad antigua, las siluetas de los campanarios y los arcos ojivales de la plaza, parecía irradiar de aquella sonrisa cuando Corso caminó a su encuentro. Lo hizo mirando al suelo, resignado, dispuesto a despedirse de su propia sombra. Pero no tenía sombra bajo los pies.

Atrás, en la casa custodiada por cuatro gárgolas bajo el alero, Varo Borja ya no gritaba. O tal vez lo hacía desde algún lugar oscuro, demasiado lejano para que el sonido llegara hasta la calle. *Nunc scio:* ahora sé. Corso se preguntó si los hermanos Ceniza habrían usado resina o madera para infiltrar la ilustración perdida —el capricho de un niño, la barbarie de un coleccionista— en el número Uno. Aunque al recordar sus manos pálidas y hábiles, se inclinó por lo segundo: grabado en madera, reproducido sin duda a partir de la *Bibliografía* de Mateu. Por eso a Varo Borja no le cuadraban las cuentas: en los tres ejemplares, la última lámina era falsa. *Ceniza sculpsit.* Por amor al arte.

Reía entre dientes, como un lobo cruel, cuando inclinó la cabeza para encender el último cigarrillo. Los libros gastan ese tipo de bromas, se dijo. Y cada cual tiene el diablo que merece.

La Navata. Abril 1993.